*Nunca julgue
uma dama pela
aparência*

Série O Clube dos Canalhas - 4

Sarah MacLean

Nunca julgue uma dama pela aparência

3ª reimpressão

Tradução: A C Reis

GUTENBERG

Copyright © 2014 Sarah Trabucchi

Título original: *Never Judge a Lady by Her Cover*

Publicado originalmente nos Estados Unidos pela Avon, um selo da HarperCollins Publishers.

Todos os direitos reservados pela Editora Gutenberg. Nenhuma parte desta publicação poderá ser reproduzida, seja por meios mecânicos, eletrônicos, seja via cópia xerográfica, sem a autorização prévia da Editora.

EDITORA
Silvia Tocci Masini

EDITORAS ASSISTENTES
Carol Christo
Nilce Xavier

ASSISTENTE EDITORIAL
Andresa Vidal Branco

PREPARAÇÃO
Andresa Vidal Branco

REVISÃO
Cristiane Murayama

REVISÃO FINAL
Mariana Paixão

CAPA
Carol Oliveira
(Arte da capa por Alan Ayers)

DIAGRAMAÇÃO
Larissa Carvalho Mazzoni

Dados Internacionais de Catalogação na Publicação (CIP)
Câmara Brasileira do Livro, SP, Brasil

MacLean, Sarah

  Nunca julgue uma dama pela aparência / Sarah MacLean ; tradução A C Reis. – 1. ed.; 3. reimp. – São Paulo : Gutenberg, 2021.

  Título original: Never Judge a Lady by Her Cover.

  ISBN 978-85-8235-355-4

  1. Ficção histórica 2. Romance norte-americano I. Título.

16-00360   CDD-813

Índices para catálogo sistemático:

1. Romances históricos : Literatura norte-americana 813

A **GUTENBERG** É UMA EDITORA DO **GRUPO AUTÊNTICA**

São Paulo
Av. Paulista, 2.073, Conjunto Nacional
Horsa I. Sala 309 . Cerqueira César
01311-940 . São Paulo . SP
Tel.: (55 11) 3034 4468

Belo Horizonte
Rua Carlos Turner, 420
Silveira . 31140-520
Belo Horizonte . MG
Tel.: (55 31) 3465 4500

www.editoragutenberg.com.br
SAC: atendimentoleitor@grupoautentica.com.br

*Para Carrie Ryan, Sabrina Darby & Sophie Jordan,
que guardaram o segredo de Chase desde o começo.*

*Para Baxter,
que guarda todos os meus segredos.*

*E para Lady V,
que, eu espero, cresça e tenha seus próprios
segredos extraordinários.*

West voltou sua atenção para ela...

Ela estava acostumada a sentir os olhos dos homens percorrerem seu corpo. Já tinha passado por isso incontáveis vezes. Tinha se aproveitado disso. Ainda assim, aquele homem – que a avaliava silenciosamente – a perturbou. Ela resistiu ao impulso de se remexer e controlou a inquietação, pôs as mãos nos quadris para dominar um leve tremor e pronunciou palavras sinceras com falso sarcasmo.

"Meu herói."

Ele arqueou uma sobrancelha loira.

"Anna."

E ali, no sussurro daquele nome tão simples, o diminutivo que escolheu para aquela porção pequena, secreta e falsa de si mesma –, ela ouviu algo que até então não tinha percebido em Duncan West... Desejo.

Seu corpo congelou. Depois ardeu de calor. Ele sabia. Ele tinha que saber. Eles haviam se falado centenas de vezes. *Mil vezes.* Ela atuou como sua emissária durante anos, levando mensagens de Duncan West para o suposto proprietário do Anjo Caído, e trazendo para ele suas respostas. E ele nunca, nem mesmo uma vez, olhou para ela com qualquer coisa além de um vago interesse.

E, certamente, nunca com desejo. Mas agora... ele sabia. Ele sabia que ela era mais do que parecia. E, de repente, ela não estava mais sozinha.

Chase

Castelo Leighton – Basildon, Essex
Março de 1823

"*Eu te amo.*"

Três pequenas e estranhas palavras que continham um poder imenso. Não que Lady Georgiana Pearson – filha e irmã de duques; filha da honra, do dever e da tradição imaculada; uma jovem de sociedade criada para ser perfeita – as tivesse ouvido algum dia. Aristocratas não amam. E mesmo que amassem, com toda certeza não fariam uma coisa tão comum como admitir isso. Assim, foi um verdadeiro choque quando essas palavras escaparam de seus lábios com tanta facilidade, confiança e sinceridade. Mas Georgiana nunca, em seus 16 anos de idade, acreditou tanto em alguma coisa, e nunca foi tão rápida para se livrar dos grilhões das expectativas que vinham com seu nome, seu passado e sua família. Na verdade, ela aceitou tudo – os riscos e as recompensas –, empolgada por, finalmente, sentir algo. Por viver. Por ser.

Que se danassem os riscos; aquilo era *amor*. E foi o amor que a libertou. Com certeza nunca mais haveria um momento tão lindo como aquele – nos braços do homem que ela amava, com quem passaria toda sua vida. Ou a eternidade. O homem com o qual ela construiria um futuro e estabeleceria seu nome, sua família e sua reputação. Jonathan iria protegê-la. Foi exatamente isso o que ele disse enquanto a abrigava do vento frio de março e a conduzia até aquele mesmo lugar, nos estábulos da propriedade da família dela. Ele sussurrou aquelas palavras enquanto ia desabotoando e levantando seu vestido, tirando e descobrindo; fazendo promessas, enquanto a tocava e acariciava. E ela respondia sussurrando as mesmas palavras. Entregando-lhe tudo.

Jonathan. Ela suspirou seu prazer olhando para as vigas, aninhando-se mais perto dele, entre seus músculos magros e a palha áspera, coberta por uma manta quente de cavalo que deveria estar incomodando e arranhando sua pele, mas que, de algum modo, havia se tornado macia, sem dúvida pela emoção do que tinha acabado de testemunhar. *Amor...* A coisa de que sonetos, baladas, contos de fadas e romances eram feitos. *Amor...* A emoção elusiva que faz homens chorar, cantar e sofrer com desejo e paixão. *Amor...* O sentimento que transforma a vida e faz tudo ficar brilhante, quente e maravilhoso. A sensação que todo mundo está desesperado para descobrir. E Georgiana a encontrou. Ali. Em meio ao inverno gelado, no abraço daquele garoto magnífico... Não. Homem. Ele era um homem, assim como ela era uma mulher, transformada nesse dia, nos braços dele, junto ao corpo dele.

Um cavalo relinchou suavemente no estábulo abaixo, batendo o casco no chão da sua baia, impaciente por comida, água ou afeto.

Jonathan se remexeu debaixo dela, e Georgiana se aninhou nele, apertando a manta ao redor dos dois.

"Ainda não."

"É meu dever. Os cavalos precisam de mim."

"*Eu* preciso de você aqui", disse ela, esmerando-se na sedução.

Ele passou a mão quente e áspera pelo ombro nu de Georgiana, enviando um arrepio delicioso pelo corpo dela. Como era raro que alguém a tocasse! Ela era a filha de um duque. E também irmã de outro. Era imaculada. Íntegra. Intocada... Até aquele momento.

Ela sorriu. Sua mãe teria um ataque quando soubesse que a filha não tinha vontade nem intenção de debutar. E seu irmão – o Duque do Desdém –, o aristocrata mais impossível e convencido que Londres conhecia, jamais aprovaria. Mas Georgiana não se importava. Ela iria se tornar a Sra. Jonathan Tavish. Ela não usaria nem mesmo o honorífico "Lady" a que tinha direito. Ela não o queria. Ela só queria Jonathan. Não importava que seu irmão fizesse de tudo para impedir a união. Não havia mais como impedi-la. Não havia mais nada a ser feito... *Embora Georgiana tivesse feito muita coisa.* Ela riu com aquele pensamento, embriagada pelo amor e pelo risco – dois lados de uma moeda muito recompensadora.

Ele se remexia debaixo dela, deslizando para fora do casulo quente formado por seus corpos, deixando o ar frio do inverno entrar e arrepiar toda a pele dela.

"Você deveria se vestir", ele disse, puxando as calças. "Se alguém nos pegar..."

Ele não precisou completar a frase; Jonathan vinha repetindo a mesma coisa havia semanas, desde a primeira vez que se beijaram, e durante todos os momentos furtivos que se seguiram. Se alguém os pegasse, ele seria chicoteado – ou coisa pior. E ela estaria arruinada. Mas agora, depois desse dia, depois de se deitar nua naquele monte de feno e deixar que ele a explorasse, a tocasse e a tomasse com suas mãos calejadas... ela *estava* arruinada. Mas Georgiana não se importava. Nada importava. Depois disso, eles fugiriam – era necessário, para que se casassem. Os dois iriam para a Escócia e começariam uma vida nova. Ela tinha dinheiro. Não importava que ele não tivesse nada. Eles tinham amor, e isso era suficiente. A aristocracia não era algo para se invejar, mas para ter pena. Afinal, qual era o sentido de viver sem amor?

Ela suspirou, observando Jonathan durante um longo momento, maravilhando-se com a elegância com que ele vestia a camisa e a enfiava para dentro da calça, o modo como ele calçava os pés nas botas, como se já tivesse feito isso milhares de vezes em um lugar de teto tão baixo. Ele enrolou a gravata no pescoço e enfiou os braços no paletó, depois no sobretudo, tudo com movimentos fluidos e ligeiros. Pronto, ele se virou para a escada que descia até os estábulos, e Georgiana admirou seu corpo esguio, recoberto de músculos magros.

Ela apertou a manta ao redor do corpo, sentindo frio com a ausência dele.

"Jonathan", ela chamou suavemente, sem querer que ninguém mais a ouvisse.

Ele olhou para ela e viu algo em seu olhar azul – algo que não identificou de imediato.

"O que foi?", ele perguntou.

Ela sorriu, repentinamente tímida. O que parecia impossível, considerando o que tinham acabado de fazer. O que ele tinha acabado de ver.

"Eu te amo", ela disse outra vez, admirando-se como as palavras escapavam de seus lábios, o modo como aquele som a envolvia em verdade, beleza e tudo de bom.

Ele parou no alto da escada, pendurando-se ali com tanta facilidade que parecia flutuar. Demorou um longo momento para falar – o bastante para que ela sentisse o frio de março chegar ao cerne de seus ossos. O bastante para que um fio de inquietação a envolvesse discretamente. Ele abriu seu sorriso atrevido, o mesmo que a havia atraído desde o começo. Todos os dias durante um ano ou há mais tempo do que isso. Até aquela tarde, quando Jonathan a provocou o bastante para atraí-la até o monte de feno, onde afastou sua hesitação com beijos e lhe fez promessas encantadoras, tomando tudo o que ela tinha para oferecer.

Mas ele não tomou, na verdade. Ela lhe deu, de boa vontade. Afinal, ela o amava, e ele a amava. Ele lhe disse, talvez não com palavras, mas com seu toque e carícias. *Não disse?* Ela se sentiu envolvida pela dúvida, uma emoção até então desconhecida. Algo que Lady Georgiana Pearson – filha e irmã de duques – nunca havia sentido. *Diga. Diga para mim.*

Depois de um momento interminável, ele finalmente falou:

"Você é uma garota adorável."

E desceu, sumindo de vista.

Capítulo Um

Casa Worthington - Londres
Dez anos depois

Quando analisou os eventos de seu vigésimo sétimo ano de vida, Georgiana Pearson identificou o cartum como a coisa que começou tudo aquilo. O maldito cartum. Se ele tivesse aparecido no jornal *O Escândalo* um ano antes, ou cinco anos antes, ou seis anos depois, talvez ela não se importasse. Mas o desenho tinha sido publicado em quinze de março, no jornal de fofocas mais famoso de Londres. Mas é claro que o cartum era resultado de outra data, dois meses antes – quinze de janeiro. O dia em que Georgiana, completamente arruinada, mãe solteira, um escândalo ambulante, irmã do Duque de Leighton, decidiu assumir o controle de sua vida e voltar à Sociedade. Então, ela estava ali, no canto do salão de festas da Casa Worthington, na iminência de seu retorno à Sociedade, ciente de que os olhos de toda Londres estavam sobre ela. Julgando-a.

Aquela não era a primeira festa a que ela comparecia desde sua ruína, mas foi a primeira em que repararam nela – a primeira em que não estava mascarada com tecido ou tinta. A primeira em que ela aparecia como Georgiana Pearson, nascida como um diamante de primeira água e destruída por um escândalo... A primeira em que ela estava presente para sofrer constrangimento público.

Georgiana não se importava com sua ruína. Na verdade, ela até defendia essa condição por uma série de razões, principalmente porque: uma vez arruinada, uma lady não precisava mais atender às formalidades convencionais da Sociedade. Lady Georgiana Pearson – que não fazia questão do título honorífico e também não o merecia – *adorava* sua ruína. Afinal, isso a tinha tornado rica e poderosa, ela era a proprietária de O Anjo Caído, o cassino mais escandaloso e exclusivo de Londres. Era, também, a pessoa mais temida na Grã-Bretanha: o misterioso "cavalheiro" conhecido apenas como Chase. Pouco importava que ela era, de fato, uma mulher. Então, sim, Georgiana acreditava que o céu tinha lhe sorrido naquele dia, uma década atrás, quando seu destino foi forjado. Seu exílio da Sociedade, para o bem ou para o mal, significava uma escassez de convites para festas, chás, piqueniques e eventos sociais, o que, por sua vez, eliminava a necessidade de batalhões de acompanhantes, conversas fúteis acompanhadas de limonada tépida e do falso interesse na "santa trindade da conversação aristocrática feminina", ou seja, fofoca estúpida, moda contemporânea e cavalheiros casadouros.

Georgiana tinha pouco interesse em fofoca, pois sabia que raramente a história era verdadeira, ou nunca trazia a verdade completa. Ela preferia segredos oferecidos por homens poderosos que negociavam escândalos. Também não se interessava muito por moda. Saias eram, com frequência, a marca da fraqueza feminina, relegando as mulheres aristocratas a fazer pouco além de alisá-las, e as mulheres menos refinadas a fazer pouco além de levantá-las. Quando circulava pelas mesas de jogos de seu cassino, ela se escondia à vista de todos dentro de sedas vivamente coloridas – as mesmas que vestiam as prostitutas mais habilidosas de Londres –, mas em todos os outros lugares ela preferia a liberdade oferecida pelas calças.

E ela não tinha interesse em cavalheiros, sem se importar nem um pouco se eram bonitos, inteligentes ou nobres. Seu único interesse nos homens era que tivessem dinheiro para perder. Há anos ela ria dos cavalheiros disponíveis que foram marcados para casamento pelas mulheres de Londres, seus nomes apareciam no livro de apostas do Anjo Caído – onde se especulavam suas futuras esposas, datas de casamento e a quantidade de filhos. Da suíte dos proprietários no cassino, ela observava os solteiros de Londres – cada um mais rico, atraente e bem-nascido que o outro –, e os via sendo abatidos, presos e casados.

E Georgiana agradecia ao homem que a arruinou por não ser forçada a participar daquela farsa imbecil, não ser forçada a se importar com essas coisas e, principalmente, não ser forçada a se casar. Não, Georgiana foi arruinada com a tenra idade de 16 anos – e isso servia de aviso, há mais de uma década, para todas as filhas da Sociedade que vieram depois dela. E assim aprendeu cedo sua lição sobre os homens, o que a fez escapar, ainda bem, do laço matrimonial. Até então.

Leques eram abanados para cobrir sussurros e esconder risinhos irônicos. Os olhos passavam por ela fingindo não a ver, ou a encaravam condenando-a por seu passado. Por sua presença. Sem dúvida, por sua ousadia. Por manchar o mundo imaculado deles com seu escândalo. Aqueles olhos a caçavam e, se pudessem, acabariam com ela. Eles sabiam por que ela estava ali, e a desprezavam por isso. Aquilo era uma tortura. Começava com o vestido, o espartilho a matava lentamente, e as camadas de anáguas restringiam seus movimentos. Caso ela precisasse fugir, sem dúvida acabaria tropeçando nelas, cairia com o rosto no chão e seria engolida por uma horda cacarejante de senhoras aristocráticas cheias de rendados.

A imagem dessa cena veio, inesperada, e quase a fez sorrir. *Quase*. A impossibilidade de uma conclusão daquele tipo evitou que a expressão de divertimento aparecesse. Ela nunca, em toda sua vida, havia sentido uma necessidade tão grande de se remexer. Mas ela não lhes concederia o prazer de vê-la fazer papel de vítima. Ela tinha que se manter concentrada na tarefa diante de si... Arrumar um marido.

Seu alvo era Lorde Fitzwilliam Langley – decente, titulado, necessitado de dinheiro e de proteção. Um homem praticamente sem segredos, a não ser um... que, se fosse descoberto, não apenas o arruinaria, mas o mandaria para a prisão. O marido perfeito para uma mulher que precisava apenas da aparência do casamento, e não do casamento propriamente dito. Bom, isso se o maldito homem pelo menos aparecesse.

"Uma mulher sábia me disse, certa vez, que os cantos das salas são para covardes."

Ela resistiu ao impulso de gemer, e se recusou a virar na direção da voz familiar do Duque de Lamont.

"Pensei que você não gostasse da Sociedade", ela disse.

"Bobagem. Eu gosto da Sociedade e, mesmo que não gostasse, não perderia o primeiro baile de Lady Georgiana." Ela fez uma expressão de deboche e ele acrescentou: "Cuidado, ou o resto de Londres vai questionar sua decisão de dispensar um duque."

Esse duque, amplamente conhecido como Temple, era sócio dela, coproprietário do Anjo Caído, e muito irritante quando queria. Ela, enfim, se virou para encará-lo, forçando um sorriso radiante em seu rosto.

"Você está aqui para se gabar?", ela perguntou.

"Acredito que você pretendia terminar sua pergunta dizendo 'Alteza'", ele a alertou.

"Posso lhe garantir que não pretendia nada disso." Ela semicerrou os olhos.

"Se você deseja arrumar um marido aristocrata, é melhor começar a praticar o uso dos títulos honoríficos."

"Eu prefiro praticar minha habilidade em outras áreas." Ela sentia que os músculos do rosto começavam a doer por causa da expressão forçada.

"Por exemplo?" Temple arqueou as sobrancelhas escuras.

"Em planejar minha vingança contra aristocratas arrogantes que sentem prazer no meu sofrimento."

Ele aquiesceu, sério.

"Não é uma habilidade muito feminina."

"Estou com pouca prática em feminilidade."

"Tenho certeza que não", ele disse e mostrou os dentes brancos em um sorriso que Lady Georgiana teve vontade de arrancar do rosto dele. Ela praguejou um palavrão e ele debochou: "Pois isso não é lá muito feminino."

"Quando nós voltarmos para o clube...", ela ameaçou, mas Temple a interrompeu.

"Sua transformação é notável, eu preciso dizer. Mal a reconheci."

"A ideia era essa."

"O que você fez?", ele perguntou.

"Um pouco de tudo." As aparições públicas de Georgiana eram feitas frequentemente na forma de Anna, uma prostituta do Anjo Caído. Anna não economizava em maquiagem, perucas extravagantes e seios empinados. "Os homens veem o que desejam ver."

"Humm", ele fez, obviamente sem gostar do que ouviu. "O que diabos você está vestindo?"

Os dedos dela coçaram, implorando para alisar a saia.

"Um vestido."

O traje era imaculado, branco e pensado para uma mulher muito mais inocente do que ela. Muito menos escandalosa. Isso antes mesmo que soubessem o que ela fazia da vida.

"Eu já vi você de vestido. Isso aí é..." Temple fez uma pausa enquanto assimilava o conjunto. "Diferente de qualquer vestido que eu já vi você usar." Ele parou e a analisou mais um pouco. "Há uma explosão de penas saindo do seu cabelo."

"Fiquei sabendo que essa é a última moda em Londres." Georgiana rilhou os dentes.

"Você está ridícula", disse Temple.

Como se ela não soubesse. Como se ela não *sentisse*.

"Seu charme não tem limites", ela retrucou.

"Não quero que você fique muito cheia de si." Ele sorriu.

Não havia chance disso. Não ali, onde estava rodeada de inimigas.

"Você não tem que dar atenção à sua esposa?", perguntou Georgiana.

O olhar sombrio dele passou por ela e chegou até uma cintilante cabeça ruiva, no centro do salão.

"Seu irmão está dançando com ela", Temple respondeu. "Como ele está emprestando sua reputação para minha esposa, pensei em fazer o mesmo pela irmã dele."

Ela se virou para ele, incrédula.

"*Sua* reputação."

Até poucos meses, Temple era conhecido como o Duque Assassino, pois acreditava-se que ele tivesse assassinado sua futura madrasta durante um surto de paixão na véspera do casamento dela. A Sociedade o acolheu novamente depois de ter sido comprovado que a acusação era falsa e de ele ter se casado com a mulher que supostamente matou – o que por si só já era um escândalo.

Mas ele apenas continuou sendo escandaloso como só um duque pode ser, depois de ter passado anos nas ruas e depois no ringue do Anjo Caído como boxeador. Embora Temple carregasse o título de duque, sua reputação estava, no mínimo, manchada – o oposto do irmão dela. Simon havia sido criado com perfeição para aquele mundo; sua dança com a Duquesa de Lamont faria muito para consertar o nome dela e do ducado de Temple.

"Sua reputação pode me fazer mais mal do que bem", afirmou Georgiana.

"Bobagem. Todo mundo adora um duque. Não há muitos de nós por aí e as pessoas não podem ser exigentes." Ele sorriu e lhe estendeu a mão. "A senhorita me concederia uma dança, Lady Georgiana?"

Ela congelou.

"Você está com graça."

A expressão de ironia se transformou em um sorriso autêntico, e os olhos pretos dele brilharam de bom-humor.

"Eu não sonharia em fazer graça com sua redenção."

"Eu tenho meios de retaliar, você sabe." Georgiana estreitou os olhos para ele. Temple se aproximou.

"Mulheres como você não rejeitam duques, Anna."

"Não me chame assim."

"De mulher?"

Ela bateu a mão na dele, a irritação aumentando.

"Eu deveria ter deixado você morrer no ringue."

Durante anos ele foi uma atração praticamente diária no Anjo Caído. Quem possuía dívidas com o clube tinha uma chance de recuperar sua fortuna – se conseguisse derrotar o invencível Temple no ringue. Um ferimento e uma esposa o aposentaram do boxe.

"Você não está falando a sério", Temple a puxou para a luz. "Sorria."

Ela fez o que ele mandou e se sentiu uma imbecil.

"Eu estou", insistiu Georgiana. Ele a pegou em seus braços.

"Eu sei que não fala a sério, mas como você está aterrorizada com este ambiente e com o que está prestes a fazer, não vou mais insistir nesse assunto."

"Não estou aterrorizada." Ela ficou rígida. Ele olhou de esguelha para ela.

"É claro que está. Você acha que eu não a compreendo? Você acha que Bourne não entende? E Cross?", ele acrescentou, referindo-se aos outros dois donos do cassino. "Todos nós tivemos que sair das sombras e rastejar de volta à luz. Todos nós tivemos que clamar pela aceitação deste mundo."

"É diferente para os homens." As palavras saíram de sua boca antes que ela pudesse detê-las. A surpresa apareceu no rosto dele e ela percebeu que havia aceitado a premissa proposta por Temple. "Maldição."

"Vai ter que controlar essa língua se quiser que acreditem que você é uma tragédia indevidamente rotulada de escândalo", ele sussurrou.

"Eu estava me saindo muito bem antes de você aparecer", Georgiana retrucou.

"Você estava escondida no canto da sala."

"Eu não estava escondida", ela insistiu.

"O que você estava fazendo, então?", perguntou ele.

"Estava esperando."

"Esperando que a sociedade aqui reunida formalizasse um pedido de desculpas?", ele insistiu.

"Estava esperando, na verdade, que todos morressem de peste", ela resmungou e Temple riu.

"Se isso bastasse." Ele rodopiou com ela pelo salão, e as velas que iluminavam o baile deixaram trilhas de luz em seu campo de visão. "Langley chegou."

Não fazia cinco minutos que o visconde havia entrado. Ela reparou no mesmo instante.

"Eu vi", ela disse.

"Você não espera conseguir um casamento de verdade com ele, não é?", inquiriu Temple.

"Não."

"Então por que não faz o que sabe fazer de melhor?"

O olhar dela voou para o belo homem no outro lado do salão. Sua escolha como marido.

"Você acha que chantagem é o melhor modo de eu conseguir um marido?", Georgiana perguntou. Ele sorriu.

"Eu fui chantageado antes de encontrar uma mulher", Temple lembrou.

"Bem, sim, Temple, ouvi dizer que a maioria dos homens não é tão masoquista. Você fica dizendo que eu devia casar. Você, Bourne e Cross", ela acrescentou, listando seus sócios no Anjo Caído. "Para não mencionar meu irmão."

"Ah, sim. Eu soube que o Duque de Leighton colocou um dote enorme na sua cabeça. É de admirar que você consiga ficar de pé. Mas e quanto ao amor?"

"Amor?" Era difícil para ela pronunciar a palavra sem desdém.

"Você já ouviu falar, sem dúvida. Sonetos, poemas e felizes para sempre?"

"Ouvi falar", disse ela. "Como estamos discutindo casamento na melhor das hipóteses, por conveniência e, na pior, para solução de dívidas, não acredito que falta de amor seja um problema", ela disse. "Além do mais, trata-se de algo impossível."

Ele a observou por um longo momento.

"Então você trabalha rodeada de sócios que conseguiram o impossível."

Georgiana olhou torto para Temple.

"Todos vocês completamente abobalhados. E veja só o que aconteceu por causa disso."

Temple arqueou as sobrancelhas escuras com sarcasmo.

"O quê? Casamento? Filhos? Felicidade?"

Ela suspirou. Eles já tiveram aquela conversa centenas de vezes. Milhares. Seus sócios viviam romances tão perfeitos que não conseguiam evitar de tentar impingir o mesmo a todos que circulavam ao seu redor. O que eles não sabiam, contudo, era que romances não serviam para Georgiana. Ela afastou o pensamento.

"Eu sou feliz", ela mentiu.

"Não. Você é rica e poderosa, mas não é feliz."

"Felicidade é algo superestimado", ela retrucou, dando de ombros, enquanto ele a conduzia pelo salão. "Não vale nada."

"Vale tudo", disse Temple e eles dançaram em silêncio por um longo momento. "E, como bem sabe, você não estaria fazendo isso se não fosse por felicidade."

"Não pela minha, mas pela de Caroline."

A filha dela. Que estava ficando mais velha a cada segundo. Nove anos de idade, logo dez, não demora muito, vinte. Ela era a razão de Georgiana estar ali. Ela olhou para seu imenso parceiro, o homem que a tinha salvado tantas vezes quanto ela o salvou, e lhe disse a verdade:

"Eu pensei que poderia mantê-la longe disso", Georgiana sussurrou. "Eu fiquei longe dela." Durante anos. Em detrimento das duas.

"Eu sei", ele respondeu, e Georgiana se sentiu grata por estar dançando, o que evitava que tivesse que encará-lo por muito tempo, o que ela não sabia se conseguiria.

"Eu procurei mantê-la em segurança", ela repetiu. *Mas uma mãe só consegue manter sua criança em segurança por algum tempo.* "E isso não foi o bastante. Ela vai precisar de mais do que isso se quiser escapar dessa sordidez."

Georgiana tinha feito seu melhor enviando Caroline para viver na casa do irmão, para evitar contaminá-la com as circunstâncias de seu nascimento. E tinha funcionado, até o momento em que parou de funcionar... No mês passado.

"Você não pode estar falando do cartum", disse Temple.

"É claro que estou falando do cartum."

"Ninguém dá a mínima para jornais sensacionalistas."

Ela olhou de soslaio para Temple.

"Isso não é verdade e você, dentre todas as pessoas, sabe bem como funciona."

Os boatos se multiplicaram, e inventaram que o irmão havia lhe dito que ela não poderia debutar, e que ela implorou. Que o irmão insistiu que, sendo mãe solteira, ela deveria ficar trancada em casa. Que ela discutiu com ele. Que os vizinhos ouviram gritos. Choro. Palavrões. E que o duque a tinha mandado para longe e ela voltou sem permissão. As colunas de fofoca enlouqueceram, cada uma tentando superar a outra com histórias sobre o retorno de Georgiana Pearson, a Lady Desonrada. O mais popular dos jornais sensacionalistas, *O Escândalo*, havia publicado o famoso cartum, uma imagem escandalosa e cheia de blasfêmia, com Georgiana montada em um cavalo, coberta apenas por seu cabelo, segurando uma bebê enrolada em um cobertor. Parte Lady Godiva, parte Virgem Maria, com o Duque de Leighton, desdenhoso e horrorizado, observando a cena.

Ela ignorou o cartum até uma semana atrás, quando um dia extraordinariamente quente atraiu metade de Londres para o Hyde Park. Caroline implorou por um passeio de cavalo, e Georgiana, relutante, deixou seu trabalho para acompanhar a filha. Aquela não era a primeira vez que apareciam em público, mas foi a primeira vez desde o cartum, e Caroline reparou nos olhares.

Elas haviam desmontado em uma elevação logo em frente ao lago Serpentine, que era cinza e barrento no fim do inverno, e conduziram os cavalos até a água, onde um grupo de meninas um pouco mais velhas do que Caroline faziam o que as meninas costumam fazer: ficar reunidas em grupo, rindo e sussurrando. Georgiana já tinha visto aquilo o bastante para saber que de um grupo daqueles não podia sair nada de bom. Mas a esperança brilhou no rosto jovem de Caroline, e Georgiana não teve coragem de afastá-la dali. Ainda que estivesse desesperada para fazê-lo.

Caroline se aproximou das garotas, tentando que sua aproximação parecesse não intencional. Não planejada. Como é que as garotas de todos os lugares sabem fazer esse mesmo movimento? A aproximação furtiva que sugere ao mesmo tempo otimismo e medo? O pedido silencioso por atenção? Aquele foi um ato de coragem nascido da juventude e da tolice. As garotas repararam primeiro em Georgiana, reconhecendo-a, sem dúvida por serem testemunhas dos olhos arregalados e das línguas afiadas de suas mães, e assim deduziram a identidade de Caroline em segundos, o que fez com que erguessem as cabeças e aumentassem os sussurros. Georgiana se segurou, resistindo ao impulso de se colocar entre os ursos e sua presa. Talvez ela estivesse enganada, talvez as meninas demonstrassem bondade. Acolhimento. Aceitação.

E então a líder do grupo a viu. Ela e Caroline quase nunca eram identificadas como mãe e filha. Ela era jovem o bastante para que as duas fossem vistas como irmãs, e Georgiana, embora não se escondesse da Sociedade, raramente a frequentava. Mas no momento em que a bonita garota loira arregalou os olhos, reconhecendo-a – malditas sejam as mães fofoqueiras, Georgiana soube que Caroline estava condenada. Ela ficou desesperada para deter a filha, para acabar com aquilo antes que começasse. Georgiana deu um passo à frente, na direção das meninas. Tarde demais.

"O parque não é mais o que era", disse a garota, com maldade e escárnio que não condiziam com sua idade. "Agora deixam qualquer uma andar por aqui. Não dão a mínima importância para o berço."

Caroline congelou, as rédeas de seu amado cavalo esquecidas em sua mão, e fingiu não ter ouvido, enquanto tentava não ouvir.

"Nem para a estirpe", disse outra menina com uma alegria cruel.

E lá estava, pairando no ar, a palavra que não foi dita. *Bastarda*.

Georgiana quis estapear as meninas no rosto. Os risos irromperam, e mãos enluvadas voaram para as bocas, cobrindo sorrisos ostensivos quando os dentes já apareciam. Caroline se virou para a mãe, os olhos verdes úmidos. *Não chore*, Georgiana pediu em pensamento. *Não deixe que elas percebam que a atingiram*. Ela não sabia dizer se essas palavras eram para a filha ou para si mesma. Caroline não chorou, mas suas faces ficaram coradas, com vergonha de seu nascimento, de sua mãe, de uma dezena de coisas que ela não podia mudar.

Ela, então, voltou para o lado de Georgiana lentamente, acariciando o pescoço de sua montaria, fazendo tudo com muita calma – bendita seja –, como se para provar que não tinha sido enxotada. Quando ela voltou, Georgiana sentiu tanto orgulho da filha que teve dificuldade para falar, devido ao nó que tinha na garganta. Mas ela não precisou dizer nada, Caroline falou primeiro, alto o bastante para ser ouvida.

"Também não dão importância para a educação."

Georgiana riu, chocada, enquanto Caroline montava no cavalo e olhava para ela.

"Vamos ver quem chega primeiro no Portão Grosvenor", disse a menina.

Elas correram. E Caroline venceu. Duas vezes em uma manhã. Mas quando é que ela perdia? A pergunta a devolveu ao presente. Ao salão de festas, à dança, aos braços do Duque de Lamont, rodeada pela aristocracia.

"Ela não tem futuro", disse Georgiana em voz baixa. "Eu o destruí."

Temple suspirou, enquanto ela continuava a falar.

"Eu pensei que poderia lhe comprar entrada para onde quer que ela quisesse ir. Eu disse para mim mesma que Chase poderia abrir qualquer porta para ela."

As palavras foram sussurradas e a dança não deixava que mais ninguém ouvisse a conversa. Ela continuou:

"Não sem que as pessoas perguntassem por que o proprietário de um antro de jogatina está tão preocupado com a filha bastarda de uma lady."

Ela cerrou os dentes com força. Georgiana tinha feito tantas promessas na vida – promessas de ensinar uma lição à Sociedade. Promessas de nunca se curvar aos outros. Promessas de que nunca deixaria que tocassem sua filha. Mas algumas promessas, não importa o quão firmes fossem, não podem ser cumpridas.

"Eu tenho tanto poder, mas ainda assim isso não basta para salvar uma garotinha." Ela fez uma pausa. "Se eu não fizer isso, o que vai acontecer com ela?"

"Eu a manterei em segurança", prometeu o duque. "Assim como você e os outros." Um conde. Um marquês. Seus sócios no cassino. Todos ricos e titulados. "Seu irmão."

Mas ainda assim...

"E depois que nós morrermos? O que vai acontecer? Depois que morrermos, ela vai ter um legado recheado de pecado e vício. Ela terá uma vida de sombras."

Caroline merecia mais do que isso. Caroline merecia tudo.

"Ela merece a luz", disse Georgiana, tanto para si mesma quanto para Temple.

E Georgiana lhe daria essa luz. Caroline iria querer sua própria vida. Filhos. E muito mais. Para garantir que ela tivesse essas coisas, Georgiana só tinha uma escolha. Ela devia se casar. O pensamento a levou de volta ao presente, e seu olhar caiu sobre o homem do outro lado do salão, que ela havia escolhido como seu futuro marido.

"O título do visconde vai ajudar."

"E o título é tudo que você precisa?"

"É", ela respondeu. "Um título valioso para ela. Algo que vá conquistar para minha filha a vida que ela quer. Talvez ela nunca seja respeitada, mas um título assegura seu futuro."

"Existem outras maneiras...", disse Temple.

"Que outras maneiras?", perguntou Georgiana. "Pense na minha cunhada, na sua esposa. Elas mal eram aceitas aqui, repletas de escândalos e sem título." Ele estreitou os olhos ao ouvir aquilo, mas ela continuou. "O título as salvou. Diabos, acreditavam que você tinha assassinado uma mulher, e só não foi totalmente banido porque primeiro era um duque, e só depois um suspeito de assassinato. Você poderia ter se casado se quisesses. O título é o que manda, e sempre vai ser assim.

"Sempre vão existir mulheres atrás de títulos e homens atrás de dotes", continuou Georgiana. "Deus sabe que o dote de Caroline vai ser tão grande quanto for preciso, mas isso não vai bastar. Ela sempre vai ser minha filha, vai carregar minha marca. Do jeito que está, mesmo que ela encontre o amor – mesmo que ela quisesse –, nenhum homem decente poderia casar com ela. Mas se eu casar com Langley? Então ela terá a possibilidade de um futuro isento do meu pecado."

Ele ficou quieto por um minuto inteiro e Georgiana se sentiu grata por isso. Quando Temple finalmente falou, foi para fazer uma pergunta.

"Então por que não envolver Chase? Você precisa do nome, Langley precisa de uma esposa, e nós somos as únicas pessoas em Londres que sabem por quê. Trata-se de um arranjo mutuamente benéfico."

Disfarçada de Chase, fundador do clube de cavalheiros mais disputado de Londres, Georgiana havia manipulado dezenas de membros da Sociedade. Centenas deles. Chase havia destruído alguns homens e elevado outros. Chase havia arranjado casamentos e desfeito vidas. Ela poderia manipular Langley com facilidade para que ele se casasse com ela. Bastava invocar o nome de Chase e a informação que ele tinha a respeito do visconde. Mas poder não era querer, e talvez fosse a compreensão aguçada que ela tinha daquele equilíbrio – do fato de que o visconde precisava se casar tanto quanto ela, mas queria tão pouco quanto ela – que a fazia hesitar.

"Estou esperando que o visconde concorde que o arranjo é mutuamente benéfico sem precisar da interferência de Chase."

Temple ficou quieto por um bom tempo.

"A interferência de Chase aceleraria o processo."

Verdade, mas também criaria um casamento terrível. Se ela pudesse conquistar Langley sem chantagem sua vida seria muito melhor.

"Eu tenho um plano", ela disse.

"E se der errado?"

Georgiana pensou na ficha de Langley. Curta, mas condenatória. Uma lista de nomes, todos masculinos. Ela ignorou o sabor amargo na boca.

"Eu já chantageei homens mais poderosos."

Ele balançou a cabeça.

"Toda vez que eu me lembro que estou falando com uma mulher, você diz algo assim... e Chase reaparece."

"Não é fácil escondê-lo", ela retrucou.

"Nem mesmo quando você está tão..." Ele olhou para o penteado com penas. "Feminina... Pelo menos suponho que essa seja a palavra que define sua apresentação."

Ela foi salva de ter que discutir com Temple, ou prolongar a discussão sobre tudo que estaria disposta a fazer pelo futuro da filha, quando a orquestra parou de tocar. Ela se afastou e fez uma mesura, como era esperado.

"Obrigada, *Alteza*." Ela enfatizou o título ao se endireitar. "Acho que vou tomar um pouco de ar."

"Sozinha?", ele perguntou com uma inflexão na voz. E ela olhou para ele frustrada.

"Você acha que não consigo tomar conta de mim mesma?" Ela era a fundadora do cassino mais infame de Londres. Ela destruiu mais homens do que conseguia contar.

"Eu acho que você devia cuidar da sua reputação", respondeu Temple.

"Posso lhe garantir que, se algum cavalheiro quiser tomar liberdades comigo, vou lhe dar um tapa na mão." Ela abriu um sorriso grande e falso e abaixou a cabeça, recatada. "Vá ficar com sua mulher, Alteza. E obrigada pela dança."

Temple segurou a mão de Georgiana com firmeza, por um momento, até ela olhar para ele novamente.

"Você não pode vencê-los", ele a alertou, com delicadeza. "Sabe disso, não é? Não importa o quanto se tente... a Sociedade sempre vence."

Aquelas palavras a deixaram repentina e inesperadamente furiosa. Ela controlou suas emoções antes de responder.

"Você está errado. E eu pretendo provar isso."

Capítulo Dois

A conversa a perturbou. A *noite* a perturbou. E Georgiana não gostava de se sentir perturbada, e foi por isso que resistiu tanto àquele momento – seu retorno à Sociedade, os olhares críticos e intrometidos. Ela odiava tudo aquilo desde o início, há uma década. Odiava o modo como isso a seguia toda vez que se vestia para as ruas de Mayfair em vez do cassino. Odiava o modo como a Sociedade fazia pouco dela dentro de ateliês de costura e armarinhos, em livrarias e nos degraus da casa de seu irmão. Odiava como isso selava o destino de sua filha, o modo como isso aconteceu muito antes de Caroline começar a respirar.

Ela se vingou das críticas construindo um templo ao pecado no centro da Sociedade, onde recolheu os segredos de seus membros dia após dia durante seis anos. Os homens que jogavam no Anjo Caído não sabiam que cada carta que viravam, cada dado que lançavam, estava sob a influência de uma mulher que suas esposas rejeitavam sempre que possível.

Eles tampouco sabiam que seus segredos haviam sido reunidos com cuidado, catalogados e deixados prontos para serem usados quando Chase mais precisasse deles. Mas, por alguma razão, aquele lugar, aquelas pessoas e seu mundo intocável já estava mudando Chase, fazendo-a hesitar onde ela jamais teria hesitado. Antes, ela teria exposto para o Visconde Langley suas opções de futuro em termos bem claros – case-se comigo ou sofra as consequências. Mas agora ela sabia muito bem quais seriam essas consequências, e não queria ser responsável por jogar uma pessoa aos lobos que se alimentavam de escândalos. Não que ela não faria isso, se fosse necessário, mas Georgiana esperava que houvesse outro modo.

Ela saiu para o terraço do salão da Casa Worthington e inspirou profundamente, aproveitando a maneira como o ar fresco a enganava, fazendo com que acreditasse estar livre daquela noite nefasta e suas obrigações. A noite de abril estava fria e cheia de possibilidades, e Georgiana saiu do salão para a escuridão, onde se sentia mais confortável. Ela inspirou e expirou mais uma vez e se apoiou na balaustrada de mármore. Três minutos. Cinco, no máximo. E então ela voltaria, afinal estava ali por um motivo. Havia um prêmio no fim daquele jogo, um que, se fosse ganho, traria para Caroline segurança e uma vida que Georgiana sozinha nunca poderia lhe dar.

Aquele pensamento a irritou. Ela possuía um poder além da imaginação. Com apenas um rabisco de sua caneta, ou um sinal para seus funcionários do cassino, ela podia destruir um homem. Ela detinha os segredos dos homens mais influentes da Grã-Bretanha – e de suas esposas. Ela sabia mais a respeito da aristocracia londrina do que ela sabia de si mesma. Mas ainda assim, Georgiana não conseguia proteger sua própria filha. Ela não conseguia dar a vida que a garota merecia. Não sem eles. Não sem a aprovação deles. E assim Georgiana estava ali, vestida de branco, com penas saindo de sua cabeça, sem querer nada além de andar pela escuridão dos jardins, e seguir até o muro, que escalaria para, chegando do outro lado, se pôr a caminho de seu clube. Da vida que construiu. Da vida que escolheu.

Ela imaginou que teria de tirar o vestido para escalar o muro. E os moradores de Mayfair poderiam se incomodar com isso... O pensamento foi pontuado por um grupo de moças que escapou do salão, com risinhos e sussurros num volume que, sem dúvida, os vizinhos conseguiriam ouvir.

"Não estou surpresa que ele tenha se oferecido para dançar com ela", dizia uma das moças. "Sem dúvida ele espera que ela se case com um jogador que gaste todo seu dinheiro no cassino dele."

"De qualquer modo", respondeu outra, "ela não vai ganhar nada dançando com o Duque Assassino."

É claro que estavam falando dela. Sem dúvida ela era a conversa da Sociedade.

"Ele continua sendo um duque", retrucou outra. "Com apelido falso ou não." Essa era quase inteligente. Nunca sobreviveria no meio daquelas amigas.

"Você não entende, Sophie. Ele não é um duque *de verdade*."

Sophie discordou.

"Ele tem o título, não tem?"

"Sim", disse a primeira, com irritação na voz. "Mas ele foi um lutador por tanto tempo, e se casou tão *abaixo* do seu nível, que não é a mesma coisa."

"Mas as leis da primogenitura..."

Pobre Sophie, usando fatos e lógica para tentar ganhar uma discussão. As outras não queriam saber de nada disso.

"Isso não é importante, Sophie. Você nunca entende. A questão é que ela é horrorosa. Com um dote enorme ou não, nunca vai conseguir um marido de qualidade."

Georgiana pensou que a líder daquele grupo é que era horrorosa, mas sua opinião não contava, estava claro, pois as seguidoras daquela moça aquiesceram e vocalizaram sua concordância. Georgiana se aproximou, procurando uma visão melhor do grupo.

"É claro que ela está atrás de um título", opinou a líder, que era pequena e incrivelmente magra, com um cabelo que parecia ter sido perfurado por uma série de flechas. Então Georgiana se deu conta de que não estava em condições de opinar sobre o penteado dos outros pelo fato de estar com metade da plumagem de uma garça em seu próprio cabelo. Mas flechas pareciam um certo exagero.

"Ela nunca vai agarrar um cavalheiro. Um aristocrata é *impossível*. Nem mesmo um baronete."

"Tecnicamente, esse não é um título aristocrático", observou Sophie.

Georgiana não conseguiu mais se segurar.

"Oh, Sophie, você não aprende? Ninguém está interessado na verdade."

As palavras dela atravessaram a escuridão. As seis garotas viraram-se ao mesmo tempo para encará-la, com expressões de surpresa nos rostos. Era provável que ela não devesse ter chamado atenção para si mesma, mas aquele era claramente um caso de perdido. Ela deu um passo à frente, entrando na luz, e duas das mulheres ficaram boquiabertas. Sophie piscou. E a pequena líder napoleônica teve de olhar de cima para baixo para Georgiana, que era pelo menos vinte centímetros mais alta.

"Você não faz parte da nossa conversa", disse a moça.

"Mas deveria fazer, não acha? Como assunto?", perguntou Georgiana.

Ela tinha que dar crédito às outras garotas; todas tiveram a decência de parecer envergonhadas, menos a líder.

"Eu não quero ser vista conversando com você", ela disse, cruel. "Receio que seu escândalo possa me manchar."

Georgiana sorriu.

"Não se preocupe com isso. Meu escândalo sempre procurou..." Ela fez uma pausa. "...um nível mais alto."

Sophie arregalou os olhos. Georgiana continuou.

"Você tem um nome?"

"*Lady* Mary Ashehollow", respondeu, estreitando os olhos.

É claro que ela era uma Ashehollow. Seu pai era um dos homens mais nojentos de Londres – um bêbado mulherengo que, sem dúvida, tinha levado a sífilis para sua esposa. Mas ele era o Conde de Holborn, e assim era aceito por aquele mundo imbecil. Georgiana pensou na ficha que o Anjo Caído tinha do conde e de sua família – sua condessa era uma fofoqueira maldosa, que ficaria feliz em afogar gatinhos se isso a ajudasse a subir na estrutura social. Eles tinham dois filhos – um garoto que ainda estava na escola e aquela moça, que havia debutado há duas temporadas. Uma garota que não era melhor que seus pais, evidentemente. Lady ou não, ela merecia uma avacalhação completa.

"Diga-me, você está noiva?", perguntou Georgiana.

Mary ficou rígida.

"Estou apenas na minha segunda temporada", ela se defendeu.

"Mais uma e você estará encalhada, não é isso?", Georgiana avançou, divertindo-se.

Em cheio. O olhar da jovem se perdeu em pensamentos, mas voltou tão rápido que qualquer outra pessoa não teria notado. Outra pessoa que não fosse Chase.

"Eu tenho vários pretendentes", disse Lady Mary.

"Humm." Georgiana voltou a pensar na ficha dos Holborn. "Burlington e Montlake, pelo que sei – eles têm dívidas grandes o bastante para ignorarem seus defeitos e terem acesso ao seu dote..."

"Você é bem entendida de defeitos. E dotes." Mary riu.

A pobre garota não sabia que Georgiana possuía dez anos de experiência para cada ano de vida. Experiência em lidar com criaturas muito piores do que uma garotinha com a língua afiada.

"Ah, mas eu não finjo que meu dote seja desnecessário, Mary. Contudo, Lorde Russel me espanta. O que um homem decente como ele faz rodeando alguém como você?"

Mary ficou boquiaberta.

"Alguém como eu?", espantou-se Lady Mary.

Georgiana inclinou o corpo para trás.

"Alguém com sua assustadora falta de trato social, quero dizer."

O disparo a acertou em cheio. Mary deu um passo para trás como se tivesse sido atingida fisicamente, suas amigas cobriram as bocas abertas, tentando segurar um riso que não puderam evitar. Georgiana arqueou a sobrancelha.

"Crueldade perde a graça quando é dirigida a você, não é mesmo?"

A raiva de Mary veio afiada e brusca, como era esperado.

"Não me importa o tamanho do seu dote. Ninguém vai querer você. Não sabendo quem você realmente é."

"E quem eu sou?" Georgiana perguntou, jogando a isca. Querendo que a garota mordesse.

"Vulgar. Uma vagabunda", disse Mary, com crueldade. "Mãe de uma bastarda que, provavelmente, irá crescer e também se tornar uma vagabunda."

Georgiana esperava a primeira parte, mas não a segunda. Seu sangue ferveu. Ela se adiantou e se pôs na luz dourada que escapava do salão de festas.

"O que foi que você disse?", ela perguntou em voz baixa.

O terraço ficou em silêncio. As outras garotas perceberam a ameaça nas palavras e murmuraram algo com preocupação. Mary deu um passo para trás, mas era orgulhosa demais para retirar suas palavras.

"Você me ouviu", ela disse.

Georgiana avançou, fazendo a outra sair da luz e entrar na escuridão, onde ela reinava.

"Repita."

"Eu...", Mary hesitou.

"Repita." Georgiana insistiu.

Mary fechou os olhos, bem apertados.

"Você é vulgar", sussurrou ela.

"E você é covarde", sibilou Georgiana. "Como seu pai e o pai dele."

A garota abriu os olhos.

"Eu não quis dizer...", Mary começou a falar.

"Quis, sim", Georgiana a interrompeu em voz baixa. "E eu poderia perdoar você por ter me xingado. Mas você *tinha* que incluir minha filha nisso."

"Eu peço desculpas."

Tarde demais. Georgiana balançou a cabeça e se inclinou para frente, sussurrando sua promessa.

"Quando todo o seu mundo desabar à sua volta, saiba que foi por causa deste momento."

"Eu sinto muito!" Mary exclamou ao perceber a verdade nas palavras da outra. Ela deveria se preocupar mesmo, Chase não fazia promessas que não pretendesse cumprir.

Só que ela não era Chase nessa noite. Era Georgiana. *Cristo.* Georgiana teve que recuar e mascarar sua raiva antes que revelasse demais. Ela se afastou de Mary e gargalhou despreocupadamente, um som que ela aperfeiçoou no cassino.

"Falta-lhe coragem para sustentar suas convicções, Lady Mary. Você se assusta com muita facilidade!"

As outras garotas riram e a pobre Mary ficou desorientada, sem gostar do modo como foi derrubada de sua posição.

"Você nunca vai valer o mesmo que nós! Você é uma prostituta!"

As amigas exclamaram ao mesmo tempo e depois o terraço ficou em silêncio.

"Mary!", uma delas sussurrou depois de um longo momento, dando voz ao choque de todas e à sua desaprovação mútua.

Mary revelava aflição nos olhos, desesperada para retomar seu lugar no alto da pirâmide social.

"Foi ela quem começou!"

Mais uma longa pausa antes de Sophie falar.

"Na verdade, nós é que começamos."

"Oh, fique *quieta*, Sophie!", exclamou Mary antes de se virar e correr para o salão. Sozinha.

Georgiana deveria ter ficado feliz com aquela cena. Mary tinha ido longe demais e aprendido a lição mais importante da Sociedade – que as amigas ficam do seu lado desde que não sejam atingidas por sua mancha. Mas Georgiana não estava feliz. Como Chase, ela se orgulhava de seu autocontrole, de sua frieza, de suas ações refletidas. Então onde diabos estava o Chase naquela noite? Como aquelas pessoas conseguiam exercer tanta influência sobre ela – sobre suas emoções – mesmo naquele momento? Mesmo quando ela tinha tanto poder sobre elas em sua vida paralela?

Você é uma prostituta. As palavras pairavam na escuridão, lembrando-a de seu passado e do futuro de Caroline, se Georgiana não fizesse a Sociedade aceitá-la. As garotas a abalaram porque ela permitiu, porque ela não tinha escolha se não permitir. Ela estava na casa do adversário, e o jogo era fazê-la se sentir pequena e insignificante. Georgiana as odiou por jogarem tão bem.

Ela se virou para as moças que restaram.

"Tenho certeza de que tem alguém esperando vocês para a próxima dança."

Elas partiram sem hesitação. Todas menos uma. Georgiana estreitou os olhos na direção da garota.

"Qual é o seu nome?", ela perguntou.

A moça não desviou o olhar e Georgiana ficou impressionada.

"Sophie."

"Essa parte eu já sei."

"Sophie Talbot."

Ela não usou o "Lady" a que tinha direito.

"Seu pai é o Conde de Wight?", perguntou Georgiana.

"Sim", a garota aquiesceu.

Aquele era de fato um título comprado – Wight ficou imensamente rico depois de fazer diversos investimentos impressionantes no oriente, e o rei anterior lhe ofereceu um título que poucos acreditavam ser merecido. Sophie possuía uma irmã mais velha que há pouco havia se tornado duquesa, e esse era, sem dúvida, o motivo pelo qual ela tinha sido aceita naquele grupo.

"Vá você também, Sophie, antes que eu decida que também não gosto de você."

Sophie abriu a boca, para depois fechá-la quando decidiu não falar. Ela apenas girou nos calcanhares e voltou para a festa. Garota esperta.

Georgiana soltou um longo suspiro quando ficou sozinha outra vez, odiando o fato de estar tremendo, e como isso parecia arrependimento, tristeza ou fraqueza. Ela agradeceu em silêncio por estar sozinha, sem ninguém para testemunhar aquele momento. Só que ela não estava sozinha.

"Isso não ajudou sua causa."

As palavras vieram das sombras tenebrosas e calmas, e Georgiana se virou para encarar o homem que as havia pronunciado. Tensão tomou conta dela enquanto observava a escuridão. Antes que ela pudesse lhe pedir que se revelasse, ele deu um passo à frente, e seu cabelo brilhou ao luar. As sombras da noite enfatizavam os ângulos agudos de seu rosto – maxilar, bochechas, testa, o nariz longo e fino. Ela inspirou fundo quando a frustração deu lugar ao reconhecimento... E depois ao alívio, e uma empolgação maior do que ela gostaria de admitir.

Duncan West. Belo e perfeitamente arrumado com um casaco preto, calças da mesma cor e uma gravata branca imaculada, que se destacava contra sua pele. A simplicidade do traje formal o tornava, de algum modo, mais atraente que de costume. E Duncan West não era um homem que precisava ser mais atraente que de costume. Ele era brilhante, poderoso e lindo como o pecado, mas, aliada à inteligência e à influência, a beleza poderia ser um perigo. Ela sabia disso melhor do que ninguém. Afinal, ela tinha construído sua própria vida com isso.

West era proprietário de cinco dos periódicos mais lidos de Londres: um diário, meticulosamente servido pelos mordomos a seus lordes em toda a cidade; dois semanários, entregues pelo correio em lares de toda a Inglaterra; uma revista feminina e um jornal sensacionalista que era a alegria da plebe além de ser assinado em segredo por uma aristocracia envergonhada. Além de tudo isso, ele era quase um quinto sócio do Anjo Caído – o jornalista que construiu sua fama e sua fortuna com os escândalos, segredos e informações que recebia de Chase.

É claro que ele não sabia que era Chase quem estava diante dele naquele instante – não o cavalheiro que toda Londres julgava misterioso e aterrorizador –, mas uma mulher. Jovem, escandalosa e com mais poder do que qualquer outra mulher poderia reivindicar. Essa ignorância era porque, sem dúvida, West tinha permitido que seu jornal sensacionalista publicasse aquele cartum horrendo, retratando Georgiana ao mesmo tempo como Godiva e Maria, virgem e prostituta, pecado e salvação, tudo a serviço da conta bancária do jornalista. Seus jornais – e ele – haviam colocado Georgiana ali. Ele era o motivo de ela estar naquele terraço, naquela noite, emplumada, enfeitada e perfeita, em busca de uma segunda chance na Sociedade. E ela não gostava nada disso – não importava o quão atraente ele fosse. Talvez ela gostasse *ainda* menos *por* ele ser tão atraente.

"Senhor", ela disse, dando um tom de advertência à voz. "Nós não fomos apresentados. E você não deveria estar à espreita no escuro."

"Bobagem", ele disse, e Georgiana percebeu o tom de provocação. E se sentiu tentada por isso. "A escuridão é o melhor lugar para espreitar."

"Não se você liga para sua reputação", ela disse, incapaz de resistir à ironia.

"Minha reputação não está em perigo."

"Oh, a minha também não", ela respondeu.

Ele ergueu as sobrancelhas, surpreso.

"Não?"

"Não. A única coisa que pode acontecer com a minha reputação é melhorar, afinal, ela já está no fundo do poço. Você ouviu do que Lady Mary me chamou."

"Acredito que metade de Londres ouviu do que ela a chamou", ele disse, aproximando-se. "Ela é inoportuna."

Georgiana inclinou a cabeça.

"Mas não está errada?"

A surpresa brilhou nos olhos dele, e Georgiana gostou disso. Ele não era um homem que se surpreendia facilmente

"Claro que ela está errada."

Ela gostou dessas palavras, também. A certeza delas enviou um fio de empolgação através dela, e Georgiana não podia se permitir empolgação. Ela desviou o rumo da conversa para uma área mais segura.

"Sem dúvida nosso contratempo estará nos jornais amanhã", ela disse, carregando no tom acusatório de suas palavras.

"Vejo que minha reputação me precede."

"A minha deveria ser a única conhecida?"

Ele se remexeu, desconfortável, e ela sentiu uma pequena satisfação de vê-lo assim. Ele devia mesmo ficar constrangido na presença dela. Pelo que ele sabia, ela era apenas uma garota arruinada ainda jovem. Mas os escândalos na juventude não acontecem com as garotas mais inocentes? Não importava que ela não tivesse nada de inocente, nem que eles se conhecessem há anos. Ou que trabalhassem juntos, trocando cartas, ela sob a identidade do poderoso Chase. Ou que flertassem um com o outro, ela sob a identidade de Anna, a rainha das meretrizes de Londres. Duncan West não conhecia o papel que ela representava naquela noite. Ele não conhecia Lady Georgiana Pearson, ainda que tivesse sido ele a fazê-la correr para a Sociedade. Ele e seu cartum.

"É claro que eu conheço o homem que publicou o cartum que me tornou infame."

Ela reconheceu a culpa no olhar dele.

"Eu sinto muito."

Ela arqueou a sobrancelha.

"Você se desculpa com todos aqueles que são alvo do seu tipo especial de humor? Ou só com aqueles que encontra?"

"Eu mereço isso."

"Merece mais", ela disse, sabendo que estava quase indo longe demais.

Ele aquiesceu.

"Mais. Mas você não merecia o cartum."

"E você só se arrependeu hoje?"

Ele sacudiu a cabeça.

"Eu me arrependi no dia em que foi publicado. É um desenho de mau gosto."

"Não precisa se explicar. Negócios são negócios." Ela sabia disso. Vivia por essas palavras há anos. Era um dos motivos pelos quais Chase e West trabalhavam tão bem juntos, nenhum dos dois fazia perguntas sobre o outro desde que a informação fluísse bem entre eles. Mas isso não significava que ela o perdoava pelo que tinha feito. Por fazer com que ela comparecesse a essa festa para encontrar um casamento, para ser aceita. Sem ele... talvez ela pudesse dispor de mais tempo... *Mas não muito.*

Ela ignorou esse pensamento.

"Crianças não são negócios", ele disse. "Ela não devia ter sido incluída."

Ela não gostou da mudança na conversa, da forma como ele se referia a Caroline, com gentileza, como se West se importasse com ela. Georgiana não gostou da ideia de que ele se importava com sua filha. Ela desviou o olhar. E então ele percebeu a mudança nela e mudou de assunto.

"Como é que você me conhece?"

"Quando nós chegamos, meu irmão logo apontou os leões no salão." A mentira veio com facilidade.

Ele inclinou a cabeça.

"Leões? Por que são magníficos e importantes?"

"Porque são preguiçosos e perigosos."

A risada dele foi baixa e grave, e o som fez um arrepio percorrer o corpo dela. Georgiana também não gostou disso, do modo como pareceu pegá-la desprevenida, ainda que estivesse muito prevenida.

"Eu posso ser perigoso, Lady Georgiana, mas nunca, em toda minha vida, fui preguiçoso."

E então ela já não estava mais desprevenida, pelo contrário, agora sentia-se muito à vontade. Tentada. Talvez ele não tivesse a intenção de que suas palavras fossem tão tentadoras, mas dane-se se não foram... Dane-se se elas não a fizeram querer flertar descaradamente com ele e lhe perguntar o quão duro estaria disposto a trabalhar por uma recompensa. Dane-se se ele não tinha ali o mesmo efeito que exercia nela no clube, quando estava disfarçada de Anna e ele se divertia. Dane-se se ele não a fazia imaginar como seria encontrá-lo na escuridão, outra mulher, em outro lugar, em outro momento. Como seria ceder à tentação. Pela primeira vez. Desde a última vez. *Desde a única vez.*

Ela ficou rígida ao pensar isso. Ele era um homem muito perigoso, e nessa noite ela não era Chase. Ali não era seu clube e ela não tinha nenhum poder ali. Mas ele tinha. Ela olhou para o salão de festas reluzente.

"Eu devo voltar para o baile. E para minhas acompanhantes."

"Que devem ser muitas, não tenho dúvida."

"Eu tenho uma cunhada e várias concunhadas. Não há nada que um grupo de mulheres goste mais do que enfeitar a solteira."

Ele sorriu com aquilo.

"Enfeitar é a palavra certa." Então seu olhar voou para as penas que se projetavam do penteado dela. Georgiana resistiu ao impulso de arrancá-las. Ela tinha concordado em usar aquelas coisas horríveis em uma negociação. Ela usava as penas e, em troca, tinha permissão para ir ao baile em sua própria carruagem.

Ela fez uma careta.

"Não olhe para elas", ela disse, e ele voltou sua atenção para os olhos dela, Georgiana reconheceu o humor brincando em seus olhos castanhos. "E não ria! Tente se vestir para um baile com três mulheres e suas camareiras te bajulando."

Ele reprimiu um sorriso.

"Estou vendo que você não gosta de moda."

Ela afastou uma pena irritante, que caiu em seu campo de visão, como se a tivesse invocado com suas reclamações.

"O que pode ter lhe dado essa ideia?", ela perguntou, irônica.

Ele riu então, e ela gostou do som, quase se esquecendo do motivo pelo qual estavam ali... Mas ele a lembrou.

"Uma duquesa e uma marquesa vão ajudar você a mudar a cabeça das pessoas."

"Não sei do que você está falando", Georgiana retrucou, mas ele não era bobo. Duncan sabia exatamente o que ela estava fazendo.

Ele se inclinou para trás.

"Não vamos começar com joguinhos. Você está querendo que a Sociedade a receba de volta. Você trouxe seu irmão, a mulher dele e a família dela..." Ele olhou para além dela, até o salão de festas. "Raios, você até dançou com o Duque de Lamont."

"Para alguém que não me conhece, você parece estar bem concentrado na minha noite."

"Sou um jornalista. Eu reparo em coisas incomuns."

"Eu sou bastante comum", ela disse, e ele riu.

"É claro que sim."

Ela olhou para o lado, repentinamente constrangida – sem saber como deveria se comportar. Sem saber quem ela deveria fingir ser para aquele homem que parecia reparar em tudo.

"Parece uma missão impossível, mudar a cabeça deles", ela disse, afinal.

Alguma emoção passou pelo rosto dele, depois sumiu. Ela se irritou com aquilo.

"Isso não foi um pedido de piedade."

"Não foi piedade", afirmou Duncan.

"Ótimo", ela disse. *O que, então?*

"Você pode se defender deles, sabia?" Ela podia fazer mais que isso, e ele demonstrou que pensava o mesmo. "Como você sabe quem são os pretendentes de Lady Mary?"

"Todo mundo sabe isso", respondeu Georgiana.

Ele não desistiu.

"Todo mundo que prestou atenção à temporada do último ano."

Ela deu de ombros.

"Só porque eu não vou a festas, isso não quer dizer que eu esteja alheia ao que acontece na Sociedade."

"Tenho a impressão de que você sabe muita coisa da Sociedade."

Se ele soubesse.

"Seria estupidez minha tentar voltar à Sociedade sem ter primeiro um reconhecimento básico", ela disse.

"Essa é uma estratégia normalmente utilizada em conflitos militares", observou ele.

Ela ergueu uma sobrancelha, com ironia.

"É Londres durante a temporada. Você não acha que estou em uma guerra?"

Ele sorriu ao ouvir isso e inclinou a cabeça, mas não permitiu que a conversa ficasse amena e continuou a bancar o repórter.

"Você sabia que as garotas ficariam contra ela se você a pressionasse."

Ela olhou para o lado, pensando em Lady Mary.

"Quando surgir a oportunidade, a Sociedade ficará feliz em acabarem uns com os outros sozinhos."

Ele segurou uma risada. Ela estreitou o olhar na direção dele.

"Você acha isso engraçado?", Georgiana perguntou.

"Eu acho incrível que alguém tão desesperada para voltar à Sociedade enxergue suas verdades tão claramente", ele observou.

"Quem disse que eu estou desesperada para voltar?"

Ele estava olhando para ela com muita atenção.

"Não está?"

Um sopro de suspeita passou por ela.

"Você é muito bom no seu trabalho."

"Sou o melhor que existe", ele disse sem hesitar.

Ela não deveria ter gostado da arrogância, mas gostou.

"Eu quase lhe dei sua história."

"Eu já tenho minha história."

Ela não gostou dessa afirmação.

"E qual é?", Georgiana perguntou.

Ele demorou a responder, enquanto a observava com cuidado.

"Você pareceu gostar do tempo que passou com o Duque de Lamont."

Ela não queria que ele pensasse no tempo em que ela passou com Temple. Não queria que ele refletisse sobre como ela e o duque, que era dono de um cassino, se conheciam.

"Por que você está interessado em mim?", ela perguntou.

Ele apoiou as costas na balaustrada de pedra.

"A filha pródiga da aristocracia voltou. Por que eu não estaria interessado em você?"

"Carne fresca e tudo o mais?", ela disse, após deixar escapar uma risada abafada.

"Estamos sem carne fresca esta temporada. Você se contenta com alguns canapés e um copo de limonada tépida?"

Foi a vez de Georgiana sorrir.

"Eu não voltei pela aristocracia."

Ele se aproximou ao ouvir sua confissão, envolvendo-a com seu calor. Ele era um homem devastadoramente belo, e em outro momento, como outra pessoa, com outra vida, ela poderia ter gostado de sua aproximação. Poderia tê-la acolhido. Poderia ter se entregado à tentação que ele representava.

Parecia injusto que Georgiana nunca tivesse tido essa chance. Ou era só desejo? O insulto de Lady Mary ecoou. *Prostituta*. A palavra da qual ela não conseguia escapar, por mais falsa que fosse.

Ela pensou que fosse amor. Ela pensou que ele fosse seu futuro. Aprendeu com rapidez que amor e traição andam juntos. E agora... *prostituta*. Era estranho que a reputação de alguém fosse destruída dessa forma com uma mentira tão evidente, que se atribuísse assim uma identidade falsa a alguém. O estranho é que isso fazia a pessoa querer viver a mentira, só para ter um gosto de verdade. Mas para vivê-la ela precisaria confiar, e isso nunca mais aconteceria.

"Eu sei que você não voltou por eles", Duncan disse suavemente, sua voz tentadora. "Você voltou por Caroline."

Ela deu um passo para trás.

"Não fale o nome dela", Georgiana retrucou.

Um momento se passou enquanto o alerta frio dela os envolvia. Ele a observou com cuidado, e Georgiana se esforçou para parecer jovem. Inocente. Fraca.

"Ela não é da minha conta", ele disse, afinal.

"Mas é da minha." Caroline era tudo para ela.

"Eu sei. Eu vi como você quase matou a pobre Lady Mary do coração por falar de sua filha", disse Duncan.

"Lady Mary não tem nada de pobre."

"E devia ter educação para saber que não se deve insultar uma criança."

"Assim como você também deveria ter." As palavras saíram antes que ela pudesse raciocinar.

Ele inclinou a cabeça.

"Assim como eu deveria ter."

Ela sacudiu a cabeça.

"Suas desculpas estão atrasadas, meu senhor."

"Sua filha é a única coisa que poderia ter trazido você de volta. Você não precisa disto para si mesma."

"Eu não entendo." Ela ficou alerta. O que ele sabia?

"Só quero dizer que, com tantos anos entre você e seu escândalo, uma tentativa de redenção só vai chamar para si uma atenção há muito esquecida."

Ele compreendia o que os outros pareciam não ver. Os anos que passou afastada foram muito libertadores, depois que ela aceitou a ideia de que nunca teria a vida para a qual foi tão bem preparada. Não eram só o espartilho e as saias que a apertavam naquele momento, era o conhecimento de que, a poucos metros, haviam centenas de olhos críticos que a observavam, esperando apenas que ela cometesse um erro. Centenas de pessoas, sem nenhum objetivo, desesperadas para vê-la cair. *Mas desta vez ela era mais poderosa do que qualquer uma delas.*

"Sem dúvida, seu amor por ela é o que vai fazer de você a heroína da nossa peça", ele disse.

"Não existe nenhuma peça."

Ele sorriu, convencido.

"Na verdade, minha lady, existe sim."

Quanto tempo fazia desde que alguém havia usado o título honorífico com ela? Quanto tempo fazia que não o usavam sem acompanhá-lo de um insulto ou uma crítica? Isso alguma vez aconteceu?

"Mesmo que houvesse uma peça", ela consentiu, "não seria de modo algum *nossa*."

Ele a observou por um longo momento antes de falar.

"Eu acho que pode ser nossa, sim. Veja, eu percebo que estou muito fascinado."

Ela ignorou o calor que as palavras carregavam. E se remexeu, endireitando os ombros.

"Não posso imaginar o porquê."

Ele se aproximou e sua voz ficou ainda mais grave.

"Não mesmo?"

O olhar dela procurou o dele, enquanto as palavras ecoavam por seu corpo. Ele era a resposta. Ele, o homem que dizia para a Sociedade o que, quando e sobre quem pensar... Ele poderia fazer Langley se sentir atraído por ela. Ele poderia fazer *qualquer um* sentir atração por ela. *Deus sabia que ele próprio era um homem muito atraente...* Ela afastou o pensamento errante e voltou ao assunto em questão. Duncan West poderia conseguir um título e um nome para ela. Ele poderia garantir um futuro para Caroline. Georgiana se permitiu observar aquele homem durante anos, em um mundo em que os dois ficavam de igual para igual. Mas ali, na escuridão, encarando-o, ele parecia ser ao mesmo tempo ameaça e salvação.

"Ninguém nunca fez o que você está para fazer", ele disse, afinal.

"E o que é isso?"

Ele voltou à sua posição relaxada, encostado à balaustrada de mármore.

"Retornar dos mortos. Se você tiver sucesso, vai vender muitos jornais."

"Que mercenário da sua parte", ela disse.

"O que não quer dizer que eu não deseje seu sucesso." Depois de um longo momento, ele acrescentou, parecendo surpreso. "De fato, eu acredito que desejo exatamente isso."

"Você deseja?", ela perguntou, embora acreditasse que não deveria perguntar.

"Sim."

Duncan West poderia ajudá-la a vencer. Ele a estudou por um longo tempo, e Georgiana resistiu ao impulso de se remexer sob seu olhar.

"Nós já nós vimos antes?"

Droga. Ela não estava nada parecida com Anna naquela noite. Anna andava toda enfeitada e maquiada, com espartilho apertado e seios transbordando, pó claro, lábios vermelhos e cabelo loiro tão claro que brilhava quase como platina. Georgiana era o oposto. Alta, sim, e loira, mas sem extravagâncias. Seus seios eram de tamanho normal. O cabelo tinha uma tonalidade natural. A pele e os lábios também. Ele era um homem, e os homens enxergam apenas o que querem ver. Ainda assim, ele parecia ver alguma coisa nela.

"Eu acho que não", ela respondeu, resistindo ao pensamento. Ela virou a cabeça para o salão. "Quer dançar?"

Ele sacudiu a cabeça.

"Tenho negócios para cuidar."

"Aqui?" A pergunta escapou, cheia de curiosidade, antes que ela se desse conta de que a simples Georgiana Pearson não teria interesse em perguntar.

Ele estreitou os olhos na direção dela, enquanto, sem dúvida, pensava na pergunta.

"Aqui. E em toda parte." Fazendo uma curta pausa, ele acrescentou: "Tem certeza de que não nos conhecemos?"

Ela sacudiu a cabeça.

"Não frequento estes círculos há muitos anos."

"Eu também não sou muito de frequentar estes círculos." Ele fez uma pausa, depois acrescentou, tanto para ela quanto para si: "Eu me lembraria de você."

Havia tanta honestidade naquela frase que suas palavras a fizeram prender a respiração. Ela arregalou os olhos.

"Você está flertando comigo?", ela perguntou.

Ele sacudiu a cabeça.

"Não preciso flertar. Essa é a verdade."

Ela permitiu que um lado de sua boca esboçasse um sorriso.

"Agora eu sei que está flertando. Com altivez."

Ele abaixou a cabeça.

"Minha lady, está me fazendo um grande elogio."

Ela riu.

"Pare com isso, senhor. Eu tenho um plano, e ele não inclui jornalistas atraentes."

Os dentes brancos apareceram.

"Quer dizer que agora sou atraente?"

Foi a vez de Georgiana erguer uma sobrancelha.

"Tenho certeza de que você possui um espelho."

Ele riu.

"Você não é o que eu esperava", Duncan disse.

Se ele soubesse.

"Talvez eu não seja muito boa para vender seus jornais, afinal."

"Deixe que eu me preocupo em vender jornais." Ele fez uma pausa. "E você se preocupe com seu plano – o plano de toda debutante desde o início dos tempos."

Ela soltou uma risadinha abafada.

"Eu não sou nenhuma debutante."

Ele a observou por um instante.

"Acho que você é sim, mais do que gostaria de admitir. Você não deseja uma valsa de tirar o fôlego, sob as estrelas, com um ou dois pretendentes?"

"Valsas de tirar o fôlego só causam problemas para as garotas."

"Você quer um título."

Pronto, ele estava certo. Ela deixou que seu silêncio fosse sua confirmação, e ele deu um meio sorriso.

"Vamos deixar de artifícios. Você não está procurando qualquer cavalheiro solteiro. Você tem um alvo. Ou, pelo menos, uma lista de exigências."

Ela o encarou.

"Uma lista seria mercenária", afirmou Georgiana.

"Seria inteligente."

"Admitir isso seria grosseiro", ela insistiu.

"Admitir isso seria honesto."

Por que ele tinha que ser tão inteligente? Tão rápido? E... *combinar tão bem com ela.* Não. Ela resistiu à ideia. Ele era um meio para um fim. Nada mais. Duncan interrompeu o silêncio.

"É óbvio que tem que ser alguém que precise de dinheiro."

"Esse é o objetivo do dote, certo?", ela observou.

"E alguém que tenha um título."

"E alguém que tenha um título", ela concordou.

"O que mais Lady Georgiana Pearson deseja?"

Alguém decente. Ele pareceu ler sua mente.

"Alguém que seja bom para Caroline", ele mesmo respondeu.

"Pensei que nós havíamos concordado que você não falaria o nome dela.", disse Georgiana.

"Ela é o que torna isso difícil."

Georgiana havia se debruçado sobre as fichas em seu escritório no Anjo. Ela eliminou uma dúzia de homens solteiros. Reduziu suas opções a um único candidato viável – um homem do qual ela sabia bastante para ter certeza que seria um bom marido. Um homem que ela poderia chantagear para se casar com ela, se fosse necessário.

"Não há uma lista", Duncan falou, afinal, observando-a com cuidado. "Você já o escolheu."

Ele era muito bom no que fazia.

"Já", ela admitiu.

Georgiana precisava encerrar aquela conversa. Ela estava longe do salão há tempo suficiente para que reparassem, e não havia ninguém mais no terraço a não ser aquele homem. Se fossem descobertos... O coração dela acelerou. Se fossem descobertos, sua reputação sofreria ainda mais. O risco era tentador, como é sempre o caso com os riscos, ela sabia bem disso. Mas foi a primeira vez, em muito tempo, que o risco veio acompanhado de um belo rosto. A primeira vez em dez anos.

"Quem?", ele perguntou, mas Georgiana não respondeu. "Vou descobrir em breve."

"Provavelmente", ela disse. "Afinal, é sua profissão, não é?"

"É mesmo", ele disse e ficou em silêncio por um bom tempo antes de fazer a pergunta em torno da qual estavam dando voltas. "Há outros dotes, Lady Georgiana", ele disse. "Por que o seu?"

Ela parou. E respondeu, talvez com demasiada honestidade.

"Não existe nenhum tão grande quanto o meu. E nenhum vem com tanta liberdade."

Ele arqueou a sobrancelha loira.

"Liberdade?"

"Eu não tenho expectativas com o casamento." Um leve desconforto passou por ela.

"Nenhum sonho de que um casamento de conveniência se transforme em uma história de amor?", ele perguntou

"Nenhum", ela respondeu, rindo com ironia.

"Você é jovem demais para ser tão cínica."

"Tenho 26 anos. E não é cinismo. É inteligência. Amor é para poetas e imbecis. Não sou nada disso. O casamento vem com liberdade. Do melhor tipo, mais puro e mais básico."

"Vem com uma filha, também." As palavras não tinham a intenção de ferir, mas feriram, e Georgiana ficou rígida. Ele fez a gentileza de mostrar arrependimento. "Sinto muito."

Ela balançou a cabeça.

"É a verdade, não é? Você sabe disso melhor do que ninguém." O cartum, outra vez.

"Você deveria ficar satisfeito", ela disse. "Há anos meu irmão vem tentando me trazer de volta à Sociedade... Se ele soubesse que um cartum ridículo seria tão motivador."

Ele sorriu, e havia um charme juvenil em sua expressão.

"Você está sugerindo que eu não conheço minha própria força", disse Duncan.

Ela retribuiu o sorriso.

"Pelo contrário, eu acho que você a conhece muito bem. Só é uma pena que eu não tenha outro jornal à mão para reverter o feitiço que O Escândalo lançou."

Ele procurou o olhar dela.

"Eu tenho outro", ele disse, e o coração dela disparou. Embora estivesse desesperada para falar, ela ficou em silêncio, sabendo que se o deixasse falar, talvez conseguisse o que queria. E ele poderia até pensar que a ideia era dele.

"Eu tenho outros quatro periódicos, e sei o que os homens procuram."

"Além de um dote imenso?"

"Além disso." Ele se aproximou. "Mais do que isso."

"Eu não tenho muito mais." Pelo menos nada que ela estivesse disposta a admitir.

Ele ergueu uma mão e ela prendeu a respiração. Ele iria tocá-la. Ele iria tocá-la, e ela iria gostar... Só que ele não tocou. Em vez de um toque, ela sentiu um puxão no penteado e a mão dele se afastou segurando uma pena de garça branca como a neve. Ele a passou entre os dedos.

"Eu acho que você tem mais do que imagina."

De algum modo, a noite fria de abril ficou quente como o sol.

"Parece até que você está me oferecendo uma aliança", ela falou.

"Talvez eu esteja", ele sugeriu.

Ela estreitou os olhos.

"Por quê?"

"Culpa, provavelmente."

"Não consigo acreditar que seja isso." Ela riu.

"Talvez não." Ele estendeu a mão na direção da sua e ela fez o mesmo, estendendo o braço na direção dele, como se fosse uma marionete. Como se ela não tivesse controle sobre si mesma. "Por que se preocupar com a razão?"

A pena traçou um caminho pela pele macia acima da luva e abaixo da manga, no lado de dentro do cotovelo. Ela prendeu a respiração com o toque delicado, maravilhoso. Duncan West era um homem perigoso. Ela recolheu a mão.

"Por que confiar em você, quando acabou de admitir que está nisso para vender jornais?"

Aquela boca atraente se curvou em um leve sorriso, uma tentação maliciosa.

"Você não gostaria de saber exatamente com quem está lidando?", Duncan perguntou.

Ela sorriu ao ouvir isso.

"Com certeza essa é a melhor sorte que uma garota em um terraço escuro já teve."

"Sorte não tem nada a ver com isso." Ele parou, depois acrescentou: "Não resta muito amor entre mim e a Sociedade."

"Eles adoram você", disse ela.

"Eles adoram o entretenimento que eu lhes proporciono."

Passou-se um longo momento enquanto Georgiana considerava a oferta.

"E eu?"

Aquele sorriso tentador apareceu outra vez, fazendo um fio de empolgação se enrolar em sua barriga.

"O entretenimento em questão."

"E como isso me beneficiaria?"

"O marido que você quiser. O pai que você deseja para sua filha."

"Você irá lhes dizer que corrigi minha conduta."

"Não vejo nada que indique o contrário."

"Você me viu incitar uma garota a me ofender. Você me viu ameaçar a família dela. Forçar suas amigas a lhe desertar." Ela olhou para a escuridão. "Não estou certa de que tenho algo desejável."

Ele curvou os lábios em um sorriso sábio.

"Eu vi você se protegendo e protegendo sua filha. Eu vi uma leoa."

Ela não se esqueceu de que ele mesmo tinha sido um leão poucos minutos atrás.

"Toda história tem, pelo menos, dois lados", disse ela.

Ele abriu o casaco e guardou a pena no bolso interno, antes de abotoá-lo outra vez. Ela não conseguia mais ver a pluma, mas ainda assim a sentia, presa contra o calor dele, contra o lugar em que seu coração batia em ritmo forte e seguro. Presa contra ele. Duncan West era um homem muito perigoso. Ele sorriu, um lobo, aquele homem que possuía os jornais mais lidos de Londres. O homem que podia criar ou destruir qualquer coisa com tinta e palavras. O homem que Georgiana precisava que acreditasse em suas mentiras. Que as perpetuasse.

"Aí é que você se engana", ele disse, as palavras passando por ela como um pecado. "Toda história que vale a pena ser contada só tem um lado."

"E de quem seria o lado?"

"O meu."

Capítulo Três

Ele não devia ter flertado com a garota. West estava no limite do salão de festas da casa Worthington, observando Lady Georgiana dançar nos braços do Marquês de Ralston. O homem raramente era visto na companhia de alguém que não sua esposa, mas não havia dúvida de que o Duque de Leighton havia usado toda sua influência – e também a de seu cunhado – naquela noite, na esperança de que a combinação da riqueza e do poder dos clãs Ralston e Leighton fizesse a Sociedade se esquecer do passado de Lady Georgiana.

Não estava funcionando. Ela era o assunto de todas as rodas naquele salão, e não eram seus acompanhantes poderosos nem sua beleza que impulsionavam os sussurros. E como ela era bonita, toda longilínea e graciosa, com a pele perfeita e o cabelo sedoso, e uma boca – Jesus. Ela tinha uma boca feita para o pecado. Não era de admirar que ela tinha sido arruinada tão jovem. Ele imaginou que, quando isso aconteceu, todo garoto em um raio de trinta quilômetros devia salivar por ela.

Duncan imaginou se ela ainda gostava do homem que havia tirado vantagem dela, e percebeu que não apreciava a ideia de que ela ainda pudesse gostar do sujeito. Duncan não tolerava garotos que não conseguiam manter suas mãos sob controle, e a ideia de Lady Georgiana recebendo o toque dessas mãos o incomodou mais do que ele esperava. Talvez fosse a criança. Nenhuma criança merecia nascer de um escândalo. Ele sabia disso melhor que a maioria das pessoas. Georgiana tinha toda a aparência da aristocrata, perfeita e imaculada, nascida e criada em um mundo que deveria estar a seus pés, mas que esperava para comê-la viva.

A orquestra parou de tocar e Georgiana teve apenas alguns segundos antes de se encontrar nos braços do Visconde Langley – uma excelente opção de marido. Duncan observou o casal com seu olhar de jornalista, considerando um casamento entre eles de todos os ângulos. Langley era um partidão, sem dúvida. Ele tinha assumido recentemente um título venerável, que vinha completo, com diversas propriedades imensas, mas ele sofria do grande mal da existência aristocrática – heranças podiam ser proibitivas de tão dispendiosas. Cada uma de suas propriedades estava em condições precárias, e era responsabilidade dele recuperá-las. Um dote do tamanho oferecido por Lady Georgiana poderia restaurar o condado à sua antiga glória, e ainda deixar Langley com dinheiro suficiente para dobrá-lo de tamanho. Duncan não sabia por que aquela ideia era tão perturbadora e desagradável para ele. Ela não seria a primeira nem a última a comprar um marido. *Ou a ser vendida para um.* Pelo preço de um título antigo e irrelevante. Algo que só tinha valor por seu lugar na hierarquia. Sim, aquilo poderia comprar para a filha dela críticas silenciosas em vez de insultos declarados. E, sim, também poderia comprar para a garota, no futuro, um casamento com um cavalheiro respeitável. Não nobre, mas respeitável. Talvez com alguma terra.

Mas isso não conseguiria para Georgiana nada além de comentários desdenhosos e fofocas abafadas. Nenhum respeito adicional. Nenhuma importância adicional. Poucos da aristocracia em que ela nasceu sequer considerariam que ela pudesse merecer sua civilidade, e muito menos seu perdão. Hipocrisia era o fundamento da nobreza. Georgiana tinha consciência de tudo isso – Duncan viu esse conhecimento no olhar dela e o ouviu em sua voz enquanto conversava com ela, uma mulher muito mais fascinante do que ele jamais teria imaginado. Ela estava disposta a apostar tudo em sua filha, o que demonstrava verdadeira nobreza. Ela era diferente de qualquer outra mulher que ele conhecia.

West imaginou, sonhador, como seria crescer com esse amor, com pais dispostos a sacrificar sua própria felicidade pelo bem do filho. Ele teve o amor, mas foi algo fugaz. *E então ele se tornou o cuidador.* Ele resistiu à lembrança e voltou sua atenção para a dança. Langley era uma boa opção. Bonito, inteligente e encantador, era um bom dançarino, e deslizava sua parceira pelo salão de festas, enfatizando a elegância dela com sua própria. Duncan observou como as saias cor de marfim de Georgiana acariciavam as calças do visconde quando este a virava. Alguma coisa no modo como a seda se prendia na lã por alguns instantes, antes de ceder à atração da gravidade, irritou-o. Algo no modo como eles se moviam, graciosos e habilidosos, incomodou-o. Ele não devia se importar, ele estava ali por outro motivo... Então por que esteve no terraço, fazendo tolas promessas de redenção social para uma garota que não conhecia?

A culpa era um estímulo poderoso. Maldito cartum! Ele a arrastou pela lama assim como a nobreza fez uma década antes. Ele ficou furioso quando o desenho foi publicado – odiou o modo como debochava de uma mãe solteira e de uma criança que não teve escolha em toda a questão. Ele não lia *O Escândalo* da mesma maneira que lia o restante de seus periódicos, pois não gostava muito de fofocas. Não havia reparado no cartum, inserido no último minuto, antes que as páginas fossem para a impressão. West demitiu o editor responsável assim que viu a publicação, mas já era tarde demais. Ele havia ajudado a aumentar o escândalo da garota.

Ela sorriu para Langley e algo se agitou na memória de West. Ele não lembrava de ter encontrado aquela lady antes, mas não conseguia afastar a sensação de que já a tinha conhecido, em algum momento. E que tinham conversado. E que ela tinha sorrido para ele daquela mesma maneira...

Lady Desonrada, era como a chamavam, em parte graças a ele. Não importava que ela fosse tudo o que a Sociedade adorava – jovem, aristocrática e mais linda do que uma mulher deveria ser. Talvez a beleza fosse o que mais incomodava. A Sociedade odiava as mais lindas quase tanto quanto odiava as feias. Era a beleza que tornava o escândalo tão envolvente – afinal, se Eva não fosse tão linda, quem sabe a serpente não a teria deixado em paz. Mas foi Eva quem se tornou a vilã da história, não a serpente. Assim como era a mulher quem perdia a honra, nunca o homem.

Ele pensou outra vez no homem que a arruinou. Será que ela o amava? O pensamento deixou um gosto amargo em sua boca. Sim, ele trabalharia para a redenção da garota. Ele a tornaria a estrela daquela temporada. Seria muito fácil – a Sociedade adorava suas páginas de fofocas, e acreditava facilmente nas palavras impressas ali. Algumas colunas bem colocadas e Lady Georgiana poderia se casar com seu visconde, deixando a consciência de Duncan apaziguada e livre para se concentrar em assuntos mais importantes. Assuntos que iriam garantir sua liberdade.

"Você não está dançando."

Ele estava esperando por esse encontro – ele havia comparecido ao baile com essa expectativa –, mas ainda assim congelou ao ouvir as palavras, ditas com falsa cordialidade ao seu lado.

"Eu não danço."

"É claro que não." O Conde de Tremley riu.

Duncan era apenas alguns dias mais velho que Tremley; ele conhecia o conde desde sempre, e o odiava há quase tanto tempo quanto o conhecia. Mas agora Tremley era um dos conselheiros mais próximos do Rei William, com dezenas de milhares de hectares das terras mais luxuriantes de Suffolk, que lhe rendiam perto de cinquenta mil libras por ano. Ele era rico como um rei e tinha muita influência *sobre* o Rei.

Duncan manteve seu olhar em Georgiana, pois algo nela o ajudava a manter a calma.

"O que você quer?", Duncan perguntou.

Tremley fingiu espanto com a pergunta.

"Tão frio. Você deveria mostrar mais respeito por seus superiores."

"Você devia ficar grato por eu não socá-lo em público", disse Duncan, afastando o olhar de Georgiana, não gostava da ideia de que seu companheiro indesejável pudesse descobrir seu interesse.

"Que valentia", debochou Tremley. "Como se você fosse assumir tamanho risco."

Duncan ficou mais irritado, odiando o temor que soprava nele com as palavras de Tremley.

"Vou perguntar mais uma vez. Por que você está aqui?"

"Eu reparei na sua coluna da semana passada", respondeu Tremley.

"Eu escrevo muitas colunas."

"Essa era a favor da abolição da pena de morte por roubo. Uma opinião ousada, para alguém tão... próximo da situação."

Duncan não respondeu. Não havia nada para ser dito naquele salão cheio de gente que não se preocupava com o futuro. Gente que não temia o próprio passado. Gente que não esperava, todos os dias, ser descoberta. Punida. *Enforcada*.

Lady Georgiana girou nos braços de seu futuro marido, perdida na multidão enquanto Tremley, ao seu lado, suspirava.

"É tão cansativo, ter que ameaçar você", Tremley resmungou. "Se você simplesmente aceitasse que este é o nosso acordo – eu mando, você faz –, isso tornaria nossas conversas muito mais agradáveis."

West encarou seu inimigo.

"Eu sou dono de cinco dos jornais de maior sucesso do planeta. Você fica mais próximo da destruição a cada palavra que eu escrevo."

A voz de Tremley ficou fria e aguda.

"Você tem esses jornais graças à minha benevolência. Cada palavra sua pode ser a última, e você sabe disso. Mesmo se essa lei que defende for aprovada."

Como se ele pudesse esquecer que Tremley tinha todo esse poder. Como se ele pudesse esquecer que o conde era a única pessoa no mundo que conhecia seus piores segredos e poderia puni-lo por eles. Tremley tinha seus próprios segredos, entretanto – segredos sombrios que o fariam dançar na extremidade de uma corda, se Duncan estivesse certo. Mas até ter essas provas... ele não tinha defesa contra aquele homem que segurava sua vida nas mãos.

"Vou perguntar de novo", Duncan disse, afinal. "O que você quer?"

"Há uma guerra na Grécia."

"Este é o mundo moderno, sempre tem guerra em algum lugar", disse Duncan.

"Essa está quase acabando. Quero que o *Notícias de Londres* se posicione contra a paz."

Duncan teve uma visão – a ficha de Tremley em seu escritório, cheia de especulações nervosas feitas por homens que morriam de medo que seus nomes fossem publicados. Especulações sobre aquela guerra. Sobre outras.

"Você quer que eu me oponha à independência grega." Como Tremley não respondeu, ele acrescentou: "Nossos soldados estiveram naquele solo. Eles lutaram e morreram por essa democracia!"

"E aqui está você", disse Tremley, suas palavras desdenhosas e desagradáveis, "vivo e bem. *E livre.*"

West entendeu o que o conde queria dizer. A qualquer momento, com apenas uma palavra daquele homem, Duncan poderia ser destruído. Mandado para a prisão pelo resto da vida. Ou algo pior.

"Eu não vou escrever", disse Duncan.

"Você não tem escolha", disse Tremley. "Você é meu cachorrinho. E é melhor se lembrar disso."

A verdade contida naquela afirmação a tornava infinitamente mais exasperante. Mas isso não continuaria sendo verdade por muito tempo, se ele encontrasse o que estava procurando.

Duncan cerrou o punho ao lado do corpo. Ele estava desesperado para usá-lo, para socar a cara daquele homem com a força que desejava desde quando os dois eram crianças e ele passava seus dias sendo provocado. Machucado. Quase morto... Ele fugiu, foi para Londres, erigiu um maldito império jornalístico. Ainda assim, quando estava com Tremley ele voltava a ser o garoto de antes. Uma lembrança surgiu em sua mente – ele cortando a escuridão sobre um cavalo que valia três vezes mais que sua vida. Cinco vezes. Sua irmã aninhada em seu colo. A promessa de futuro. A promessa de segurança. De uma vida digna para os dois. Ele estava cansado de viver com medo daquela lembrança. Duncan se afastou da conversa, sentindo-se preso, como sempre se sentiu. Desesperado por alguma coisa que destruísse logo aquele homem, antes que fosse forçado a fazer, mais uma vez, o que lhe era ordenado.

"Por quê?", ele perguntou. "Por que manipular a opinião pública contra a paz?"

"Isso não é da sua conta."

Duncan podia apostar que Tremley estava infringindo várias leis do rei e do país, e isso era da sua conta. E da conta de seus leitores. E da conta do rei. Mas, o mais importante era que a prova disso seria o bastante para manter seus segredos a salvo. Para sempre. Infelizmente, prova não era algo muito fácil de se conseguir naquele mundo de fofocas e mentiras. Ela tinha que ser descoberta. Comprada, se possível. Negociada, se necessário. E só havia um homem com poder suficiente para conseguir o que o próprio Duncan não era capaz de encontrar.

"Você vai fazer o que estou mandando", insistiu o conde.

Ele não falou, recusando-se a verbalizar sua concordância com o que Tremley tinha lhe pedido. Duncan costumava obedecer as ordens do conde, mas nunca em uma situação que iria tão contra a coroa. Nunca em algo que colocaria vidas inglesas em risco.

"Você vai fazer." Tremley repetiu, com mais firmeza dessa vez. Com mais raiva.

Como as palavras não formavam uma pergunta, era fácil para Duncan não responder. Em vez disso, ele deixou o salão, hesitando na saída quando a orquestra terminou a música. Olhou por sobre o ombro para a multidão, observando os aristocratas que se deleitavam com seu dinheiro, poder e idílio. Eles não compreendiam como a sorte lhes sorria. Duncan pegou o casaco e o chapéu e se dirigiu à saída, com sua cabeça já no clube, chamando a mensageira de Chase, pedindo – pela primeira vez – um favor. Se existia alguém que pudesse descobrir os segredos de Tremley, era Chase. Mas o proprietário do Anjo Caído iria querer ser pago, e Duncan teria que oferecer muita coisa pelo que estava querendo. Ele aguardou nos degraus da Casa Worthington até que seu transporte surgisse do congestionamento de carruagens que esperavam por seus lordes e suas ladies, ansioso para chegar ao clube e começar a negociação com o proprietário.

"E aqui estamos outra vez."

Ele reconheceu a voz de imediato, como se a conhecesse por toda sua vida. Lady Georgiana estava atrás dele, com seus olhos claros e sua voz que, de algum modo, trazia luz – os anos em que esteve longe desse mundo, desse lugar, pareciam ter feito mais por ela do que se tivesse permanecido entre seus pares. Ele encontrou o olhar dela e inclinou a cabeça.

"Minha lady", ele deixou que essas palavras pairassem entre eles, gostando de usar o honorífico, que ele nunca tinha considerado tão possessivo até o momento. Ele gostou, também, do modo como ela arregalou os olhos ao ouvi-lo. Ele repetiu as palavras dela. "E aqui estamos outra vez."

Ela sorriu, cortês e discreta, e a expressão fez com que um arrepio de prazer percorresse seu corpo. Mas ele o interrompeu antes que pudesse gostar daquilo. Lady Georgiana não era para seu prazer.

Georgiana foi ficar ao lado dele no alto dos degraus da Casa Worthington, observando as carruagens reunidas abaixo. Ainda era cedo o bastante para que os dois estivessem a sós, acompanhados apenas pela camareira dela e uma coleção de criados uniformizados, todos pagos para desaparecer nas sombras.

"Percebi, depois que nos separamos, que eu não devia ter falado com você", ela disse, sem tirar os olhos do lugar para onde um criado correu, nos estábulos próximos, para localizar sua carruagem. Ela explicou: "Nós não fomos apresentados."

"Você tem razão." Ele olhou para o agrupamento de veículos pretos.

"E você é um homem solteiro, sem título."

"Sem título?", ele repetiu, sorrindo.

"Se você fosse nobre, eu me preocuparia menos." Ela também sorriu.

"Você acha que o título a deixaria em segurança?"

"Não", ela respondeu, séria. "Mas como já estabelecemos, um título tornaria você um excelente marido."

Ele riu da ousadia dela.

"Eu seria um marido terrível, minha lady. Isso eu posso lhe garantir."

"Por quê?" A curiosidade surgiu nos olhos dela.

"Porque tenho defeitos bem piores do que ser solteiro e sem título." Isso era verdade.

"Ah. Você diz isso porque tem uma profissão."

Não, porque não tenho um futuro. Ele deixou que o silêncio fosse sua resposta.

"Bem, é uma bobagem que sejamos ensinados a olhar com superioridade para quem trabalha duro", ela disse.

"Bobagem, mas é verdade."

Eles ficaram em silêncio por um bom tempo, torcendo para que o outro falasse primeiro.

"E ainda assim, parece que eu preciso de você", Georgiana continuou.

Ele olhou para ela de esguelha. Duncan não deveria ter gostado de ouvir aquilo. Ele não deveria querer ser necessário, querer ajudá-la. Não deveria achar aquela mulher tão envolvente. Ou precisar se lembrar de não pensar nela.

"Está cedo", ele disse, ansioso por mudar de assunto. "E você já está indo para casa?"

Ela ajeitou a pesada capa de seda à sua volta, bloqueando o frio do ar noturno.

"Acredite ou não", ela disse, "de certa forma eu exagerei esta noite. Estou absolutamente exausta."

Ele fez uma expressão irônica.

"Eu notei que você encontrou energia para dançar com Langley."

Ela hesitou.

"Você acredita que ele foi forçado a dançar?", ela perguntou.

Não mesmo.

"Tenho certeza de que não foi nenhuma provação", respondeu ele.

"Eu não tenho tanta certeza assim", ela disse, o olhar intenso e direto. "Mas ele poderia conseguir algo pior do que meu dote."

Duncan não estava pensando no dote, ele pensava nela – toda longilínea, ágil e encantadora. Ele a preferiria sem o ridículo enfeite de cabeça, mas mesmo com as penas projetando-se de seu penteado, ela era uma mulher linda. Linda demais. Ele não corrigiu o modo como ela interpretou suas palavras.

"Muito pior", disse apenas.

O silêncio surgiu, e ficou por um longo momento, não se ouvia nada a não ser o som de cascos de cavalos e rodas de carruagem se aproximando. O veículo dela chegou e Georgiana se pôs a caminho para partir. Ele não queria. Duncan pensou na pena que tirou do cabelo dela, agora no bolso de seu casaco, e por um momento louco ele imaginou qual seria a tentação de ter Georgiana assim, encostada nele. Duncan afastou o pensamento.

"Sem acompanhante?"

Ela olhou para trás, para a camareira pequena e despretensiosa parada vários metros atrás.

"Estou indo para casa, meu senhor. Esta conversa foi a coisa mais escandalosa que eu fiz esta noite."

Ele podia pensar em muitas coisas escandalosas que estaria disposto a fazer com ela, mas por sorte seu cabriolé chegou e o salvou daquela loucura. Ela ergueu uma sobrancelha para ele, com ironia.

"Um cabriolé? À noite?", Georgiana perguntou.

"Eu tenho que circular rapidamente pelas ruas de Londres sempre que surge alguma notícia", ele disse enquanto seu cavalariço descia do veículo. "Um cabriolé serve para isso."

"Para escapar de bailes também?"

Ele inclinou a cabeça.

"Para isso também."

"Talvez eu devesse adquirir um", ela disse.

"Não estou certo de que as ladies da Sociedade gostariam disso", ele respondeu, sorrindo.

Ela suspirou.

"Acredito que não seria apropriado se eu dissesse 'Danem-se as ladies da Sociedade'."

Ela quis fazer uma brincadeira – Georgiana pronunciou a frase com uma combinação perfeita de sarcasmo e bom humor que faria um homem menos perspicaz rir. Um homem que não notasse que havia tristeza, perda e frustração por trás daquelas palavras.

"Você não quer isso, não é mesmo?"

O olhar dela demonstrou surpresa, mas ela não fingiu não entender. Ele gostava disso nela. Sua sinceridade.

"Eu fiz essa cama, Sr. West. É nela que devo me deitar."

Ela não queria retornar à Sociedade. Ela não queria essa vida. Isso era claro.

"Lady Georgiana", ele começou, sem saber muito bem o que dizer a seguir.

"Boa noite, Sr. West." E ela seguiu seu caminho acompanhada pela criada despretensiosa, descendo os degraus a caminho de sua carruagem, que a levaria para longe daquele lugar, daquela noite. Para longe dele.

Ela iria se recompor. Tratar das feridas. E repetiria sua performance no dia seguinte. *E ele faria seu melhor para mantê-la a salvo da horda.* Era muito raro ele se interessar pela Sociedade, muito menos por suas mulheres, que na maior parte eram problemáticas demais pelo que valiam – um dramalhão sem sentido. Mas havia algo em Lady Georgiana que parecia estranhamente familiar. Algo que ecoava nele. Resignação, talvez. Descontentamento. Desejo... pelo que, ele não sabia, mas era o bastante para intrigá-lo.

Ele a observou por um longo momento, admirando a forma como se movia, segura de seu destino. Segura de si mesma. Ele se pegou fascinado pelo modo como as saias claras pareciam correr atrás dela, como se pudessem ser deixadas para trás se não tivessem cuidado. O modo como um braço comprido foi estendido para manter o equilíbrio enquanto ela levantava as saias e entrava na carruagem. Ele entreviu o tornozelo virado em um sapato prateado brilhante. Por um instante ele ficou fixado por aquele pé delicado, até a porta ser fechada e ela sumir. O criado – um homem imenso que sem dúvida foi contratado pelo irmão rico para mantê-la em segurança – guardou o calço na parte de trás da carruagem antes de subir no seu posto e indicar para o condutor que podia colocar o veículo em movimento.

West imaginou o que poderia escrever a respeito dela.

Lady Georgiana é mais do que sua reputação promete, mais do que escândalo e pecados do passado. Ela é algo que todos nós desejamos poder ser – separados do nosso mundo. De algum modo, e por ironia, apesar de seu passado, ela é mais pura do que todos nós. Intocada por nós. O que é, talvez, seu maior valor.

As palavras vieram com facilidade. É claro que sim, a verdade sempre se escreve sozinha. Mas, infelizmente, a verdade não vende jornais.

Ele subiu os degraus até seu cabriolé, ajeitando-se no assento e tomando as rédeas, dispensando seu criado pelo resto da noite. Ele gostava de conduzir; encontrava conforto no ritmo dos cascos batendo no chão e das rodas virando. Ele seguiu atrás da carruagem de Georgiana, que andava como uma lesma, saindo da propriedade Worthington, e não teve escolha se não pensar nela, dentro daquele veículo, com seus pensamentos. Ele a imaginou olhando fixamente pela janela, observando as lanternas penduradas nas carruagens que permaneciam ao longo da rua. Imaginou-a se perguntando como sua carruagem teria ficado com as outras, se tivesse sido uma das últimas a sair naquela noite, depois que ela dançasse e dançasse com uma miríade de cavalheiros, até seus pés ficarem machucados e seus músculos tensos de exaustão. Imaginou-a pensando como poderia ter saído do baile de outra maneira – não fugindo da Sociedade, mas como sua rainha... Se ela não tivesse sido arruinada.

Ele imaginou seus belos olhos cheios de arrependimento por todas as coisas que poderia ter sido. Todas as coisas que ela poderia ter feito. Toda a vida que ela poderia ter vivido se as coisas fossem diferentes. Ele estava tão perdido pensando em Georgiana que não percebeu que ela deixou passar a rua em que deveria virar – a que levava para a casa de seu irmão –, e continuou atravessando Mayfair na mesma direção em que ele seguia, o que era estranho. Decerto que ele não a estava seguindo intencionalmente.

As rodas da carruagem rangeram pelas ruas de paralelepípedos de Mayfair, depois viraram na Rua Bond, onde as lojas estavam fechadas devido ao horário, e depois entraram em Piccadilly, na direção de St. James. Foi então que ele começou a se perguntar aonde Georgiana estava indo. Ele deixou que seu cabriolé diminuísse a velocidade e ficasse para trás — *por nenhum motivo especial*, ele disse para si mesmo. Duncan fez com que algumas carruagens ficassem entre eles, mal conseguindo discernir as lanternas do veículo dela quando este virou na Rua Duke, e depois cortou pelo labirinto de ruas e vielas atrás dos clubes para cavalheiros de St. James. Ele se endireitou em seu assento. *Ela estava atrás do Anjo Caído.*

Duncan West era, provavelmente, o maior jornalista de Londres, mas não era preciso ter uma mente investigativa como a dele para reconhecer a verdade. Lady Georgiana Pearson, irmã do Duque de Leighton, que possuía um dote grande o bastante para comprar o Palácio de Buckingham, e que supostamente estava desesperada para restaurar sua reputação – no que ele até tinha se oferecido para ajudá-la – estava a caminho do clube masculino mais afamado da Grã-Bretanha... Que por acaso era o clube que *ele* frequentava.

Ele parou seu cabriolé antes de fazer a curva final que levava à entrada dos fundos do clube, saltou da carruagem e percorreu o restante do caminho a pé, sem querer chamar atenção para sua presença. Se ela fosse vista ali, sua reputação seria destruída para sempre. Nenhum homem a aceitaria, e sua filha não teria futuro. Era um risco de proporções chocantes. *Então, que diabos ela estava fazendo?* West permaneceu oculto nas sombras, encostado na parede da viela, observando a grande carruagem, parada e com seu ocupante ainda dentro. Ele percebeu que a carruagem não ostentava nenhuma marca; nada chamava atenção. Nada a não ser o enorme criado, que desceu de seu posto para bater na pesada porta de aço da entrada dos fundos do clube. Uma fenda foi aberta e logo fechada após o criado falar algo. A porta se abriu, revelando um grande vão preto – a obscura entrada do clube.

As portas da carruagem permaneciam completamente fechadas. Ótimo. Talvez ela estivesse reconsiderando a idiotice que iria fazer. Talvez ela não saísse. Só que ela iria sair, pois era óbvio que já tinha feito aquilo antes. Era evidente que ela tinha fácil acesso àquele clube, administrado pelos homens mais tenebrosos de Londres, homens que poderiam destruí-la sem a menor hesitação. *Ele deveria detê-la*. Duncan se aproximou, deixando as sombras da parede que o ocultavam, pronto para cruzar as cavalariças, arreganhar a porta da carruagem e pedir uma explicação. Mas o criado estava mais perto do que ele, e logo abriu a porta, colocando o bloco de apoio no chão.

Duncan hesitou, esperando por ela, por suas saias brancas e pelo singelo sapato prateado, que foi a última coisa que viu. Só que o sapato que emergiu não tinha nada de singelo. Era pecaminoso. Com saltos altos e escuros – escuros demais para que conseguisse adivinhar a cor sob a luz fraca da carruagem – exibiu um pé longo, com um arco perfeito. Ele desencostou da parede, seu olhar focado no pé. Mas logo subiu pelo tornozelo e depois por um mar de seda da cor da meia-noite, que terminava em um corpete com espartilho bem apertado, exibindo um busto glorioso, desenhado para fazer um homem salivar.

Ele engoliu em seco. E então ela saiu para a luz, mostrando os lábios pintados, os olhos delineados e o cabelo loiro platinado brilhante. A *peruca* loira platinada brilhante. Ele a reconheceu e praguejou na escuridão. O choque logo deu lugar ao prazer inigualável que vinha quando ele descobria uma história sensacional.

Lady Georgiana Pearson não tinha nada de inocente. Ela era a melhor prostituta de Londres. E era a resposta que ele procurava.

Capítulo Quatro

Lady G pode não ser considerada uma lady, mas ela se comportou com graça e serenidade no Baile W, atraindo a atenção de pelo menos um duque e meia dúzia de cavalheiros aristocratas em busca de esposas...

(...) parece que Lady M e suas companheiras estão em grande forma esta Temporada, prontas para ridicularizar qualquer uma que ousar se aproximar. Cavalheiros da Sociedade, cuidado... a filha do Conde H parece não ter o mesmo encanto que outras ladies menos consideradas...

O Escândalo, 20 de abril de 1833.

*N*a noite seguinte, Georgiana entrou repentinamente em seu apartamento, acima do clube, assustando Asriel, um dos seguranças do Anjo, que estava sentado descontraidamente, lendo alguma coisa. Grande como um armazém, com seus um metro e noventa e cinco centímetros, ele pôs-se de pé em um movimento rápido e fluido, os punhos já fechados e prontos para o que viesse.

"Sou eu." Ela acenou para ele.

"O que foi?" Ele semicerrou os olhos para ela.

"Ela está bem?" Georgiana olhou para a porta fechada que ele guardava.

"Não fez um ruído desde que se recolheu."

Georgiana suspirou de alívio. *Jesus.*

É claro que Caroline estava bem. Ela estava protegida por meia dúzia de portas trancadas e vários homens em guarda nos corredores adiante, além de Asriel, que estava com Georgiana há mais tempo que qualquer outro. Mas não importava. Quando Caroline estava em Londres, ela corria riscos. Georgiana preferia a filha em Yorkshire, onde ficava a salvo de olhares curiosos, fofocas sussurradas e insultos odiosos; onde podia brincar no sol como qualquer criança normal. E quando a menina estava na cidade, Georgiana preferia que ela ficasse na casa do tio, longe do Anjo. Longe dos pecados da sua mãe. E do seu pai.

O pensamento a irritou. Os pecados do pai não pareciam ter importância. Era a mãe que aguentava o fardo da ruína. A mãe que o transferia para a filha, como se não fossem dois os envolvidos no ato. Georgiana nunca mais falou seu nome depois que ele foi embora. Ela nunca quis que ninguém soubesse a identidade do homem que havia destruído seu futuro e arruinado sua imagem. Seu irmão lhe perguntou milhares de vezes. Jurou vingá-la. Ele desejava destruir o homem que a deixou com uma criança nos braços sem nunca olhar para trás. Mas Georgiana se recusou a identificá-lo.

Ele não tinha sido o instrumento de sua ruína, afinal. Ela se deitou naquele monte de feno com ele por sua própria vontade. Tinha plena consciência do que estava fazendo. Não foi Jonathan quem a destruiu, foi a Sociedade. Ela havia quebrado suas regras, e a Sociedade a rejeitou. Não houve temporada, nem chance de ela mostrar seu valor. Ela nunca teve uma chance de se redimir – seus pares foram, ao mesmo tempo, juiz e júri. Seu escândalo serviu como entretenimento e aviso para eles. Tudo porque ela foi vítima de uma história bonita e imaginária. Algo que chamam de *amor*.

A Sociedade nunca ligou para isso. Ninguém, na verdade – nem sua família, nem suas amigas. Ela foi exilada por todos, exceto por seu irmão, o duque que casou com seu próprio escândalo e, ao fazer isso, perdeu o respeito de sua mãe. E da Sociedade. Então ela jurou fazer com que a Sociedade se tornasse sua devedora. Georgiana reuniu informações sobre seus membros mais poderosos e, quando lhe deviam dinheiro que não podiam pagar, ela raramente hesitava em usar essas informações para destruí-los. Tudo aquilo – o clube, o dinheiro, o poder – tinha um único objetivo: dominar aquele mundo que tinha lhe dado as costas tantos anos atrás. Eles a rejeitaram e a deixaram sem nada. Nada, não. Caroline. Ela, sim, era *tudo*.

"Odeio quando Caroline está aqui", disse ela, mais para si mesma do que para Asriel. Ele sabia que não devia responder. Ainda assim, Georgiana não conseguia deixar de levar Caroline para Londres a cada dois meses. Ela dizia para si mesma que era para sua filha conviver com o tio e com as primas. Mas não era verdade.

Georgiana trazia Caroline para a cidade porque não conseguia suportar o vazio que sentia quando a menina estava longe. Porque, em toda sua vida, ela nunca se sentia tão satisfeita como quando repousava a mão nas costas da filha adormecida e sentia o subir e descer de sua respiração, cheia de sonhos e possibilidades. Cheia de tudo aquilo que Georgiana não teve, e tudo que ela prometeu dar para sua filha. *Nenhum sonho de que um casamento de conveniência se transforme em uma história de amor?*

As palavras ditas por Duncan West na noite anterior ecoaram rápidas e indesejadas em sua mente, como se ela estivesse de novo na companhia daquele homem alto e atraente, com o cabelo loiro caindo sobre a testa e implorando para ser empurrado para trás, para ser tocado. Duncan era atraente em um nível perigoso, em grande parte porque era extremamente inteligente – sua mente compreendia mais do que era dito, seus olhos enxergavam mais do que era revelado. E o modo com que sua voz profunda delineava os picos e vales do idioma, o modo como pronunciava o nome dela, como sussurrava o honorífico que ela raramente usava. *O modo como fazia com que Georgiana quisesse escutá-lo durante horas.*

Ela resistiu ao pensamento. Não tinha tempo para ficar escutando Duncan West. Ele havia feito uma oferta de ajuda bastante generosa, que era tudo o que ela precisava. E mais nada. Ela não queria mais nada. *Mentirosa.* A palavra ecoou dentro dela. Georgiana a ignorou e voltou sua atenção para a filha. À promessa que havia feito de lhe dar uma vida. Um futuro. Fazia dez anos que Caroline tinha sido concebida, quando Georgiana fugiu do mundo para o qual tinha sido criada. Dez anos desde que o mundo condenou as duas. Desde que Georgiana construiu um império baseado na maior verdade da Sociedade: nenhum de seus membros está longe da ruína. Nenhuma dessas pessoas sarcásticas, desrespeitosas e horríveis sobreviveriam caso seus segredos fossem revelados.

Ela estabeleceu aliança com três aristocratas desgraçados, todos mais fortes e inteligentes do que o resto da Sociedade. E todos arruinados, sem qualquer dúvida. Todos desesperados para se esconder da Sociedade, embora mandassem nela. E juntos eles realmente mandavam. Bourne, Cross, Temple e Chase tinham os homens e as mulheres mais poderosos de Londres sob seu domínio. Eles sabiam de suas verdades mais sombrias, seus segredos mais obscuros. Mas era Chase quem de fato reinava, em parte porque era Georgiana que nunca seria capaz de voltar plenamente para a Sociedade.

Todos os erros, todas as humilhações e todos os escândalos enfrentados pelos homens da aristocracia podiam ser apagados. Os títulos compravam respeito, mesmo para aqueles caídos em desgraça. Ela não tinha provado isso? Ela escolheu seus sócios pelos erros que eles haviam cometido quando eram jovens e estúpidos. Bourne perdeu toda sua fortuna, Cross escolheu uma vida de jogatina e devassidão em vez de uma vida responsável e Temple acabou na cama com a noiva de seu pai. Nenhum deles merecia a punição que a Sociedade lhes dispensou. Mas cada um deles foi restaurado à sua posição. Mais rico, mais forte, mais poderoso. *Com amor.*

Ela resistiu a essa ideia. Amor era secundário. Seus sócios haviam sido restaurados às suas posições porque Georgiana lhes deu o caminho para sua restauração. Ela tinha muita sorte de ter – apesar de suas falhas – um irmão disposto a fazer qualquer coisa que ela pedisse. Arrumar qualquer convite. Providenciar toda proteção. Ele lhe devia. Com seu escândalo, Georgiana tinha dado ao irmão a liberdade para casar com a mulher que ele escolhesse, e ele retribuiu lhe dando algo muito mais valioso... um futuro. Talvez ela nunca mais fosse aceita pela Sociedade, mas agora tinha o poder de destruí-la. Durante anos ela pensou e planejou sua vingança... O momento em que mostraria toda a verdade para eles: que eles não eram nada sem ela, a garota arruinada que rejeitaram.

Só que ela não podia fazer isso. Por mais que odiasse essa situação, ela precisava deles. Não só deles... *Ela precisava dele.* O belo rosto de Duncan surgiu novamente em seus pensamentos – todo à vontade, com sorrisos fáceis. O homem era arrogante demais para seu próprio bem. E essa arrogância a tentava mais do que deveria. Mas ele era tudo que ela não desejava. Tudo que ela não precisava. Ele não tinha título, nem mesmo era um cavalheiro, veio do nada e era aceito nos grupos mais estimados devido à sua fortuna indecente, nada mais. Pelo amor de Deus, o homem tinha que trabalhar para viver. Era um milagre que fosse aceito deste lado da Rua Regent. Ela precisava da ajuda dele apenas para garantir o futuro de Caroline.

A porta atrás de Asriel foi aberta, revelando sua filha, suas costas iluminadas por uma coleção de velas acesas.

"Achei que tinha ouvido você."
"Por que ainda está acordada?"
Caroline mostrou um livro de capa vermelha.
"Não consigo dormir. Esta pobre mulher! O marido a obriga a tomar vinho no crânio de seu próprio pai!"
Asriel arregalou os olhos. Caroline se virou para ele.
"Eu acho a mesma coisa. Não é de admirar que ela assombre o lugar. Embora, para ser honesto, se fosse eu, iria para o mais longe possível", disse o segurança.
Georgiana tirou o livro da mão de Caroline.
"Eu acho que nós podemos encontrar uma leitura mais adequada para a hora de dormir do que...", ela leu o título na capa, "*Os fantasmas do Castelo Teodorico*, não acha?"
"O que você sugere?"
"Tenho certeza de que temos algum livro de poesia para crianças por aí."
Caroline revirou os olhos.
"Não sou mais criança."
"É claro que não." Georgiana sabia que não adiantava discutir. "Um romance? Que inclua um belo cavalo, um castelo reluzente e um final feliz?"
Caroline revirou os olhos outra vez.
"Eu nunca vou saber se este aqui tem um final feliz se não terminar de ler. Mas tem romance."
Georgiana ergueu a sobrancelha.
"O marido em questão não promete muita coisa como herói."
Caroline fez um gesto com a mão.
"Ah, claro que não é ele. O homem é um verdadeiro monstro. É outro fantasma, de duzentos anos antes, e eles estão apaixonados."
"Dois fantasmas?", perguntou Asriel, baixando os olhos para o livro.
Caroline aquiesceu.
"Através do tempo."
"Que inconveniente", disse Georgiana.
"Totalmente. Eles só ficam juntos uma noite por ano."
"E o que eles fazem quando estão juntos?", perguntou Asriel. Georgiana o encarou, surpresa. Asriel era grande como uma casa e silencioso como um túmulo, a menos, aparentemente, que o assunto em discussão fosse uma história romântica.
Caroline sacudiu a cabeça.
"Não fica claro. Mas parece que é bastante escandaloso, então eu suponho que seja algum tipo de manifestação física da paixão deles. Mas levando em conta que são dois fantasmas... não sei como isso funciona."

Asriel ficou sem ar. Georgiana arqueou a sobrancelha.

"Caroline."

"É tão fácil deixar o Asriel chocado", disse a menina, sorrindo.

"Você é o que as pessoas chamam de 'precoce'." Georgiana entregou o livro para Asriel. "Então precisa ser lembrada de que eu sou mais velha, mais inteligente e mais forte que você. Vá para a cama."

Os olhos dela brilharam.

"E o meu livro?"

Georgiana segurou o riso.

"Você pode ler pela manhã. Asriel vai tomar conta dele até lá."

"Capítulo quinze", Caroline sussurrou para Asriel. "Vamos debater amanhã."

Asriel grunhiu, fingindo desinteresse, mas não recusou o livro.

Georgiana apontou para o quarto de Caroline.

"Entre."

A garota se virou para cumprir a ordem e Georgiana a seguiu logo atrás, observando-a enquanto ela deitava na cama. Depois, a mãe se sentou na beira do colchão e ajeitou as cobertas sobre os ombros de Caroline.

"Você sabe que quando for convidada para os eventos da Sociedade..."

Caroline gemeu.

"*Quando você for convidada para eventos da Sociedade...*", repetiu Georgiana, "...não pode discutir sobre nenhuma manifestação física ou algo do tipo." Ela fez uma pausa. "E é melhor evitar discussões sobre beber sangue em crânios."

"Era *vinho*", protestou a garota.

"Não vamos falar de beber qualquer coisa usando crânios."

"Eventos da Sociedade parecem terrivelmente chatos", a menina suspirou.

"Não são, sabe."

"Não são?" Caroline olhou para a mãe, surpresa.

"Não são." Georgiana sacudiu a cabeça. "Eles são muito divertidos se você...", ela hesitou. *Se você for bem-vinda* não parecia a conclusão adequada para a frase. Principalmente porque Caroline era completamente arruinada. "Se você tiver interesse nesse tipo de coisa."

"E você tem?", perguntou Caroline, tranquila. "Interesse em eventos da Sociedade?"

Georgiana hesitou. Ela já teve. Ela adorou os poucos bailes do campo para os quais foi convidada. Ela ainda conseguia se lembrar do vestido que usou no primeiro baile – o modo como as saias pesavam, exuberantes, ao seu redor. O modo como se fazia de acanhada, baixando os olhos e sorrindo recatadamente, quando um garoto a convidava para dançar. Caroline merecia essa lembrança. O vestido, as danças, a atenção. Ela merecia a sensação vertiginosa que vinha com uma dança escocesa animada, o orgulho de um elogio ao penteado. Sentir o coração acelerado quando encontrasse os lindos olhos azuis que a arruinariam.

O pavor embrulhou o estômago de Georgiana. Caroline conhecia seu passado, ela sabia que não tinha pai. Sabia que Georgiana era solteira, e Georgiana supunha que Caroline soubesse quais eram as consequências dessas coisas, de que sua reputação estava manchada por associação desde seu nascimento. De que ela precisava mais do que uma mãe e três aristocratas de reputação duvidosa para salvá-la. Para conseguir a aprovação da Sociedade. Ainda assim, Caroline nunca havia confirmado que sabia essas verdades. Ela nunca, nem mesmo nos momentos de frustração que uma garota tem com sua mãe, disse sequer uma palavra para indicar que se ressentia das circunstâncias de seu nascimento. Que desejava outra vida. Mas isso não significava que ela não queria. E não significava que Georgiana não faria tudo que pudesse para dar isso à filha.

"Mãe?", Caroline chamou, trazendo Georgiana de volta ao presente. "Você tem interesse na Sociedade?"

"Não", ela disse, debruçando-se e beijando a filha na testa. "Apenas nos segredos que ela esconde."

Um longo momento se passou enquanto Caroline refletia sobre as palavras que iria dizer. E falou com convicção:

"Eu também não."

Era mentira. Georgiana também foi uma garota cheia de esperança e ideias. Ela sabia com o que Caroline sonhava em seus momentos solitários na calada da noite. Ela sabia, porque tinha sonhado com as mesmas coisas. Com casamento e uma vida cheia de felicidade, gentileza e companheirismo. Cheia de amor. *Amor.* Pensar nessa palavra tão cheia de significados trouxe uma onda de amargura. Não é que ela não acreditasse na emoção, ela não era tola, afinal. Ela sabia que era real, ela vivenciou esse sentimento muitas vezes. Ela amava seus sócios, amava seu irmão, amava as mulheres que a acolheram anos atrás, que a protegeram mesmo ela sendo considerada a irmã fugitiva de um duque, mesmo pondo em risco a própria segurança. E ela amava Caroline. Mais do que havia imaginado ser possível.

Até houve um momento em que ela pensou amar um homem. Quando ela acreditou que a forma maravilhosa como ele a fazia se sentir tornava-a invencível. Quando ela pensou que poderia conquistar o mundo com aquele sentimento que a fortalecia. *Que ela e ele poderiam conquistar o mundo juntos.* Ela confiou nisso, nesse sentimento. Assim como confiou no garoto que a fez se sentir dessa maneira. E foi deixada em pedaços... Sozinha. Então, sim, ela acreditava no amor. Era impossível não acreditar quando olhava para o rosto da filha. Mas ela também sabia a verdade: o amor destrói. Ele consome. Ele é fonte de dor e medo; e pode transformar força em fraqueza. Pode transformar uma mulher madura em uma garota chorona em um terraço, aceitando o peso do insulto e da vergonha, com a esperança ínfima de que sua dor pudesse salvar quem ela ama. Amor é bobagem.

"Boa noite, mãe." As palavras de Caroline despertaram Georgiana de seus devaneios. Ela observou a filha deitada na cama e enrolada nas cobertas. De algum modo parecendo, ao mesmo tempo, jovem e velha demais.

Georgiana se abaixou e beijou a testa da filha.

"Boa noite, querida."

Ela saiu do quarto, fechando a porta silenciosamente atrás de si, antes de se virar para encarar Temple, que estava ao lado de Asriel no corredor.

"O que foi?"

"Duas coisas", disse o duque indo direto ao assunto. "Primeiro, Galworth está aqui."

O Visconde Galworth, que devia até as calças para o Anjo. Ela pegou a ficha que Temple lhe oferecia e a consultou.

"Ele está pronto para pagar?"

"Ele disse que tem pouco a oferecer."

Ela ergueu a sobrancelha enquanto folheava a ficha.

"Ele tem uma casa na cidade, além de terras em Northumberland que lhe rendem duas mil libras por ano. Não é tão pouco."

"Eu não sabia das terras." Temple arqueou as sobrancelhas.

"Ninguém sabe das terras", disse ela. Era a função de Chase saber mais do que o resto do mundo sobre os membros do Anjo Caído.

"Ele ofereceu outra coisa."

Ela olhou para Temple.

"Deixa eu adivinhar. A filha", deduziu Georgiana.

"Oferecida, com prazer, para Chase."

Não era a primeira vez. Com frequência, a aristocracia mostrava desrespeito por suas filhas e disposição para entregá-las nos braços de homens desconhecidos e com reputações perigosas, em troca do pagamento de suas dívidas no Anjo. No caso de Chase, essa oferta em particular nunca era bem recebida.

"Diga-lhe que Chase não está interessado na filha dele", respondeu Georgiana.

"Eu gostaria de dizer para ele se jogar de uma maldita ponte", disse o antigo lutador.

"Fique à vontade. Mas pegue a terra primeiro."

"E se ele não concordar?", Temple perguntou.

Ela o encarou.

"Então ele nos deve sete mil libras, e Bruno pode ficar à vontade para cobrar do jeito que quiser." O enorme segurança gostava de punir homens que faziam por merecer. E a maioria dos membros do Anjo merecia. Na verdade, a maioria dos membros da aristocracia merecia.

"Também vale a pena lembrá-lo que, se ele está planejando casar a filha com qualquer homem desconhecido por puro egoísmo, vamos vazar a informação de que ele ajeita corridas de cavalos. Diga isso para ele também."

Temple a encarou com a expressão surpresa.

"Nunca deixa de me surpreender como você consegue ser tão impiedosa", ele falou.

Ela deu seu sorriso mais doce para ele.

"Nunca confie numa mulher."

"Não em você, pelo menos", Temple respondeu, rindo.

"Se ele não quisesse que descobrissem a informação, não deveria tê-la usado para conseguir ser admitido no clube." Ela foi em direção a saída, mas voltou. "Você disse duas coisas."

Ele aquiesceu.

"Você tem uma visita."

"Não estou interessada. Resolva você." Não seria a primeira nem a última vez que um dos outros donos do cassino comparecia a uma reunião de Chase.

Temple balançou a cabeça.

"Ele não quer Chase. Insiste em ver Anna."

Também não seria a primeira nem a última vez que um homem no cassino bebia demais e chamava Anna.

"Quem?"

"Duncan West."

Ela prendeu a respiração, detestando o modo como o nome a deixava ansiosa, como se ela fosse uma garota inexperiente.

"O que ele está fazendo aqui?", Georgiana perguntou.

"Ele disse que veio para ver você", Temple respondeu, e ela percebeu a curiosidade em sua voz.

Que combinava com a sua.

"Por quê?"

"Ele não disse", respondeu o duque lentamente, encarando-a como se ela estivesse com algum problema mental. "Ele simplesmente pediu para ver você."

Talvez fosse resultado da melancolia que ela sentiu no quarto de Caroline. Ou talvez fosse porque Duncan West a tinha visto em seu momento mais fraco na noite anterior e havia concordado em ajudá-la a voltar para a Sociedade. Ou talvez fosse porque ela se sentia atraída por ele – embora soubesse que não devia. Qualquer que fosse a razão, Georgiana ficou surpresa.

"Diga-lhe que estou a caminho."

Ela esperou quinze minutos, detendo-se para ter certeza de que a maquiagem estava perfeita. Satisfeita com sua aparência, Georgiana percorreu o labirinto de corredores secretos que conectava seus aposentos ao piso principal do clube, destrancando e trancando com cuidado várias portas para se certificar que ninguém tivesse acesso a Caroline, mesmo que por acaso.

Quando Georgiana abriu a última porta e chegou ao piso do cassino, soltou um longo suspiro. Havia algo de terrivelmente libertador em bancar a prostituta, ainda que 'bancar' não fosse o verbo que Georgiana usaria para descrever seu disfarce de Anna. Afinal, depois de anos usando as sedas e os cetins de uma prostituta famosa, tende-se a viver o papel. Ou pelo menos a maior parte do papel. Tudo, menos a parte mais óbvia. Ela não tinha planejado evitar essa parte, afinal, depois que uma mulher já pariu um bebê, não há mais reputação em jogo. Também não foi falta de oportunidade – metade da população masculina de Londres havia se aproximado dela em um momento ou outro. Mas simplesmente nunca tinha acontecido.

O que funcionava muito bem para Georgiana. Sem que nenhum homem no clube pudesse falar de seus momentos com ela, sua lenda só tinha crescido. Ela era conhecida como uma acompanhante habilidosa, protegida pelos proprietários e mais cara do que qualquer membro do Anjo Caído podia pagar. E essa lenda oferecia sua própria proteção, dando-lhe liberdade para andar pelo cassino, interagir com os membros e desempenhar seu papel sem medo de sofrer ameaças. Nenhum membro do clube estava disposto a arriscar sua filiação por um gostinho de Anna.

Ela ficou no centro do cassino, admirando o imenso salão cheio de jogadores e mesas, cartas e dados, conquistas e perdas. Cada centímetro daquele lugar era dela, cada canto era de seu domínio. Aquele lugar de pecados, vícios e segredos oferecia um prazer inebriante – a multidão diante dela fervia de agitação, vibrando com desejo, nervosismo e ganância. Os mais ricos e poderosos de Londres sentavam ali noite após noite, com dinheiro nos bolsos e mulheres no colo, arriscando a sorte, sem saber – ou talvez sem reconhecer – que nunca poderiam derrotar o Anjo. Eles nunca ganhariam o bastante para reinar ali. O Anjo Caído tinha seu próprio monarca. Era a ganância que os mantinha no cassino – desespero por dinheiro, por luxúria, por vitória. O clube fornecia qualquer coisa que os membros quisessem, e até aquilo que eles nem imaginavam que queriam. Por causa disso o clube era considerado o maior na história de Londres. Enquanto *White's, Brook's e Boodle's* eram para garotos de escola pública, o Anjo era para homens. E para conquistar o acesso ao clube, eles revelavam todos os seus segredos. Tal era a atração do pecado. Uma atração muito, muito forte.

O olhar dela pousou em várias mesas no centro do cassino, onde rodas de roleta giravam em um borrão preto e vermelho, com as apostas espalhadas pelo feltro verde. Aquele era seu lugar favorito no clube, bem no meio de tudo, onde ela podia observar tudo que era seu, diretamente no coração do cassino. Ela adorava o som das bolas de marfim correndo nas rodas de mogno, o rangido da rotação, os jogadores prendendo o fôlego na mesa de jogos. A roleta era como a vida; sua absoluta imprevisibilidade a tornava imensamente recompensadora quando ela concedia uma vitória.

Ela se virou devagar, procurando por Duncan na multidão, tentando evitar que o coração acelerasse, a excitação de caçar um homem que detinha quase o mesmo poder que ela naquele salão. Ela resistiu, também, ao modo como ele a fazia se sentir, como se tivesse encontrado alguém como ela. Ela sabia que deveria estar nervosa por ele mandar chama-la... Mas não podia resistir à tentação que ele exercia nela. Georgiana estava presa ao decoro quando perto dele. Anna, porém... Anna podia flertar. E ela percebeu que estava ansiosa para rever aquele homem. Ela ainda pensava nisso quando foi agarrada por trás, sentindo braços de aço envolverem sua cintura e levantando seus pés do chão. Ela resistiu ao impulso de gritar de espanto quando ouviu uma voz quente e embriagada baforar em sua orelha.

"Isso é o que eu chamo de *uma delícia*."

Ela estava presa pelo corpo do homem, à vista de todo o cassino – diversos membros, que não tinham a coragem ou a estupidez necessária de se aproximar dela, levantaram, de boca aberta, para assistir à cena. Nenhum deles veio em sua defesa. Ela viu um crupiê na mesa de dados ao lado levar a mão para baixo da mesa, sem dúvida para puxar o cordão que faria soar uma campainha em algumas salas no andar de cima. Com a segurança a caminho, Georgiana virou a cabeça, esticando o pescoço para identificar o homem grande que a mantinha em suas garras.

"Barão Pottle", ela disse calmamente, soltando seu peso nos braços dele. "Sugiro que o senhor me devolva à terra, antes que um de nós se machuque."

Ele a ergueu ainda mais alto, deixando-a com os pés no ar, as saias caindo para trás e revelando seus tornozelos, que receberam os olhares licenciosos dos presentes.

"Machucar não é o que tenho em mente, querida", disse ele.

Ela se afastou do bafo de álcool.

"*Você* vai se machucar se não me puser no chão."

"E quem vai fazer isso?", inquiriu, as palavras saindo arrastadas pela embriaguez. "Chase?"

"Tudo é possível."

Pottle riu.

"Chase não mostra o rosto no cassino há seis anos, querida. Duvido que vá aparecer para te ajudar." Feita a previsão, ele se aproximou. "Além disso, você vai gostar do que tenho guardado para você."

"Eu duvido muito disso." Ela se contorceu nos braços dele, mas o homem era mais forte do que parecia. *Maldição*. Aquele aristocrata bêbado e idiota iria beijá-la. Ele lambeu os lábios e se aproximou ainda mais, enquanto ela se jogava para trás, mas uma mulher não tinha muito para onde ir quando estava presa nos braços de um homem.

"Barão Pottle", ela disse, "isto não vai acabar bem. Para nenhum de nós."

A multidão reunida soltou um riso abafado, mas ninguém saiu em defesa dela.

"Vamos, Anna. Nós somos adultos. E você é uma profissional", disse Pottle, os lábios mais próximos, a um fio de cabelo dela. "Pode ser rapidinho. Não é como se eu não fosse pagar você. Vou pagar bem. E ninguém vai me impedir."

Foi nesse momento que Georgiana percebeu que, se ela não fosse quem era, com a proteção do Anjo Caído e toda sua força, ninguém o impediria. Para a Sociedade, não valia a pena lutar por mulheres com sua reputação, com seu passado. Ela ficou chocada ao perceber que foi esse pensamento, não a experiência física, que causou mais estragos. *A segurança chegaria*, ela pensou, tentando manter esse pensamento vivo enquanto lutava com a raiva, a frustração e a humilhação daquele momento.

Os lábios de Pottle estavam nos dela, agora. Duas dúzias de supostos cavalheiros assistiam, e nenhum parecia disposto a ajudá-la. Covardes. Cada um deles.

"Solte a senhorita."

Capítulo Cinco

As caçadoras de fortuna podem ter motivo para se preocupar, pois o charme e a elegância de Lady G ameaçam fazer com que a Sociedade se esqueça do passado, prometendo-lhe um futuro brilhante...

...Ficamos sabendo que um certo Barão P está dormindo acompanhado com sua própria bebedeira e se arrependendo de uma noite fatídica no clube. Nós recomendamos que não olhem de frente para o olho direito dele, pois a sombra roxa que o circunda pode assustar os desavisados...

Páginas de fofoca de A Britannia Semanal, 22 de abril de 1833.

Ela detestou o alívio que veio com as palavras, com a convicção que carregavam. Seu olhar passou por cima do ombro da pessoa que as pronunciaram e encontrou o rosto furioso de Duncan West, o que fez o alívio diminuir. Será que ele era o único homem que existia no planeta? E junto com este pensamento veio outro... Ele podia ver seus tornozelos, do mesmo modo que o resto da aristocracia naquele lugar, mas parecia importar apenas que *ele* podia ver. *Quem diabos se importava?* Ou, melhor, por que *ela* se importava? Ele interrompeu seus pensamentos.

"Não me faça repetir, Pottle. Solte a senhorita."

O barão bêbado suspirou.

"Você não sabe se divertir, West", o barão resmungou com a voz arrastada. "Além disso, Anna não é uma senhorita, é? Então, qual o problema?"

West olhou para o lado por um instante.

"Inacreditavelmente, eu estava disposto a deixar você ir." Ele se virou para o barão, os olhos fulminantes e concentrados.

Georgiana foi esperta o bastante para sair do caminho antes que o soco chegasse com um baque assustador; forte, rápido e mais poderoso do que ela imaginava. Pottle caiu no chão uivando, e suas mãos voaram para o nariz.

"Jesus, West! Que diabos há de errado com você?"

West se debruçou sobre seu oponente e segurou a gravata dele, erguendo a cabeça de Pottle para que o encarasse.

"Esta *senhorita*", ele fez uma pausa para enfatizar a palavra, "pediu para ser tocada?"

"Olhe como ela se veste!", Pottle guinchou, com sangue escorrendo pelo seu nariz. "Se isso não é pedir para ser tocada, o que é?"

"Resposta errada." Outro soco, tão violento quanto o primeiro, jogou a cabeça de Pottle para trás. "Tente outra vez."

"West." Um dos amigos de Pottle falou de onde estava, ao lado, em tom de desculpa. "Ele está bêbado. Nunca teria feito isso se não fosse a bebida."

Essa era a desculpa mais antiga que existia. Georgiana resistiu ao impulso de revirar os olhos. West não queria saber disso. Ele ergueu o outro do chão.

"Então ele deveria beber menos", foi sua resposta. "*Tente outra vez.*" A exigência foi fria e perturbadora, até para ela.

Pottle estremeceu.

"Ela não pediu."

"E então?"

"E então o quê?", perguntou Pottle, confuso.

West ergueu o punho de novo.

"Não!", exclamou Pottle, erguendo as mãos para proteger o rosto. "Pare!"

"E então?", quis saber West. Sua voz estava baixa, sombria e ameaçadora, o oposto de sua calma habitual.

"Então que... eu não deveria ter tocado nela."

"Nem beijado", acrescentou West, e seu olhar a procurou.

Havia algo ali, ao lado da raiva, que sumiu antes que ela pudesse identificar. Duncan tinha visto Pottle beijá-la. Georgiana sentiu o rosto queimando e ficou grata pelo pó claro que cobria suas faces coradas.

"Nem beijado", repetiu Pottle.

"Ele vai repetir qualquer coisa que você disser, a esta altura", ela disse, tentando parecer mais corajosa do que se sentia. "Peça que ele declame uma cantiga de ninar."

West ignorou Anna e a risada que ela extraiu do círculo de homens ao redor.

"Você está ficando sóbrio?", ele perguntou para o adversário.

Pottle apertou as têmporas com a ponta dos dedos, como se não lembrasse onde estava, e praguejou.

"Estou", ele disse, afinal.

"Desculpe-se com a senhorita."

"Sinto muito", resmungou o barão.

"*Olhe para ela!*" As palavras de Duncan soaram como um trovão, ameaçadoras e inevitáveis. "E diga para valer."

Pottle a encarou com olhar suplicante.

"Anna, eu sinto muito. Não pretendia ofender você."

Foi a vez dela falar, e por um momento ela esqueceu seu papel, encantada com a cena que se desenrolava à sua frente. Afinal, ela ofereceu ao barão seu sorriso mais astuto.

"Menos uísque da próxima vez, Oliver", ela disse, usando deliberadamente o primeiro nome do barão. "E *talvez* você tenha uma chance." Ela encarou West, assimilando seu olhar furioso. "Comigo e com o Sr. West."

West soltou Pottle, deixando que desabasse no chão do cassino.

"Caia fora. E não volte até recuperar suas faculdades mentais."

Pottle rastejou para trás como um caranguejo fugindo de uma onda, se colocou de quatro para depois ficar de pé e se afastar da cena que havia causado.

West voltou sua atenção para Georgiana. Como Anna, ela estava acostumada a ter os olhos dos homens em cima dela. Tinha sentido isso centenas de vezes. Milhares. Lucrava com isso. Ainda assim, aquele homem – e sua avaliação silenciosa – a perturbou. Ela resistiu ao impulso de se remexer e colocou as mãos nos quadris para controlar o leve tremor. Então, pronunciou palavras honestas, carregadas de falso sarcasmo.

"Meu herói."

Ele arqueou a sobrancelha com ironia.

"Anna."

E ali, ao pronunciar aquele simples nome, o diminutivo que ela havia escolhido para aquela versão secreta e falsa de Georgiana, ela percebeu algo que até então não tinha percebido nele. Desejo. Ela ficou gelada. Depois escaldante. *Ele sabia.* Ele tinha que saber. Eles se falaram centenas de vezes. Milhares. Ela atuava como emissária de Chase, levando mensagens entre West e o proprietário imaginário do Anjo Caído durante anos. E ele nunca olhou para ela com qualquer coisa além de um vago interesse. Com certeza nunca demonstrou desejo.

Ele sabia... Aquele olhar frio e avaliativo tinha voltado, e ela imaginou, de repente, se estava enlouquecendo. Talvez ele não soubesse. *Talvez ela apenas desejasse que ele soubesse.* Bobagem. Georgiana estava interpretando mal a situação. Ele havia lutado por ela. E homens que defendiam a honra das mulheres geralmente sentiam uma extrema necessidade de atenção. Era simples assim, ela disse para si mesma. Violência e sexo eram dois lados da mesma moeda, não eram?

"Eu suponho que você queira alguma prova de que estou agradecida."

Ele estreitou os olhos.

"Pare."

A palavra vibrou dentro dela, deixando-a mais nervosa do que esteve quando presa nos braços do Barão Pottle. Ela não sabia o que dizer ou como reagir.

Segurando a mão dela, West tomou conta da situação. Como tinha feito desde que apareceu, alguns minutos atrás. Ela olhou para o braço estendido por um longo momento, inclinando o quadril e mordendo o canto do lábio vermelho para sua plateia. Mas Duncan West não estava nem um pouco preocupado com a plateia. Ele a puxou pela mão, levando-a a uma alcova fechada com cortina, feita para criar um ambiente escuro, cheio de promessas. Lá dentro ele a virou para ficar de frente para a única vela na parede e então soltou sua mão. As velas eram projetadas para manter o espaço íntimo e sedutor. Para forçar qualquer casal que estivesse ali a se aproximar e se olhar mais de perto.

Naquele momento, Georgiana odiou a luz da vela, que parecia brilhante como o sol, uma ameaça aos seus segredos. *E se ele visse a verdade?* Ela afastou o pensamento. Vivia como Georgiana, irmã e filha de duques, exilada de Londres, mas periodicamente na cidade durante anos, fazendo compras na Rua Bond, caminhando no Hyde Park, visitando o Museu de Londres. Ninguém jamais reparou que ela era a mesma mulher que reinava no Anjo Caído. A aristocracia enxergava o que queria enxergar. Na verdade, *todo mundo* via apenas o que queria ver. E Duncan West, o jornalista mais inteligente da Grã-Bretanha, não era diferente.

Ela lhe presenteou com seu sorriso mais sensual.

"Agora você me tem aqui. O que vai fazer comigo?"

Ele sacudiu a cabeça, recusando-se a entrar naquele jogo.

"Você não deveria ficar sozinha no cassino."

Ela franziu a testa.

"Eu fico sozinha no cassino todas as noites."

"Pois não deveria ficar", ele repetiu. "E saber que esse Chase permite isso não me faz pensar bem dele."

Ela não ligou para a raiva na voz de Duncan. A censura. A emoção. Alguma coisa tinha mudado, e ela não conseguia adivinhar o quê. Ela buscou o olhar dele.

"Se eu não tivesse sido chamada, meu senhor, eu não teria sido abordada no piso do cassino."

Então, a raiva das palavras dele surgiu também em seus olhos.

"Quer dizer que é minha culpa?"

Ela não respondeu.

"Por que me chamou?"

Ele fez uma pausa, e por um longo momento Georgiana pensou que ele poderia não responder.

"Quero fazer um pedido ao Chase", ele disse, afinal.

Ela detestou a decepção que percorreu seu corpo ao ouvir aquilo. Ela

não deveria estar esperando que ele pedisse qualquer outra coisa para Anna, mas depois da interação dos dois no dia anterior, ela gostaria que o pedido fosse outro. Ela *desejou* que ele tivesse vindo com um pedido para ela. O que era ridículo... porque ela *era* Chase, e portanto ele tinha, tecnicamente, um pedido para ela. Mas ela não sabia, de modo algum, como atender a pedidos dos homens. Infelizmente. Ela não gostava de ouvir o nome de Chase na boca dele. Duncan era um homem que já tinha visto muita coisa.

"É claro", ela disse, exagerando na delicadeza. "O que você quer?"

"Tremley", disse West.

"O que tem ele?"

"Quero seus segredos."

Georgiana franziu a testa diante do pedido curioso.

"Tremley não é membro do clube. Você sabe disso."

O Conde de Tremley não era tolo. Ele nunca se envolveria com O Anjo Caído – não importava o quão tentadoras as mesas pudessem ser, ele sabia que o preço era alto demais.

Os fundadores do Anjo trabalharam durante anos para estabelecer o convite para entrar no clube como uma das ofertas mais cobiçadas na Grã-Bretanha – talvez na Europa. Ao contrário de outros clubes de cavalheiros, o Anjo não cobrava taxas de filiação, e não permitia acompanhantes nem a indicação de amigos. Os membros raramente sabiam por que eram convidados para o clube, e eram orientados a não falar de sua filiação. E poucos o faziam, devido ao alto preço que se pagava para entrar no cassino. Ninguém estava disposto a arriscar que seus segredos se tornassem públicos. Bourne, Cross, Temple e Georgiana – disfarçada como Anna e Chase – passaram anos reunindo os segredos dos homens e das mulheres mais poderosos de Londres, informações clandestinas entregues de graça em troca da filiação ao clube mais sinistro, mais promissor e mais pecaminoso de Londres. Não havia nada que o Anjo não desse aos seus membros, e poucos eram os pedidos que os proprietários do cassino não conseguiam satisfazer. Toda essa prodigalidade valia informações exclusivas, e informação era a moeda do poder. Mas o Conde de Tremley era muito ligado à Coroa para arriscar uma associação com O Anjo Caído.

"Experimente os clubes do outro lado da rua", disse ela, injetando uma dose de provocação em suas palavras. "O White's parece ser mais do gosto do conde."

Ele inclinou a cabeça.

"Talvez isso seja verdade, mas eu preciso de Chase para o que estou querendo."

Ela ficou intrigada no mesmo instante.

"O que *você* sabe dele?"

Ele ergueu a sobrancelha.

"Chase tem alguma coisa?"

O Anjo tentou fisgar o conde várias vezes desde que o Rei William subiu ao trono com Tremley como seu braço direito, mas pouca gente parecia disposta a falar de um homem com tanto poder político. Será que tinham deixado passar alguma coisa? Se Duncan estava perguntando, é porque ali tinha algo. Sem dúvida.

"Não temos nenhuma ficha do Tremley", ela disse a verdade.

Mas ele não acreditou. Ela podia ver isso em seus olhos, mesmo ali, com a luz fraca.

"Vão ter quando Chase convidar a mulher do conde para o lado das mulheres."

Ela ficou estática ao ouvir aquilo.

"Não sei a que você está se referindo."

Desde o momento em que foi fundado o Anjo Caído, o clube masculino e cassino mais cobiçado, tocado por quatro aristocratas desgraçados, cada um mais rico que o outro, existia também um segundo clube, secreto, do qual não se falava, que operava debaixo do nariz dos cavalheiros e absolutamente fora do conhecimento deles. Um clube para mulheres, sem nome nem cara. Nunca se falava dele. E Georgiana não iria admitir sua existência. West pareceu não se importar; ele deu um passo e o espaço pequeno e escuro ficou ainda menor. Mais escuro. Mais perigoso.

"Chase não é o único que sabe das coisas, querida."

As palavras saíram num sussurro intimidador áspero, e ela hesitou, descobrindo um prazer desconhecido e perturbador naquele som.

"Nós não aceitamos mulheres", ela se lembrou de falar, finalmente.

West curvou os lábios e ela se lembrou do leão de que falaram na noite anterior.

"Deixe disso, você pode mentir para o resto de Londres, mas não pense que pode mentir para mim. Vocês vão oferecer um convite para a esposa do conde. Ela vai oferecer provas das negociatas do marido para entrar. E você vai conseguir essas informações para mim."

Ela se recompôs.

"Chase não vai gostar disso."

Ele se aproximou e sussurrou na orelha dela, o que fez um arrepio percorrer seu corpo.

"Diga para o Chase que não me importa onde as mulheres dele brincam." Ele se afastou, fitando os olhos dela. "Eu quero a informação que a condessa fornecer."

Ela resistiu, curiosa. Por que o conde? Por que agora?

"O que você sabe?"

West aproximou o rosto dela.

"Eu sei que ele está roubando o tesouro."

Ela o encarou.

"Ele e todo conselheiro de todo monarca, desde Guilherme, o Conquistador."

"Não para ajudar o Império Otomano em sua guerra."

"Traição...", ela sussurrou, arregalando os olhos.

"É o que precisamos descobrir."

"Por que eu acho que você já descobriu?"

"Porque eu vejo muita coisa." Ele semicerrou os olhos para ela.

De repente, parecia que a conversa era sobre um assunto totalmente diferente.

"Como você sabe que a condessa vai oferecer as provas?"

"Ela vai oferecer", disse ele com confiança. "Tremley é um marido bestial. Ela vai querer compartilhar o que sabe."

"E você não faz nada para ajudá-la?"

"Isso irá ajudá-la", disse ele.

"O que faz você pensar que ela sabe de alguma coisa?"

Ele inclinou a cabeça.

"Estou apostando todas as minhas fichas nisso."

"E você acha que a sorte está do seu lado?", perguntou Georgiana.

Ele sorriu maliciosamente, e ficou parecendo um lobo.

"A sorte tem estado ao meu lado há onze anos; não tenho motivo para acreditar que ela mudou."

"Esse é um número muito específico."

Uma sombra surgiu no rosto dele, mas logo sumiu.

"Eu vou pagar muito bem por essa informação."

Ele também tinha segredos. Esse pensamento a confortou. Georgiana resistiu ao impulso de perguntar sobre eles e apenas forçou um sorriso.

"Muito bem, quanto?", ela perguntou, descarada. "Uma coisa pela outra, Sr. West."

Ele a observou por um momento, e o ar naquele espaço apertado pareceu pesar.

"O que você gostaria, *Anna*?"

Ele colocou uma ênfase irônica no nome falso ou foi apenas a imaginação dela? Georgiana deixou a impressão de lado.

"Não sou eu quem você tem que pagar", ela disse, adotando um ar sedutor, encostando-se na parede da alcova, empinando os seios e olhando para ele através de seus cílios pintados. "Você já me deu tanta coisa quando me salvou do Pottle." Ela fez um biquinho. "Que garota de sorte eu sou."

Ele baixou o olhar para os lábios dela, como esperado, depois mais um tanto, para o decote do vestido.

"O que há nessa corrente?"

Ela não segurou o pingente de prata que estava escondido debaixo do vestido, entre seus seios, guardando a chave que abria as portas para os aposentos de Chase e a passagem para andares em cima do clube, onde Caroline dormia. Ela apenas sorriu.

"Meus segredos."

Ao ouvir isso, ele ergueu um lado da boca.

"Vários, sem dúvida."

Ela estendeu a mão para ele, deixando que seus dedos percorressem a manga de seu casaco.

"Como eu posso lhe agradecer, Sr. West? Por ser um grandioso cavalheiro?"

Ele se aproximou e ela pensou naquela pena, a que ele havia roubado de seu cabelo. Georgiana imaginou se estava com ele, no bolso interno do casaco. Imaginou o que ele faria se ela enfiasse a mão dentro do paletó dele e a deslizasse pelo peito quente, à procura da pena. Mas ele interrompeu seus pensamentos.

"Eu encontrei uma mulher na noite passada."

Ela prendeu a respiração e fez uma breve prece esperando que ele não tivesse percebido.

"Preciso ficar com ciúme?", ela provocou.

"Talvez", ele disse. "Georgiana Pearson parece ser uma mulher inocente. Estava vestida de seda branca e toda temerosa."

"Georgiana Pearson?", ela fingiu surpresa ao ouvir o nome, e então desencostou da parede quando ele confirmou. "Posso garantir que essa garota não tem nada de temerosa."

Ele se adiantou um passo, fazendo-a recuar. Cercando-a.

"Você está enganada. Ela está aterrorizada."

Ela forçou uma risada.

"A garota é irmã de um duque, tem um dote grande o bastante para comprar um pequeno país. Do que ela teria medo?"

"De tudo", ele disse, despreocupadamente. "Da Sociedade. De suas críticas. De seu futuro."

"Ela pode não gostar dessas coisas, mas com certeza não tem medo delas. Você a julgou mal", disse ela.

"E como você sabe isso tudo a respeito dela?", West perguntou.

Ele a pegou. Duncan era muito ágil com as palavras, com as perguntas.

E muito perturbador com seu corpo longo e esguio, com seus lindos ombros largos, que bloqueavam a luz, deixando-a nervosa e ansiosa ao mesmo tempo.

"Eu não sei. É apenas o que leio nos jornais." Ela fez uma pausa. "Saiu um desenho revelador no jornal, há cerca de um mês."

A resposta fez efeito. Ela percebeu isso no modo como a respiração dele falseou. Percebeu no modo quase imperceptível como ele ficou rígido, antes de erguer a mão, apoiá-la na parede ao lado da cabeça dela e se aproximar.

"Eu realmente a julguei mal. Não tenho dúvida disso", falou ele. "Ela não é a garota recatada que eu imaginava."

Ele se aproximou mais, seus lábios chegaram perto da orelha dela, e essa proximidade a perturbou. Fez com que quisesse empurrá-lo para longe e agarrá-lo, tudo ao mesmo tempo.

"Eu ofereci minha ajuda à garota", ele continuou.

"Não sei por que você acha que estou interessada no que fez pela garota."

Ela falou e se arrependeu, pois imagens do que ele poderia fazer com ela inundaram seus pensamentos. Ele riu, um riso grave e baixo.

"Posso lhe garantir que vai valer a pena assistir ao que eu vou fazer com a garota." Ele encontrou seu olhar e ela resistiu ao impulso de se afastar. Anna não se afastava dos homens, mesmo quando sentia vontade. Mas por alguma razão, poucos homens a deixavam tão incomodada quanto aquele, com seu olhar lindo e conhecedor, que parecia enxergar dentro dela.

Georgiana era mais alta que a maioria das mulheres, e calçava sapatos de salto que acrescentavam vários centímetros à sua altura, mas ainda assim ela era obrigada a olhar para cima para encará-lo, e assim admirar seu maxilar forte, anguloso, seu nariz aquilino, as mechas loiras jogadas em sua testa. Aquele devia ser o homem mais bonito da Grã-Bretanha. E o mais inteligente. O que o tornava incrivelmente perigoso.

Ele se mexeu e ela imaginou se Duncan West se sentia tão incomodado quanto ela.

"Você não devia ficar sozinha comigo", West afirmou.

"Não é a primeira vez que ficamos a sós", ela replicou. Eles estiveram a sós na noite anterior. Naquele terraço. Quando ele a tentou da mesma forma.

West ergueu uma das sobrancelhas.

"É sim", ele afirmou.

Droga. Ela era *Georgiana* no terraço. Outra mulher. Outro momento. Ela se recuperou rapidamente do erro, fazendo um bico e fingindo pensar. E curvou, sedutora, os lábios.

"Talvez eu esteja apenas sonhando com isso."

"Talvez", ele disse, estreitando o olhar para ela, a voz sombria e fluida. "É de admirar que Chase permita isso."

"Eu não pertenço ao Chase."

"É claro que pertence." Ele fez uma pausa. "Todos nós pertencemos, em certo sentido."

"Você não", ela disse. Ele era a única pessoa que não estava presa a Chase. Aquele homem, cujos segredos eram tão bem guardados quanto os dela.

"Chase e eu precisamos um do outro para sobreviver", ele disse, "assim como parece que você precisa dele."

"Estamos todos juntos no mesmo barco." Ela inclinou a cabeça.

"Você e eu estamos no barco", disse ele, estreitando o olhar. "Chase pode tê-lo construído e colocado no curso. Mas este é o nosso barco." Ele ergueu a mão e afastou um cacho do pescoço dela, fazendo com que um arrepio a percorresse. "Talvez nós devêssemos fugir nesse barco. O que você acha que ele pensaria disso?"

Ela prendeu a respiração. Em todo o tempo que trabalharam juntos – em todo tempo que passaram trocando mensagens entre West e o misterioso e não-existente Chase – ele nunca a tocou de qualquer modo que pudesse ser considerado remotamente sexual. Mas isso estava para mudar. Ela não deveria permitir. Nunca tinha permitido antes. Não com qualquer outro. *Não desde...* Mas ela tinha pensado nisso. Ela queria. E se ela admitisse isso, iria querer isso com aquele homem, lindo como o pecado e duas vezes mais brilhante. Aquele homem, que oferecia isso a ela.

"Ele não gostaria nem um pouco disso", sussurrou ela.

"Não, não gostaria." West traçou uma trilha pelo corpo dela com a ponta dos dedos, espalhando calor pelo maxilar, descendo pelo pescoço até onde o ombro se encontrava com a depressão da garganta. "Como eu não vi isso antes?"

As palavras serviram de fundo à carícia, delicada e tentadora, e ela prendeu a respiração, sob os dedos dele, enquanto Duncan West refazia o caminho pela coluna do pescoço e inclinava seu rosto para o dela. Georgiana observou aquela boca linda enquanto ele falava.

"Como eu não reparei nisso? Seu perfume? A curva dos seus lábios? A linha do seu pescoço?" Ele fez uma pausa e se aproximou, a boca a um milímetro da dela. "Há quantos anos eu observo você?"

Bom Deus, ele iria beijá-la. E ela queria que ele a beijasse.

"Se eu fosse ele", West sussurrou, tão perto, tão baixo, que a expectativa chegava a doer, "não gostaria nada disso."

Se ele fosse quem? A pergunta se formou e dissipou em um instante, como fumaça de ópio, levando o pensamento com ela. West a estava drogando com palavras, olhares e toques. Era por isso que ela ficava longe dos homens. Mas só uma vez, dessa vez, ela queria.

"Se eu fosse ele...", West continuou, acariciando o alto de seu rosto com o polegar, enquanto segurava sua cabeça e a trazia para si. "Não deixaria você ir. Eu a manteria sempre comigo. Minha lady."

Ela congelou ao ouvir aquelas palavras, medo e pânico ecoando através dela. Georgiana ergueu o rosto e encontrou seu olhar sóbrio e inteligente.

"Você sabe", ela afirmou.

"Eu sei", ele disse. "Mas o que eu não entendo é por quê?"

Ele não sabia de tudo. Ele não sabia que a vida que ela tinha escolhido não era a de Anna, mas a de Chase. Não a prostituta, mas o rei.

"Poder", ela respondeu, omitindo a verdade.

"Sobre quem?", inquiriu, estreitando os olhos.

"Sobre todo mundo", ela disse, apenas. "Sou dona da minha vida. Não eles. Se acham que sou uma prostituta, por que não bancar uma?"

"Debaixo do nariz deles."

"Eles só veem o que desejam ver", ela disse e sorriu. "E isso é maravilhoso."

"Eu vi você."

Ela sacudiu a cabeça.

"Não durante anos. Você também pensou que eu fosse Anna."

"Você poderia ter sua própria vida além dessas paredes", ele argumentou. "Não precisa interpretar esse papel."

"Mas eu gosto do papel. Aqui eu sou livre. É Georgiana quem precisa se arrastar, fazer reverência e implorar aceitação. Aqui eu pego o que eu quero. Aqui não pertenço a ninguém."

"Ninguém a não ser seu chefe."

Só que ela mesma era o chefe. Mas não respondeu. Ele interpretou mal seu silêncio.

"É por isso que está procurando um marido. O que aconteceu?", ele perguntou. "Chase pôs você de lado?"

Ela se afastou, precisando da distância entre eles para recuperar a sanidade. Para dar os próximos passos. Para elaborar suas mentiras cuidadosas. "Ele não me pôs de lado."

"Ele não pode esperar que seu marido compartilhe você", argumentou, com cenho franzido.

As palavras machucaram, mesmo ela sabendo que não deveriam. Georgiana tinha vivido aquela vida nas sombras do Anjo Caído fantasiada de prostituta. Ela convenceu centenas de aristocratas londrinos de que era perita na arte do prazer, que se vendia para seu líder mais poderoso. Ela se vestia de acordo com o papel, com um grande decote e o rosto pintado. Ela aprendeu a se movimentar, a atuar. E de algum modo, quando esse homem conheceu a reputação que ela trabalhou tão duro para cultivar, a fachada que ela construiu com cuidado e convicção, ela odiou tudo isso. Talvez fosse porque ele sabia mais da verdade do que a maioria, e ainda assim acreditava nas mentiras. Ou talvez fosse porque ele a fizesse desejar não ter que contar essas mentiras. *Não.* Ela estava caindo no papel de vítima do herói que ele projetava, do modo como ele correu para socorrê-la apenas alguns minutos antes. Georgiana prendeu a respiração ao pensar nisso. Ele só a socorreu porque sabia da verdade. De sua outra identidade. Sua outra vida. Raiva surgiu ao lado da decepção e de outra coisa parecida com vergonha.

"Você não teria me salvado."

Ele demorou um momento para entender a mudança no assunto.

"Eu..."

"Não minta para mim", ela disse, levantando rapidamente uma mão para calar as palavras dele. "Não me insulte."

"Eu fui para cima do Pottle", ele disse, também erguendo sua mão, mostrando os nós dos dedos, que estariam doloridos na manhã seguinte. "Eu salvei você."

"Porque sabia da verdade sobre minhas origens. Se eu fosse apenas Anna... apenas uma mulher com a profissão mais antiga do mundo... Apenas uma prostituta maquiada..."

"Não fale assim." Ele a deteve.

"Oh", ela debochou. "Ofendi você?"

Ele passou a mão machucada pelo cabelo loiro.

"Por Cristo, Georgiana!"

"Não me chame assim!"

Ele riu sem humor.

"Como eu devo chamar você? Anna? Um nome falso para combinar com seu cabelo falso, seu rosto falso e seu..." Ele parou de falar, mas sua mão indicou o corpete, estufado e apertado para fazer com que o busto comum parecesse extraordinário.

"Não sei se você deveria me chamar de qualquer coisa a esta altura", ela disse, e falava a sério.

"Tarde demais para isso. Estamos juntos, agora. Unidos pela palavra e pela ganância."

"Acho que você quer dizer determinação."

"Você sabe muito bem o que eu quero dizer."

Eles se encaravam sob a luz tênue, e Georgiana podia sentir a raiva e a frustração que ele sentia, que igualavam os seus próprios sentimentos.

Quão estranho era aquele momento? Nascido da proteção que ele ofereceu à metade dela devido à existência de outra metade? Era loucura. Uma teia perversa que não podia ser desfeita. Pelo menos não sem arruinar tudo pelo que ela tinha trabalhado.

Ele pareceu ler seus pensamentos.

"Eu teria interrompido", ele insistiu. "Eu teria feito o mesmo."

"Eu gostaria de poder acreditar em você", respondeu, sacudindo a cabeça.

Ele a pegou pelos ombros e a encarou com seriedade sob a luz fraca.

"Pois deveria acreditar. Eu teria intervindo."

"Por quê?" O coração dela acelerou.

Ele poderia ter dado dezenas de respostas. Mas ela não esperava pelo que veio a seguir:

"Porque eu preciso de você."

Havia uma pontada de tristeza nas palavras, frias e controladas. Ele precisava dela, mas não do modo como os homens precisam das mulheres com paixão e desespero. Não que ela devesse se importar com isso.

"Precisa de mim para quê?"

"Eu preciso que Lady Tremley receba o convite para o lado feminino do clube. Eu quero a informação que ela vai fornecer. E por essa informação você receberá seu pagamento."

Ela deveria ter gostado da mudança de tópico. De estarem em um terreno mais seguro. Só que não foi assim, ela ouviu a frustração em suas próprias palavras quando falou:

"Você quer dizer que é por essa informação que *Chase* receberá seu pagamento."

"Não, eu quis dizer você", respondeu, sorrindo.

"Eu." Ela arregalou os olhos.

"Eu consigo minha informação, você consegue o Visconde Langley. Meus jornais à sua disposição. Ou, pelo menos, à disposição de Georgiana."

Uma coisa pela outra. A compreensão tomou conta dela – compreensão e respeito por aquele homem que manipulava com tanta facilidade cada situação para atender a seus interesses. Seu semelhante em poder e prestígio.

"Eu faço isso ou...?", perguntou ela, desafiadora.

"Não me obrigue a dizer isso", ele disse, erguendo a sobrancelha.

"Eu acho que vou fazer." Ela empinou o queixo.

"Ou eu conto seus segredos para o mundo", disse sem hesitar.

"Talvez Chase não se importe com isso." Ela apertou os olhos.

"Então você vai ter que fazer com que ele se importe." Ele deu um passo em direção à saída e Georgiana detestou o movimento. Detestou que ele a estivesse deixando. Ela desejou que ele ficasse... aquele homem que parecia enxergar demais. "Você precisa do que eu posso oferecer", ele disse em voz baixa. "Sua filha precisa disso."

Ela se retraiu com a referência a Caroline, ali, naquele lugar, naquela conversa.

"Você acha que ninguém mais irá perceber?", ele perguntou. "Você acha que não vão reparar, do mesmo modo que eu reparei? Que as suas duas máscaras são muito semelhantes uma à outra?"

"Ninguém percebeu antes."

"Você não era notícia antes."

Ela o encarou e lhe disse a única coisa da qual tinha certeza.

"As pessoas veem o que querem ver."

Ele não discordou.

"Por que arriscar?"

"Eu queria não ter que arriscar." Era a verdade.

"Por que agora?" A pergunta veio rápida.

"Uma mulher não pode passar a vida inteira nesta profissão." Em nenhuma das duas.

Ele não gostou de ouvir isso. Ela percebeu nos olhos dele.

"Então, como vai ser? Em vez de lhe dar uma casa no campo com dinheiro suficiente para viver sua vida, Chase lhe deu um dote? Não é dinheiro do seu irmão, é?", ele perguntou, as palavras plenas de entendimento.

Era engraçado como ele não tinha entendido nada. *Eu dei para mim mesma.* Ele riu, mas o som não tinha humor.

"Contudo, ele não pode lhe dar o que eu posso. Ele nunca faria nada que o revelasse ao público. Você precisa de mim para restaurar sua reputação. Você precisa de mim para agarrar o Langley."

"Algo pelo que você está cobrando um belo preço", ela disse.

"Eu teria feito de graça, sabe." Havia decepção na voz dele.

"Se eu fosse a garotinha perdida que você acreditava há algumas horas?"

"Nunca pensei que você estava perdida. Eu considerava você forte como aço."

"E agora?"

Ele deu de ombros.

"Agora eu vejo uma mulher de negócios. Vou ajudar você por um pagamento. E você tem sorte por isso, pois de outro modo eu já estaria cansado de você. Não costumo ir para cama com mentirosas."

Ela lhe deu seu sorriso sedutor, desesperada para esconder como as palavras dele a feriram.

"Ninguém convidou você para a cama."

Ela não esperava que a situação mudasse, nem que ele se voltasse para ela, pressionando-a contra a parede, caçando-a. Em toda sua vida, ela nunca se sentiu como naquele momento, em que seu poder foi tirado junto com suas mentiras. A maioria das mentiras. *Só faltou a maior de todas.*

Ele colocou as mãos no mogno dos dois lados de sua cabeça, aprisionando-a entre seus braços.

"Você tem me convidado para sua cama toda vez que olha para mim, ao longo desses anos."

Ela hesitou, sem saber o que dizer. Como proceder com aquele homem que estava tão diferente do que costumava ser.

"Você está errado."

"Não", ele disse. "Eu estou certo. E, para ser honesto, eu quis aceitar. Cada... uma... dessas vezes."

West estava tão perto, tão quente, tão arrasadoramente poderoso que, pela primeira vez em sua vida, Georgiana compreendeu por que as mulheres desmaiam nos braços dos homens.

"O que mudou?", ela disse, percebendo o fôlego preso em sua própria voz, tentando mostrar descaramento. "Você gosta de garotas inocentes?"

"Nós sabemos que não é isso."

Ela ignorou a cutucada na resposta. O modo como isso a fez desejar não ter se disfarçado de prostituta. O modo como a fez querer que ele soubesse a verdade. Mas ela se manteve firme.

"Então nada mudou."

"É claro que sim."

Agora ela era Georgiana.

"Você gosta da ideia de uma aristocrata arruinada", ela disse, o sangue martelando em seus ouvidos. "Do que você me chamou? Aterrorizada? O que é isso... você acha que pode me salvar todos os dias? Todas as noites?"

Ele hesitou.

"Eu acho que você quer ser salva", ele disse, enfim.

"Eu mesma posso me salvar."

"Não de tudo. É por isso que precisa de mim." Ele sorriu então, novamente um lobo.

Ela tinha mais poder do que ele era capaz de imaginar. Mais poder do que ele conseguia conceber. Quando ela ergueu o queixo e falou, foi para provar isso.

"Eu não preciso de você."

Ele a encarou com intimidade.

"Então quem irá te salvar deles? Quem irá salvar você de Chase?"

Ela não desviou o olhar. Não queria desviar.

"Chase não é um perigo para mim."

West a tocava outra vez, segurando seu queixo, inclinando sua cabeça para trás.

"Diga a verdade", ele ordenou, recusando-se a deixar que ela se escondesse. "Você pode ir embora se quiser? Ele permitiria que você fosse embora? Que começasse uma vida nova?"

Se a verdade fosse tão simples... Ele percebeu a hesitação, eliminou a distância entre eles e pairou a um sopro de distância dela.

"Diga-me."

Qual seria a sensação de tocar nele? De deixá-lo ajudar? De trazê-lo para o centro de sua vida e lhe contar tudo?

"Você pode me ajudar com o meu casamento."

"Você não quer se casar. Não com Langley, pelo menos."

"Eu não quero me casar com ninguém, mas isso é irrelevante. Eu *preciso* me casar."

Ele refletiu sobre as palavras dela e Georgiana pensou que talvez ele resistisse. Talvez recusasse. Não que ele devesse se importar. Não que isso tudo devesse importar. Depois de um longo momento, ele tirou a outra mão da parede e levou à têmpora dela, acariciando-a. Seus olhos castanhos vasculharam os dela, e quando ele falou, foi um suspiro baixo e grave, que exigia honestidade.

"Você pertence a ele?"

Ela deveria dizer que sim. Seria mais seguro. Isso deixaria Duncan West por perto, se o fizesse pensar, por um momento, que Chase poderia lutar com ele por ela. Ele precisava de Chase e de todas as informações reunidas e protegidas pelo Anjo Caído. Ela deveria dizer que sim. Mas nesse momento, com aquele homem, ela queria falar a verdade. Só uma vez. Só para sentir como era. E foi o que ela fez.

"Não", ela sussurrou. "Eu pertenço a mim mesma."

E então os lábios dele encontraram os dela e tudo mudou.

Capítulo Seis

E ainda assim, nossa cara Lady G tem um mistério. Um que força até as aristocratas mais empedernidas a erguer seu binóculo de teatro e observar a garota do outro lado do salão. Será possível que nós a tenhamos coberto de falso desdém por todos esses anos? Apenas a Temporada irá dizer...

...Moças casadoiras de Londres, ouçam nossas palavras! Ao que tudo indica, Lorde L está à procura de uma esposa. Sua lista de qualidades incluem, sem dúvida, beleza, bom humor e proficiência em um instrumento de corda. O inconveniente é que aquelas que não forem extremamente ricas não precisam se candidatar...

Pérolas & Pelicas, Revista das Ladies, abril de 1833.

Ele não se importava que ela estivesse mentindo. Não importava que ela fosse protegida há anos pelo homem mais poderoso e reservado de Londres. Não importava que um homem com aquela quantidade de dinheiro não aceitaria de bom grado que alguém tocasse no que era seu. Ele não se importava que ela não fosse nada do que parecia – que de algum modo ela não fosse nem prostituta, nem uma aristocrata arruinada, e muito menos uma mulher inocente. A única coisa que importava era que ela estava encostada nele dentro daquele lugar reservado, com seu corpo esguio e sua pele macia e, por um momento fugaz, ela era dele.

O beijo foi pecado e inocência, como a mulher em si – ao mesmo tempo com toda e nenhuma experiência. A mão dela alcançou sua nuca, enfiando os dedos em seu cabelo com determinação enquanto ela arfava contra seus lábios, como se nunca tivesse sido beijada. *Jesus.* Não era de admirar que ela fosse a acompanhante mais cobiçada de Londres. Ela era seda vermelha e renda branca. Dois lados tentadores e insuportáveis da mesma moeda. E naquele momento, ela pertencia a ele. Mas primeiro... Ele se afastou, só um pouco, dando-lhe pouco mais de um centímetro para respirar enquanto ele sussurrava.

"Eu teria intervindo. De qualquer modo."

West não tinha gostado da insinuação de que ele só socou Pottle porque ela era de família aristocrática. Incomodou-o pensar que ela talvez imaginasse que ele teria deixado qualquer mulher ser maltratada daquela forma. Mas, o mais importante: ele ficava revoltado de pensar que ela pudesse acreditar que West a teria deixado se as circunstâncias fossem diferentes. Ele não sabia porque era tão importante para si próprio que ela acreditasse nele. Que acreditasse que ele era o tipo de homem que lutaria por uma mulher. Qualquer mulher. *Ela.* Mas era importante.

"Eu teria intervindo", ele repetiu.

Os dedos dela dançaram na nuca de West, brincando com o cabelo que havia ali, e fazendo com que ele a quisesse em sua inocência provocadora.

"Eu sei", ela sussurrou.

Ele capturou as palavras em sua boca, fazendo-a abrir os lábios e beijando-a ainda mais intensamente. Mais longe. Mais. Informações ou não, acordo ou não, dupla identidade ou não, aquela mulher era irresistível. Ele nunca trairia seus segredos. Não quando ele sabia que Georgiana era muito mais do que aparentava. Ele a queria sem reservas. West a pegou pela cintura, puxando-a para mais perto, apertando a perna entre as dela, enroscando-se em suas saias, em seu perfume, em sua sedução. Porque ela o seduzia do mesmo modo que ele a seduzia. Ele nunca havia sentido que combinava tão bem com uma mulher.

Ela se entregou ao beijo, deliciando-se como West. E os sons que ela fazia – pequenos suspiros, exclamações e gemidos – eram maravilhosos.

Ele a ergueu em seus braços e a virou, levando-a para a parede oposta da alcova enquanto seus lábios corriam pela face até capturarem o lóbulo da orelha dela.

"Faz anos que você queria isto", ele sussurrou, seus dentes arranhando a carne macia enquanto ela passava os dedos por seus ombros.

"Não", ela disse. E na mentira ele ouviu a verdade.

West sorriu contra o pescoço dela e correu seus dentes por aquela pele deliciosa.

"Você acha que eu não reparei? Que não senti você olhando?"

Ela se afastou do carinho dele.

"Se você reparou, por que não veio até mim?", ela o provocou.

Ele a observou por um longo momento, fitando aqueles olhos da cor de ouro.

"Estou indo até você agora", ele disse, enquanto se inclinava e mordia o lábio inferior dela, puxando-a para si, deliciando-se com a risada baixa e exuberante que brotou dela.

West perseguiu o som pelo pescoço até o lugar em que ele se originava, na garganta dela, e provocou-a com seus dentes. Ela suspirou com a sensação e ele quis rugir de satisfação. De prazer. Ela curvou os lábios e West ansiou por eles. Foi de encontro a eles.

"Você não me quis até agora. Até descobrir que também sou ela."

Ela se afastou.

Ele parou ao ouvir aquilo.

"Ela", ele repetiu.

"Georgiana."

O modo como ela falou de si mesma na terceira pessoa o intrigou. Ele a virou para a luz, para enxerga-la.

"Georgiana é a outra?" Ela fechou os olhos por um instante, pensando na resposta, e ele mudou a pergunta. "Você precisa pensar para responder?"

"Não precisamos, todos nós?", ela perguntou, as palavras calmas e ponderadas. "Não somos todos duas pessoas? Três? Uma dúzia? Agimos de modo diferente com a família, os amigos, amantes, estranhos e crianças? Com os homens? Com as mulheres?"

"Não é a mesma coisa", ele insistiu. "Eu não brinco de ser duas pessoas."

"Não é brincadeira", ela respondeu. "Eu não me divirto com esse jogo."

"É claro que se diverte", ele disse, e outra vez ela ficou fascinada pelo modo como ele via o que os outros não viam. "Você adora isso. Eu já vi você aqui, tomando conta do cassino como se fosse dona de tudo. Linda. Perfeitamente à vontade..." Ele deixou seus dedos passarem pelo decote do vestido, adorando a maneira como os seios dela cresceram quando ela inspirou com seu toque. "...E essa risada, quente e deliciosa.

"Eu vi você se divertir e seduzir", ele continuou, "segurar o braço dos clientes mais ricos do Anjo enquanto dava, para aqueles que estavam em um dia de azar, a esperança de que poderiam se deleitar com o brilho da sua atenção."

"Agora o senhor tem a minha atenção." Ela ergueu o queixo, tornando as palavras dele reais.

"Não. Não comigo. Por que fazer isso, se não pelo prazer do disfarce?"

Alguma coisa brilhou no olhar dela diante daquela pergunta, mas logo desapareceu.

"Sobrevivência", ela respondeu.

Duncan West tinha mentido bastante em sua vida, e sabia reconhecer a verdade nos outros. Era isso que o tornava um tremendo jornalista.

"Do que você tem medo?"

Ela riu ao ouvir isso, mas faltava humor à risada.

"Você fala como um homem que não tem medo da ruína."

Se ela soubesse do medo que ele sentia na calada da noite. O modo como ele acordava a cada manhã, receoso de que aquele seria o dia de sua ruína. Ele afastou esses pensamentos.

"Então por que fazer isso?", ele perguntou. "Por que adotar o papel de Anna? Por que não viver simplesmente como Georgiana? Não é Anna o papel que ameaça destruir você por completo?"

"Você não entende." Ela sacudiu a cabeça.

"Não mesmo. Você se preocupa que talvez não consiga casar com um título bom o bastante para garantir a reputação da sua filha, mas ainda assim veste suas sedas escandalosas, pinta o rosto e comanda a brigada das prostitutas no cassino mais renomado de Londres."

"Você acha que é estupidez."

"Eu acho que é temerário."

"Você acha que eu sou egoísta."

"Não." Ele não era tolo.

"O que, então?"

Ele não hesitou.

"Eu acho que não existe, em todo o mundo, profissão menos provável de ser escolhida por uma mulher do que a sua."

Ela sorriu ao ouvir isso, e ele ficou surpreso com a honestidade contida naquela expressão, como se ela soubesse de algo que ele desconhecia. E talvez soubesse mesmo.

"Aí, Sr. West", ela disse, ardilosamente feminina, "é que você se engana."

"Então por quê?", ele perguntou, agora desesperado pela resposta. "Por que fazer isso? É pelo poder dele? Você gosta de ser propriedade exclusiva do enigmático Chase, que mete medo nos homens de toda Grã-Bretanha?"

"Chase faz parte dos motivos, com certeza."

Ele odiou a verdade contida naquelas palavras. E não conseguiu evitar de perguntar:

"Ele é um amante tão bom assim?"

Ela ficou quieta por um instante e ele se amaldiçoou por ter perguntado. Ainda mais quando ouviu a resposta.

"E se eu lhe disser que meu relacionamento com Chase não tem nada a ver com sexo?"

Sexo. A palavra se enrolou na língua e nos lábios dela, abraçando-os naquela alcova escura. Tentação e promessa. Deus, como ele queria acreditar nela – West odiou pensar em mãos estranhas sobre ela, em lábios acariciando suas partes mais íntimas e preciosas. E por alguma razão ele odiou ainda mais esse pensamento por não ter uma imagem clara do homem que exercia seu domínio sobre ela.

"Eu não acreditaria em você", ele afirmou.

"Por que não?"

"Porque qualquer homem que tenha acesso exclusivo a você não seria capaz de passar nem ao menos um dia sem tocá-la."

Ele a chocou. Duncan viu a expressão surgir em seu rosto, por um instante, para então sumir de forma tão rápida que outro homem, menos atencioso, não teria reparado. Porque qualquer outro homem estaria tão encantado com a expressão que substituiu o choque – sua boca linda se curvando com plena satisfação – que não teria dado atenção à primeira. Mas foi a combinação das duas – a evidência de algo entre inocência e pecado – que atingiu Duncan diretamente, espalhando desejo por seu corpo. Ele se esforçou para manter sua respiração sob controle quando se aproximou um passo.

"Você está dizendo que gostaria de ter acesso exclusivo a mim?" Foi Anna quem falou, a prostituta habilidosa, imoral e pecadora. E assim ele retrucou à altura:

"Sou homem, não sou?"

As mãos dela chegaram a seus ombros e desceram, suaves, pelas lapelas do paletó, e entraram, chegando à camisa.

"Chase amedronta você?", ela perguntou, a voz baixa, sua mão pousando em seu peito, sentindo as batidas de seu coração. "O que é isto que estou sentindo? Pavor?"

O coração dele ribombava por aquela criatura misteriosa, enlouquecedora. Ele nunca quis alguém como queria Georgiana. Mesmo sabendo que ela seria uma aposta terrível, pior do que todas as que ele já tinha feito no cassino. Ali, ele arriscava apenas dinheiro. Com ela, Duncan arriscava algo muito mais sério.

"Não me provoque", ele sussurrou na escuridão, tirando as mãos dela de seu peito.

"Ou o quê?" A pergunta foi um sopro de fogo.

"Ou você vai conseguir o que está pedindo", ele a ameaçou.

Ele sentiu a curva do sorriso dela em sua face.

"Essa é uma promessa encantadora", ela disse.

Ele virou a cabeça e pegou os lábios dela mais uma vez, erguendo-a contra si, adorando o modo como ela pressionou o corpo no dele e envolveu seu pescoço com os braços, entregando-se a ele. Permitindo-lhe que conduzisse o beijo. Ele a pressionou contra a parede, encaixando-se entre as coxas dela, amaldiçoando as diáfanas saias de seda. Ele a queria mais perto. Aberta. Quente. Molhada. *Dele.*

Georgiana sinalizou seu prazer com um gemido abafado e delicioso, e Duncan aprofundou o beijo, acariciando-a com a língua suave e insistentemente até ela acompanhar seus movimentos. Sua mão desceu pela lateral do corpo dela em uma carícia intensa, e seu polegar encontrou o seio dela no limite do vestido. Incapaz de resistir à tentação, ele enfiou os dedos por baixo da seda e tirou o seio de sua proteção estofada, passando a ponta do polegar pelo bico teso. Ele afastou a boca do corpo dela.

"Eu daria qualquer coisa por um pouco mais de luz."

Ela arqueou o corpo com a carícia e gemeu.

"Por quê?"

"Eu queria ver a cor desta pele maravilhosa. Eu quero assistir ele endurecendo para mim." Ela mordeu os lábios ao ouvir aquilo. "Está doendo?", ele perguntou.

Houve um longo momento de silêncio antes que ela respondesse, e a verdade veio em um sussurro.

"Dói."

Ele percebeu algo ali, naquela única e esplêndida palavra. Algo como constrangimento. Mas não havia lugar para isso.

"Não tenha vergonha do que você gosta." Ele pontuou as palavras com um beliscão delicado.

"Eu gosto disso", ela falou, forçando as palavras para fora.

"Eu também", ele disse, os lábios chegando ao seio. "Eu também", ele repetiu pouco antes de deixar sua língua deslizar em volta da ponta rígida.

O gosto dela era tão bom quanto seu cheiro.

"Anna?", chamou uma voz conhecida, fora da alcova.

Os dois congelaram, lembrando-se de onde estavam.

Ele levantou a cabeça e buscou os olhos dela, que estavam arregalados.

"Merda", ela sussurrou, e ele não teve tempo de ficar surpreso com a imprecação. Afinal, ela tirou as palavras da boca dele. "É o Temple."

Veio o arrependimento e a irritação. Ele a desceu, deixando-a apoiar os pés no chão.

"Não entre!", gritou Georgiana. Anna tinha desaparecido.

"Um momento, Temple", ele disse ao mesmo tempo, incapaz de tirar os olhos do lindo monte claro que era o seio dela.

"Tarde demais", disse Temple, mais perto que antes.

Duncan se virou para esconder o corpo dela, e encarou o Duque de Lamont com uma calma que não sentia. Mais tarde ele pensaria no guincho que escapou dos lábios de Georgiana, como se ela nunca tivesse sido pega naquela situação. Talvez fosse porque Temple a constrangeu, mas qualquer que fosse o motivo, ela ficou furiosa.

"Saia daqui!", Georgiana vociferou.

"Fiquei preocupado porque me avisaram que você estava sendo agredida", Temple disse com calma. "Parece que o aviso tinha seus méritos."

"Eu estou bem", ela disse. "Como você pode ver."

Temple encarou Duncan West.

"West", ele disse, "com certeza você está bem à vontade."

Duncan deu de ombros.

"Estou no meu clube."

"Mas não com a sua mulher." Duncan não teve dúvida de que Chase saberia daquilo antes do fim da noite.

"Também não sou sua", retrucou Georgiana.

Temple olhou para ela e Duncan se moveu para bloquear a visão dele.

"Dê à senhorita um pouco de privacidade."

"Devo me virar de costas?" O Duque de Lamont arregalou os olhos por um instante.

"Para mim seria ótimo", disse Duncan, "pois assim eu não teria que desafiar você."

"Medo de perder?" O duque era o boxeador mais vitorioso de Londres.

"Medo de ganhar", respondeu Duncan. "Eu gostaria de poder continuar chamando você de amigo depois que superarmos esta infelicidade."

Temple aquiesceu e deu as costas para os dois.

"Guarde suas... partes... Anna."

Ela suspirou, exasperada.

"Sabe, Temple, você pode ir embora se estiver constrangido."

"Sem chance", disse o duque. "Estou oferecendo minha proteção."

"Ela não precisa", disse Duncan. E, diabos, se ela precisasse, *ele* poderia protegê-la. Não que ele quisesse... *Mentiroso.*

Temple se virou, apenas o bastante para encarar Duncan.

"Não?", ele perguntou.

"Não", respondeu Duncan.

"Não", ela disse ao mesmo tempo, puxando o corpete para cima, o que fez uma onda de decepção passar por Duncan. "Você pode se virar."

"Não estou oferecendo proteção a você, Anna", disse o duque, virando-se e apontando o queixo na direção de Duncan. "Estou oferecendo a ele."

"Sou capaz de me proteger nesta situação."

"Você não tem a menor ideia do que é esta situação", disse o duque. Duncan não gostou do tom agourento que as palavras continham.

"Saia!", Georgiana praticamente gritou.

Surpreendentemente, Temple fez o que lhe foi ordenado. Os dois ficaram em silêncio por um tempo, enquanto Duncan tentava se convencer de que se sentia grato pela interrupção de Temple, de que aquilo não foi mais longe. Aquela mulher era provocante demais, perigosa demais, e seria melhor que ele ficasse longe dela. Ele virou o corpo para se despedir.

"Minha lady."

"Não me chame assim aqui", ela disse.

"Eu chamo você assim onde eu quiser. É seu direito, não é?"

"Não é por isso que você me chama assim."

Não era. Mas ele não quis admitir.

"Nós temos um acordo?", ele perguntou.

Ela demorou um instante para entender, e ele resistiu ao prazer que veio quando percebeu que havia causado em Georgiana a mesma perturbação que ela provocava nele.

"Vou levar seu pedido ao Chase." Seus lindos olhos âmbar encontraram os dele. "Isto nunca mais pode acontecer."

Ele arqueou a sobrancelha.

"Só existe um modo de garantir que não aconteça." O olhar dela revelou sua curiosidade. "Consiga a informação que eu quero. E eu faço com que se case."

Ele se virou e saiu da alcova. E do clube. Jurando resistir àquela mulher.

Capítulo Sete

Lady G mais uma vez, caros leitores! Apareceu esplendorosa na ópera em um vestido azul turquesa. Nunca uma mulher tão linda emergiu em um traje tão vistoso. A aristocracia, sem dúvida, está empolgada com o retorno desta lady, e ansiosa para testemunhar seu crescimento...

...Os casamentos impressionantes de três proprietários nos últimos doze meses fazem-nos recomendar às mulheres casadoiras que limitem suas buscas aos membros de certo cassino. Estamos começando a acreditar que existe algo de extraordinário na água daquele lugar...

Páginas de fofocas de Notícias de Londres, 24 de abril de 1833.

"Chase está a meio caminho de dormir com Duncan West", disse Bourne, ocupando seu assento na mesa dos proprietários com um copo de scotch em seus dedos.

Georgiana tinha se esforçado para evitar os sócios desde o incidente constrangedor envolvendo Duncan e Temple, dois dias atrás. Na verdade, ela quase não compareceu ao jogo de cartas que reunia os proprietários do Anjo toda noite de sábado. Por pouco ela não se recolheu aos seus aposentos, de tanto constrangimento e frustração que sentia. Mas ela não era covarde, e seus sócios ficariam felizes de chamá-la assim se ela faltasse ao carteado. De qualquer modo, isso não significava que ela teria que tolerar um interrogatório.

Ela ignorou Bourne e se inclinou para pegar suas cartas na mesa, que era usada apenas para esse jogo. Ela, Temple e Cross jogavam, enquanto Bourne, com seu scotch, ocupava a quarta cadeira. O Marquês de Bourne perdeu tudo o que tinha em um jogo de cartas no dia em que completou 18 anos, e desde então não jogou mais. Infelizmente, ele comparecia ao jogo assim mesmo, com seu sorriso bobo. Ele pareceu não se importar com o fato de ela não ter respondido ao seu ataque inicial. Então, continuou.

"Embora eu tenha a impressão de que eles não iriam *dormir* de verdade."

"Eu nunca deveria ter salvado a pele de vocês, todos esses anos atrás", disse ela.

Seis anos antes, Temple e Bourne faziam jogos de dados nos limites de Seven Dials, e lá eles arrumaram muitos inimigos. Na noite em que Georgiana decidiu oferecer aos dois a chance de se tornarem sócios dela, ela os salvou, por sorte, de um grupo de bandidos que teria pegado o dinheiro deles e depois os matado.

"Provavelmente", ele disse alegremente, enquanto se recostava na cadeira e cruzava os braços sobre o peito. "Mas, para felicidade de todos nós, você salvou."

Ela fez uma careta para ele.

"Não é tarde demais para eu entregar você", ela respondeu,

"Como você está muito ocupada se entregando a Duncan West, não consigo imaginar que teria tempo para Bourne", disse Cross na sua vez de jogar.

Ela jogou suas cartas na mesa e arregalou os olhos na direção dele.

"Você também?!"

"Receio que sim." Ele sorriu brevemente.

"Traidor." Ela olhou para Temple. "E você? Tem algum insulto para acrescentar?"

Temple sacudiu a cabeça enquanto embaralhava as cartas, fazendo os retângulos de papel encerado voarem por seus dedos antes de distribuir com habilidade as cartas pela mesa.

"Não quero me meter nisso. Na verdade, se a lembrança daquele episódio fosse apagada da minha memória, eu não ficaria nem um pouco triste." Ele fechou os olhos. "É como ver a própria irmã nua."

"Eu não estava nua!", ela protestou.

"Estava quase."

"É mesmo?", perguntou Bourne, a curiosidade aguçada.

"Não estava nem perto disso", ela insistiu.

"Mas você teria gostado se fosse verdade?", ele provocou.

Sim. Não. *Talvez*. Georgiana afastou a resposta indesejável.

"Não seja ridículo."

"Vocês acham que devemos dizer para ela que a pergunta não foi respondida?", ele perguntou para os outros sócios.

"Eu odeio você." Ela olhou para suas cartas, sentindo o rosto corar.

"Qual de nós?", Temple perguntou, jogando uma carta.

"Todos vocês."

"É uma pena, porque nós somos seus únicos amigos", disse Bourne.
Era verdade.
"E são todos uns cretinos."
"Dizem que é possível avaliar um homem por seus amigos", respondeu ele.
"Então é bom que eu seja uma mulher", retrucou ela, descartando.
"E isso é algo que Temple, agora, tem condições de afirmar", brincou Bourne, e fez uma pausa. "Por que você acha que, até agora, nós nunca tivemos intenção de verificar isso com nossos próprios olhos?"

A morte seria muito boa para Bourne. Ele merecia algum tipo de tortura. Georgiana o fuzilou com o olhar, imaginando diversos instrumentos medievais. Temple riu.

"Nós já estabelecemos que ela é mais uma doce irmã do que uma mulher fatal. Nenhum de nós pensaria nisso."

"Eu pensei nisso", disse Bourne, enchendo o copo. "Uma ou duas vezes."

A mesa toda olhou para ele.

"Pensou mesmo?", perguntou Cross, dando voz à surpresa de todos.

"Não podemos todos ser tão santos quanto você, Cross", respondeu Bourne. "Mas aí eu pensei melhor."

Ela arqueou a sobrancelha, surpresa.

"Por 'pensei melhor' eu entendo que você percebeu que eu não o aceitaria nem se fosse o último homem de Londres?", perguntou Georgiana.

"Agora você me magoou." Ele colocou a mão sobre o peito. "De verdade."

Nos seis anos que se passaram desde que os proprietários do Anjo Caído tinham se reunido com o propósito de se tornarem mais poderosos que a aristocracia, houve pouco tempo – e interesse menos ainda – para qualquer coisa que os afastasse desse objetivo. Na verdade, foi apenas no último ano, depois que o clube havia se tornado tudo o que eles planejaram, que Bourne, Cross e Temple encontraram tempo para o amor. Ou melhor, que o amor os capturou. Ela jogou mais uma carta.

"Deus proteja Lady Bourne, pois ela deve ter muito trabalho", disse Georgiana. "Sinto como se devesse pedir desculpas a ela por ter ajudado no seu casamento."

Georgiana havia sido fundamental para unir seus sócios com suas esposas, especialmente no caso de Bourne. Lady Penélope Marbury tinha sido noiva do irmão dela, mas a combinação não era boa, e Georgiana usou seu próprio escândalo para livrar o Duque de Leighton do casamento iminente, transformando Lady Penélope em uma solteirona por quase uma década... Até Bourne a querer... Georgiana ficou muito feliz de pagar sua dívida com ela.

"Você não se arrepende nem um pouco de sua interferência." Temple riu.

Ela desempenhou papel semelhante no casamento de Temple com a Srta. Mara Lowe, agora Duquesa de Lamont. E no casamento de Cross com a irmã de Lady Penélope, Lady Philippa, agora Condessa Harlow.

"Ela não precisa se arrepender. Garanto que minha mulher está muito feliz com o casamento." Bourne sorriu, convencido.

"Por favor. Não diga mais nada." Ela gemeu.

"Vou dizer uma coisa", interveio Cross, e Georgiana se sentiu grata pela iminente mudança de assunto. Havia uma dúzia de coisas que ele podia dizer. Uma centena. Os quatro ali presentes administravam um cassino, eles negociavam os segredos das pessoas mais ricas e poderosas da Grã-Bretanha. O prédio em que estavam guardava uma extraordinária coleção de arte. A mulher de Cross cultivava lindas rosas. Ainda assim, ele não falou de nada disso. Ele apenas disse, "West não é má escolha."

"Não é má escolha para quê?" Ela o fuzilou, surpresa.

"Não 'para quê'", ele a corrigiu. "É para quem. Para você."

Ela desejou que tivesse uma janela por perto. Alguma coisa através da qual ela pudesse pular. Georgiana imaginou se poderia ignorar o comentário. Ela olhou para Bourne e Temple, esperando que um deles pudessem achar aquela declaração tão absurda quanto ela achou. Mas não.

"Sabe, ele não está errado", disse Bourne.

"Não existe ninguém mais que a iguale em poder." Temple esticou as pernas imensas.

"A não ser nós", disse Bourne.

"Bem, é claro", disse Temple. "Mas nós estamos comprometidos."

"Ele não tem título", ela os lembrou.

Temple franziu o cenho.

"Esse é o único motivo pelo qual você não o considera uma escolha razoável?"

Droga. Não era isso que ela queria dizer.

"Não", ela disse. "Mas ajudaria se o resto de vocês lembrasse que eu preciso de um título. E eu já selecionei o candidato. Langley não vai se intrometer nos meus assuntos."

"Você parece um vilão de romance", comentou Cross, rindo.

Ela se sentia um, com a direção que aquela conversa estava tomando. Como se ela não tivesse falado nada, Bourne continuou.

"West é talentoso, rico e Penélope acha que é bonito. Não que eu saiba por que ela acha isso", ele resmungou essa última parte.

"Pippa acha a mesma coisa", disse Cross. "Ela diz que é um fato empírico. Embora eu mesmo nunca tenha confiado em homens adultos com cabelo daquela cor."

"Você percebe que não pode falar nada, quando o assunto é cor de cabelo?", disse Temple.

Constrangido, Cross passou a mão pelo cabelo ruivo.

"Isso é irrelevante. Não sou eu que Chase acha bonito."

"Estou sentada bem aqui, sabia?", ela falou.

Eles pareciam não se importar.

"Ele é um empresário brilhante, rico como um rei", acrescentou Bourne. "Se eu fosse de fazer apostas, investiria dinheiro na possibilidade de um dia ele conseguir um assento na Câmara dos Comuns."

"Mas você não é de fazer apostas", ressaltou Georgiana. Como se isso pudesse detê-lo.

"Ele não precisa fazer. Eu mesmo aposto dinheiro nisso", disse Cross. "E fico feliz de anotar no livro."

O livro de apostas do Anjo Caído era legendário – um volume enorme, com capa de couro, que continha o registro de todas as apostas feitas no andar principal do clube. Os membros podiam registrar qualquer aposta no livro, não importa o quão trivial, e o Anjo se tornava testemunha, ficando com uma porcentagem das apostas para garantir que as partes envolvidas cumprissem com quaisquer promessas bizarras que fossem estabelecidas.

"Você não faz apostas no livro", disse Georgiana.

"Vou abrir uma exceção." Ele a encarou.

"Para apostar que o West vai concorrer a uma vaga no Parlamento?", perguntou Temple.

"Isso não me importa nem um pouco", respondeu Cross, jogando uma carta na mesa. "Aposto cem libras que West é o homem que vai quebrar a maldição de Chase!"

Ela estreitou os olhos para o ruivo que se achava um gênio, reconhecendo aquelas palavras. Ela tinha feito a mesma aposta há muito tempo. E ganhou.

"Você não tem a mesma sorte que eu", ela falou.

"Quer apostar?" Ele sorriu, convencido.

"Ficarei feliz de tomar seu dinheiro." Ela deu de ombros.

"Você está errada", disse Bourne. "É evidente que ele está atrás de você. É uma aposta boa."

"Bem, pelo menos ele está atrás de Anna", corrigiu Temple.

"É só uma questão de tempo até ele somar dois mais dois e descobrir que Anna é Georgiana. Principalmente agora que ele..." Bourne acenou com a mão na direção dela. "...*provou o produto*, se é que me entendem."

"Em primeiro lugar, ninguém *provou nada*. Foi um beijo. E em segundo lugar, ele já sabe que Anna e Georgiana são a mesma pessoa." Ela estava farta.

Os outros três ficaram mudos.

"Ora", ela acrescentou. "Que milagre! Eu finalmente consegui deixar vocês três em silêncio. O resto de Londres ficaria chocado se descobrisse que os proprietários do Anjo Caído não são nada mais do que velhas fofoqueiras."

"Ele sabe?" Cross foi o primeiro a falar.

"Sabe", ela respondeu.

"Cristo!", exclamou Bourne. "Como?"

"Isso importa?"

"Vai importar se outros também souberem."

"Ninguém mais sabe", ela disse. "Ninguém fica olhando para o rosto de Anna. Estão todos mais interessados nos outros atributos dela."

"Mas West olhou para o rosto dela. E o de Georgiana. E percebeu a verdade", comentou Temple.

"Sim." A palavra fez com que ela se sentisse culpada. Como se pudesse ter evitado a situação. E talvez pudesse.

"Você nunca deveria ter colocado West no meio disto", disse Bourne. "Ele é muito perspicaz. É claro que iria descobrir que vocês duas são a mesma mulher. Era mais que provável. Ele possivelmente percebeu no momento em que concordou em te ajudar a pegar o Langley."

Ela não respondeu.

"Mas ele não sabe de Chase, não é?", perguntou Cross.

Ela se levantou da mesa, indo em direção ao vitral que cobria uma parede inteira da sala. O vitral era imenso e ameaçador, retratava a queda de Lúcifer. Centenas de pedaços de vidro colorido montados meticulosamente para mostrar o enorme anjo – quatro vezes o tamanho de um homem médio caindo do céu. Observando a partir do cassino, lá embaixo, parecia que o anjo havia sido jogado da luz para a escuridão, da perfeição para o pecado. Destruído e, na destruição, renovado. Um rei em seus domínios, com poder e sem rivais, a não ser um. Georgiana suspirou, repentinamente consciente do pouco poder que tem a pessoa que é a segunda mais poderosa.

"Não", ela disse. "Ele não vai saber quem é o Chase." Isso ela podia prometer.

"Mesmo se souber", disse Temple, "nós podemos confiar nele."

Georgiana passou anos trabalhando com os piores homens da humanidade – aprendendo sobre eles, julgando-os. Ela sabia diferenciar os bons dos maus. Um dia antes, ela teria dito que Temple tinha razão, que podiam confiar em Duncan West. Mas isso foi antes de ele a beijar. Antes de se sentir atraída por ele da mesma forma que se sentiu atraída por outro homem, há muito tempo. Um homem a quem ela confiou seu coração, sua esperança e seu futuro. Um homem que a traiu sem hesitação, e tomou tudo o que ela lhe confiou, garantindo que ela não pudesse mais confiar em nenhum outro. Garantindo que ela nunca mais *quisesse* confiar. Mas agora ela não confiava era em seus instintos quando estava perto de Duncan. O que significava que ela tinha que utilizar um conjunto diferente de habilidades.

"Como nós podemos saber isso?", ela perguntou a Temple, colocando suas cartas na mesa, perdendo o interesse no jogo. "Que podemos confiar nele?"

Temple deu de ombros.

"Nós confiamos nele há anos, ele nunca nos traiu. Você o está pagando muito bem com o arquivo de Tremley... não há motivo para acreditar que ele vai fazer outra coisa que não ajudar. Como sempre."

"A menos que ele descubra Chase", disse Cross. "Agora que está interessado nela, vai ficar louco se sentir que foi enganado."

"Não há nada o que 'sentir'. Ele *foi* enganado." Bourne aquiesceu.

"Eu não devo nada para ele", ela disse. Os três homens lhe direcionaram olhares idênticos. "O que foi?"

"Ele sabe que você não é apenas Anna", disse Cross.

"E ele não consegue ficar com as mãos longe de você", disse Temple. "Se ele descobrir que você também é Chase..."

Ela não gostou de ouvir aquilo, ou a sugestão de que Duncan estava mais envolvido com sua vida do que ela imaginava. Ela também não gostou do modo como aquela sugestão a fazia se sentir – como se ela não conseguisse inspirar profundamente. Ela havia se sentido assim uma vez, e Georgiana não queria passar por isso de novo. Ela incorporou Chase, lembrando o semblante obscuro dele quando falaram do Conde de Tremley. *Onze anos.* Lembrando da ameaça que ele fez – sugerindo que, se ela não lhe fornecesse informações sobre Tremley, ele divulgaria seus segredos. Duncan era um homem inteligente – ele sabia o que queria.

"O que nós sabemos dele?"

"West?" Bourne arqueou as sobrancelhas.

Ela aquiesceu.

"O que há na ficha dele?"

"Nada", Cross respondeu, distraído, enquanto recolhia as cartas e as embaralhava outra vez. "Ele tem uma irmã." *Cynthia West*. Garota bonita, bem-vinda na Sociedade apesar de sua falta de berço. O dinheiro de Duncan lhe comprou apoio. "Solteira."

Georgiana assentiu, sabendo melhor do que ninguém o que havia na pequena ficha dele que jazia em seu cofre.

"E mais nada."

"Nada mesmo?"

Ela tinha investigado algumas vezes no começo, mas parou quando Duncan se tornou um aliado em sua batalha contra a Sociedade.

"Pouca coisa", respondeu Bourne. "Seus recursos iniciais vieram de um investidor desconhecido para ele criar o jornal de fofocas, que depois pagou pelos outros periódicos. Procurei evidências sobre esse investidor durante anos, mas ninguém parece saber nada sobre ele, a não ser que muito dinheiro esteve envolvido nessa transação."

"Isso é bobagem", disse Cross. "O dinheiro sempre deixa rastros."

"Não esse dinheiro", respondeu Bourne.

"Dinheiro de família?"

"Ele não tem propriedades. E parece que não tem mais ninguém, a não ser a irmã", disse ela.

"Então, ele teve um benfeitor misterioso", disse Temple. "Nós também tivemos, no começo." O Duque de Leighton havia financiado o capricho da irmã, com a condição de que ninguém soubesse sua identidade – algo com que Georgiana ficou mais do que feliz em concordar.

Ela encarou os olhos pretos do Duque de Lamont.

"Você está querendo dizer que ele é um homem sem segredos?", disse Georgiana, incrédula.

"Estou dizendo que é um homem sem segredos interessantes", respondeu Temple.

Ela balançou a cabeça negativamente.

"Todo mundo tem um segredo interessante. Duncan é homem para ter mais de um. Então me diga, por que nós não sabemos quais são?"

Temple estreitou o olhar para ela.

"Você não pode estar querendo investigar Duncan West."

Ela não gostou do tom de censura na voz dele.

"Você nunca me impediu antes. Quando fundamos este cassino, foi com o acordo de que você ficaria a cargo do ringue, Bourne das mesas e Cross dos livros. E eu ficaria a cargo das informações de que precisássemos para garantir que o negócio tivesse sucesso."

"Se você fizer isso", disse Cross, "vai estar brincando com fogo. Ele tem muito poder."

"Eu também."

"Mas o poder dele cresce enquanto o de Chase diminui. Seus segredos irão te destruir."

"Duncan não vai descobrir a verdade."

Cross não parecia ter tanta certeza.

"Eles sempre descobrem a verdade."

"Quem?"

Ele não respondeu sua pergunta, o que a satisfez, pois ela não gostaria do que ele podia responder: *Não provoque o leão, Georgiana. Pelo menos não este. Não um leão que seja nosso amigo.*

No começo da noite ela se pegou pensando no beijo. Aquilo não era apenas amizade. Na verdade, o beijo a agradou, provocou e devastou, mas não teve nada de amistoso. Não provocou nada além de fazê-la querer Duncan, e ela sabia que querer um homem não era o mesmo que confiar nele. Ela aprendeu isso na última vez em que foi beijada. Na *primeira* vez em que foi beijada. Ela precisava se proteger dele... *Não dele*, esse pensamento murmurou dentro dela. Talvez fosse isso mesmo. Ela não precisava ser protegida dele, talvez ela precisasse de proteção para si mesma. Se afastar dele e do modo como ele a fazia se sentir. De qualquer modo, uma coisa era certa.

"Amigo ou inimigo, ele conhece meus segredos." Ela olhou para seus sócios. "Eu preciso conhecer os dele."

Alguém bateu na porta e ela foi salva de ter que responder às indagações dos sócios. Cross mandou o recém-chegado entrar – apenas um punhado de pessoas sabia da existência da suíte dos proprietários, e todas elas era de absoluta confiança. Justin Day, chefe de apostas do cassino, entrou e procurou Georgiana com o olhar, depois cruzou a sala para ir até ela.

"Está feito?", ela perguntou.

O funcionário aquiesceu.

"Burlington, Montlake e Russel; todos ficaram felizes de encerrar sua corte."

Bourne ficou curioso.

"Corte de quem?"

"Eles não estão todos atrás da filha do Conde de Holborn?", perguntou Temple.

Quatro cabeças se voltaram na direção do duque. Georgiana deu voz ao espanto coletivo.

"Seu interesse repentino pela Sociedade é terrivelmente perturbador", ela falou para Temple.

"Eles estão atrás dela, não estão?", disse Temple, dando de ombros.

Não, desde que Lady Mary Ashehollow chamou Caroline de prostituta, não estavam mais. Ela nem respondeu, e tampouco Justin.

"Tem mais uma coisa", disse ele.

Ela olhou para um relógio, viu a hora e soube, sem perguntar, qual era a notícia que ele trazia.

"Lady Tremley", ela disse, e Justin aquiesceu.

"Na entrada das senhoras", ele informou.

Bourne ergueu a sobrancelha.

"Como você sabia disso?"

"O que ela está fazendo aqui?", perguntou Cross.

"Ela foi convidada", disse Georgiana, atraindo assim um olhar de reprovação dos sócios.

"Não conversamos a respeito disso", falou Temple.

Não, eles não conversaram. Georgiana enviou o convite menos de uma hora depois de West ir embora, vários dias atrás.

Ela não lhes contou toda a verdade, com medo de que eles pudessem rejeitar o pedido de West. Com medo de que eles não entendessem o quanto ela precisava de West. O medo a deixou brava. Ela não gostava de sentir que estava perdendo o controle.

"Eu tomei a decisão por todos nós."

"Ela é perigosa. Tremley é perigoso", alertou Bourne. "Se ela oferecer informações dele... Se ele descobrir..."

"Não sou uma criança", ela o lembrou. "Eu entendo as consequências. Como está Lady Tremley?", Georgiana perguntou a Justin.

"Bruno disse que ela está com um olho roxo", informou o funcionário.

"Ah. Vingança, teu sobrenome é mulher", disse Georgiana.

"Se o marido é um covarde tão grande que gosta de bater na mulher, eu vou pessoalmente ajudá-la a se vingar", disse Bourne.

"Ela pediu para falar com Chase", disse Justin.

"Mas ela vai falar com Anna." Ela se levantou e alisou as saias.

Bourne olhou para ela.

"Tome cuidado. Não gosto de você vestida como uma prostituta quando nenhum de nós está por perto para protegê-la."

"Não estamos em uma viela escura em East End."

"Chase", Bourne disse, usando o nome que ele próprio havia lhe dado, meia década atrás, lembrando a todos de sua história. "Isto é muito mais perigoso."

Ela sorriu, reconfortada por saber que eles se preocupavam com ela. Aquele bando de malandros que ela havia reunido.

"É sim, mas é um perigo que eu inventei. Estou acostumada."

Bourne olhou para o vitral, e seu olhar pairou nas asas de Lúcifer, tão inúteis quanto ele se sentia.

"Isso não quer dizer que não pode chegar um dia em que esse perigo engula você."

"Pode ser", ela concedeu. "Mas não vai ser hoje." Ela acompanhou o olhar dele até a janela, onde o lindo anjo loiro caía no inferno. "Hoje estou reinando."

Em poucos minutos ela chegou ao andar de baixo, na entrada para mulheres do clube, onde Bruno, um dos principais seguranças do Anjo, estava de guarda sob a luz tênue. Perto dele se encontrava Lady Tremley, uma mulher linda, com pouco mais de 20 anos, que ostentava um dos piores olhos roxos que Georgiana já tinha visto – apesar de o Anjo ser conhecido por suas lutas de boxe diárias.

Com um aceno para Bruno, ela abriu a porta de uma pequena antecâmara ao lado do saguão escuro.

"Minha lady", ela disse, em voz baixa, assustando a outra mulher. "A senhora me acompanha?"

Lady Tremley pareceu cética, mas seguiu Georgiana e entrou na sala, analisando a decoração do ambiente. Era uma sala de estar decorada adequadamente para que senhoras da Sociedade tomassem seu chá da tarde, e não para que jogassem, fofocassem e brincassem com a vida, como seus maridos faziam.

"Por favor." Georgiana indicou um divã, estofado com veludo azul.

Lady Tremley se sentou.

"Eu pedi para ver o Sr. Chase."

E era o Chase que ela via.

Georgiana se sentou à frente de Lady Tremley.

"Chase está indisposto, minha Lady. Ele enviou seus cumprimentos, e espera que considere falar comigo, em vez de com ele."

A condessa observou o grande decote do vestido de Georgiana, a altura de sua peruca loira platinada, a maquiagem preta ao redor dos olhos, e viu o que todos viam quando olhavam para ela. Uma prostituta experiente.

"Eu não acho..."

Elas ouviram uma batida na porta, e Georgiana abriu para receber um pacote de Bruno, que possuía a conveniente habilidade de sempre saber o que os fundadores do Anjo Caído precisavam sem que lhe pedissem. Fechando a porta, ela se aproximou da convidada, estendendo-lhe o pacote de tecido cheio de gelo.

"Para o olho."

"Obrigada", respondeu a condessa, segurando o embrulho.

"Nós conhecemos tudo sobre hematomas por aqui." Georgiana se sentou. "De todos os tipos."

Elas permaneceram sem falar enquanto Lady Tremley segurava a compressa sobre o olho. Georgiana teve esse mesmo tipo de reunião vezes demais para se lembrar quantas foram e entendia aquela mulher. Ela queria algo mais do que a vida tinha lhe oferecido. Queria algo que a divertisse, animasse e motivasse. Algo que a mudasse de um modo particular, pessoal, permitindo-lhe aguentar o sofrimento de seus dias de conformidade. E se o olho roxo fosse considerado, ela precisava também de algo que a fizesse suportar os longos dias de seu casamento. O segredo era deixar a convidada falar primeiro. Sempre.

Depois de longos minutos, Lady Tremley baixou o gelo e se abriu.
"Obrigada."
"Não tem de que." Georgiana aquiesceu.
"Eu sinto muito", disse Lady Tremley.

Sempre começava assim. Com um pedido de desculpas. Como se a mulher tivesse escolhido as cartas que recebeu da vida. Como se ela não tivesse simplesmente nascido mulher e, portanto, fosse inferior.

"Não é necessário." Era a verdade.
"Com certeza você deve ter outra coisa..." A voz da mulher foi sumindo.
Georgiana acenou com a mão.
"Nada importante."
Lady Tremley assentiu e olhou para baixo, encarando as próprias saias.
"Eu a julguei mal quando você apareceu."
"E acha que foi a primeira?" Ela riu, se recostando na cadeira. "Meu nome é Anna."

A condessa arregalou os olhos para ela. Georgiana estava acostumada com o choque que as ladies demonstravam quando ela as tratava como iguais. Esse era o primeiro teste; um que provava sua capacidade de lidar com uma situação imprevista.

"Imogen."
Ela havia passado no teste.
"Bem vinda a O Anjo Caído, Imogen. Pode confiar que tudo que for dito entre nós só será compartilhado com Chase."
"Eu ouvi falar de você. É a..." Ela parou, repensando a palavra *amante*, e escolhendo uma rima em seu lugar. "É a representante dele."
"Entre outras coisas."

A mulher hesitou, remexendo na saia dourada de cetim. Georgiana pensou que aquele comportamento não era comum à esposa de um dos conselheiros mais próximos do rei.

"Eu recebi um convite do Sr. Chase. Ouvi dizer que vocês têm um clube para mulheres."
"Mas não temos rodas de costura nem clubes de leitura, eu receio." Georgiana sorriu.
"Não sou tão sem graça como você talvez imagine." O olhar de Lady Tremley brilhou, contrariado.

Georgiana deteve sua atenção no hematoma no rosto da convidada.

"Eu não a acho nem um pouco sem graça."

Lady Tremley corou, mas Georgiana não acreditou que a reação fosse provocada por constrangimento. Se a mulher estava ali, sem dúvida já tinha superado a vergonha pelas atitudes do marido. O que ela sentia era raiva.

"Pelo que entendo, para ser aceita eu preciso fornecer informações."

Georgiana ficou imóvel por um longo momento.

"Eu não sei onde você pode ter ouvido algo assim."

"Eu não sou boba", Imogen respondeu, estreitando os olhos.

"Quem pode dizer se Chase já não tem as informações de que você dispõe? Como você já deve ter ouvido, nós temos fichas da espessura de um polegar sobre cada homem importante de Londres."

"Ele não tem esta informação", disse a mulher, baixando a voz e observando a porta. "Ninguém tem."

Georgiana não acreditou nisso nem por um momento.

"Nem mesmo o rei?"

Imogen balançou a cabeça.

"Isso arruinaria Tremley. Para sempre."

Havia algo na voz dela. Impaciência. Empolgação. O triunfo inebriante que vem com a vingança. Georgiana se recostou.

"Nós sabemos que seu marido rouba o tesouro."

"Como você sabe disso?" Lady Tremley arregalou os olhos.

Era verdade. Como Duncan West sabia, droga? Como Duncan sabia e ela não?

Georgiana se recompôs e sondou novamente.

"E nós sabemos que ele usa o dinheiro para financiar o armamento de nossos inimigos."

Imogen murchou, como se o vento parasse de soprar suas velas. Anos de prática fizeram com que Georgiana segurasse o impulso de se inclinar para frente e perguntar, *É verdade?*, porque ela não tinha acreditado totalmente em Duncan West, quando ele falou. Se fosse verdade, afinal, o conde seria culpado de traição. E seria enforcado por isso, caso a informação vazasse. Esse é o tipo de informação que faz um homem matar para mantê-la em segredo. E pela aparência de sua esposa, o conde não era homem de hesitar quando se tratava de violência. Georgiana falou de novo:

"Receio, minha lady, que o preço de seu ingresso no Anjo Caído será prova dessas coisas que já sabemos. Contudo, antes de continuarmos, você deve estar muito certa de sua disposição em oferecer essas provas de boa vontade ao Chase. Ao Anjo." Ela fez uma pausa. "Você deve compreender que, uma vez que a informação for nossa, dada em troca da afiliação ao clube, nós nos reservamos o direito de usá-la. A qualquer momento."

"Eu compreendo." O olhar da condessa estava pleno de triunfo.

Georgiana se inclinou para frente.

"Você entende que estamos falando de traição."

"Entendo."

"Que ele seria enforcado se fosse descoberto."

"Que o enforquem", declarou Imogen. O triunfo se tornou sombrio. Frio.

Georgiana arqueou uma das sobrancelhas ao ouvir aquelas palavras. Que Tremley fosse um calhorda não era surpresa. Mas sua esposa era o oposto. Ela era uma guerreira.

"Muito bem. Você tem provas?"

A condessa pescou, dentro do corpete, vários pedaços de papel rasgado e chamuscados nas bordas. Ela os estendeu para Georgiana.

"Mostre isto ao Chase."

Georgiana abriu os pedaços de papel e montou um quebra-cabeça sobre a seda vermelha de sua saia. Ela passou os olhos pelo texto incriminador. E olhou para Imogen.

"Como você..."

"Meu marido é menos inteligente do que o rei lhe dá crédito. Ele joga sua correspondência no fogo, mas não espera para ter certeza de que foi incinerada."

"Então..." Georgiana começou, mas Imogen terminou sua frase.

"São dezenas de cartas."

Georgiana ficou em silêncio por um longo momento, considerando as implicações daquela mulher. De suas cartas roubadas. Do modo como tudo isso poderia ajudá-la naquela mesma noite. As provas poderiam lhe conquistar a ajuda de Duncan West e, mais que isso, assegurar seu futuro e o de sua filha. Informações novas sempre provocavam uma emoção inebriante nela, mas aquilo... Aquilo era demais.

"Estou certa de falar por Chase quando digo 'Bem-vinda a O Outro Lado'."

Lady Tremley sorriu, e isso abriu sua expressão, removendo as rugas de seu rosto e lhe devolvendo a juventude.

"Esteja à vontade para ficar", disse Georgiana.

"Eu queria mesmo dar uma olhada. Obrigada."

A mulher não havia entendido.

"Mais do que apenas a noite, minha lady. O 'Outro Lado' não é apenas um lugar para se jogar. Se precisar de abrigo, nós podemos fornecer."

"Eu não preciso disso." O sorriso desapareceu.

Georgiana amaldiçoou o mundo em que elas nasceram – no qual as mulheres tinham pouca escolha a não ser aceitar o perigo em sua vida cotidiana. A grande ironia da ruína era esta – ela trazia a liberdade. Uma liberdade de que não dispunham as mulheres conformistas, de "boa moral", em um bom casamento. *Mau casamento, na verdade.*

Georgiana aquiesceu, levantou e alisou as saias. Ela havia testemunhado aquela situação tantas vezes que sabia que não adiantava forçar a questão.

"Se um dia precisar..." Ela deixou o resto da frase no ar, pairando entre elas. Lady Tremley não falou, apenas se levantou.

Georgiana abriu a porta e gesticulou para o corredor luxuoso à frente delas. "O clube é seu, minha lady."

Capítulo Oito

A Hora da Elegância ficou ainda mais elegante com Lady G, que apareceu esta semana com a encantadora Srta. P. As duas logo tornarão as encostas do Hyde Park o único lugar para ser visto, este autor não tem dúvida...

...Como os poderosos caem! O Duque de L tem sido visto empurrando um carrinho de bebê por toda Mayfair! Para um homem conhecido por fazer coisas mais violentas com suas mãos, estes jornalistas gostariam que um artista tivesse presenciado a cena, ficaria perfeita imortalizada em uma pintura a óleo...

Páginas de fofoca de *A Semana Corrente*, 26 de abril de 1833.

Não havia nada pior do que as páginas de fofocas. Não importava que elas tivessem lhe rendido uma fortuna. Duncan West estava sentado em seu escritório na Rua Fleet, refletindo sobre a nova edição do jornal *O Escândalo*. Aquele jornal foi sua primeira empreitada, há anos atrás, logo que ele chegou a Londres. Ele o planejou para faturar com os interesses ridículos da Sociedade em roupas, corte, escândalos e canalhices. E com o interesse universal dos plebeus na Sociedade. E funcionou; o primeiro jornal fez com que Duncan ganhasse rios de dinheiro – exatamente o que era necessário para ele começar seu segundo, e muito mais valioso jornal, o *Notícias de Londres*. Mas ele nunca deixou de se surpreender – e desanimar –, contudo, que escândalos sempre venderam mais do que notícias, e serviram mais como entretenimento do que a arte.

Duncan sabia, porém, que ele era o pior tipo de hipócrita, pois foi O *Escândalo* que possibilitou a construção de todo seu império, embora isso não o fizesse detestar menos esse empreendimento. Na maioria dos dias ele não prestava atenção ao conteúdo do jornaleco, permitindo que seu sócio administrasse tanto o conteúdo quanto a parte comercial. Mas naquele dia, o texto que dominava as páginas reservadas para "Escândalo da Temporada" tinha sido escrito e planejado pelo próprio Duncan West. Era mais uma artimanha na campanha pelo casamento de Lady Georgiana Pearson.

Ele releu o texto, à procura de erros ou escolhas infelizes de palavras. *Ao contrário daquelas que sucumbem a seu próprio destino, esta lady sobreviveu com inteligência, sagacidade e temeridade.* Não. Nenhuma dessas três palavras funcionava. Ainda que todas fossem adequadas para qualificar Georgiana, não tinham apelo para a Sociedade. Esta, de fato, não dava muito valor para nenhuma das características que tornavam a aristocrata em evidência tão cativante. E como ela era cativante. Ele gostaria de dizer que era por causa do beijo, que ele não deveria ter provocado, e com certeza não deveria ter deixado continuar além do que era casto. Só que não havia nada naquela mulher que o fizesse pensar em castidade. E não era nem mesmo a fantasia de Anna que o tentava mais, era a outra identidade – Georgiana, com o frescor do rosto, o brilho do olhar. Quando Duncan teve aquela mulher em seus braços na alcova dentro do cassino, ele teve vontade de lhe arrancar aquela peruca ridícula da cabeça e soltar as ondas loiras, para fazer amor com a mulher real por baixo de todos aqueles enchimentos. Não que ela precisasse de enchimentos, Georgiana era naturalmente perfeita.

Ele se remexeu na cadeira com esse pensamento e voltou a atenção para o papel em sua mão. Que não ajudava a tirar a mulher da cabeça, afinal ela era o assunto do maldito jornal. Algumas marcações com a tinta vermelha e *inteligência* virou *charme*, *sagacidade* se transformou em *elegância* e *temeridade* se tornou *encanto*. Nenhum desses adjetivos era incorreto para descrever lady Georgiana, mas com certeza não eram tão precisos quanto os outros. Também lhe servia: linda, fascinante, insuportavelmente provocadora. Mais provocadora do que aparentava.

Ele colocou o rascunho sobre a mesa e se recostou, fechando os olhos e apertando a ponte do nariz com polegar e o indicador. Ela era perigosa. Perigosa demais. Ele deveria escolher outra pessoa para o artigo e jurar nunca mais a ver de novo.

"Senhor."

West ergueu os olhos e encontrou Marcus Baker, seu secretário e assistente geral, à porta. Ele acenou para o homem entrar. Baker colocou uma pilha de jornais sobre a mesa, e outra de envelopes por cima.

"Os jornais de amanhã e a correspondência de hoje", disse Baker, antes de acrescentar: "Dizem que o Visconde Galworth deve milhares de libras para O Anjo Caído."

"Isso não é notícia". Duncan sacudiu a cabeça.

"Ele está tentando casar a filha com um milionário americano."

"E?" Duncan disse, encarando o secretário.

Baker acenou para um envelope grande sobre a mesa.

"Chase enviou provas de que o visconde tem manipulado corridas de cavalos."

"Isso pode ser uma notícia", disse Duncan, abrindo o envelope e voltando sua atenção para os papéis que trazia.

Era impressionante o que Chase sabia. Duncan grunhiu sua reprovação.

"Galworth deixou Chase muito bravo", disse ele.

"O Anjo não gosta que deixem de pagar suas dívidas", Baker acrescentou.

"É por isso que sempre tomei muito cuidado para não ficar devendo para o Anjo", disse Duncan, distraído, enquanto organizava as informações até reparar em um pequeno envelope no topo da pilha. Ele o separou do resto da correspondência e pegou um abridor de cartas, ao mesmo tempo em que sentia um nó desagradável se formando no estômago enquanto quebrava o lacre e lia a breve mensagem.

Soube que você fez um novo amigo. Onde está meu artigo? Estou ficando impaciente.

Não estava assinada, assim como todas as mensagens do Conde de Tremley. Ele dobrou o papel e o segurou sobre a chama de uma vela, deixando que a frustração e a raiva que sempre vinham com essas cartas – cheias de exigências pretensiosas que ele era obrigado a aceitar – se acalmassem enquanto o fogo lambia as bordas do bilhete. Ele poderia adiar o artigo sobre a guerra por alguns dias, talvez uma semana, mas precisava, e logo, que Chase providenciasse suas provas. Ele jogou a carta em chamas no cesto de metal a seus pés e ficou observando o fogo consumir a mensagem antes de se virar para Baker, que permanecia ali.

"O que mais?"

"Sua irmã, senhor."

"O que tem ela?"

"Está aqui."

Ele encarou Baker com o olhar inexpressivo.

"Por quê?"

"Porque você prometeu me levar para passear de carruagem", anunciou sua irmã mais nova observando-o à porta.

Cynthia West era inteligente, corajosa e absolutamente desobediente quando queria. Sem dúvida isso era culpa dele, que a havia mimado pelos últimos treze anos, desde que começou a ter dinheiro para tanto. Cynthia acreditava, daquele modo incrível que as moças acreditam, que o mundo estava a seus pés e devia continuar assim. E o mundo incluía seu irmão.

"Droga", ele disse. "Esqueci."

Ela entrou, retirou a capa e sentou em uma cadeira de frente para a escrivaninha.

"Eu pensei que você esqueceria, e é por isso que estou aqui e não em casa, esperando que você apareça para me pegar."

"Eu tenho três jornais para imprimir esta noite."

"Então me parece que sua capacidade de planejamento é péssima, já que me convidou para passear hoje."

"Cynthia." Ele estreitou os olhos para a irmã.

Ela se virou para Baker.

"Ele é sempre assim, irritante?", Cynthia perguntou ao secretário.

Baker sabia que não deveria responder a essa pergunta, então aproveitou para se livrar daquela situação com uma reverência rápida.

"Homem sábio", disse Duncan.

"Sabe, eu acho que ele não gosta de mim", afirmou Cynthia depois que a porta se fechou atrás do secretário.

"Provavelmente não", disse Duncan, mexendo nos papéis que Baker havia lhe trazido. "Cynthia, eu não posso..."

"Não", ela disse. "Você já cancelou este programa três vezes." Ela levantou. "Está na Hora da Elegância. Eu quero ser elegante. Uma vez. Vamos, Duncan, faça a vontade de sua pobre irmãzinha solteira e não casada."

"Solteira e não casada é uma redundância", ele disse, apreciando o olhar de exasperação dela.

"Você prefere irmãzinha solteira e entediada?"

Ele sacudiu a cabeça.

"Meu trabalho não é entreter você. Minha maior obrigação é entreter o resto da Grã-Bretanha."

Ela andou até a janela do escritório.

"Como se você não tivesse uma centena de subordinados que possam verificar a ortografia ou fazer seja lá o que você faz o dia todo."

"É um pouco mais que isso." Ele ergueu a sobrancelha.

"É, eu sei." Ela fez um gesto de pouco caso. "Você administra um verdadeiro império atrás dessa mesa."

"Exatamente." Ele não gostava de se gabar.

"Todos os seus jornais têm colunas sociais, e um deles é totalmente composto de escândalos. Cavalgar no Hyde Park durante a temporada é praticamente uma atividade profissional para você."

"Isso não tem nada de profissional", ele esclareceu.

"Você não deveria me deixar ser vista? Não está preocupado com minhas perspectivas de casamento? Eu estou com 23 anos, pelo amor de Deus. Encalhada!"

"Por favor, arrume um marido. Tenho dezenas de solteiros disponíveis trabalhando comigo. Escolha um deles. Qualquer um que quiser. Escolha Baker. Ele trabalha bem."

"Trabalha bem." Ela levou uma mão ao peito. "Meu coração. Mal consigo suportar estes batimentos vigorosos."

"Ele tem todos os dentes e um cérebro dentro da cabeça."

"Qualidades ótimas, sem dúvida."

"Eu não sei o que as mulheres querem." Georgiana Pearson parecia estar interessada apenas em um título.

Não que ele se importasse com o que aquela mulher queria. Do que ele estava falando? Ah, sim. Cynthia.

"Escolha qualquer homem neste prédio. Só não me faça ir passear hoje", disse, apontando para a porta.

"Estou quase fazendo isso, só para ver você mudar de ideia." Ela jogou a capa sobre os ombros. "Você prometeu, Duncan."

E então, por um momento, ela era novamente aquela garotinha de 5 anos que ele pôs em cima do cavalo, há quase vinte anos, prometendo-lhe que iriam para um lugar seguro – um lugar em que a vida dos dois seria melhor. Onde eles seriam fortes. Ele havia cumprido aquelas promessas. E assim também cumpriria essa.

Em menos de uma hora os dois estavam no Hyde Park, presos em meio ao congestionamento de carruagens daquela tarde. A Trilha Podre – um nome adequado, na opinião de Duncan – estava repleta com multidões de aristocratas e fidalgos rurais que haviam retornado a Londres para a temporada, desgostosos com o inverno pálido que passaram nos confins da Grã-Bretanha, e desesperados por um pouco de cor: um tom vermelho de fofoca.

Duncan acenou para o Conde de Stanhope, que apareceu ao lado da carruagem montado em um impressionante cavalo preto.

"Meu lorde."

"West. Eu vi seu editorial no *Notícias de Londres* a favor do Estatuto das Fábricas. Muito bem colocado. Crianças não devem trabalhar mais do que nós."

"Crianças não devem trabalhar e ponto", respondeu Duncan. "Mas eu tomo a aprovação do estatuto como um bom começo – isso se nossas vozes combinadas não assustarem aqueles que estariam inclinados a votar de acordo com nossa posição." O conde era conhecido por seus discursos passionais na Câmara dos Lordes.

Stanhope riu.

"Pense no estrago que nós poderíamos fazer, West, se você concorresse a uma vaga na Câmara dos Comuns."

Um vento açoitou o parque, como se o universo soubesse a verdade – que Duncan West nunca poderia concorrer a uma vaga da Câmara. Que não lhe permitiriam conversar com condes caso suas verdades fossem conhecidas, e que em algum momento, qualquer momento, seus segredos se tornariam públicos. Pois não existe segredo quando duas pessoas o conhecem. E, no caso dele, duas pessoas o conheciam.

"Estragos demais, meu lorde", ele disse.

O conde pareceu notar a mudança na conversa e tocou seu chapéu na direção deles antes de continuar adiante pelo passeio. Duncan e a irmã continuaram em silêncio por longos minutos, até que outro vento soprou e Cynthia decidiu desanuviar o clima no cabriolé. Segurando seu enorme chapéu, ela sorriu para um grupo de decanas da Sociedade que passava, e disse com a voz viva e feliz:

"Está um lindo dia para passear."

"Está nublado e ameaçando chover."

Ela sorriu para o irmão.

"É Londres em março, Duncan. Isso significa que o céu está praticamente azul."

Ele semicerrou os olhos na direção dela.

"Como é que nós podemos ser irmãos se você é tão irracional?"

"Você diz irracional, eu digo alegre." Ele não respondeu, e ela continuou: "Acho que os deuses estavam sorrindo para você quando lhe deram uma irmãzinha."

Os deuses não estavam fazendo nada disso na época em que ela chegou. Mas ele ainda lembrava daquele dia, coberto de piche, com bolhas nas pequenas mãos, aparecendo na lavanderia em que sua mãe estava escondida, em um canto, deitada em um catre improvisado com cobertores velhos, segurando uma bebezinha. A lembrança veio sem avisar. *Vamos, Jamie, segure sua irmã.* E ele segurou aquele pacotinho chorão. Ela estava enrolada em uma camisa do patrão, uma que precisava ser remendada. Ele mal conseguia ver a bebê por causa da camisa. *Ele vai ficar bravo porque você acabou com a camisa dele.* Havia tristeza nos olhos da mãe quando ela respondeu. *Deixe que eu me preocupo com ele.* Duncan abriu o pacote para dar uma boa olhada na criaturazinha que tinha sido identificada como sua irmã, cuja cabeça estava coberta de cabelos castanhos e os olhos eram os mais azuis que ele já tinha visto. Ele interrompeu a lembrança antes que fosse longe demais.

"Você parecia um duende."

"Não parecia, não!" Ela o encarou com os olhos chocados.

"Ou não... Parecia mais um velho. Toda vermelha e manchada, como se tivesse passado tempo demais no sol ou dentro de um bar."

"Que coisa horrível de se dizer." Ela riu.

"Você melhorou depois que cresceu." Ele deu de ombros e acrescentou em voz baixa, para que ninguém por perto pudesse ouvir, "E você urinou em mim na primeira vez em que a segurei."

"Tenho certeza de que você fez por merecer!", ela disse, indignada.

Duncan sorriu.

"Você também melhorou nisso depois que cresceu, graças a Deus."

"Estou começando a pensar que não deveria ter convidado você para este passeio", ela disse. "Não está sendo tão bom como eu pensei que seria."

"Então atingi meu objetivo."

Ela fez uma careta para o irmão antes de voltar sua atenção para duas ladies que seguiam à frente, cabeças inclinadas naquela posição típica de quem está fofocando.

"Agora silêncio. Aquelas duas parecem ter algo para dizer."

"Você sabia que seu irmão está por dentro de todas as fofocas importantes da Sociedade? Você recebe em casa pelo menos três jornais de fofoca por semana."

Ela fez um gesto de pouco caso.

"Não tem graça ler a mesma coisa que o resto do mundo. Chegue mais perto e finja que estamos conversando."

"Nós *estamos* conversando."

"É, mas se *você* não parar de falar, não vou conseguir escutar o que *elas* dizem. Então apenas *finja*."

O passeio de terra estava cheio de aristocratas e fidalgos, todos ali pela mesma razão que Cynthia, então todo o grupo se movia à velocidade de uma lesma para escutar a conversa dos outros. A fofoca compartilhada na Trilha Podre não era muito valiosa, em parte porque todos os presentes já a tinham escutado. Ainda assim, ele diminuiu a velocidade para que sua irmã pudesse ouvir as mulheres, agora ao lado deles, apesar de não parecerem estar falando nada de interessante.

"Ouvi dizer que ela está de olho em Langley", disse uma delas.

"Seria um ótimo partido para ela, mas não acredito que ele vai se casar com alguém de tal família", opinou a outra.

"Tal família!", a primeira não estava convencida. "Ela tem o Duque de Leighton como irmão, e Ralston como cunhado."

De repente, West ficou muito interessado na conversa.

"Elas estão falando de Lady Geo...", Cynthia começou.

Mas ele ergueu a mão e a irmã parou de falar. Um milagre.

"Eles podem ter títulos, mas isso não importa quando se pensa no resto da história. Lady Georgiana é e sempre será um escândalo."

"Mas ela é recebida em todos os lugares", disse a primeira.

"É claro que sim. É uma lady. E bem rica. Mas isso não significa que as pessoas queiram a presença dela. *Católica*. Romana. E mãe de uma bastarda."

"Que mulher horrível", sussurrou Cynthia, inclinando o corpo para perto do irmão.

Anos de prática impediram West de fazer o mesmo. A mulher em questão era Lady Holborn, uma fofoqueira cruel e pessoa terrível, de acordo com o que diziam a seu respeito. A outra era Lady Davis, que talvez não fosse a convidada mais apreciada em reuniões, mas em comparação com a amiga parecia ser uma verdadeira santa. Era importante que ele ouvisse o que as duas falavam de Georgiana, claro. Afinal, ele prometeu que a faria se casar, não prometeu? Qualquer pesquisa que ele pudesse fazer quanto à opinião da Sociedade a respeito dela o ajudaria a cumprir sua parte no combinado. Essa era a única razão pela qual ele se importava com o que as mulheres estavam falando. Mas a Condessa Holborn continuou:

"A questão é, a garota está arruinada. Com ou sem nome, ela é livre. Que homem ficaria tranquilo quanto a seu herdeiro ser realmente seu? Quanto ao fato de ela desfilar a *filha* pelo Hyde Park, como se ela não fosse uma bastarda tão vulgar quanto a mãe é... ofensivo. Basta olhar para elas..."*Ela estava no parque.*

"Que mulher *horrível*", repetiu Cynthia.

A conversa das mulheres foi sumindo conforme elas ganharam velocidade. Duncan deixou de prestar atenção nelas, estava ocupado demais procurando pelo assunto da conversa. As duas disseram que ela estava ali. Com a filha. De repente, Duncan quis muito conhecer a garota. Ele não as viu no passeio, afinal aquela multidão dificultava encontrar qualquer um, ele pensou, mas resistiu a essa ideia, pois dizia para si mesmo que repararia nela. Que se ela estivesse ali, em qualquer um dos seus disfarces, ele a identificaria. Duncan continuou procurando, virando-se para ver se ela vinha atrás...

Foi quando um lampejo de azul-safira, distante das hordas, chamou sua atenção. Ele soltou a respiração que não percebeu estar segurando. É claro que ela não estaria com o resto da Sociedade. Ela não queria fazer parte desse mundo.

Ela estava em um pequeno morro além das árvores, com uma garota ao seu lado, dois cavalos as acompanhando logo atrás e o lago de fundo. As duas conversavam animadamente, e ele esperou um longo momento, até a garota dizer algo e Georgiana rir. Audaciosa. Efusiva. Como se estivessem em algum lugar particular e não à vista de metade de Londres. A metade de Londres de que ela precisava para seu casamento aceitável. Duncan se pegou imaginando o que ela tinha achado de engraçado e o que ele precisaria fazer para diverti-la da mesma forma. Ele não tirou os olhos dela enquanto estacionava o cabriolé na beira da trilha e descia.

"Você gostaria de conhecer o assunto da fofoca?", ele perguntou à irmã.

"Você a conhece?" Ainda no veículo, Cynthia expressou sua surpresa.

"Conheço", ele respondeu, prendendo as rédeas em um poste e saindo da trilha de terra para a grama. Ele subiu a encosta até onde Georgiana caminhava e desejou que ela ficasse, que não montasse naqueles cavalos lindos, e permanecesse na grama um pouco mais. Até que ele pudesse alcançá-la. Cynthia o seguiu, tendo que correr para acompanhá-lo.

"Estou vendo", disse a irmã.

"E o que você vê?" Ele olhou para ela.

"Ela é muito bonita." Cynthia sorriu.

Ela era mais que isso.

"Eu não tinha reparado", disse Duncan.

"Não reparou."

"Não." Houve um tempo em que ele conseguia mentir com menos esforço. Uma semana atrás.

"Você não tinha reparado que Lady Georgiana Pearson, loira, esguia e encantadora, na direção de quem você está correndo..."

Ele diminuiu o ritmo.

"Eu não estou correndo."

"Na direção de quem você *estava correndo*", ela consertou. "Você não tinha reparado que ela é linda."

"Não." Ele não olhou para a irmã, não queria ver a compreensão, a surpresa e o interesse na resposta dela.

"Entendo."

Que Deus o protegesse da irmã.

Capítulo Nove

Em caso de fogo, este jornal aconselha você a não pegar um dos cavalos do Visconde Galworth para fugir. Eles nunca correm tão rápido quanto se espera...

...Enquanto isso, Lady G continua a se afastar de seu apelido horrível e absolutamente incompatível. Contudo, não há nenhum escândalo à vista nesta temporada, o que deixa este autor um pouco desapontado...

O Escândalo, 27 de abril de 1833.

"Você pode me dizer por que nós estamos caminhando aqui e não lá embaixo com todo mundo?"

Georgiana olhou para Caroline, surpresa com a pergunta. Elas passaram a tarde caminhando nas margens do Serpentine – algo que já tinham feito uma dúzia de vezes antes, sempre que Caroline estava na cidade. Mas elas ainda não tinham saído para passear desde que Georgiana entrou para o mercado casamenteiro. E em todas as vezes que fizeram isso, Caroline nunca fez essa pergunta – por que aqui e não na Trilha Podre. Georgiana imaginou que deveria estar preparada para isso. Afinal, Caroline estava com nove anos, e uma hora as garotas aprendem que o mundo não existe apenas para seu deleite. Uma hora elas aprendem que o mundo existe apenas para o deleite da aristocracia. E assim, tão próxima à multidão de aristocratas, era provável que Caroline perguntasse.

"Você quer andar lá embaixo com os outros?", perguntou Georgiana, evitando a verdadeira pergunta da filha e querendo que sua resposta fosse negativa. Ela acreditava que não conseguiria enfrentar os olhares se fossem dar seu passeio da tarde com o resto de Londres. Ela acreditava que não conseguiria suportar o modo como sussurravam a respeito dela. O modo como sussurravam a respeito de sua filha. Estar à vista deles já tornava as coisas ruins o bastante.

"Não", disse Caroline, virando para espiar a multidão abaixo. "Eu só estava me perguntando por que *você* não quer estar lá."

Porque eu preferiria passar uma tarde sendo picada ritualisticamente por abelhas, pensou Georgiana. Mas percebeu que não poderia dizer isso à filha. Assim, ela se contentou com:

"Porque eu prefiro estar aqui. Com você."

Caroline lhe deu um olhar desconfiado, e Georgiana ficou comovida com a honestidade em seu rosto bonito e franco – pela forma como seus olhos grandes demonstravam um conhecimento adiantado para sua idade.

"Mãe."

Ela se imaginava a responsável por isso, pelo conhecimento. Pelo fato de Caroline nunca, em toda sua vida, ter agido de acordo com sua idade ela sempre soube mais do que uma criança deveria saber. Fazia parte de ser um escândalo.

"Você não acredita em mim?"

"Eu acredito que você quer passar a tarde comigo, mas não acredito que essa seja a razão pela qual não estamos lá embaixo. As duas coisas não são mutuamente exclusivas."

A conversa teve uma pausa. Georgiana retomou.

"Você é inteligente demais para seu próprio bem."

"Não", disse Caroline, pensativa. "Sou inteligente demais para o *seu* próprio bem."

"Isso é *realmente* verdade. Acreditaria em mim se eu prometesse levar você para a Trilha Podre na próxima vez em que viermos ao parque?"

"Eu acreditaria", admitiu Caroline, "mas também notei que a promessa depende da nossa volta ao parque."

"Fui pega outra vez." Georgiana riu.

Caroline sorriu e as duas caminharam em silêncio por alguns minutos antes de a menina falar de novo.

"Por que você está querendo se casar?"

"Eu..." Georgiana quase engasgou com a surpresa.

"Li no jornal esta manhã."

"Você não deveria ler jornais."

Caroline olhou de atravessado para a mãe.

"Você me diz para ler o noticiário desde de antes de eu aprender a ler. 'Mulheres que valem alguma coisa leem jornais', ou não?"

Pega em flagrante.

"Bem, você não deveria ler nada a meu respeito." Georgiana fez uma pausa. "Na verdade, como você soube que era a meu respeito?"

"Por favor. As páginas de fofoca são feitas para serem óbvias. Lady G? Irmã do Duque L? Com uma filha, Srta. P? Na verdade, eu estava lendo a *meu* respeito."

"Bem", disse Georgiana, procurando alguma coisa para dizer que fosse educativa. "Você também não deveria estar fazendo isso."

Caroline a observou com aqueles olhos brilhantes e verdes, ao mesmo tempo conhecedores e curiosos.

"Você não respondeu à pergunta."

"Qual foi a pergunta?"

Caroline suspirou.

"Por que você está querendo se casar? E por que agora?"

Ela parou de andar e se virou para encarar a filha, sem saber o que dizer, mas sabendo que precisava dizer algo. Ela nunca havia mentido para a filha, e não achava certo começar ali, com a pergunta mais difícil que a menina já tinha lhe feito. Ela pensou que devia apenas abrir a boca e deixar as palavras saírem. Talvez não saísse uma resposta articulada, mas seria uma resposta para Caroline. Mas, pela graça de Deus, ela não precisou encontrar palavras. Por que atrás do cavalo de Caroline, Duncan West apareceu, vindo na direção delas. Seu salvador. Mais uma vez.

Ela prendeu a respiração enquanto o observava se aproximar, todo dourado, como se o sol brilhasse sobre ele, mesmo naquele dia cinzento. Ele estava muito elegante com calça cinza, camisa e gravata brancas e paletó azul-marinho. O sobretudo jogado em suas costas fazia com que ele parecesse ainda maior. Mas ocorreu a ela que ele pareceria grandioso de qualquer modo. Alguma coisa no modo como ele se movia, com tanta certeza, como se nunca, em toda sua vida, tivesse cometido erros. Como se o mundo simplesmente se curvasse aos seus caprichos. Ela era filha e irmã dos duques mais poderosos da Grã-Bretanha, e aquele homem, que não era um aristocrata – não era nem mesmo um cavalheiro – parecia igualar os dois em poder. Superá-los. E essa era a razão pela qual se sentia tão atraída por ele. Só podia ser. Não que poder interessasse a ela, que já era bastante poderosa. Ainda assim, seu coração acelerou. Para cobrir o barulho, que todos por perto podiam ouvir, ela não tinha dúvida, Georgiana disse vivamente:

"Sr. West!"

Caroline olhou com desconfiança para a mãe. Talvez ela tivesse falado com vivacidade demais. Ela ignorou a filha, olhando para a mulher ao lado de West. Srta. Cynthia West, sua irmã, dez anos mais nova e amplamente conhecida como uma excêntrica encantadora, mimada pelo irmão.

"Lady Georgiana", disse Duncan West, fazendo uma reverência impressionante na direção de Caroline. "E Srta. Pearson, eu suponho?"

"O senhor supõe corretamente." Caroline riu.

Ele piscou para a menina e se endireitou.

"Posso lhe apresentar minha irmã? Srta. West."

"Minha lady", disse a Srta. West, fazendo uma mesura.

"Por favor", disse Georgiana, "não há necessidade de cerimônia."

"Mas você é filha de um duque, não?"

"Eu sou", respondeu Georgiana, "mas..."

"Ela raramente usa o privilégio", interveio Caroline.

Georgiana olhou para os West.

"As pessoas deviam andar sempre com uma jovem de 9 anos para completar seus pensamentos."

Cynthia respondeu com toda seriedade.

"Eu concordo. Na verdade, estava pensando em arrumar uma para mim."

"Tenho certeza de que minha mãe ficaria feliz em me alugar." O gracejo de Caroline fez o grupo rir, e Georgiana se sentiu grata pela sagacidade da garota, pois ela não sabia o que dizer para Duncan West, considerando que na última interação dos dois ela terminou com o corpete em volta da cintura.

O pensamento a fez corar e ela levou os dedos enluvados à face quando o calor chegou ao rosto. Ela olhou para Duncan na esperança de que ele não tivesse reparado. O caloroso olhar castanho dele se deteve no lugar em que ela tocou o rosto. Georgiana afastou os dedos.

"A que devemos o prazer de sua companhia?" As palavras soaram mais duras do que ela esperava. Mais estridentes. A irmã dele arregalou os olhos, assim como Caroline.

Ele ignorou o tom.

"Estávamos passeando quando vi vocês aqui. Pensei que era uma ideia melhor do que continuarmos nos arrastando pela Trilha Podre por mais uma hora."

"Eu pensava que você gostasse de se *arrastar* pela Trilha Podre. Isso não lhe dá assunto para seu trabalho?"

"Rá!", exclamou Cynthia. "Como se Duncan ligasse para fofoca."

"Você não liga?", perguntou Caroline. "Então por que publica?"

"*Caroline*", Georgiana disse, em tom de repreensão maternal. "Como você sabe que o Sr. West é um editor de jornal?"

Caroline ficou radiante.

"Mulheres que valem alguma coisa leem jornais. Eu sempre acreditei que isso incluía a parte em que eles listam a equipe." Ela olhou para West. "Você é Duncan West."

"Eu sou."

"Você não é tão velho como eu imaginava", comentou, estudando-o por um longo momento.

"Caroline!", exclamou Georgiana. "Isso é inapropriado."

"Por quê?"

"Não tem nada de inapropriado." Ele disse e sorriu para a menina.

Georgiana não gostou do modo como aquilo a fez se sentir. Na verdade, aquilo a deixou um pouco enjoada. "Vou tomar isso como um elogio."

"Ah, e deve mesmo", disse Caroline. "Eu pensei que você era bem velho porque, afinal, você tem tantos jornais diferentes... Como conseguiu? Tem algum irmão titulado?"

Sinos de alerta tocaram, pois Caroline sabia que um dos motivos que possibilitaram a existência do Anjo Caído foi o apoio de seu tio Simon. Não havia necessidade que Duncan ficasse curioso sobre as razões que a menina tinha para perguntar.

"Caroline, agora chega."

"Que bom seria se nós tivéssemos um irmão titulado", exclamou Cynthia. "Isso teria tornado tudo muito mais fácil."

Não tenha tanta certeza, Georgiana quis dizer, mas ela mordeu a língua.

"Bem, se não posso perguntar isso para ele, posso pelo menos perguntar por que ele publica fofoca se não gosta disso?"

"Não!", disse Georgiana. "Nós não devemos questionar os outros dessa forma."

"Bem, mas ele questiona, não é? É um jornalista", ponderou a menina.

Que o Senhor a protegesse de garotas de 9 anos mais sábias do que a idade sugere.

"Ela tem razão nisso, Lady Georgiana, eu sou um jornalista", disse Duncan.

E de homens de 33 anos lindos demais para seu próprio bem.

"Está vendo?", disse Caroline.

"Ele está sendo educado", responde Georgiana.

"Não estava, não", ele retrucou.

"Você estava sendo educado", Georgiana insistiu com firmeza, desejando ter ficado em casa naquele dia. Ela se virou para a filha. "E você devia tentar, algum dia. O que nós discutimos a respeito de eventos da Sociedade?"

"Isto não é exatamente um *evento*", argumentou Caroline.

"É bem parecido. O que nós discutimos?"

Caroline enrugou a testa.

"Que não devemos beber em crânios?"

Um silêncio estupefato tomou conta deles, e rompeu-se logo em seguida pelo riso de Duncan e Cynthia.

"Oh, Srta. Pearson", disse Cynthia, "você é muito divertida!"

"Obrigada", disse Caroline, radiante.

"Agora fale para mim sobre esses cavalos maravilhosos. Você deve ser uma amazona muito habilidosa."

E com isso, Caroline foi habilmente retirada de qualquer situação que pudesse terminar com ela sendo repreendida ou assassinada pela mãe. Georgiana sentiu a cabeça rodar enquanto era tomada pela sensação de que ela e Duncan tinham sido deixados a sós de propósito. Ela não estava acostumada a perder dessa forma. Ela sentia falta de seu clube. Ela se virou para Duncan, que continuava sorrindo.

"Beber em crânios?", ele repetiu.

"Nem pergunte." Ela fez um gesto com a mão.

"Tudo bem", ele concordou.

"Você está vendo por que eu preciso de um marido. Ela é precoce demais para seu próprio bem."

"Não concordo, falando sério. Ela é encantadora."

Georgiana abriu um sorriso irônico.

"Você, obviamente, não faz parte da boa Sociedade." Ele ficou sério e ela, de repente, sentiu que podia ter sido mal interpretada. Então, acrescentou. "E você não tem que viver com ela."

"Você esquece que eu tenho uma irmã que é tão excêntrica quanto sua filha."

Esse era um adjetivo perfeito para Caroline.

"Diga-me, a maioria dos cavalheiros está à procura de excentricidade em suas esposas?"

"Como não sou um cavalheiro, eu não saberia dizer."

Alguma coisa acendeu dentro dela, desconhecida e ainda assim reconhecível. *Culpa.*

"Eu não quis dizer...", ela começou.

"Eu sei", ele respondeu. "Mas você não está errada. Eu não nasci cavalheiro, Georgiana. E é melhor você se lembrar disso."

"Você interpreta bem o papel", ela disse. E era verdade, pois naquele momento ele parecia perfeitamente um cavalheiro, e também em cada noite que aparecia no clube. Ele interpretava tão bem aquele papel que a salvou dos braços nojentos de Pottle. E naqueles anos todos em que se conheciam, ele nunca tentou nada com Anna. Nem uma única vez.

"Você acha mesmo?", ele perguntou, enquanto os dois caminhavam a certa distância de Caroline e Cynthia, cuja conversa ficava mais animada a cada minuto. "Você acha que eu interpretei bem quando a toquei no meio de um cassino? Quando quase a deixei nua?"

Eles estavam em público – no meio do Hyde Park. Para um observador desavisado, eles se comportavam com decoro. Ninguém poderia imaginar que as palavras dele enviaram ondas calor pelo corpo dela, aquecendo-a no mesmo instante, como se estivessem mais uma vez na alcova obscura de seu cassino. Ela não olhou para ele, receosa que Duncan pudesse perceber o que tinha conseguido fazer com ela.

"Quando eu queria fazer muito mais do que aquilo?", ele continuou, as palavras suaves e cheias de desejo.

Ela também queria. Georgiana pigarreou.

"Talvez você não seja um cavalheiro, afinal."

"Eu juro que não existe 'talvez' nisso."

Ela teve certeza de que qualquer um que observasse a conversa dos dois saberia o que ele disse. Como ela gostou disso. Como eles dois eram descarados. Ela olhou para o Serpentine, tentando fingir que discutiam outra coisa. Qualquer coisa.

"O que você é, então?"

Ele demorou um instante para responder e ela finalmente se voltou para ele, quando percebeu que Duncan a observava com cuidado. Então, ela procurou o olhar dele. Duncan a encarou por um momento. Dois. Dez.

"Eu imaginei que você havia percebido no momento em que nos conhecemos. Eu sou um verdadeiro canalha."

E naquele momento ele era. E Georgiana não ligou. Na verdade, ela o quis mais ainda por causa disso. Eles continuaram caminhando, acompanhando de longe a irmã dele e a filha dela conforme as duas contornavam o lago Serpentine. Depois de longos momentos de silêncio, ela não aguentou mais imaginar o que ele estava pensando. Desejar que ele desse voz ao pensamento. Desejar que não desse. Então, ela falou primeiro.

"A esposa do meu irmão quase se afogou neste lago, uma vez."

Ele não hesitou.

"Eu lembro disso. Seu irmão a salvou."

Foi o início de um amor eterno. Um que não acabou em tragédia, mas seguiu na felicidade.

"Imagino que você tenha escrito a respeito", Georgiana comentou.

"É provável", ele disse. "Na época, se bem me lembro, *O Escândalo* era o único jornal que eu tinha."

"Acabei de ter uma conversa com Caroline que me fez acreditar que esse jornal ainda exerce um bocado de influência."

"É mesmo?" Ele virou a cabeça para observar as meninas.

"Sim. Como você deve ter adivinhado, ela lê as páginas de fofocas."

"Ela e todas as outras garotas de Londres." Ele sorriu.

"É, bom... a maioria das garotas da idade dela não lê que a mãe está à procura de um marido."

"Ah", fez Duncan, diminuindo o passo.

"Pois é."

"O que ela falou sobre isso?", ele perguntou.

"Ela perguntou por que eu quero me casar", respondeu Georgiana. "E por que agora."

As garotas já estavam a uma boa distância, e Georgiana e Duncan se encontravam ao mesmo tempo em público e particular. Como eram todos os aspectos da vida de Georgiana naqueles dias. Uma situação que ela havia provocado, é verdade, mas isso não significava que ela gostasse. Mas é claro que se ela estivesse completamente em particular com Duncan West, não seria possível saber o que aconteceria. Eles caminharam um pouco mais, em silêncio, antes de ele falar.

"E qual foi sua resposta?"

"Você também?" Ela se virou para ele, chocada. Ele deu de ombros, uma expressão que ela estava começando a reconhecer nele. "Sabe, você faz isso quando quer que alguém pense que não está interessado no que estão para lhe dizer."

"Talvez eu não esteja interessado. Talvez eu esteja apenas sendo educado."

"Desde quando educação inclui perguntas pessoais, bisbilhoteiras?", ela perguntou. "Você não aprendeu a lição que acabei de dar para minha filha?"

"Alguma coisa sobre beber em crânios", Duncan respondeu e ela riu, pega de surpresa. Ele sorriu, com uma expressão fugaz, que logo foi embora, deixando apenas um ponto de calor na barriga dela quando acrescentou, "Bem, como sua filha lembrou, eu sou um jornalista."

"Você é um magnata da imprensa", ela o corrigiu.

"Com alma de jornalista", ele sorriu.

Ela não conseguiu segurar o sorriso.

"Ah. Desesperado por uma história."

"Não por qualquer história. Mas pela sua história? Bastante."

As palavras ficaram entre eles, que pareceram surpreendidos por elas. Georgiana ficou desconcertada. Ele tinha falado sério? Ele se importava mesmo com sua história? Ou se interessava apenas pela informação que ela havia prometido? Pelo pagamento que ela sempre realizava quando ele fazia um favor ao Anjo? E por que as respostas tinham tanta importância? Ele a salvou das perguntas que rodopiavam em sua cabeça.

"Mas hoje eu vou me contentar com uma resposta para a pergunta de Caroline."

Por que ela quer se casar. Georgiana sacudiu a cabeça.

"Existem dezenas de razões pelas quais eu devo me casar."

"Dever não é querer."

"Isso é semântica."

"Não mesmo. Eu não *deveria* ter beijado você ontem. Mas eu *queria* muito fazer isso. Não existe nada parecido entre as duas coisas."

Ela parou. As palavras tinham provocado surpresa e algo mais intenso dentro dela. Desejo. Ela procurou o olhar dele, registrando o calor em seus olhos castanhos.

"Você não..." Ela hesitou. "Você não pode simplesmente anunciar coisas como essa. Como se nós não estivéssemos aqui, em um lugar público. No Hyde Park. Na Hora da Elegância."

"Essa deve ser a descrição mais idiota para as quatro da tarde que já existiu", ele disse, e a conversa mudou de rumo. Como se ele não tivesse dito a palavra *beijo* à vista da aristocracia de Londres.

Talvez ela tivesse sonhado com isso.

"Então me diga, Georgiana." Seu nome foi uma carícia enquanto eles caminhavam, um metro de distância entre eles, formando um quadro perfeitamente inócuo. "Por que você quer se casar?"

A pergunta foi calma e clara, e fez com que ela não quisesse nada além de respondê-la, mesmo sabendo que não era da conta dele. Ela começou com o óbvio.

"Você já sabe. Eu preciso de um título."

"Para Caroline."

"Sim. Ela precisa da proteção de um título decente. Com sua ajuda, ela vai conseguir, e com isso, espero, terá um futuro."

"E você espera que Langley seja um pai decente."

As palavras saíram com facilidade, com tanta leveza, que ela quase não percebeu aonde ele estava indo, buscando a resposta que ela mesma se fazia todos os dias de sua vida.

"Se ela tiver sorte, sim."

Ele aquiesceu e eles continuaram andando.

"Muito bem. Mas isso é tudo por Caroline. E você?"

"Eu?"

"A pergunta já diz tudo, Georgiana. Por que *você* quer se casar?"

O vento soprou de novo, carregando o aroma dele até ela – sândalo e algo mais, algo limpo e completamente masculino. Mais tarde ela iria dizer para si mesma que foi o aroma que a fez dizer a verdade.

"Porque eu não tenho outra escolha."

A verdade daquelas palavras a chocou, e Georgiana desejou poder retirá-las. Ela desejou ter dito outra coisa, algo mais corajoso e descarado. Mas não foi o que tinha feito. Duncan fez suas perguntas e a deixou nua. Expôs suas vulnerabilidades. Mesmo que ela fosse o homem mais poderoso da Grã-Bretanha – que reinava à noite. Ali, de dia, ela era apenas uma mulher, com os direitos de uma mulher. E o poder insignificante de uma mulher. De dia, sendo uma mãe com sua filha, ela precisava de ajuda. Ele não sabia de tudo isso, claro. Ele sabia que ela estava arruinada, mas não fazia ideia de como poderia ser destruída. E embora tivesse percebido a sinceridade na resposta dela, não a entendeu completamente. Mas ele não insistiu, apenas fez mais uma pergunta.

"Por que agora?"

Ele havia feito essa pergunta antes. Na noite em que se encontraram no terraço do Baile Worthington. Na noite em que ele conheceu Georgiana. Ela não respondeu até então, mas agora ela falou sem hesitar, e seu olhar buscou Caroline, que seguia à frente deles.

"Ela precisa mais do que eu posso lhe dar."

Ele ergueu uma sobrancelha.

"Ela vive com seu irmão. Imagino que ela não tenha muitas necessidades."

Georgiana observou a filha por um bom tempo, e uma lembrança veio forte e quase avassaladora.

"Não é isso. Ela merece ter uma família de verdade."

"Conte para mim", ele disse, as palavras suaves, calorosas e tentadoras, fazendo-a desejar que eles estivessem em outro lugar, onde ela pudesse se aninhar no calor dele e fazer tudo o que ele pedisse.

"Logo depois do Ano Novo, eu fui visitar Caroline na propriedade do meu irmão...", ela respondeu.

Os familiares reunidos lá mal olharam para Georgiana, pois estavam mais interessados naquele raro dia quente de inverno do que na tia excêntrica, que aparecia nos momentos mais estranhos vestindo calças de montaria e botas. Mas Caroline olhou para ela.

"Ela ficou surpresa de me ver."

"Você não a vê com frequência?"

Georgiana hesitou, sentindo-se tomada por culpa.

"A propriedade... é longe de Mayfair."

"O oposto do mundo em que você vive." Exato. Ela adorou e odiou a compreensão que ele demonstrava. "O que aconteceu?"

Ela tentou explicar, percebendo que a história poderia parecer simples. Sem importância.

"Nada digno de nota."

"O que aconteceu?", Duncan insistiu, não aceitando tal resposta.

Ela ergueu um ombro. E o deixou cair, na esperança de que o movimento ocultasse a vergonha que sentia da lembrança.

"Eu pensei que ela ficaria feliz de me ver. Mas na verdade ficou confusa. Em vez de sorrir e correr para mim, ela piscou e perguntou, 'O que você está fazendo aqui?'"

Ele suspirou e Georgiana pensou ter percebido compreensão no som, mas não teve coragem de olhar para ele. Não teve coragem de perguntar.

"Eu fiquei tão chocada com a pergunta. Afinal, eu sou a mãe dela. Não deveria estar lá? Não era meu lugar? Com ela?" Ela sacudiu a cabeça. "Eu fiquei furiosa. Não com ela, mas comigo mesma." Ela parou de falar, perdida na lembrança, no modo como Caroline tinha sorrido, como se Georgiana fosse uma estranha bem-vinda. E isso era tudo que ela tinha sido. Não uma mãe. Não do modo que uma mulher deve ser. Ela esteve tão preocupada em manchar a filha com sua reputação que havia se tornado uma coadjuvante na vida de Caroline. *Mas não mais*. Não se ela pudesse evitar.

"Eu nunca..." Ela começou. E parou. Ele não falou. Mostrou paciência infinita. Sem dúvida era a paciência que o tornava um repórter tão notável. Ela preencheu o silêncio. "Eu nunca senti que ali fosse o meu lugar."

Porque ali não era seu lugar. Eles caminharam mais um pouco.

"Mas isso não significa que seu lugar não pode ser ali."

"Primeiro eu tenho que querer que meu lugar seja lá."

Ele entendeu.

"A devastadora batalha entre o que uma pessoa quer e o que ela deveria querer."

"Ela merece uma família", disse Georgiana. "Uma que seja respeitável. Com um lar. E..." Ela parou, pensando no resto da frase. "Eu não sei." Ela procurou algo que fornecesse uma sensação de normalidade, até finalmente se conformar com: "Um gato. Ou qualquer coisa que garotas normais tenham."

Como se aquilo não tivesse soado uma idiotice. Ele não pareceu pensar assim.

"Ela não é uma garota normal."

"Mas poderia ser." *Se não fosse por mim*. Ela deixou essa última parte de fora.

"E você acredita que o título de Langley pode fazer isso por ela."

O título era um meio para uma finalidade. Ele não conseguia enxergar isso?

"Eu acredito", ela confirmou.

"Porque Chase não quer assumir você." As palavras foram um choque, inesperado e desagradável. Cheias de raiva, ela percebeu, contra Chase.

"Mesmo que Chase me quisesse."

Ele ergueu a mão e ela percebeu a irritação no gesto.

"Você não pode me dizer que ele não é um aristocrata. Além de rico e poderoso. Por que mais ele manteria um segredo tão grande a respeito de sua identidade?"

Ela não falou. Não podia se arriscar a revelar nada.

"Ele poderia lhe dar tudo o que você procura, mas mesmo agora, enquanto ele deixa você exposta, enquanto a oferece como um cordeiro aos lobos da Sociedade, você o protege."

"Não é nada disso", ela falou.

"Então você o ama. Mas nem por um momento acredita que suas mãos estejam atadas por culpa dele. Ele próprio deveria casar com você. Colocar todo esse poder magnífico por trás de você."

"Se ele pudesse..." Ela deixou as palavras no ar, esperando que Duncan não percebesse a fraude implícita.

"Ele é casado?"

Ela não respondeu. Como poderia?

"É claro que você não vai me responder." Ele sorriu, mas a expressão não continha humor. "Caso seja, é um cretino, e se não for..." Ele parou de falar.

"O quê?", ela o instigou.

Duncan desviou o olhar para o lago, tranquilo e prateado sob a luz de março. Por um instante, ela pensou que ele não responderia. Mas então ele falou.

"Se não for, é um imbecil." Ela ficou sem fôlego ao ouvir isso, quando ele se voltou novamente para ela, procurando seu olhar. "Percebo que estou tolerando Chase menos a cada dia."

"Mesmo que ele seja solteiro, eu não o quero", ela disse, detestando suas palavras. Detestando a mentira que perpetuou com elas. Que Chase era outro. Que Chase era algum homem poderoso e misterioso ao qual os dois deviam algo.

"Não, você quer Langley", ele disse.

Eu quero você. Ela engoliu as palavras. De onde tinham vindo?

"Ele é uma boa escolha. Generoso. Decente." *Seguro.*

"Nobre", ele disse.

"Isso também", ela concordou.

Os dois caminharam por um bom tempo até ele falar.

"Você sabia que não é uma escolha se só existe um homem na lista, não sabe?" Como ela não respondeu, ele acrescentou. "Você deveria ter escolha."

Ela deveria. Mas não tinha.

No final da temporada ela estaria casada. Quer Langley concordasse com isso de boa vontade ou por meio de um estímulo, ele se casaria com ela. Ele havia sido escolhido por suas qualidades. E por seu segredo, que ela não hesitaria em usar se fosse necessário. Não importava que alguma coisa, de algum modo, havia perturbado o equilíbrio Chase-Anna-Georgiana, e que, nessa situação, chantagem a deixava enojada. Era a única maneira. Escolha era uma farsa. Mas ali, naquele momento, ela tinha uma. Duncan a queria. E ela o queria. E ali, naquele instante, ela tinha uma escolha. Ela poderia ter o que deveria ter pelo resto da vida... ou ter o que desejava por um momento. Ou talvez ela pudesse ter as duas coisas. Por que não aproveitar um momento com Duncan West? Ele seria o parceiro perfeito, pois sabia seus segredos, embora não toda a verdade. Ele sabia que ela era Anna e Georgiana, sabia por que estava à procura de um marido e era peça fundamental nessa procura. Havia algo de tremendamente libertador na ideia de que ele poderia ser sua escolha. Naquele momento. Antes que ela não tivesse escolha que não escolher outro. Tudo ficou muito claro de repente.

"Você tem uma amante?"

Ela disparou a pergunta com tanta deselegância que chocou a si mesma. O que havia acontecido com Anna? Onde estava a maior prostituta de Londres? E o mais importante, onde estava o todo-poderoso e sempre seguro Chase? Por que esse homem tinha um efeito tão assustador sobre ela?

Ele ergueu as sobrancelhas ao ouvir a pergunta, mas por algum motivo, ainda bem, ele resistiu à vontade, sem dúvida imensa, de debochar dela.

"Não tenho."

Ela aquiesceu e continuou caminhando ao longo do lago.

"Eu só pergunto porque não gostaria de... atrapalhar."

Por que as palavras eram tão difíceis? Porque ele a estava observando. Ela podia vê-lo com o canto do olho. Ele a observaria muito mais se ela conseguisse falar o que queria. Esse pensamento não ajudou.

"Fique à vontade, Lady Georgiana. Eu a encorajo a atrapalhar. Tanto quanto você quiser."

Ela inspirou fundo. É agora ou nunca.

"Eu quero propor um acordo. Não de longo prazo. Isso seria tolice. E desrespeitoso."

E tolo, pois qualquer coisa a longo prazo com Duncan West terminaria, certamente, com ela querendo mais do que deveria. *Essas palavras de novo.*

"Continue", foi só o que ele disse.

Ela parou e se virou para ele. E tentou se comportar como se comandasse um dos melhores clubes masculinos de Londres.

"Você disse que queria me beijar."

"Meu desejo não ficou explícito?"

Ela ignorou a torrente de calor que as palavras dele a fizeram sentir.

"Ficou. E você também queria fazer outras coisas."

"Muitas outras coisas." O olhar dele ficou sombrio.

Aquilo fez coisas estranhas com o corpo dela. Ela aquiesceu.

"Então eu proponho que nós façamos essas coisas."

"Propõe?", ele perguntou, arqueando as sobrancelhas, com a expressão surpresa.

Veio o constrangimento, mas ela continuou a ser ousada.

"Proponho. Você não tem amante. Eu também não."

Aquilo o chocou.

"Eu espero que não."

Ela inclinou a cabeça para um lado e falou como Anna, sentindo-se mais poderosa agora que a proposta estava feita.

"Não vejo por que eu não possa fazer isso até me casar com Langley. Discretamente, é claro."

"É claro", Duncan concordou.

"Acho que pode ser você", ela falou.

"Como amante."

"Acho que eu diria como *divertimento*."

O estado de choque dele aumento.

"Eu sinto que deveria me ofender."

Ela riu, sentindo-se repentinamente libertada pela conversa.

"Ora vamos, Sr. West, eu não sou uma florzinha delicada. Não foi você quem disse que eu deveria ter escolha?"

Ele estreitou o olhar na direção dela.

"Eu falava do seu futuro a longo prazo."

"Eu já escolhi meu futuro a longo prazo. E agora estou escolhendo meu futuro imediato", ela disse, aproximando-se, reduzindo um metro para um passo. Ela baixou a voz para um suspiro. "Eu escolho você."

Ele se mexeu ao ouvir aquilo, e ela pensou, por um momento fugaz, que ele a pegaria e puxaria para perto. Georgiana não teria resistido. Mas ele se conteve ao se lembrar que estavam em público. Isso não tornava o momento menos excitante. Ela nunca esteve perto de um homem que a queria tanto e ainda assim desejava resistir a ela. Georgiana sorriu.

"Vou entender que você aceita."

"Com uma condição", ele disse, cruzando os braços e dando suas costas ao vento que soprava do lago, protegendo-a do frio.

"Pode dizer."

"Enquanto frequentar a minha cama, você não frequenta a dele."

Chase. Era uma condição fácil de aceitar.

"Feito."

Ele pareceu hesitar diante da facilidade com que ela aceitou sua condição, e Georgiana se perguntou se havia revelado alguma coisa. Mas então ela viu uma emoção no rosto dele. Descrença. Ele realmente acreditava que ela era mulher do Chase. Isso não deveria frustrá-la, mas frustrou. Ela não deveria ficar brava por Duncan não confiar nela. Afinal, ela mentia mesmo enquanto lhe dizia a verdade. Mas frustrou. Porque ela queria que aquilo, acima de todo o resto, fosse algo verdadeiro. Ela começou de novo, preparada para convencê-lo.

"Nós não..."

"Eu aceito", West falou, interrompendo-a.

O alívio tomou conta dela.

"Nós começamos amanhã", ele disse.

E o alívio virou desejo.

"Eu...", ela começou, mas ele a interrompeu outra vez.

"Eu estou no controle."

As palavras fizeram com que um arrepio percorresse seu corpo, ainda que ela dissesse para si mesma que não tinha intenção de deixá-lo no comando.

"A ideia foi minha."

Ele riu baixinho.

"Eu posso lhe garantir que tive essa ideia muito antes de você."

Ele chamou a irmã, que seguia à frente e se virou. Duncan indicou o cabriolé, e ela entregou as rédeas do cavalo de Georgiana para Caroline. Em seguida, ela se dirigiu ao veículo. Depois que isso foi resolvido, ele voltou sua atenção para Georgiana e repetiu.

"Eu estou no controle."

"Não gosto muito disso." Ela franziu o cenho.

"Prometo que vai gostar." Ele retorceu os lábios em um sorriso contido.

E assim ele foi embora, descendo a colina.

"Sr. West.", ela o chamou, sem saber o que diria, mas sabendo, de qualquer modo, que desejava que ele se virasse. Que olhasse para ela mais uma vez.

E ele olhou.

"Considerando os acontecimentos mais recentes, acredito que você deva me chamar de Duncan, não acha?"

Duncan. Parecia tão pessoal. Mesmo depois da proposta que ela lhe fez. Talvez *por causa* da proposta. Bom Deus. Ela havia mesmo feito aquela proposta. Perdida por um, perdida por mil.

"Duncan."

Ele abriu um sorriso preguiçoso, como um lobo que mostra os dentes.

"Eu gosto desse som."

Um calor subiu ao rosto dela, e Georgiana desejou que o rubor sumisse. Não adiantou. Um lado da boca dele subiu.

"E eu gosto do *aspecto* disso. Não há nada de Anna nessa cor. Nada falso."

O calor aumentou. De repente ele parecia saber demais sobre ela. Enxergar demais. Ela procurava algo para reequilibrar o poder entre os dois.

"Onde você estava antes de vir para Londres?"

Ele congelou e ela compreendeu – alguma coisa naquela pergunta o perturbou. Ela percebeu, com a sensibilidade aguçada de alguém que negocia verdades e mentiras, que havia algo ali, no passado dele. Algo que dizia para o instinto dele que deveria mentir.

"Suffolk."

Não era mentira, mas estava longe de ser a verdade completa. Ele decidiu não ficar para ouvir mais perguntas.

"Amanhã à noite", ele disse, e as palavras não deixavam espaço para recusa.

Ela aquiesceu, sentindo uma mistura de expectativa e nervosismo.

"Amanhã à noite", ela confirmou.

Ele se virou e foi embora, e Georgiana o observou se distanciando, enquanto suas pernas compridas quebravam a distância entre ele e sua irmã, que já estava a meio caminho do cabriolé. *Amanhã à noite.* O que ela tinha feito?

"Mãe?" Caroline interrompeu seus devaneios e Georgiana olhou para a filha, a alguns metros de distância, trazendo os dois cavalos pelas rédeas.

Georgiana forçou um sorriso.

"Vamos voltar? Chega por hoje."

Caroline olhou para as costas de West – Georgiana não pensaria nele como Duncan, isso era muito pessoal – e depois para sua mãe.

"Chega por hoje."

Ela se casaria com outro homem. Ela daria para Caroline o mundo que a filha merecia. A oportunidade que ela merecia. Mas seria pedir demais um momento de prazer para si mesma enquanto isso? Que mal havia nisso?

Capítulo Dez

Este jornal soube de fonte muito segura que certo lorde empobrecido está interessado em uma lady com dote muito bom. Embora não possamos confirmar os planos do lorde em questão, sabemos com certeza que eles passaram um quarto de hora em um balcão escuro várias noites atrás. Confirmamos também que Lorde L foi um perfeito cavalheiro, algo que não precisará ser por muito mais tempo...

...Na verdade, existem poucos casais que adoramos mais do que o formado por Marquês e Marquesa de R. Faz mais de uma década que vimos quando

eles se entreolharam, e de tal adoração este jornal não se cansa. Dizem que eles até mesmo praticam esgrima juntos...

As páginas de fofocas de A Britannia Semanal, 29 de abril de 1833.

As colunas começavam a funcionar. Georgiana havia dançado com cinco pretendentes em potencial no Baile Beaufetheringstone, incluindo três empobrecidos caçadores de fortuna, um marquês idoso e um conde de berço questionável. E a noite estava apenas na metade. Naquele momento em que a orquestra fazia sua pausa entre músicas, ela estava junto à mesa de refrescos na extremidade do salão com o Visconde Langley, sem dúvida esperando que a próxima música começasse para que os dois pudessem dançar – e ela pudesse dar os próximos passos em sua missão de garantir seu futuro como viscondessa.

Essa atenção toda podia ser graças ao Duque de Leighton, que havia cobrado todos os favores que lhe deviam para fazer a irmã se casar. O duque e a duquesa estavam na festa, assim como a família estendida da duquesa, incluindo o Marquês e a Marquesa de Ralston e Lorde e Lady Nicholas St. John. Ou talvez fosse porque os proprietários do Anjo Caído estavam presentes, embora seu apoio precisasse ser menos público. Mas eles estavam ali, de qualquer modo, o que era de certa forma um espanto, pois havia poucas coisas de que o Marquês de Bourne e o Conde Harlow gostassem menos que eventos da Sociedade. Ainda assim, eles estavam lá, postados ao redor do salão como sentinelas silenciosos. Podia ser por causa das esposas – cada uma delas uma potência por si só, recém forjadas, uma nova geração da aristocracia. De certa forma escandalosas, de certa forma perfeitas em termos de Sociedade. Podia ser por qualquer um desses motivos, mas Duncan West sabia a verdade. Essa atenção se devia às colunas de seus jornais. E ele não tinha certeza de como se sentia a respeito desse sucesso.

Ele assistia a toda aquela cena, observando como Lady Beaufetheringstone, a decana mais fofoqueira da Sociedade, levantou seus binóculos de teatro e olhou, crítica, na direção de Georgiana. Depois de um longo momento, Lady B baixou os binóculos e aquiesceu antes de se virar para as ladies que a acompanhavam, sem dúvida para discutir aquela nova adição ao seu salão de festas. Era incrível que Georgiana precisasse do apoio de West – com aquela coleção de lordes e ladies em sua órbita, aristocratas que haviam navegado pela selva cheia de armadilhas da Sociedade em sua própria jornada escandalosa para serem aceitos. Mas não havia nada mais perigoso no mundo do que uma mulher coberta de escândalo e sem casamento. Era assim desde que Eva provou a maçã, Jezebel pintou os olhos e Agar deitou com Abraão.

Ele a observou erguer sua taça de champanha e beber. Quando ela baixou a taça e sorriu para seu acompanhante, Duncan imaginou os lábios dela brilhando com vinho, e se imaginou bebendo vinho diretamente daqueles lábios. Podiam já ter se passado dias desde o beijo, mas o gosto dela permanecia, e cada momento em que Duncan pensava nela ou a vislumbrava, ficava mais desesperado para que o baile acabasse e a noite começasse. Ele estava contando o tempo até poder tocá-la.

Langley colocou a mão no cotovelo dela e a guiou até a pista do salão para dançarem. Duncan estava começando a antipatizar com Langley. Ele estava começando a antipatizar com o sorriso fácil do visconde, com seus casacos perfeitamente cortados e suas gravatas imaculadas. Ele estava começando a antipatizar com o modo como ele se movia, como se tivesse nascido para aquele lugar, aquele mundo e talvez para aquela mulher. Não importava que esse fosse um pensamento irracional, pois Langley havia realmente nascido para todas essas coisas. E ele estava começando a antipatizar com o modo como o visconde dançava. Com movimentos elegantes e cavalheirescos. Duncan antipatizava, também, com a forma como Georgiana sorria para ele enquanto os dois rodopiavam pelo salão. Duncan antipatizou mais ainda com Langley porque este tinha a mesma altura de Georgiana, e assim pareciam ainda mais compatíveis.

Duncan fez seu melhor para esconder a carranca que ameaçava ocupar seu rosto. Ele não gostava do belo casal que eles formavam. De como era fácil enxergar os dois como uma coisa só. Como era fácil perceber que eles teriam filhos bonitos. Não que ele se importasse com os filhos dos dois.

Georgiana encontrou seu olhar e ele sentiu uma pontada de prazer. Ela estava linda naquela noite. Mesmo às seis e vinte da noite ela brilhava mais que a maioria das mulheres presentes. Ela resplandecia à luz das velas, e a seda de seu vestido cintilava enquanto Langley a rodopiava pelo salão, com suas madeixas douradas tocando o lugar em que seu longo pescoço encontrava o ombro. O lugar onde ela cheirava a baunilha e Georgiana. O lugar em que ele pretendia lamber na próxima vez em que estivessem juntos.

Ele fez um gesto com a cabeça na direção dela e Georgiana corou, olhando para outro lado no mesmo instante. Ele queria se vangloriar de seu sucesso. E Duncan estava disposto a apostar que ela o queria tanto quanto ele a queria. Os dois teriam o que desejavam naquela noite. Ele não se aguentava por vontade de tocá-la. Pensou em pouca coisa mais desde o momento em que ela se virou para ele no parque, no dia anterior, e disse, "Eu escolho você." *Cristo!* Ele quis pegar Georgiana nos braços e a carregar para trás da árvore mais próxima, onde tiraria sua roupa e veneraria cada centímetro do corpo dela com cada centímetro de seu corpo. Dane-se o mundo em que ela nasceu e o mundo em que ela escolheu viver. *Eu escolho você.* Não importava que ela tivesse dito essas mesmas palavras para uma dúzia de outros homens em sua vida. Que ela provavelmente conhecia o poder delas e o usava com habilidade. Quando falou isso para ele, Duncan se tornou dela. No mesmo instante. Cheio de uma dezena de ideias de como a tornar sua. Seu desejo era primitivo – ele a queria. Por completo. E à noite ele a teria.

"Você recebeu minha carta?"

Ele enrijeceu com as palavras e virou para encarar o Conde de Tremley, que estava atrás de seu ombro.

"Recebi."

"Você ainda não publicou o artigo que discutimos."

A guerra na Grécia. O apoio de Tremley ao inimigo.

"Estive ocupado."

"Jogar e socializar não são ocupações. Eu não gosto de ser ignorado. Seria bom, para você, se lembrasse disso."

Tudo naquelas palavras enfureceram Duncan, mas ele sabia que o conde queria provocar uma briga.

"Estou prestando atenção, agora."

"Basta uma palavra minha e todas essas pessoas assistirão felizes o seu enforcamento."

Duncan detestou a verdade naquelas palavras – o fato de que, não importavam as razões para ele fazer o que fez, não importava o resultado de suas ações, não importava o poder que ele detinha enquanto magnata da imprensa – Duncan West não era um deles. *E nunca seria.* Ele ignorou o pensamento e se voltou para o baile, fingindo prestar atenção, como fazia há mais de uma década com aquele mundo que nunca seria o dele.

"O que você quer?"

Duncan perguntou enquanto um grupo de rapazes passava, sem dúvida procurando um jogo de cartas para passar o tempo em um baile a que suas mães os obrigaram a comparecer. Vários deles se viraram para cumprimentar Tremley e Duncan, sem estranharem o fato de os dois estarem conversando concentrados. Os dois tinham posições importantes – Tremley era conselheiro do Rei William e Duncan era um jornalista com muita influência na Sociedade. Só havia outro homem com tanto poder. O homem do qual Tremley queria falar.

"Eu quero Chase."

Duncan riu.

"Não entendo onde está a graça", disse Tremley.

"Você quer o Chase." Duncan ergueu uma sobrancelha.

"Quero."

Ele sacudiu a cabeça.

"Você e o resto do mundo."

Tremley deu um riso debochado.

"Pode ser, mas o resto do mundo não tem você nas mãos."

Isso era verdade. Fazia uma década que Duncan repassava informações sobre a Sociedade para Tremley, como pagamento ao conde para que este mantivesse silêncio sobre seu passado. Sobre o passado dos dois. E a cada dia, cada informação que ele compartilhava e imprimia, matava Duncan um pouco mais. Ele estava desesperado para escapar das garras daquele homem cruel. Desesperado pela informação que o libertaria. Anos de prática evitaram que ele revelasse a fúria e a frustração que fervilhavam dentro dele sempre que Tremley estava por perto.

"Por que Chase?"

"Ora essa", disse Tremley, as palavras sussurradas e quase provocadoras. "Só existem dois homens em Londres cujo poder chega perto do meu. E um deles está no meu bolso." Duncan crispou os punhos ao ouvir isso, mas Tremley continuou. "O outro é Chase."

"Isso não é o bastante para eu ir atrás dele."

Tremley riu, frio e cheio de ódio.

"Eu acho engraçado o fato de você pensar que tem escolha. Ele demonstrou interesse na minha esposa e eu não gosto de ser ameaçado."

Duncan sentiu raiva quando pensou na forma como Tremley tratava sua esposa.

"Chase não é o único homem que pode ameaçar você."

"Tenho certeza de que não está falando de si mesmo." Como Duncan não respondeu, o conde continuou. "Você não pode me ameaçar, Jamie."

O sussurro do apelido antigo e sem uso fez uma onda de desconforto percorrer Duncan. Ele ardeu de vontade de destruir o conde presunçoso. Fez com que ele se sentisse disposto a fazer qualquer coisa pela informação que Lady Tremley teria oferecido pela afiliação ao Anjo Caído. Ele inspirou e procurou demonstrar calma.

"Você acha que eu já não procurei Chase antes? Você acha que eu não tenho consciência de como eu venderia muitos jornais se conseguisse desvendá-lo? Embora eu me sinta lisonjeado por sua confiança, posso lhe garantir que nem eu tenho acesso a Chase."

"Mas a prostituta tem."

As palavras – a *palavra* – ricocheteou dentro dele, e foi apenas o baile ao redor deles que evitou que Duncan acertasse seu punho no rosto presunçoso do conde.

"Não sei de quem você está falando."

"Você é cansativo quando quer ser", o conde suspirou, fingindo interesse nos casais que passavam dançando. "Você sabe exatamente de quem estou falando. A mulher do Chase. Que, aparentemente, foi deixada. Para você."

Duncan ficou rígido ao ouvir a descrição, pelo modo como ela era mencionada, como se não fosse nada além de um objeto. Pelo modo como ele se referiu a ela – barata, usada e desprezada. Ela era filha de um duque, pelo amor de Deus. Só que não era para Tremley. Assim como não era para o resto de Londres.

"Não adianta negar", continuou o conde. "Metade da Sociedade viu quando outra noite você a levou para uma sala particular no cassino. Ouvi três histórias diferentes dizendo que Lamont pegou você dentro das saias dela. Ou foi ela que estava dentro das suas calças?"

Ele quis rugir de raiva frente àquele insulto. Se qualquer outro ousasse falar daquela forma, Duncan o destruiria. O sujeito sofreria uma semana em suas mãos. E depois sofreria por anos na ponta de sua caneta. Mas Tremley estava a salvo da ira de Duncan, porque ele sabia muito bem como aquela raiva tinha sido usada no passado. Contra o que ela lutou. O que ela conseguiu. Então, em vez de reduzi-lo a uma poça de sangue, Duncan apenas falou:

"Você deveria ter cuidado como fala dessa senhorita."

"Oh, ela é uma senhorita, então? A *prostituta*" – ele enfatizou a palavra grosseira – "deve ser tremenda entre os lençóis, para você a elevar tanto." Tremley olhou para ele. "Não me importa o que você faça com ela. Mas em primeiro lugar ela é a prostituta do Chase. E você vai conseguir a identidade dele para mim."

Um dia ele destruiria aquele homem e a sensação seria maravilhosa. O conde pareceu ouvir o pensamento não falado.

"Você odeia isso, não é mesmo?", ele disse, observando Duncan com cuidado. "Você odeia que eu tenha tanto poder sobre você. Que com uma única palavra eu possa arruinar você. Que esteja sujeito a mim. Para sempre."

Ódio era uma palavra muito fácil para descrever o que Duncan sentia por Tremley.

"Para sempre é tempo demais."

"É verdade, você vai aprender a verdade dessa frase se um dia for descoberto. Ouvi dizer que 'para sempre' na prisão é um tempo ainda mais longo."

"E se eu não conseguir a identidade dele?"

Tremley olhou para o lado e Duncan acompanhou seu olhar, o modo como passou por toda Sociedade e encontrou sua esposa em meio à multidão de dançarinos. Duncan notou nos olhos da mulher, em meio a um círculo amarelado. Ele demorou um instante para perceber que Tremley não estava de fato olhando para sua esposa; o parceiro de dança a virou, revelando o casal logo atrás. A *mulher* logo atrás. Cynthia!

"Ela é uma garota bonita."

O sangue de Duncan gelou com a ameaça.

"Ela fica fora disso. Esse sempre foi o acordo."

"Sim. E continua sendo. Afinal, a pobrezinha não sabe a verdade sobre seu irmão perfeito, sabe? O que você fez? O que você pegou?"

As palavras eram uma ameaça fria, brilhantemente criada. Duncan não olhou para o conde. Ele não podia garantir que, se olhasse, não atacaria o infeliz. Em vez disso, ele assimilou as palavras que Tremley dizia.

"Seria uma pena se alguém contasse a verdade para ela. O que ela pensaria de você então? Seu irmão irrepreensível?"

Era uma ameaça completa. Nada vazia. Não ameaçava o futuro de Duncan, e era suficiente para mantê-lo sob a influência de Tremley sem obrigá-lo a efetivar sua ameaça maior, que pesava sobre a cabeça de Duncan. Ele não ameaçava revelar os segredos de Duncan para o mundo. Ele ameaçava revelá-los apenas para Cynthia.

"Você não pode salvar todas as mulheres do mundo, Jamie."

A raiva cresceu, quente e quase insuportável. Ele fez uma promessa em voz baixa e sombria.

"Eu vou acabar com você um dia. Vou fazer isso por mim, claro, mas também por todo mundo que você prejudicou."

Tremley o ignorou.

"Que herói. Atacando moinhos de vento. Continua sendo o garoto que não pode vencer." As palavras foram pensadas para fazer Duncan se sentir impotente. "Não me importa quanto dinheiro ou influência você tem, Jamie. Eu tenho a proteção de um rei. E sua liberdade só existe devido à minha benevolência."

Com essas palavras, Duncan foi reduzido novamente a um menino, furioso e com vontade de brigar. Desesperado para vencer. Tão desesperado por uma vida diferente que estava disposto a roubar uma. Ele não respondeu.

"Foi o que eu pensei", disse o outro homem, que se afastou e o deixou sozinho.

Duncan observou o conde enquanto ele se aproximava de uma jovem, filha de um duque, debutada há pouco, e a tirava para dançar. Ela sorriu e aceitou, mergulhando em uma grande reverência, pois sabia que uma dança com o Conde de Tremley, conselheiro do Rei William, apenas aumentaria seu valor. Era irônico que a aristocracia não notasse a imundície em seu meio – ela notava apenas títulos. Ele precisava tomar conhecimento do que Chase sabia a respeito de Tremley. Imediatamente.

Ela tinha bebido demais. Isso não estava nos planos. Foi inesperado. Na verdade, ela podia beber scotch com os melhores bebedores. Ela *tinha* bebido scotch com os melhores bebedores. Mas nessa noite ela exagerou no champanhe. E champanhe, como sabia todo mundo que viveu depois de Maria Antonieta, era perfume entrando e algo totalmente diferente depois que estava lá dentro.

Ela parou. Foi Maria Antonieta que falou do champanhe? Não importava. O que importava era que ela tinha bebido muito, e agora teria que dançar. E mais tarde teria que fazer outras coisas bem diferentes. Coisas que ela queria fazer com Duncan West. Coisas que ela *pediu* para fazer. *Coisas que ela tinha pavor de fazer errado*. Mas todas essas preocupações eram para um momento diferente. *Naquele* momento, tudo que ela precisava fazer era dançar e graças aos céus o Visconde Langley era um excelente dançarino. Isso não deveria ser uma surpresa, pois ele era extremamente bem-criado – charmoso, divertido e mais do que disposto a sustentar seu lado da conversa –, mas Georgiana sempre se surpreendia com a capacidade do visconde de fazê-la rodopiar pelo salão sem errar um único passo, apesar de ela, àquela altura da noite, ser uma dançarina muito distante do ideal.

Georgiana acreditava que nunca havia dançado com alguém tão bem preparado. Ela gostava de dançar, no passado, e poderia ter aproveitado mais nessa noite se não tivesse tomado tanto champanhe, o que não teria feito se não estivesse tão preocupada com outro homem, que não estava dançando. De fato, Duncan West não tinha se movido de seu lugar na extremidade do salão de festas desde que chegou à Casa Beaufetheringstone, uma hora antes. E essa falta de movimento da parte dele estava tornando muito difícil, para ela, observá-lo sem dar na vista. Mesmo assim, ela encontrou os olhos dele através do salão, e nervosismo e empolgação rodopiaram no fundo do seu estômago. Essa noite era a noite. *Eu estou no controle...* Pensar nas palavras dele, ditas na noite anterior, e na promessa que continham, provocou um rubor em suas faces. Ela desgrudou os olhos dele. Bom Deus. Era possível que ela tivesse cometido um erro terrível ao fazer aquela proposta tão ousada, descarada. E agora ela teria que ir adiante. Ela nunca quis tanto uma coisa e ao mesmo tempo nunca teve tanto medo dela.

"Por que você está tão interessada em Duncan West?"

Estava claro, era óbvio. Ela voltou o olhar para Lorde Langley, fingindo surpresa.

"Meu lorde?"

"Eu tenho capacidade de observação." Langley sorriu, todo afável.

"Não entendo o que está dizendo", ela disse, sacudindo a cabeça.

Ele ergueu as sobrancelhas.

"Você só torna a situação ainda mais interessante com suas negativas." Ela deixou que o visconde a girasse pelo salão, aproveitando o momento para organizar seus pensamentos. Ele não esperou que ela encontrasse as palavras. "Imagino que seja gratidão?"

"Meu lorde?" Dessa vez ela não teve que fingir nada. Duncan West a estava deixando terrivelmente nervosa apenas por respirar. Por que ela deveria sentir gratidão por isso?

"Ele está fazendo um excelente trabalho ao chamar a atenção da Sociedade para suas qualidades." Ele sorriu, fazendo pouco de si mesmo. "Imagino que quando West terminar, você não vá mais querer olhar para mim."

Parecia que Langley era mais observador do que ela supunha.

"Duvido disso, meu lorde", ela disse. "De fato, é você que demonstra gentileza ao se permitir ser visto comigo."

"Você é muito boa nisso." Ele sorriu.

"Nisso, o quê?"

"Em fazer parecer que eu sou um bom partido."

"Você é um bom partido", ela insistiu.

Ele sorriu e ela reconheceu a ironia que os outros não veriam. *Chase* reconheceria a ironia.

"Não sou nada disso. Estou pobre. Mal posso pagar os sapatos que estão nos meus pés."

Ela olhou ostensivamente para os sapatos.

"Eles estão muito bem engraxados, apesar dos furos." Quando ele riu, ela acrescentou, "Meu lorde, dizem que eu sou pobre de muitas maneiras que não podem ser corrigidas tão facilmente."

"Então devo ser grato pelo título?" Ele a observou com atenção.

"Eu seria." As palavras saíram antes que Georgiana pudesse pensar direito. Antes que ela se desse conta de todas as maneiras diferentes e impróprias que poderiam ser entendidas. "Eu não quis dizer..."

"Eu sei o que você quis dizer." Ele sorriu e ela meneou a cabeça.

"Eu acho que não. Eu só quis dizer que muitas pessoas ficariam felizes de trocar de lugar com você."

"Você conhece alguém?", ele sorriu, irônico.

O olhar de Georgiana passou por cima do ombro dele outra vez, para o lugar na multidão em que brilhava o cabelo dourado de Duncan West, bem à vista devido à sua altura. Ela se perguntou... se pudesse trocar de lugar, Duncan ficaria com o título?

Se ele tivesse um título. Ela não se permitiu concluir o raciocínio.

"Receio que não conheça."

"Ah", ele exclamou. "Então você admite que títulos não são isso tudo que as pessoas acham."

"Eles parecem trazer muitas exigências e obrigações." Ela sorriu.

"Eu não deveria ter ficado com essas obrigações", ele disse, melancólico.

"Droga de primos distantes inférteis", ela disse, levando a mão à boca para segurar as palavras depois que elas tinham saído.

Ele riu alto o bastante para chamar a atenção dos outros dançarinos.

"Você é mais do que parece, Lady Georgiana."

Ela pensou na ficha em seu escritório. Detestou a culpa que veio com a ideia de que talvez precisasse usá-la para conquistar Langley. Ela sorriu para ele.

"Você também, meu lorde."

Ele ficou quieto ao ouvir isso, e Georgiana imaginou se o visconde tinha entendido o que ela queria dizer. O que ela sabia. O que ela estava disposta a fazer se fosse necessário.

O olhar dela voou para Duncan, ainda imóvel, agora com companhia. *Tremley.* Talvez ela não tivesse notado uma conversa entre eles uma semana antes, mas naquele momento havia algo entre os dois, no modo como Tremley sorria sem que o sorriso chegasse aos seus olhos, e no modo como Duncan estava estranho, rígido e incomodado. Ela devia a Duncan a informação a respeito de Tremley – a ficha recheada com os segredos revelados por sua esposa. Mas naquele instante ela desconfiou da ligação entre os dois. Por que ele tinha tanto interesse no conde? Como ele sabia que havia segredos a serem descobertos? Alguma coisa a perturbou enquanto ela observava, e então a dança exigiu um rodopio, e ela exalou sua irritação com aquele mundo, onde estava sujeita aos costumes em vez de sua própria curiosidade.

Eles estavam na beira do salão, perto das portas que se abriam para o terraço, quando Langley olhou para ela.

"Vamos tomar um pouco de ar?"

Era possível que Langley tivesse notado que ela estava um pouco embriagada. E talvez fosse bom mesmo, pois sair do salão a distrairia de Duncan West, e qualquer coisa que o desviasse dele, nessa noite, era positiva. Langley a conduziu até a extremidade do salão, passando por uma mulher, Lady Mary Ashehollow, desprovida de pretendentes. Georgiana sentiu uma pontada de remorso quando viu os olhos tristes da moça e parou ao lado dela.

"Lady Mary", ela cumprimentou, desejando que a garota mostrasse algum arrependimento.

Mas a outra fez uma careta e deu as costas para Georgiana, uma demonstração pública de desprezo inegável.

Georgiana arqueou uma sobrancelha e voltou sua atenção para Langley, que ficou chocado com a interação. Eles abriram caminho até o terraço, onde meia dúzia de pessoas serviriam de "acompanhantes". Ele a guiou até a balaustrada, para longe dos outros, e ela apoiou as mãos na pedra, inspirando profundamente o ar frio, na esperança de que isso fizesse sua cabeça parar de girar.

"Isso é normal?", ele perguntou depois de um instante. "A grosseria?"

"Nunca foi tão óbvia", ela disse. "Mas Lady Mary pode ter um motivo até que compreensível."

Ele assentiu.

"Ela fez por merecer?", perguntou Langley.

"Merecer o quê?"

"O que você fez para deixá-la assim tão brava."

"Fez sim, na verdade", respondeu Georgiana.

Ela fez mais por merecer do que você. Georgiana não falou essa parte.

"É exaustivo, não é?" Langley continuava. "Essa representação?"

Georgiana olhou para o visconde, registrando a compreensão no olhar dele. Langley também representava. A cada momento.

"É sim, e bastante." Ela sorriu.

Ele se apoiou na balaustrada e indicou um grupo de mulheres na outra ponta do terraço. Havia um grupo, e elas sussurravam.

"Estão falando de nós."

Georgiana olhou para elas.

"Sem dúvida estão se perguntando o que eu fiz para conseguir trazer você aqui fora, neste momento tão secreto."

"E imaginando se conseguirão testemunhar algo escandaloso."

"Pobrezinhas", disse ela. "Não conseguirão."

"Pobrezinhas?", ele fingiu afronta. "Pobre de mim!"

Ela riu daquilo, mesmo sabendo que ele não falava a sério, o que atraiu mais olhares das moças. Talvez não fosse tão ruim casar com Langley. Talvez ele se mostrasse um bom companheiro. Encantador e divertido. Gentil. Inteligente. Mas carente de atração. Carente de qualquer *possibilidade* de atração. E era isso que o tornava tão perfeito. De fato, atração tinha sido a fonte de seus problemas. Ela ficava melhor sem isso, como provavam os eventos da semana passada. Sem isso – sem o modo como Duncan West a fazia se sentir – ela não estaria tão atrapalhada. Ele não teria um poder tão temível sobre ela. Ela não deveria estar *pensando em Duncan*, droga. No que aconteceria naquela noite. Nas promessas que ele fez, sóbrias, escandalosas e imorais. Nas promessas que ela fez de se entregar. E por que não se entregar? Nessa noite, uma vez. Por que não se permitir o prazer com ele? A experiência com ele? E por que não, depois, se retirar, discretamente, para uma vida como Viscondessa Langley? Mas primeiro ela tinha que receber a proposta de se tornar Viscondessa Langley. E isso não iria acontecer naquela noite.

Outra garota saiu para o terraço, uma que Georgiana reconheceu. Era Sophie, filha do Conde de Wight, sua defensora na outra noite. Ela estava sozinha, tendo sido claramente banida por suas amigas, sem dúvida por ter defendido Georgiana... E a pobrezinha parecia perdida.

Georgiana se virou para Langley, querendo encerrar aquele momento. Querendo libertá-lo de sua teia.

"Você poderia dançar com ela", disse Georgiana. "Ela é um doce. Seu apoio lhe faria bem."

"O apoio de um visconde empobrecido?" Ele ergueu a sobrancelha.

"De um cavalheiro bonito e gentil." Era um pedido de desculpas, mas ele não sabia disso. Desculpas pelo modo como ela o estava usando. Pelo modo como estava disposta a usá-lo. Ela inclinou a cabeça na direção de Sophie. "Dance com ela. Vou ficar bem aqui. É bom tomar um pouco de ar fresco."

"Imagino que sim", ele olhou de soslaio para ela, reconhecendo pela primeira vez seu estado de embriaguez.

"Sinto muito", ela balançou a cabeça.

"Não é necessário se desculpar. Deus sabe que eu também já precisei desse tipo especial de coragem frente à Sociedade uma ou duas vezes." Ele fez uma reverência, pegando sua mão e beijando seus dedos enluvados. "Como queira, minha lady."

Ele a deixou então, aproximando-se de Sophie, que primeiro ficou chocada, depois obviamente lisonjeada pela atenção recebida. Georgiana assistiu aos dois voltarem para o salão e entrarem logo na dança. Eles combinavam bem, o belo visconde e sua nervosa garota tímida. Era uma pena que Langley não pudesse dar a Sophie o que ela sem dúvida desejava.

Georgiana deu as costas ao salão e inspirou fundo outra vez, olhando para a escuridão e procurando se firmar.

"Você não vai me encontrar lá fora."

Essas palavras provocaram um arrepio nela, que Georgiana tentou esconder – o que se mostrou mais difícil do que ela teria imaginado. Ela se virou para encontrar Duncan a poucos metros de distância. Ela desejou que ele estivesse mais próximo... *Não*. Ela não desejou.

"Acontece, meu senhor, que eu não estava à sua procura."

"Não?", seus olhos se encontraram.

Ele era exasperante.

"Não. E como foi você que veio até mim, devo acreditar que *você* estava *me* procurando."

"Talvez eu estivesse."

Georgiana precisou de toda sua energia para esconder a satisfação que sentiu.

"Temos que parar de nos encontrar em terraços."

"Eu vim para lhe dizer que está na hora de ir embora", ele disse. Parecia certo que aquela declaração viesse do escuro, pois carregava um profundo sentimento de devassidão, que se acumulou dentro dela em um poço de nervos e expectativa. E uma quantidade nada pequena de medo.

"Adeus", ela disse, querendo que seu medo sumisse. Querendo mais álcool.

"Eu vou para o clube", ele disse, aproximando-se o bastante para que ela visse seu rosto à luz das velas do salão. "Tenho uma mensagem para Chase." Ele era pura seriedade. Georgiana congelou, sentindo a decepção atingi-la. Ela pensou que ele tinha aparecido à sua procura, mas não. Ele queria Chase.

Ocorreu a Georgiana, por alto, que os dois eram a mesma pessoa, mas ela não podia pensar muito nisso.

"Chase não está lá", ela retrucou antes de pensar direito.

"Como você sabe disso?", ele franziu o cenho para ela.

"Não sei", ela disse depois de hesitar.

Ele a observou por um bom tempo.

"Você sabe, mas agora não é hora de discutir *como*. É hora de sairmos."

"São dez horas. O baile acabou de começar."

"O baile está na metade e nós temos um acordo."

"Nós não temos um acordo sobre eu ter que levar mensagens para o Chase." Ela percebeu a irritação em sua voz. E não se importou com isso. "Não estou pronta para ir embora. Estou dançando."

"Você dançou com seis homens, nove se contarmos Cross, Bourne e o Marquês de Ralston."

"Você prestou atenção", ela sorriu.

"É claro que eu prestei atenção." A informação era agradável. Assim como o "é claro". "E eu lhe concedi quinze minutos aqui fora com Langley."

"Você *me concedeu*?"

"Concedi. E nove danças é o bastante para uma noite."

"Foram só seis. Homens casados não contam."

"Contam para mim."

Ela se aproximou, então, incapaz de resistir às palavras, sombrias e cheias de irritação.

"Cuidado, senhor, ou vou pensar que está com ciúmes."

Os olhos dele estava úmidos, da cor do mogno. E muito atraentes.

"Você esqueceu? Eu e mais ninguém?", ele perguntou.

"Não, o acordo era apenas com o Chase."

O mogno se tornou preto.

"Temos um novo acordo, então." Aquele Duncan West era diferente do que ela conhecia – concentrado, cheio de força e poder. E desejo. Um desejo que seria mútuo se ela permitisse. Se ele não fosse tão irritante.

"Você podia ter dançado comigo", ela disse em voz baixa, aproximando-se.

Ele também deu um passo à frente, encurtando a distância entre eles e sussurrando.

"Não, eu não podia."

"Bom Deus", disse uma voz.

Georgiana se virou e encontrou Temple parado a alguns metros, de braços dados com a esposa.

"Cristo, Temple, você *sempre* aparece nas piores horas", grunhiu Duncan antes de fazer uma reverência. "Alteza."

Mara, Duquesa de Lamont, sorriu, e Georgiana não gostou do conhecimento que aquele sorriso sugeria, como se ela soubesse de tudo que havia acontecido naquele terraço. E era certo que ela sabia.

"Sr. West. Lady Georgiana."

"Vocês dois precisam de uma acompanhante", disse Temple.

"Estamos à vista de metade de Londres", retrucou Georgiana.

"Vocês estão em um terraço escuro à vista de metade de Londres", respondeu Temple, aproximando-se. "É *por isso* que vocês precisam de uma acompanhante. Olhe só para ele."

Ela fez o que Temple mandou. Não que isso fosse difícil.

"Ele é muito bonito", disse Georgiana.

Duncan ergueu as sobrancelhas.

"Eu...", Temple fez uma pausa e deu um olhar estranho para ela. "Muito bem. Certo. Não estou falando disso – embora eu suponha que uma acompanhante não ligasse para essa afirmação. Estou falando do fato de que ele parece estar planejando se aproveitar de você."

"Você também está com essa aparência", ela falou.

"Sim. Mas isso é porque eu *estou* planejando me aproveitar da *minha mulher*. Como somos casados, nós podemos fazer as coisas que as pessoas fazem em terraços escuros."

"William!", exclamou a duquesa. "Você está constrangendo os dois. E eu."

Ele olhou para a mulher.

"Prometo recompensá-la." As palavras carregavam insinuações sensuais e Georgiana revirou os olhos antes de ele continuar. "Diga-me que ele não está com aparência de quem pretende se aproveitar dela."

Mara os estudou por um momento e Georgiana resistiu ao impulso de alisar suas saias.

"Parece, na verdade."

"Acontece", disse Georgiana, "que ele está planejando fazer isso mesmo."

"Bom Deus", disse Temple.

"Não iria ser nada tão explícito", disse Duncan.

"Bem, ela não vai a lugar nenhum agora", respondeu Temple. Ele se virou para ela e inclinou a cabeça na direção da dança. "Vamos."

"Vamos aonde?", ela piscou.

"Vou dançar com você."

"Eu não quero dançar com você." Ela percebeu a petulância em sua voz e não conseguiu reunir a energia necessária para mudá-la. Ela apontou a mão para o duque e a duquesa. "Além disso, vocês não têm outros planos?"

"Eu tinha, e depois nós vamos discutir como você me irritou por me fazer mudar meus planos."

"Eu não preciso que você dance comigo", ela sussurrou. "West pode dançar comigo."

"Não estou certa se isso vai resolver a questão de ele estar parecendo querer se aproveitar de você", disse Mara, séria demais.

A resposta de Duncan foi mais direta.

"Não."

"Não?", ela repetiu, tomada de surpresa pela recusa instantânea.

"Eu não tenho título", ele disse. "Você não pode ser vista dançando comigo."

Que bobagem.

"Mas você é o homem que está restaurando minha reputação."

"Entre outros", disse Temple.

"Outros como você?", falou ela.

"Alteza", em uníssono, Temple e Duncan pediram que ela usasse o honorífico para se dirigir a Temple.

Mas Georgiana sacudiu a cabeça, confusa.

"Vocês não precisam me chamar disso, não sou uma duquesa."

Os três olharam para ela como se estivesse louca. E foi então que todos perceberam o que estava acontecendo.

"Jesus", disse Duncan.

"Você está bêbada?", perguntou Temple.

"É possível." Ela levou os dedos aos lábios.

Os homens se entreolharam, depois se voltaram para ela.

"Como diabos você ficou bêbada?"

"Acredito que aconteceu quando eu consumi álcool demais", ela respondeu, irônica.

Mara riu.

"Por quê?", Temple perguntou.

"Eu gosto de champanhe."

"Você detesta champanhe", disse Temple.

Ela aquiesceu.

"Qual era o caso de Maria Antonieta com o champanhe?"

Um daqueles três deveria saber. Temple parecia querer matá-la. Duncan a observava com cuidado, como se Georgiana pudesse se transformar em algum tipo de animal.

"Ela é responsável pela taça de champanhe", disse Duncan.

"Isso! A taça tem o formato do seio dela!" Tudo estava voltando, ainda que um pouco alto demais.

"Cristo!", disse Temple.

"Talvez nós devêssemos limitar o uso da palavra *seio* em público", disse Duncan, seco. "Por que você não conta para nós por que sentiu a necessidade de beber álcool em excesso?"

"Eu estava nervosa!", ela disse em sua defesa, depois percebeu que tinha admitido. Ela olhou para Duncan, cuja expressão foi de surpresa para convencimento. *Droga.* "Não por sua causa."

"É claro que não", ele disse, querendo dizer o contrário.

Temple olhou para os dois.

"Eu não quero saber de nada a respeito disso. Parem de falar."

"Não há nada para se preocupar, *Alteza.*" Ela enfatizou o honorífico. Depois voltou a atenção para Duncan. "Existem vários homens que me deixam nervosa."

"Jesus, Anna, pare de falar."

"Não a chame assim", disse Duncan, e o tom de sua voz foi suficiente para atrair a atenção tanto dela quanto de Temple.

"É o nome dela."

"Aqui não! Não é mesmo. Não é." Duncan e Temple ficaram se encarando e algo aconteceu entre eles. Afinal, Temple aquiesceu.

"William", disse Mara em voz baixa. "Você está piorando as coisas. Você não deveria ser tão..."

"Grosseiro comigo", disse Georgiana.

Mara inclinou a cabeça.

"Eu ia dizer 'íntimo'."

Ela estava certa. Não era suposto que o Duque de Lamont conhecesse Lady Georgiana tão bem a ponto de chamar sua atenção em um terraço.

Temple ficou quieto por um longo momento antes de concordar com sua esposa. Isso era algo que nunca deixava de impressionar Georgiana – aquele homem imenso totalmente submisso à sua mulher. Ele olhou para Duncan.

"Você deveria manter a reputação dela intacta."

"Toda a Sociedade sabe que tenho um interesse profissional nela. Ninguém ficará surpreso por estarmos conversando", ele disse. "Vão pensar que ela está me agradecendo pelo que tenho feito por sua crescente aceitação."

"Eu estou bem aqui", ela disse, muito irritada pelo modo como o grupo parecia ter se esquecido desse fato.

Temple pensou por alguns instantes e então assentiu.

"Se você fizer qualquer coisa para prejudicar a reputação dela..."

"Já sei, vou me ver com Chase."

O olhar de Temple correu de Duncan para Georgiana.

"Esqueça Chase. Você vai ter que se ver comigo. Leve-a para casa."

Ela sorriu para Duncan.

"Nada de mensagens para Chase esta noite. Você vai ter que lidar comigo."

Duncan ignorou o comentário e lhe ofereceu o braço.

"Minha lady?"

As palavras a aqueceram, mas ela detestou o modo como lhe trouxeram um prazer tão exasperado. Ela apoiou a mão no braço dele, deixando que Duncan a conduzisse alguns degraus abaixo antes de parar.

"Espere." Ela se voltou. "Alteza." Temple ergueu as sobrancelhas. Ela recolocou a mão no braço de Duncan, falando suavemente. "A filha do Conde de Wight. Sophie."

"O que tem ela?"

"Está dançando com Langley, mas merece uma dança com alguém fantástico." Ela catalogou mentalmente os homens solteiros presentes. "O Marquês de Eversley." Ele era um membro antigo do Anjo, rico como Creso e lindo como o pecado – um libertino para acabar com todos os libertinos. Mas ele faria o que Temple pedisse. E Sophie teria uma lembrança encantadora daquela noite.

"Feito." Temple concordou. Ele e Mara voltaram ao baile, sem deixar rastros do tempo que passaram no terraço.

Seu trabalho beneficente naquela noite estava completo e ela voltou sua atenção para Duncan.

"Lady Sophie?", ele perguntou.

Ela ergueu um ombro.

"Ela foi gentil com Georgiana."

"E assim Anna a recompensa", a compreensão brilhou nos olhos dele.

"Há momentos em que é bem útil ser duas pessoas", ela sorriu.

"Estou vendo que isso pode ser verdade", ele disse.

"Eu não preciso de um guardião, sabia?", ela comentou, as palavras num tom baixo o bastante para que só ele as pudesse ouvir.

"Não, mas parece que precisa de alguém para lhe dizer quando parar de beber."

Ela olhou de soslaio para ele.

"Se você não tivesse me deixado nervosa, eu não teria feito isso."

"Ah, então foi por minha causa." Ele sorriu, orgulhoso, e ocorreu a ela que, para o restante das pessoas reunidas no terraço, a conversa dos dois parecia bastante comum.

"Claro que foi. Você e seu 'Eu estou no controle'. É perturbador."

Ele ficou muito sério.

"Não deveria ser."

"Bem, mas é." Ela inspirou profundamente.

"Você está nervosa agora?"

"Estou."

Ele sorriu, olhando para as mãos dela.

"Estou desapontado com você. Eu pensava que você estaria muito bem preparada para esta situação."

Por causa de Anna. Ele pensou que ela fosse uma prostituta. Experiente em todos os assuntos carnais. Só que ela não era. E como se o acordo não fosse suficiente para acabar com os nervos dela, a ideia de que ele descobriria sua mentira – sua verdade – era inquietante.

"Normalmente eu estou no controle", ela disse. Não era mentira.

Ele olhou por cima do ombro para confirmar que os outros no balcão estavam longe o bastante para não ouvir a conversa.

"Então me diga, você gosta? De estar no controle?"

"Gosto." Ela ganhava a vida assim.

"Isso lhe dá prazer?" A pergunta foi sussurrada, cheia de insinuações.

"Sim."

Os lábios dele se retorceram em um sorriso que logo sumiu.

"Eu acho que não."

Ela não gostava do modo como Duncan parecia conhecê-la. Do modo como suas palavras chegavam perto da verdade – mais do que qualquer outra pessoa tinha chegado. Mais do que ela jamais havia admitido. Ela não gostava do modo como ele tomava o controle para si, de forma suave e quase imperceptível, até ela estar presa à sua voz sensual, seus ombros largos e seu olhar provocante. Ela o queria e só havia um meio de ela o ter ali, naquele instante.

"Dance comigo", ela sussurrou.

Ele não se mexeu.

"Já lhe disse, dançar comigo não vai ajudar sua causa."

"Não me importa. Estou livre para esta dança." Ela o encarou.

"Eu não danço." Ele sacudiu a cabeça.

"Nunca?"

"Nunca", ele respondeu.

"Por que não?"

"Porque eu não sei dançar."

A confissão revelou mais do que ela esperava. Ele não sabia dançar. O que significava que Duncan West não era cavalheiro de nascimento. Era alguma outra coisa. Algo mais difícil. Algo mais simples. Algo que exigia trabalho para conquistar. Para deixar para trás. Mas algo muito mais interessante.

"Eu posso ensinar a você", ela disse.

Ele ergueu a sobrancelha.

"Eu prefiro que você me ensine outras coisas."

"Como o quê?"

"Onde você gosta de ser beijada."

Ela sorriu.

"Cuidado ou vou pensar que você está tentando me enlouquecer."

"Eu acho que já te deixei maluca."

Era verdade, e ela não pôde evitar de ficar séria ao ouvir isso. Diante da sugestão de tristeza que a percorreu. Diante da sensação de que ele tinha razão e que ela estava arruinada de mais formas do que se permitia admitir. Ela escondeu esses pensamentos bancando a insinuante.

"Você está terrivelmente seguro de si."

Duncan ficou quieto por um longo momento e ela imaginou o que ele estaria pensando.

"Langley?", ele perguntou, afinal.

Ela entendeu. Ele perguntava como as coisas andavam com o visconde.

"Ele gosta de mim", ela disse, querendo que ele não os tivesse devolvido ao presente. À realidade.

"Isso vai facilitar meu trabalho. As colunas vão noticiar a corte."

Ah, se pelo menos ela *quisesse* isso. Georgiana ficou em silêncio.

"É um bom título", ele continuou. "Limpo. E ele é um bom homem."

"Ele é", ela concordou. "Inteligente e charmoso. Pobre, mas não há vergonha nisso."

"Você vai mudar essa qualidade dele."

"Parece que sim." Ela torceu os lábios em um sorriso contrafeito. "Ele é infinitamente melhor do que eu."

"Por que você diz isso?" A pergunta era dura como aço. Sem hesitação.

Ela inspirou fundo.

"Posso lhe contar a verdade?", perguntou ela, percebendo que devia estar muito bêbada para querer dizer a verdade. Ela vendia mentiras com mais frequência.

"Eu gostaria que sim", ele disse, e Georgiana pensou que ele se referia a algo maior do que o momento. Aquele lugar.

A culpa cresceu, um sentimento familiar demais naquela noite.

"Eu só quero que ela seja feliz." Duncan sabia que ela falava de Caroline.

"Ah. Uma coisa muito mais difícil do que ser bem casada."

"Não tenho certeza de que seja possível, honestamente, mas a respeitabilidade vai lhe dar mais oportunidades de felicidade... Seja lá o que isso significa."

Ele a observava. Ela podia sentir seu olhar penetrante. Sabia que ele iria perguntar mais do que ela estava disposta a revelar. Ainda assim, ele a surpreendeu com a pergunta seguinte.

"O que aconteceu? O que lhe trouxe Caroline?"

O que lhe trouxe Caroline. Que modo encantador de falar. Ao longo dos anos ela ouviu a existência de Caroline ser descrita de uma centena de modos, indo do eufemismo ao ofensivo. Mas ninguém jamais havia traduzido a situação tão bem, com tanta simplicidade. E com tanta propriedade. Caroline lhe foi trazida. Perfeita e inocente. Sem saber do caos que havia causado na mulher, na família, no mundo. É claro que aquele homem, conhecido por sua habilidade com as palavras, saberia descrever tão bem aquilo. E é claro que, ali no escuro, ela queria contar a verdade para ele. Como foi arruinada. Por quem, até. Não que isso importasse.

"Um conto tão velho quanto o tempo", ela disse apenas. "Homens desagradáveis têm um poder devastador sobre garotas rebeldes."

"Você o amava?"

Aquilo a atordoou, deixando-a em silêncio. Havia tanta coisa que ele poderia ter perguntado. Ela já tinha ouvido de tudo, ou pelo menos pensava assim. Mas aquela pergunta – tão simples, tão honesta – ninguém havia lhe feito. E então ela lhe deu sua resposta mais simples e honesta.

"Eu queria amar. Desesperadamente."

Capítulo Onze

Com ou sem sua filha encantadora, não há dúvida, a esta altura, de que a reputação de Lady G é irrepreensível. Devemos condená-la por um pecadilho tão antigo? Justamente alguém com tanto charme e energia? Sempre haverá espaço para essa Lady em nossas páginas. Mas vai existir espaço para ela nos corações de Londres?

...Lady M parece estar abandonada nos eventos sociais mais recentes. Seu trio de lordes pretendentes desapareceu, cada um deles demostrando interesse por outra. Talvez a lady devesse ter aceitado enquanto podia. O Conde H está, sem dúvida, aumentando certo dote enquanto escrevemos...

As páginas de fofoca de Notícias de Londres, 30 de abril de 1833.

Ele imaginava que ela teria respondido sua pergunta de diversas formas, com uma negativa, com a recusa em responder, com humor e piadas evasivas, ou até com outra pergunta. Mas ele nunca poderia imaginar que ela lhe diria a verdade. Ou que ela tivesse amado o homem que a arruinou. Ele também não imaginava o quanto essa informação o incomodaria, nem o quanto desejava apagar a lembrança desse homem da memória dela. *O quanto ele desejava substituí-lo.* Ele resistiu à ideia. Por doze anos, ou mais, Duncan havia afastado mulheres que exigiam qualquer tipo de compromisso. Ele se opunha a qualquer coisa que pudesse levar a algo mais que um interesse passageiro, ou que não fosse um acordo mútuo destinado apenas ao prazer de ambas as partes. Compromisso não estava nos planos de Duncan West. Não poderia estar. Nunca. Porque ele não colocaria sobre outra pessoa o fardo dos seus segredos, sempre imensos e ameaçadores, aguardando o momento da revelação e da ruína. Ele nunca deixaria outra pessoa com a sombra de seu passado, com a punição que sem dúvida seria seu futuro. Essa era a única coisa nobre que ele podia fazer—não comprometer ninguém. Não se entregar ao amor. E assim ele não devia se importar se Lady Georgiana Pearson amou o pai de sua filha. Isso não importava nem um pouco para ele. O único modo de aquele homem ter alguma relevância na vida de Duncan seria se fosse revelado – assim teria alguns centímetros nas colunas de seus jornais. Não, ele não devia se importar. E não se importava. Só que ele se importava. E bastante.

"O que aconteceu com ele?", Duncan, enfim, perguntou.

Ela não fingiu desentendimento.

"Não aconteceu nada. Ele nunca teve a intenção de ficar."

"Ele está vivo?"

Georgiana hesitou e Duncan viu que ela pensou em mentir.

"Está."

"Você o ama", ele declarou.

Ela inspirou fundo e depois soltou o ar, como se a conversa tivesse ido longe demais e ela não estivesse preparada para continuar. O que era provavelmente o que estava acontecendo, ele pensou.

"Por que você não sabe dançar?", ela perguntou em voz baixa, olhando fixamente para a escuridão.

A pergunta e a maneira como ela mudou o rumo da conversa o irritaram.

"Por que isso é relevante?"

"O passado é sempre relevante", ela disse antes de se virar para ele. Absolutamente calma. Como se estivessem falando do tempo. "Eu gostaria de ensinar você a dançar."

Ela tinha acabado de falar quando um grupo ruidoso de convivas irrompeu no terraço, cruzando com o grupo que estava lá quando Duncan encontrou Georgiana. Tomando uma decisão rápida e mal calculada, Duncan aproveitou a oportunidade para fugir, agarrando Georgiana pelo cotovelo e a arrastando rápida e silenciosamente para a escuridão na beira do terraço, onde um conjunto de degraus de pedra levava até os jardins. Em segundos, eles saíram do baile sem serem notados. E dobraram a esquina da grande casa de pedra, em meio à escuridão, onde qualquer um que os visse teria seus próprios segredos para esconder.

"Como nós vamos voltar?", ela falou nas sombras.

"Não vamos", ele respondeu.

"Nós precisamos. Tenho uma capa. E uma acompanhante. E uma reputação para manter. Coisa que você prometeu me ajudar a fazer."

"Vou levar você para casa."

"Isso não é tão fácil quanto você imagina."

"Tenho uma carruagem e sei onde fica a propriedade do seu irmão."

"Eu não moro lá", ela disse, encostando-se na parede escura da casa, observando-o na penumbra. "Eu moro no Anjo."

"Não", ele disse. "*Anna* mora no Anjo."

"Ela não é a única."

Aquela declaração o incomodou.

"Você está falando de Chase." Ela não respondeu e ele acrescentou, "Ele mora no Anjo?"

"Na maioria das noites", ela disse, com tanta simplicidade que ele teve que morder a língua para controlar sua resposta.

Ela percebeu a irritação dele.

"Por que isso deixa você tão bravo? É minha vida!"

"Porque essa não precisava ser sua vida. Passar noites no meio de um cassino, carregando mensagens para o Chase."

"De e para você", ela lembrou.

O sentimento de culpa cresceu. Ela não estava errada.

"Seja como for, tenho uma ótima razão para a mensagem desta noite. E eu não ia pedir que você a entregasse", Duncan disse.

"O que é?"

Ele não podia contar para ela que sua irmã estava em perigo. Não podia trazê-la para mais perto do conhecimento de que ele e Tremley eram mais que meros conhecidos. Se Chase soubesse o quanto a ficha de Tremley valia para Duncan, talvez quisesse exigir um resgate. E Cynthia correria ainda mais perigo.

"Isso não é relevante para nossa discussão. Meu ponto é..."

"Seu ponto", ela o interrompeu, "é que você acredita que haveria uma vida de chá e danças esperando por mim no fim de um caminho não escolhido. Seu ponto é que Chase me arruinou."

"Na verdade, é esse mesmo meu ponto."

Ela riu do comentário dele.

"Então você se esqueceu do que a *Sociedade* faz com moças na minha situação em particular."

"Você poderia ter sobrevivido a isso", ele disse.

"Não, eu não poderia." A declaração foi tão realista que era quase como se ela não fosse uma vítima do destino.

"Você poderia ter feito isso anos atrás. Ter se casado."

Ela ergueu uma sobrancelha.

"Eu poderia, mas teria detestado." Ela fez uma pausa. "O que você diria se eu lhe dissesse que essa foi uma escolha minha? Que eu queria esta vida?"

"Eu não acreditaria em você. Ninguém escolhe ser excluído. Ninguém escolhe a ruína. Você foi feita de vítima por um homem poderoso que a manteve tempo demais no bolso, e agora se recusa a te libertar."

"Você está enganado. Eu escolhi esta vida", ela disse, e ele quase acreditou. "Chase me salvou."

Aquelas palavras fizeram com que Duncan sentisse ódio; palavras de uma mulher envolvida demais para enxergar a verdade. Uma mulher que... *Jesus. Seria possível que ela o amava?* Junto com este pensamento veio outro. *Seria possível que Chase fosse o pai de Caroline?* Duncan sentiu uma raiva quente e devastadora. Ele poderia lhe perguntar, mas ela nunca confessaria, ainda que fosse verdade. E isso explicaria muita coisa por que ela escolheu aquela vida, por que morava no Anjo e por que protegia Chase com tanto empenho. Chase não merecia a proteção dela. Ele merecia ser exposto e julgado como todo mundo. Duncan soltou um palavrão no escuro.

"Eu quero..." Ele não completou a frase.

Mas ela quis saber mais.

"O que você quer?"

Talvez tenha sido a escuridão que o levou a concluir o pensamento. Ou talvez aquele momento, mais cedo naquela noite, quando outro homem – que detinha um poder muito semelhante ao que eles discutiam –, o manipulou. Fosse o que fosse, ele concluiu o pensamento.

"Eu quero matá-lo pelo modo como ele a trata."

"Chase?", ela perguntou.

"Ele mesmo."

"Mas vocês são... amigos."

Tudo dentro dele resistiu a essas palavras.

"Não somos nada disso. Nós apenas usamos um ao outro para conseguir o que queremos."

Ela ficou quieta por um bom tempo.

"E o que você quer?", Georgiana perguntou, afinal.

Eu quero você. Ele não falou. Embora essa fosse a resposta certa para a pergunta dela, não era o que Georgiana esperava ouvir.

"Eu quero vender jornais. O que Chase quer?"

Ela hesitou.

"Por que eu deveria saber?", respondeu brevemente.

"Porque você o conhece melhor do que ninguém. Você fala por ele. Você leva mensagens para ele. Você..." *Você o ama.* "Cristo, você mora com ele."

"Anna mora com ele", ela repetiu as palavras que ele mesmo havia dito minutos atrás.

Duncan detestou essas palavras.

"Ela não é real."

"Ela é tão real quanto qualquer um de nós", disse Georgiana, e ele desejou poder culpar o álcool por aquela declaração. Mas não podia.

"Como você pode dizer isso? Você a criou. Quando você a interpreta não pode viver o resto de sua vida."

Ela o encarou, séria.

"Quando eu a interpreto, vivo toda minha vida. Sem hesitação e com prazer."

"Não é o seu prazer", ele retrucou, enfurecido pela afirmação dela. Era o prazer de Chase. Era o prazer de todos os homens com quem ela esteve desde que começou aquela farsa.

Ela era uma lady. Filha e irmã de duques. Ela era muito mais do que ele. Tinha muito mais do que ele jamais poderia ter. E ainda assim se vendia barato, aceitando a vida sob as botas de um covarde poderoso.

"É completamente para o meu prazer", ela disse, e o ambiente entre eles mudou, ficando mais denso com as palavras dela, quase sendo possível enxergar a promessa de algo.

Ele a deixou se encostar, apreciando a sensação que ela transmitia ao se aproximar. O calor dela, ainda que ele resistisse à sua atração. Ainda que sua ira pelas palavras dela ameaçasse transbordar.

"Eu não acredito que você conhece o prazer", ele disse, sabendo que aquilo a irritaria. Querendo que irritasse.

Ela arregalou os olhos e se transformou em Anna, completamente sedutora.

"Você acha mesmo que eu não entendo disso?"

Duncan resistiu ao impulso de puxá-la para mais perto.

"Eu acho que você está acostumada a *dar* prazer. E acho que está na hora de você descobrir... Quando eu estiver no controle, pretendo que você faça muito pouco a não ser receber prazer."

Ele observou o efeito de suas palavras nela, o modo como seus olhos ficaram dilatados e seus lábios se entreabriram para um fôlego extra que ela não esperava precisar. Ele reagiu àquela expressão com cada fibra do seu ser. A honestidade dela fez com que ele quisesse rugir seu desejo. Sua força. Duncan não lhe deu tempo de responder e levantou a mão, acariciando a pele sedosa de seu rosto.

"Você gostaria disso?", ele sussurrou. "Você gostaria que eu assumisse o controle do seu prazer? Que eu envolvesse você nele? Que eu lhe desse prazer uma vez após a outra, até você não suportar mais? Até você ansiar por meu toque acima de todos os outros?"

Georgiana prendeu a respiração enquanto ele acariciava seu pescoço, e então Duncan se aproximou, lentamente, colando seus lábios uma, duas vezes à pele clara e macia sob seu queixo.

"Diga-me", ele sussurrou ali, e o som da respiração dela quase estilhaçou o pouco de autocontrole que ele ainda tinha.

"Dizer para você..." Ela hesitou, o álcool e as sensações provocadas pelo desejo dificultando seu pensamento. Ele amaldiçoou o champanhe enquanto esperava que ela concluísse. Duncan viu Georgiana engolir em seco. Ela pigarreou e tentou de novo. "Dizer o que para você?"

"Você gostaria?"

"Eu gostaria", ela respondeu, suas palavras eram mais suspiros do que sons.

"O que você gostaria?" Agora ele a estava provocando. Ele sabia que ela não conseguia pensar, e isso o fazia se sentir mais homem do que jamais havia se sentido.

"Eu gostaria que você..." Ela hesitou.

Ele roçou os dentes pelo pescoço dela, mordiscando a pele macia de seu ombro.

"Que eu...?"

Ela suspirou.

"Tudo. Eu gostaria de tudo."

Ele não podia ver a cor dos olhos de Georgiana na escuridão, mas reconheceu sua intensidade. Uma das mãos dela subiu até o pescoço dele, entrelaçando os dedos em seu cabelo e puxando levemente sua cabeça para que ele pudesse olhá-la. Ela manteve o olhar fixo no dele, e por um momento longo e ofegante, ele imaginou se, talvez, no fim seria ela que assumiria o controle.

"Faça", ela sussurrou, com aqueles maravilhosos lábios rosados acariciando as palavras. "Por favor."

"Faça o quê?" Eles estavam bem próximos, quase se beijando. Ele nunca havia desejado nada como desejava aquela mulher.

"Faça tudo." Os dedos dela foram mais longe, puxando-o para si. "Mostre tudo para mim."

Ela se esticou. Ou talvez ele tenha se abaixado. Nada importava, a não ser o fato de que eles estavam se beijando, e ela estava em seus braços, e ele não queria nada mais do que explorar cada centímetro daquele corpo magnífico e perfeito. Os braços dela estavam enroscados no pescoço dele, e Duncan a ergueu, virou e pressionou seu corpo contra a parede, dando-lhe tudo o que ela queria.

Georgiana gemeu dentro de sua boca e ele capturou o delicioso som, puxando-a contra si. Os lábios dela, macios, doces e quentes, abriram-se para ele, e ele não conseguiu evitar de tomá-la com língua e dentes, mordiscando o lábio inferior antes de afastar a mordida, roçando a língua lentamente em sua boca, o que a fez gemer de expectativa. Ou talvez tenha sido ele quem gemeu. Ela o havia incendiado. Ele pressionou ainda mais o corpo dela contra o seu e a beijou com mais intensidade, mudando a pressão. Duncan mergulhava mais fundo, acariciava mais firme. E ela o acompanhou em cada uma das carícias, e usou seus próprios dentes para provocar, tentar e punir, e ele gemeu, para logo agarrar sua coxa esguia e a erguer, abrindo-a e pressionando o corpo no ponto macio em que Duncan desejava, desesperadamente, estar. Ele friccionou o corpo nela, e os dois tiveram um gostinho insuportável do que poderiam ter se fosse uma noite diferente. Do que eles *teriam* quando *fosse* uma noite diferente. Esse pensamento o afastou dela, e Duncan se deliciou com o modo como ela permaneceu agarrada nele, como se por um momento tivesse esquecido quem era, onde eles estavam e por que não podiam ter um ao outro... assim... naquele instante. Ele sentiu o mesmo e se aproximou novamente, tomando os lábios dela mais uma vez, com firmeza, por completo e sem hesitação.

Ele soltou sua coxa e seus lábios ao mesmo tempo, encostando a testa na dela enquanto os dois tomavam fôlego. Quando finalmente falou, foi um sussurro apenas para ela.

"Eu vou lhe mostrar tudo. Mas não esta noite. Você bebeu demais para que eu possa lhe dar tudo o que eu quero que você receba."

A resposta dela foi instantânea.

"Eu não bebi tanto assim."

Ela o queria. Ele podia sentir isso na veia que pulsava sob seus dedos, na respiração ofegante dela em seu pescoço, no modo como ela segurava seu casaco.

"Bebeu sim."

"Isso não tem importância."

Ele a virou, para que ela pudesse ver seu rosto, bonito e sério.

"Tem muita importância. Eu quero que você sinta cada partícula do êxtase, tudo o que nunca sentiu antes, tudo o que vai fazer você ansiar para ter mais e mais." Ele deu um passo na direção dela e suas palavras envolveram os dois. "E eu quero que tudo isso seja por minha causa."

Ela abriu a boca para discutir, mas ele a interrompeu antes que pudesse começar.

"Só eu. Sem questionamentos, Georgiana."

Ela fechou os olhos ao ouvir o nome e segurou a mão dele, apertada, como se precisasse disso para se acalmar.

"Você não quer Georgiana", ela gemeu. "Você quer Anna. É ela quem entende de paixão."

"Eu sei exatamente quem eu quero", ele disse, inclinando-se para frente, mergulhando o rosto no lugar em que o pescoço dela encontra o ombro, onde ela cheira a baunilha e Georgiana. O aroma era inebriante e perigoso. E só dela. Duncan continuou, traçando o lugar com a língua. "Eu quero Georgiana."

Ela se virou para ele e o beijou, como se as palavras fossem inesperadas e muito desejadas. Ele a prendeu contra seu corpo e lhe deu um beijo intenso e arrebatador, antes que um pensamento lhe surgisse e ele se afastasse para fitá-la nos olhos.

"O pai de Caroline..."

Georgiana olhou para o lado, de repente, parecendo a garota que tinha sido um dia.

"Parece um momento bem inoportuno para falar dele, não acha?", ela reclamou.

"Não, na verdade", ele disse. "Agora é o momento ideal para eu lhe dizer que ele foi um completo idiota."

"Por quê?", ela perguntou.

Não foi para receber um elogio. Não foi um artifício. Então, a resposta dele também foi honesta.

"Porque se me fosse dada a chance de ter você em minha cama todas as noites, eu aproveitaria. Sem dúvida."

Duncan se arrependeu do que disse quase no mesmo instante – o significado daquilo. O poder que dava a ela sobre ele. Mas então Georgiana se encostou nele, como se as palavras a tivessem atraído. Ele a pegou, pois a atração era boa demais para que ele resistisse. Quando ela falou, era pura sedução.

"Você tem uma chance esta noite, mas não quer aproveitar."

As palavras tiveram o efeito que ela queria, e o desejo se acumulou nele.

"Isso é porque eu sou um cavalheiro."

Ela fez um bico com os lábios.

"Que pena. Tinham me prometido um canalha."

Ele a beijou rapidamente.

"Amanhã à noite você terá um." Ele falou em voz baixa, junto aos lábios dela, antes de se afastar. Mais um pouco e ele ficaria desesperado para possuí-la. Ele havia prometido a Temple que a levaria para casa. "Nós precisamos ir."

"Eu não quero ir", ela disse, e a honestidade daquela declaração foi mais tentadora do que ele poderia ter imaginado. "Eu quero ficar aqui. Com você."

"Nos jardins da Casa Beaufetheringstone?"

"Isso", ela disse em voz baixa. "Na escuridão de qualquer lugar."

Ele parou.

"Você tem algum problema com a luz?"

"Eu tenho um problema com coisas que não prosperam no escuro. Não me sinto à vontade com elas."

Ele compreendeu o que ela queria dizer e o sentimento por trás daquelas palavras, mais do que estava disposto a admitir. Na verdade, o modo como elas o atingiram o perturbou tanto que, de repente, ele ficou desesperado para levá-la para casa, para longe dele, antes que a honestidade dela, gerada pelo álcool, inspirasse a sua própria – tendo ele bebido ou não. Duncan segurou a mão dela.

"Nós não podemos ficar aqui. Tenho coisas para fazer." Ela o ignorou por um longo momento e ficou observando as mãos dos dois, entrelaçadas, até ele falar. "Georgiana."

"Eu gostaria que nós dois não estivéssemos usando luvas", ela disse, erguendo os olhos.

A ideia de suas mãos, pele com pele, provocou-o além da razão.

"Estou feliz que estejamos de luvas, ou eu não conseguiria resistir a você", Duncan sussurrou.

Ela sorriu.

"Você sabe bem o que dizer para as mulheres. Talvez seja um canalha, afinal."

Ele também sorriu.

"Eu disse para você que eu era."

"É, mas canalhas são notoriamente mentirosos, então agora eu não sei se realmente posso acreditar em você."

"Um grande enigma." Ele riu. "Mas se um homem diz a verdade sobre ser um canalha, ainda assim é canalha?"

"Talvez um canalha com alma de cavalheiro", ela ponderou.

"Não conte para ninguém." Ele se aproximou e sussurrou, "Você vai arruinar minha reputação."

Ela riu e o som o cobriu de prazer. Mas ele ficou triste quando ela parou de rir, o som sumindo nos jardins escuros, levado pela brisa. Depois de um bom tempo em silêncio, ela falou.

"Você disse que tinha uma mensagem para Chase."

Chase. Duncan tinha evitado pedir a ficha de Tremley por uma simples razão. Era estupidez da parte dele – ela era ligada a Chase de modos que ele não compreendia e não podia intervir, mas isso não mudava o fato de ele não a querer perto do fundador do Anjo Caído se não fosse necessário. Ele não a queria perto dele mesmo que *fosse* necessário. Ele conseguiria a ficha de outra forma. Sem usar Georgiana.

"Não importa", ele disse.

"Não acredito nisso", falou ela. "Eu vi seu rosto quando você me procurou. Diga-me. Eu vou..." Ela hesitou e Duncan imaginou o que ela queria dizer. Antes que ele pudesse perguntar, ela disse, "Vou passar sua mensagem para o Chase. Dê para mim."

Ele negou com a cabeça.

"Não. Não quero você envolvida nisso."

"Nisso o quê?", ela perguntou.

No problema dele. Nas ameaças de Tremley. Já era ruim o bastante que sua irmã estivesse em perigo, mas ele poderia proteger Cynthia. Ele tinha menos controle sobre Georgiana. E ele não tinha certeza de que Chase se preocuparia com isso caso fosse necessário. Ela tinha que ficar longe disso.

Duncan sacudiu a cabeça.

"Está na hora de você se distanciar dele."

"De Chase?", ela perguntou. "É mais fácil falar do que fazer."

Ele detestou aquela declaração e a tristeza no sorriso que ela esboçou.

"Eu vou ajudar", ele disse. Ele faria tudo que pudesse para afastar Georgiana de Chase e do poder irrestrito e ilógico que o fundador tinha sobre ela.

"Seus jornais vão ajudar", ela disse. "Anna vai ter que desaparecer depois que Georgiana se casar."

Ele iria ajudar. Que se danem os jornais. Mas ela não precisava saber disso naquele momento.

Na manhã seguinte, Georgiana estava sentada à sua enorme mesa no Anjo Caído, tentando se concentrar no trabalho, quando Cross colocou um pacote diante dela.

"É do West", ele disse. "Veio do escritório dele esta manhã."

Ela olhou para o pacote, imaginando, por um momento fugaz, se o próprio West o havia embrulhado. Antes que pudesse pensar melhor, ela esticou a mão para o pacote e brincou com o barbante que mantinha o conteúdo a salvo de olhos curiosos no escritório dele e no dela. Se ele próprio o tivesse embrulhado, teria sido sem luvas. Ela passou o dedo pelo laço. Georgiana também estava sem luvas nesse momento. Assim como estaria à noite, quando ele cumpriria sua promessa. E Georgiana cumpriria a dela.

Percebendo que estava bancando a desmiolada e que Cross a observava como se ela tivesse duas cabeças, ambas sem miolos, Georgiana afastou a mão do embrulho.

"Obrigada", ela disse, fingindo desinteresse.

Ela ignorou a expressão de divertimento no belo rosto do sócio.

"Veio com um bilhete. Para Anna."

Ele pôs o quadrado de papel claro sobre o pacote e ela resistiu ao impulso de abrir o envelope, apenas voltando os olhos para seu trabalho – um movimento que ao mesmo tempo a fazia parecer muito ocupada e escondia suas faces coradas do sócio, que sem dúvida contaria para os outros se suspeitasse que ela estava constrangida.

"Obrigada."

Ele não se mexeu.

Georgiana desejou que o rubor sumisse. Não funcionou.

"Mais alguma coisa?"

Ele não respondeu. Ela não teve escolha e ergueu o rosto. Cross se segurava para não rir dela. Georgiana fez uma expressão de desgosto.

"Eu não sou tão educada que não possa jogar você para fora daqui."

Ele retorceu os lábios.

"Você e qual exército?"

"Você quer mais alguma coisa? Ou só está bancando o idiota?"

"A segunda opção. Estou curioso quanto ao pacote. Temple disse que você está atrás dele." Cross sorriu.

"Temple é casado. É claro que não estou atrás dele."

"Você pensa que é muito inteligente", respondeu Cross, rindo.

"Eu sou muito inteligente."

"Temple disse que você deu vexame ontem à noite. Quando foi a última vez que bebeu champanhe?"

"Ontem à noite", ela respondeu, cruzando uma perna coberta de camurça sobre a outra e pegando o pacote, fingindo não pensar na noite que teria. Fingindo não estar pensando seriamente em pedir uma caixa de champanhe para se preparar.

Ela abriu o pacote, pois sabia que Cross não sairia até que ela o fizesse. Ele tinha lhe enviado o jornal. Se é que alguém podia se referir ao amontoado de fofocas de Duncan West como "jornal". A edição da semana de O Escândalo chegou ao Anjo Caído dois dias antes de aparecer nas mesas de café da manhã de toda Londres. Só que não era para ela. Era um presente para o homem conhecido apenas como Chase. Não, não era um presente. Serviço. Como solicitado. ESCÂNDALO TORNA-SE SALVAÇÃO, dizia a manchete na primeira página, seguida, em letras menores, por *Lady G marcha pela Sociedade e conquista os corações aristocráticos*.

Cross riu, esticando o pescoço para ler a página.

"É inteligente, eu vou lhe dizer. Eu sei que você não gostou do cartum, mas a referência a Lady Godiva funcionou muito bem." Ele pegou o jornal para ler com mais atenção.

Ela fingiu não se importar e abriu o bilhete que acompanhava o pacote para Chase.

"Lady Godiva estava protestando contra impostos abusivos", disse Georgiana.

Cross ergueu os olhos para ela.

"Ninguém lembra desse detalhe. Todo mundo só lembra da nudez."

"Como é que isso vai me ajudar a arrumar um marido?"

Ele ficou sério.

"Confie em mim. A nudez ajuda."

"Você era o sócio que eu mais gostava."

"Eu continuo sendo quem você mais gosta." Ele se inclinou para frente. "O importante é que, quando West combina alguma coisa, ele cumpre a parte dele. Veja toda a atenção que ele está lhe dedicando." Ele se voltou para a página e leu. "Está elogiando sua elegância e seu charme."

Os elogios não eram gratuitos, contudo. O bilhete enviado para Chase com o jornal exigia o pagamento.

A garota está recebendo atenção. Você me deve o conde.

A nota foi escrita à mão, em letras pretas e grossas, tão confiantes que Duncan nem precisou assiná-la. O olhar dela voou do bilhete para a ficha de Tremley na borda de sua mesa, esperando ser entregue, e para Cross, que continuava lendo o jornal.

"Ele brinda o leitor com o número de homens e mulheres da nobreza que aceitaram Lady G em seus corações, em suas mentes e em seus mundos!" Ele ergueu os olhos. "É uma pena que não seja verdade."

"Não precisa ser verdade", retrucou Georgiana. "Só estou interessada em um pretendente."

E ela devia agradecer ao Senhor que Lorde Langley estava disposto a pelo menos considerá-la como opção. A falta de convites e cartas indicava que Georgiana continuava escandalosa demais para os homens de Londres.

"Langley", Cross não disfarçou seu desdém pelo plano de Georgiana.

"Você não gosta que Langley me escolha como sua mulher?"

Ele a encarou.

"Não tenho nada contra. A não ser que ele não está interessado em escolher uma mulher."

"Nós não discutiremos a ficha dele", disse ela. "Nunca. Esta vai ser a última vez que vou comentar o assunto: os interesses dele não são da minha conta, pois não preciso ser cortejada."

"Então que esperança Duncan West pode ter?"

Ela não se permitiria pensar em uma esperança para Duncan. Nada além do acordo simples que fizeram. Prazer. E com cautela. Até o dia em que a promessa dele se realizar e ela se casar.

"Você não pode estar imaginando que eu estou tentando manipular o West." Ele se reclinou na cadeira.

"Não sei o que imaginar. Mas Temple parece acreditar..."

"Temple está com a cabeça ruim por ter passado muito tempo no ringue." Cross ergueu a sobrancelha, mas não respondeu. Ela bufou.

"West é..." Ela parou, procurando algo para dizer que resumisse a questão. Que explicasse por que todo seu mundo, construído com cuidado, parecia se desfazer toda vez que aquele homem aparecia. E por que esse impacto que ele causava em seu mundo não a fazia desejar que ele ficasse longe. Por que, de algum modo, isso a fazia querer ter Duncan mais perto.

Ela acreditava que havia um ironia naquilo. No fato de ele continuar a se comportar como um cavalheiro perto dela mesmo sabendo seus segredos. A noite anterior poderia ter sido um escândalo. Mais que isso. Mas ele resistiu a ela. Como se fosse a coisa mais fácil do mundo, como se aqueles beijos intensos não o tivessem abalado nem um pouco, como se não tivessem sido de estremecer a terra. Ela sentiu as faces esquentarem outra vez.

"West é complicado", ela disse.

"Bem, então ele não combina em nada com você, que é uma pessoa tão simples..." Ela sorriu devido à óbvia provocação nas palavras, grata que Cross, por algum motivo abençoado, não a pressionou para que se explicasse melhor. Em vez disso ele apenas tirou um fiapo da calça. "Nossos homens não descobriram nada sobre ele."

Uma pontada de culpa veio com a lembrança de que havia pedido informações sobre Duncan. Antes de conhecer a irmã dele, antes de lhe fazer a proposta. Antes de desejá-lo tanto. Ela pôs de lado essa emoção indesejável. Havia cometido o erro de confiar em outro homem há muito tempo, e isso a destruiu. Ela não iria repetir o mesmo erro. Georgiana ignorou o modo como sua própria resposta a perturbou:

"Diga-lhes para continuarem investigando."

Ele aquiesceu e ficou quieto por um longo momento antes de se inclinar para frente.

"Você lembra de quando me encontrou?"

"É claro." Nenhum dos dois esqueceria da noite em que Cross foi jogado para fora de outro cassino, coberto de hematomas roxos e pretos da surra que tomou por contar cartas durante tempo demais. Georgiana percebeu, no momento em que soube dessa história, que Cross era o quarto sócio que ela estava procurando. Ela o encontrou bêbado e à beira da destruição – nas mãos dele próprio.

"Você me salvou naquela noite."

"Você teria se salvado sozinho."

"Não", Cross negou com a cabeça. "Sem você eu estaria morto ou coisa pior. Bourne e Temple estariam mortos em alguma viela do East End. Você salvou todos nós, de um modo ou de outro." Ele fez uma pausa. "E não fomos só nós. Cada empregado do Anjo Caído. A maioria dos empregados das nossas casas... são todos seus."

"Não me pinte como uma salvadora", ela disse. "A cor não combina."

"Mesmo assim, é o que você é. Cada um de nós foi salvo por Chase." Ela não respondeu, e ele continuou. "Mas o que acontece quando é Chase quem precisa ser salvo?"

O olhar dela voou para o rosto dele, e sua resposta veio rápida e espontânea.

"Não preciso de salvação", Georgiana declarou.

Ele se recostou e esperou por um longo tempo. Como ela não disse mais nada, ele falou:

"Talvez não. Mas não tenha dúvida que nós não vamos ficar parados assistindo se houver algum perigo."

Ele levantou e alisou as calças com as mãos.

"Pippa gostaria que você fosse jantar em casa na semana que vem." Ele fez uma pausa. "Você e Caroline."

Ela arqueou a sobrancelha. A mulher de Cross era, em toda Londres, a pessoa menos provável de convidar alguém para jantar. Ele sorriu, parecendo entender a surpresa dela. O amor que ele tinha pela esposa iluminou seu rosto, provocando uma sensação estranha em Georgiana.

"Não é uma festa, é só um jantar. E vai terminar, provavelmente, com todos nós cobertos de terra."

Não era uma metáfora. A Condessa Harlow era uma horticultora renomada. Os eventos na Casa Harlow geralmente resultava em algum tipo de jardinagem. Caroline adorava.

"Com prazer", Georgiana assentiu.

Ela voltou sua atenção para a escrivaninha e seu olhar caiu no segundo bilhete, destinado a Anna, que a provocava de onde estava, na beira da mesa. Ela estava desesperada para abri-lo, mas sabia que não devia. Não com Cross ali. Ele pareceu entender.

"Não precisa se segurar por minha causa", ele disse, brincalhão.

Ela fez uma careta para ele.

"Por que você está tão interessado?"

"Sinto falta do tempo em que a troca de mensagens clandestinas terminava em missões secretas", Cross disse.

Aquelas palavras a incomodaram.

"Não é clandestina se chega às onze da manhã."

Ele sorriu e ela se maravilhou com a franqueza da expressão – algo que não existia no antigo e assombrado Cross.

"É uma mensagem clandestina se está associada a atividades que tradicionalmente não são realizadas às onze da manhã."

"Não está", ela disse, rasgando o envelope em uma tentativa desesperada de provar que ele estava errado.

Ali, com a mesma caligrafia e tinta preta com que a mensagem para Chase foi escrita, havia três linhas de texto, novamente sem assinatura.

Minha casa, às 11 horas.
Venha bem descansada.
E sóbria.

O rubor voltou com força. Cross riu, deixando a sala, mas parou junto à porta.

"Nada de clandestino, não é?"

Ele fechou a porta ao ouvir o palavrão dela.

Sozinha mais uma vez, ela se permitiu refletir sobre a mensagem, escrita em um quadrado de papel caro, que parecia luxuoso demais para um bilhete daqueles. Ou talvez fosse tão luxuoso como precisava ser. Ele parecia o tipo de homem que não hesitava na hora de ser luxuoso. Georgiana levou o papel até o nariz, imaginando se conseguiria sentir o cheiro dele ali, sândalo e sabonete. Sabendo que estava sendo idiota. Ela tocou o papel com os lábios, adorando o modo como roçava contra eles, macio e inebriante, como um beijo. *Como o beijo dele.* Soltou o bilhete como se estivesse em chamas. Ela não podia permitir que ele a consumisse desse modo. A proposta que ela havia feito não tinha como objetivo que ele pudesse reduzi-la a uma massa trêmula, ridícula. Nem que a controlasse. A proposta tinha o objetivo de proporcionar a Georgiana um gosto da vida que ela fingiu viver todos esses anos – a vida que a acusaram de ter – antes de se entregar a uma nova vida que incluía o casamento com um homem que nunca lhe inspiraria paixão. *Paixão.* Isso era algo que não faltava em seu relacionamento com Duncan, mas ela jamais permitiria que ele ficasse com todo o controle. Ela esticou o braço para pegar a caneta. *Talvez eu me atrase.* Ele respondeu em menos de uma hora. *Você não vai se atrasar.*

Capítulo Doze

Assim como aconteceu com Lady Godiva, com quem ela foi comparada no agora infame cartum que anunciou seu retorno, nossa Lady G está envolta em graça altiva e charme natural. Nós não somos os únicos a reparar, pois Lorde L se aproxima cada vez mais dela em todos os eventos a que os dois compareçam.

...Em outra notícia, o Conde e a Condessa de H podem não ter se distanciado do escândalo que os uniu, afinal. Rondam boatos sobre uma porta trancada em certa exposição na Real Sociedade Horticultora...

Pérolas & Pelicas, Revista das Ladies, maio de 1833.

Ele estava adiantado. Duas horas antes do horário combinado com Georgiana em sua casa, Duncan saiu de seu escritório, fazendo uma pausa nos degraus para levantar o colarinho de seu casaco e se proteger do frio. Um vento gelado varria a Rua Fleet, lembrando a todos em Londres que, embora o calendário afirmasse ser primavera, o clima inglês não obedecia a ninguém. Ele não estava triste com o frio. Isso lhe dava uma razão para acender a lareira e fechar as cortinas em volta da sua cama naquela noite. Para deitar Georgiana Pearson em um monte de peles e possuí-la, com o resto do mundo fora de vista e do pensamento. Seu membro enrijeceu e seu corpo ardeu de desejo ao pensar nela, ao imaginá-la nua e aberta, vindo com espontaneidade ao seu encontro. Na verdade, ele havia passado a maior parte do dia anterior na mesma condição, faminto por ela. Querendo-a. Pronto para possuí-la.

Duncan inspirou profundamente, querendo afastar aquela ânsia pesada. Ele tinha duas horas antes de ela ir ao seu encontro. Mais tempo, se a resposta provocadora dela ao seu bilhete, pela manhã, indicava algo. Ela se atrasaria por princípio. E isso serviria de punição aos dois. *Georgiana seria punida por isso,* ele pensou, e um sorriso malicioso surgiu. Ele a levaria até os limites do pensamento e do fôlego, até que ela não conseguisse pensar em mais nada a não ser nele e no desespero com que o desejava. E então ele lhe daria o que ela queria. O que recompensaria os dois por sua paciência mútua. Ele conteve o gemido que aquele pensamento provocou, contente por ter decidido ir andando para casa – certo de que não continuaria naquele estado depois de meia hora caminhando no frio. Mas parecia que o corpo dele estava fazendo seu melhor para provar que Duncan estava errado.

No pé da escada, ele reparou na carruagem. Era um veículo completamente impessoal. Sem nada que chamasse a atenção. Preto, sem marcas nem luzes, apesar de ser oito e meia de uma noite escura de maio. Nada de criados no exterior. Dois cavalos pretos e um cocheiro na boleia que fazia questão de não olhar. Todas essas coisas combinadas fizeram Duncan se aproximar do veículo em vez de se afastar. As janelas eram pretas, não porque dentro não houvesse luz. Eram pretas porque foram pintadas dessa cor. Aquela não era uma carruagem comum. A expectativa cresceu e a porta foi aberta, revelando um interior luxuoso, coberto de veludo vermelho escuro, castiçais dourados e sombras tentadoras. O olhar dele voou para a mão vestindo luvas de cetim preto que mantinha a porta aberta, e ele congelou, transfixado por aquela mão, querendo-a nele de várias formas. Ela falou e as palavras vieram das sombras, suaves e cheias de promessas.

"Você está deixando o calor escapar."

Ele entrou na carruagem, sentando de frente para ela enquanto a porta se fechava atrás de si, mergulhando os dois em uma perfeição silenciosa. Ela estava caracterizada como Anna, usando um lindo vestido preto, com as saias espalhadas pelo assento, o corpete apertado e baixo, revelando uma grande extensão de exuberante pele macia e clara. Uma sombra ia do pescoço até o ombro dela, escondendo seu rosto com tanta eficiência que ele não conseguia distinguir suas feições. Ela havia lhe dito na noite anterior que preferia a escuridão, e então ele entendeu por quê. Ali ela reinava! E como ele queria se colocar de joelhos e jurar fidelidade a ela.

"Disseram-me que não me atrasasse."

Ele gostou de ouvir aquelas palavras. A batalha de expectativas que carregavam. Ele esperava que Georgiana se atrasasse, Duncan tinha se preparado para isso após receber o bilhete dela pela manhã. Ela deixou claro com a mensagem que não tinha interesse em se deixar controlar, que durante o tempo que passassem juntos, eles seriam iguais ou não seriam nada. Ele leu o maldito pedaço de papel dezena meia dúzia de vezes, sentindo que há anos não encontrava alguém assim à sua altura. Talvez nunca tivesse encontrado. Ele pensou nisso de novo naquele momento, enquanto encarava a escuridão com o balançar suave da carruagem à volta deles. Ele respondeu querendo vencer, mas de algum modo não querendo. Ainda assim, ele esperava que ela se atrasasse, mas não se atrasou, e mesmo assim ele não ganhou. Na verdade, ela estava adiantada. Tão adiantada que foi até o escritório dele para pegá-lo. Sim, ele poderia se acostumar com o modo como eles combinavam.

"Você é sempre um desafio, minha lady."

Um momento passou e ela se mexeu. O som de seda contra seda soou como um canhão dentro da carruagem escura. A saia dela roçou contra sua perna e Duncan lembrou do modo como ficou presa na perna de Langley no salão de festas. Imaginou as formas como poderia ficar presa nele. Essa noite. *Ou para sempre.* Esse pensamento passou por Duncan como fumaça de ópio, insidioso. E indesejado. Ele o afastou quando ela respondeu.

"Eu detestaria entediar você, Sr. West."

Não havia nada nessa mulher que pudesse entediá-lo. Na verdade, ele poderia passar uma vida inteira dentro daquela carruagem, sem conseguir vê-la, e ainda assim a consideraria fascinante. West ansiava por tocá-la, e lhe ocorreu que podia fazer isso. Que ela havia criado um cenário que lhe permitiria tocá-la. E mais. De fato, nada poderia detê-lo. Nem mesmo ela, se fosse apostar. Mas tocá-la acabaria com o jogo que disputavam, e ele não estava pronto para isso. Duncan se recostou no assento de veludo, resistindo a seus impulsos.

"Diga-me", ele falou, "agora que você me tem, o que pretende fazer comigo?"

Ela levantou um pacote retangular e embrulhado, que estava no banco ao seu lado.

"Eu tenho uma entrega para você."

Ele congelou, de repente irritado que Chase tivesse se infiltrado naquele lugar tranquilo, naquela noite que prometia tanto.

"Eu disse para você que não queria mais envolvê-la nas entregas do Chase."

Ela descansou o pacote em seu colo.

"Você está dizendo que não deseja recebê-lo?"

"É claro que eu quero. Só que não quero receber de você."

Ela passou os dedos pelo barbante que fechava o pacote.

"Você não tem escolha."

"Não, mas você tem." Ele percebeu a acusação em sua voz. E não gostou.

Ela levantou a ficha de Tremley e a estendeu para Duncan.

"Pegue", ela disse, as palavras firmes e algo mais. Mais tristes.

Ele estreitou os olhos.

"Venha para a luz."

Georgiana inspirou fundo e, por um momento, ele pensou que ela talvez não obedecesse. Por um momento, ele pensou que aquela noite toda podia acabar ali, naquele instante. Que ela poderia parar a carruagem e jogá-lo para fora. Que ela poderia desfazer sua oferta de um caso inofensivo. Porque, de repente, não parecia mais inofensivo. Ela se inclinou para frente e seu lindo rosto ficou à vista. Ela não usava maquiagem. Ela podia estar usando o vestido de Anna e a peruca dela, mas seria Georgiana nessa noite. Indo até ele espontaneamente, para uma noite de prazer. Uma semana. Duas. Pelo tempo que demorasse para ela garantir seu marido e seu futuro. Ainda assim, uma parte dele queria jogar a maldita ficha pela janela e dizer para o cocheiro continuar em movimento. Para levar Georgiana o mais longe possível de Chase. Para se distanciar de suas próprias verdades, que pareciam assombrá-lo mais a cada dia que passava. Se não fosse pela irmã, ele faria isso? Duncan pegou o pacote e o colocou no colo enquanto ela voltava a se recostar, retornando às sombras.

"Alguma coisa nisso", ele disse, indicando o embrulho, "em você fazer parte disso, torna esta uma noite de negócios, queiramos ou não."

E ele detestava isso, mesmo enquanto abria o pacote, ansioso para ver o que havia dentro. Ele extraiu uma pilha de papéis. E segurou a folha que vinha por cima, escrita na conhecida caligrafia de Chase, perto da pequena vela guardada no compartimento de aço e vidro na parede da carruagem. Fundos retirados do tesouro. Ele virou a página. Cartas de meia dúzia de altos funcionários do governo do Império Otomano. Encontros secretos. *Traição*. Ele fechou a pasta com o coração acelerado. Eram provas.

Provas inegáveis, perfeitas. Ele devolveu os papéis ao envelope em que tinham vindo, considerando as implicações de seu conteúdo. O valor daquela informação era quase incalculável. Aquilo destruiria Tremley, varrendo-o da face da Terra. E protegeria Duncan, sem dúvida. Ele ergueu o pedaço de papel que acompanhava o pacote e leu as palavras escritas na letra conhecida.

Não acredito, nem por um instante, que seu pedido foi resultado da habilidade de um repórter; você sabe de alguma coisa que não me contou. Eu não gosto quando você não compartilha algo.

Que pena. Duncan não tinha intenção de compartilhar com Chase nem sua relação com Tremley, nem sua ligação com Georgiana. Seu olhar voou para ela. Não. Ele não compartilharia com ela.

"Você fez seu trabalho."

"Bem, espero que sim", ela disse.

"Muito bem", ele reconheceu. "Isto é mais do que eu imaginava."

Ela sorriu.

"Fico feliz em saber que isso recompensou seus esforços."

De novo a insinuação de que a ajuda dele tinha sido comprada. E tinha mesmo. Mas ele resistiu a essa verdade. E afastou o pensamento.

"Agora estamos aqui. A sós."

"Você está sugerindo que eu paguei por sua companhia?", Georgiana perguntou com um sorriso na voz.

Aquilo era ridículo. E, mesmo assim, não era. De algum modo, ele se sentia manipulado, como se tudo aquilo tivesse sido cuidadosamente planejado.

"Uma coisa pela outra", ele disse, ecoando muitas das conversas que eles tiveram. Palavras dela. Dele.

Duncan não podia ver o rosto dela, mas estava ciente de que ela podia vê-lo. A luz da carruagem era projetada para desorientar. Para dar poder a apenas um lado – o lado na escuridão. Mas ele percebeu a emoção quando ela finalmente falou.

"Não será assim esta noite."

"Mas e as outras noites?" Ele odiou a ideia de que aquele momento era uma repetição de outros. De uma dúzia. De cem noites.

Ela alisou a saia, fazendo a seda farfalhar.

"Há noites em que a informação é o pagamento. E outras noites em que ela é gratuita."

"É pagamento, então", ele disse. "É pagamento pelos artigos nos meus jornais. Por cada dança sua com Langley. Com os outros."

"Caçadores de fortuna", ela disse.

"Cada um deles", Duncan concordou. "Eu nunca prometi outra coisa."

"Você prometeu aceitação."

"E aceitação social você vai ter. Mas um marido que não é um caçador de fortuna? É difícil que você encontre um. Não a menos..." Ele parou.

"A menos?"

Ele suspirou, detestando o acordo que tinham feito. Detestando o modo como isso o provocava. Detestando o modo como esse acordo sussurrava belas possibilidades no escuro.

"Não a menos que você esteja disposta a mostrar a eles a verdade."

"Qual verdade?", ela perguntou. "Sou uma mãe solteira. Filha e irmã de duques. Treinada como aristocrata, criada para o mundo deles como um cavalo campeão. Minha vida é pública."

"Não", ele disse. "Não é nem de longe pública."

Ela soltou uma risada sem humor.

"Você está falando de Anna? Você acredita que a Sociedade teria mais vontade de me aceitar se soubesse que eu passo minhas noites em um cassino?"

"Você é mais que tudo isso. Mais complicada."

Ele não sabia como nem por que, só que era verdade. Georgiana ficou brava com ele. Duncan podia perceber isso no timbre da voz dela.

"Você não sabe nada a meu respeito", ela disse.

Ele quis estender os braços até ela. Puxá-la para a luz. Mas se manteve à distância.

"Eu sei por que você diz que gosta da escuridão."

"Por quê?", ela perguntou, e sua voz já não indicava tanta confiança.

"É mais fácil se esconder na escuridão", ele respondeu.

"Eu não me escondo", ela insistiu, e ele se perguntou se Georgiana sabia que isso era uma mentira.

"Você se esconde da mesma forma que o resto de nós."

"E do que você se esconde? Quais são seus segredos?" Isso era uma provocação tanto quanto uma admissão. Ele desejou poder ver os olhos dela, que nunca pareciam conseguir esconder tanto quanto o restante dela.

Porque ela não era só aquela mulher, a rainha do pecado e da noite. Ela não era tão confiante quanto aparentava. Ela não era só o poder que sua postura demonstrava. Havia algo mais que a tornava humana. Que a tornava real. Que a tornava ela. Mas eles jogavam aquele joguinho, que não o desagradava. Ele apenas gostava mais dos lampejos de verdade.

Ele colocou o pacote de lado e se inclinou para a frente. Para baixo. E pegou um dos pés calçados dela no chão da carruagem, trazendo-o para seu colo. Ele passou os dedos pelo tornozelo dela, adorando o modo como os músculos dela se contraíram debaixo do seu toque. Ele sorriu. Ainda que tentasse parecer calma e controlada, o corpo dela não mentia para Duncan. Ele envolveu o tornozelo com a mão e tirou o sapato preto do pé dela, revelando a meia da mesma cor. Depois deslizou os dedos pela sola do pé, adorando a forma como ela encolheu com o toque.

"Faz cócegas?"

"Faz", ela respondeu, com um suspiro que o provocou mais do que deveria.

Duncan continuou sua exploração, passando a ponta dos dedos pela seda, por cima do pé e ao longo do tornozelo. Ameaçando a panturrilha antes de voltar pelo mesmo caminho.

"A verdade é que, desde que vi, pela primeira vez, seus sapatos, do lado de fora do Baile Worthington, eu já quis fazer isto."

"É mesmo?"

Havia surpresa na voz dela. E desejo.

"Acredite se quiser", ele confessou. "Eu me senti atraído por seus sapatos prateados, inocentes e bonitos." Ele brincou na parte macia do pé com os polegares, e ela suspirou com a sensação. "E depois eu me senti atraído por algo completamente diferente – aqueles estonteantes sapatos de salto, puro pecado e sedução."

"Você me seguiu?"

"Segui."

"Eu acho que deveria estar brava."

"Mas não está."

Ele acariciou seu tornozelo outra vez, indo até a panturrilha, adorando a seda macia ali, dedilhando os belos bordados brancos na meia, querendo levantar as saias e ver as pernas dela, esguias e cobertas de preto. Querendo abri-las ao redor dos seus quadris, da sua cintura. Querendo Georgiana.

"Está?", ele perguntou.

Ela suspirou.

"Não. Eu não estou brava."

"Você gosta de que eu a conheça. Completamente. As duas metades." A mão dele alcançou a parte de trás do joelho e uma carícia ali pareceu provocá-la. Georgiana se mexeu e levantou a outra perna, encostando o outro pé no peito dele, empurrando-o para trás. Segurando seu toque.

"Conte outra", ela pediu.

"Outra?", ele perguntou.

"Outra verdade", ela disse.

Ele pegou o pé em seu peito e o ergueu, colando um beijo quente na parte de dentro do tornozelo, deixando sua língua banhar o tecido macio até ela suspirar.

"Eu quero tirar estas meias de você. Eu quero sua pele, que é mais macia que a seda."

Ele mordiscou o tornozelo, adorando o som que ela emitiu na carruagem, que ficou quente como o sol.

"É sua vez."

Ela congelou.

"De fazer o quê?"

"De me contar seus segredos."

Ela hesitou.

"Eu não sei por onde começar."

Ele sabia disso. Georgiana era cheia de sombras, cada uma protegendo uma parte dela. Cada uma precisando de luz.

"Comece com isto", ele disse, deslizando sua mão pela perna dela até chegar ao joelho, acompanhando o movimento com um redemoinho feito pela ponta dos dedos. "Diga como isto faz você se sentir. Com sinceridade."

Ela riu como se ele lhe fizesse cócegas.

"Isso faz eu me sentir..." Quando ela parou, ele também se deteve, tirando a mão dela. Georgiana esticou a perna até ele, como se pudesse pegar sua mão e fazê-la voltar. "Faz eu me sentir jovem."

Ele voltou com o carinho, então, surpreso pela declaração.

"O que isso significa?"

Ela suspirou na escuridão.

"Não pare."

Ele não parou, tocando-a de novo. E de novo.

"O que isso significa, Georgiana?"

"Só que..." Ela parou. E pressionou o pé no peito dele, e Duncan desejou que estivessem em sua casa. Ele precisava de mais espaço. Ele precisava vê-la e tocá-la à vontade. Ela inspirou. "Faz tanto tempo... que eu não..."

Ele sabia como a frase terminava. Que ela não ficava com outro homem, que ela não ficava com outro que não Chase. Ele não queria que ela concluísse o pensamento. Não queria o nome dele ali, na escuridão, com eles.

Mas ela concluiu mesmo assim.

"...que eu não me sentia assim."

E assim, ele se soltou. Havia algo naquela mulher, no modo como ela falava, nas promessas que fazia com palavras simples, comuns, que o deixavam completamente desesperado por ela. Mas quando ela confessava seus sentimentos, com absoluta honestidade, surpresa e um toque de espanto em sua doce voz, como resistir? Como ele conseguiria desistir dela depois de ter conhecido cada centímetro daquela mulher? Como ele faria para se afastar, quando fosse a hora? *Cristo*. Em que tipo de confusão ele estava se metendo? Ele a soltou, colocando seus pés no chão, e ela resistiu à perda dele assim como o corpo de Duncan resistiu à perda dela.

"Espere", ela disse, inclinando-se para frente, seu lindo rosto agora na luz. "Não pare."

"Não tenho intenção de parar", ele disse a ela. A si mesmo. "Eu só quero esclarecer algumas coisas."

Ela franziu a testa.

"De quanta insinuação você precisa? Eu lhe fiz a proposta no Hyde Park. Fui buscar você no seu escritório vestida como..." Ela hesitou. "Bem, como o tipo de mulher que faz essas coisas."

Ocorreu a Duncan que ela se vestia assim com frequência.

"Eu não me importo com o que você veste."

"Mas pareceu que você gostou bastante das meias." As palavras saíram secas como areia.

Veio a lembrança da seda preta com detalhes brancos, e o que deveria ser uma risada virou um resmungo.

"Eu gosto muito das meias."

Ela corou e ele ficou espantado com isso. Duncan se inclinou para frente até estar a alguns centímetros do rosto dela. De seus lábios.

"Eu me pergunto", ele sussurrou, "se outras partes do seu corpo ficam vermelhas quando você se envergonha."

"Eu não sei. Nunca olhei." O rubor aumentou.

"Bem, eu vou olhar. Com certeza."

"Em nome do jornalismo investigativo, sem dúvida."

Ele sorriu.

"Sou o melhor jornalista de Londres, meu amor. Não consigo restringir o trabalho ao escritório."

Ela retribuiu o sorriso por um longo momento, até a expressão se dissolver em seriedade. Georgiana olhou para suas mãos, pensativa.

"Você está me fazendo gostar de você", ela disse.

Ele a observou com cuidado.

"Você já não gosta de mim?"

"É claro que eu gosto de você", ela falou com suavidade. "Mas agora... você está me tentando com coisas que eu não posso ter."

Ele entendeu no mesmo instante o que ela queria dizer, e as palavras o banharam em uma onda de tristeza. Ele não era o homem certo para ela. Ele não podia lhe dar um título, não podia dar segurança para Caroline. Sua origem era um mistério. Sua criação foi nas ruas. Ela sabia disso tudo, mas ainda não sabia da verdade. Ela não sabia que Duncan não era o que parecia. Ele não era o que afirmava ser. Ela não sabia que ele a havia usado e manipulado para ter acesso aos segredos de Tremley. Ela não sabia que ele era um criminoso. Um ladrão. Destinado à prisão ou coisa pior, se fosse descoberto. *Quando fosse descoberto.* Porque não importava o quão cuidadoso ele fosse, não importava o quão bem ele pudesse ameaçar Tremley, enquanto o conde respirasse, ele corria perigo. Assim como todo mundo que ele amava. Então, mesmo que ela não estivesse à caça de um título, ele não podia ser o homem que ela queria. E com certeza ele não podia ser o homem que ela precisava. Mas ele podia ser o homem dela pelo menos naquele instante. Por um momento breve e fugaz, antes que os dois precisassem retornar à realidade.

Ele estendeu os braços até ela, levantando-a do assento, adorando o gritinho de surpresa que ela soltou quando ele a puxou para seu colo, montando-o, com as saias de seda e anáguas caindo ao redor dos dois. Naquela posição, ela ficou vários centímetros mais alta do que ele, e Duncan adorou o modo como ela olhava para baixo, para ele, com algo parecido com uma promessa em seu lindo olhar âmbar.

"Você pode ter tudo esta noite", ele disse, a voz rouca de desejo, rascante, desconhecida para si próprio. "Cada pedaço de mim. Tudo que quiser."

Ela se reclinou, e a curva de seu traseiro pressionou as coxas dele, fazendo sua mente cheia de malícias ter ideias maravilhosas, imorais.

Georgiana começou a abaixar as luvas por seus braços.

"Eu quero sentir você", ela disse.

Não eram ideias, eram planos.

"Eu quero tocar você", ela acrescentou. Uma extensão de seda preta se perdeu na escuridão do outro lado da carruagem e a mão dela alcançou o rosto dele, os dedos desceram pela face, pela mandíbula, inclinando o rosto dele para cima enquanto ela se abaixava, roçando com os lábios os lugares por onde seu toque passou. "Eu quero beijar você."

Se ela não o beijasse, Duncan iria enlouquecer. Ela o seduzia com palavras, toque e cheiro, e ele amava cada detalhe. Ele queria puxá-la para si, tomar seus lábios e arrancar aquela droga de peruca, erguer as saias e fazer amor com ela até que nenhum dos dois conseguisse lembrar de seus próprios nomes, e muito menos do acordo ridículo que tinham feito. Mas ele não se mexeu. E não se mexeria. Havia alguma coisa naquela mulher que negociava com desejo, pecado e sexo, alguma coisa no modo como ela olhava para ele, no modo como falava, no modo como tocava, que o fazia imaginar se alguma vez na vida ela tinha tomado o prazer em suas mãos. E então ele esperou que ela começasse. Ela o beijaria naquela noite, ou então não se beijariam. Era o momento dela. O prazer dela. O desejo dela. Depois que ele a levasse para sua casa, seria sua vez de lhe dar cada centímetro de prazer que pudesse. Mas naquele momento, era a vez dela.

Georgiana se inclinou, e ele pensou que ela iria beijá-lo. Mas no último instante ela recuou, fazendo Duncan pensar que ela havia inventado alguma nova e maravilhosa forma de tortura. Ele disse seu nome, que saiu como um palavrão no escuro.

"Duas semanas", ela disse.

"O quê?"

Ela sorriu.

"Eu acho que você está com problemas, meu senhor."

"Isso é o que acontece com um homem quando você o provoca."

Ela acariciou os cabelos de sua nuca, e cada centímetro de Duncan reagiu àquela sensação.

"Duas semanas. E nada mais. Nada que possa nos causar problemas. Duas semanas e nós terminamos."

O fato de ele ter pensado quase a mesma coisa poucos minutos atrás não o impediu de ficar irritado por ela querer estabelecer regras para o acordo. Ele concordou, mesmo assim.

"Duas semanas. Agora me beije, droga."

E foi o que ela fez. Ela nunca tinha beijado um homem. Oh, ela foi beijada, claro. Em várias ocasiões, desejadas e indesejadas. Ela foi beijada por esse mesmo homem, e a experiência foi magnífica. Mas ela nunca tinha tomado controle de um momento como aquele e beijado um homem. Nem mesmo com Jonathan, quando a juventude e a loucura deveriam ter estimulado sua ousadia. O prazer inebriante da experiência não era algo que ela esqueceria. Georgiana adorou o modo como ele a deixou dominá-lo, o modo como ele se recostou no assento, as mãos em seus quadris apenas para firmá-la caso a carruagem mudasse de curso inesperadamente. O modo como ele a deixou conduzir a carícia, primeiro com as mãos e depois com os lábios. E ela adorou a sensação do corpo dele contra o seu, duro e firme, com todo aquele calor entre eles. Ele não a tocou, e Georgiana ao mesmo tempo detestou e amou isso. Ela queria explorar. Ela queria provocá-lo. E tocá-lo. E fazer seu melhor para seduzi-lo, pois durante todos os anos em que se vestiu de Anna, ela jamais tentou seduzir alguém. O que era algo que ele parecia fazer sem esforço. Sem nem mesmo tocá-la.

Ela encostou os lábios nele por um instante, procurando se orientar antes de colocar as mãos nos ombros dele e deixar sua língua sair para tocá-lo. Ele emitiu um rugido com a sensação, e ela ouviu o tremor tanto quanto o sentiu. Ele entreabriu os lábios e ela se aproximou. Testando seu poder. As mãos dele apertaram ainda mais os seus quadris, e o beijo ficou mais profundo, mais intenso. Ela virou a cabeça, encaixando-se nele com mais cuidado. O rugido virou gemido, e uma das mãos de Duncan se moveu, chegando ao lado do pescoço, aninhando a curva do maxilar, segurando-a para o beijo. Sua língua encontrou a dela, e Georgiana recuou com a sensação deliciosa. Por um instante Duncan pareceu perdido, e então ele a encarou e, com controle total, foi para frente, puxou-a para si e tomou o beijo. As mãos dele passearam por tudo – deslizando sobre pele e seda, até chegar ao cabelo. Ela se afastou.

"Espere", ela arfou, segurando as mãos dele, afastando-as de si. "A peruca, não. Ainda não."

"Eu quero tirar isso. Eu quero você", ele confessou.

"E eu também quero isso", ela disse. "mas se alguém vir..."

Tinha que ser Anna entrando na casa dele no meio da noite. Sozinha. Vestindo seda preta.

Ele concordou com um gemido e colocou as mãos nos quadris dela, puxando a seda, mudando-a de posição, fazendo os dois ficarem mais próximos.

"Este vestido tem tecido demais", ele rosnou enquanto a fazia descer e se erguia, procurando um encaixe melhor, duro e macio, balançando contra Georgiana uma, duas vezes, antes de morder o lábio inferior dela e tomar sua boca com lábios e língua.

Foi a vez de Georgiana gemer com o ataque do beijo dele – e foi um ataque, em meio a uma guerra de beijos longos, lentos, inebriantes, combinados com movimentos e promessas veladas que a deixavam quente, fria e desesperada por ele, tudo ao mesmo tempo. Ela ergueu a cabeça, querendo vê-lo. Compreender o momento, quando eles pareciam ser as únicas pessoas no mundo. Duncan abriu os olhos quando ficou sem ela.

"Eu não tinha planejado isto", ela sussurrou, os dedos tocando cada traço do rosto dele.

"A carruagem?", ele perguntou.

"O prazer", ela respondeu.

Ele parou e a observou com cuidado, e Georgiana quase fechou os olhos, com medo do que ele poderia encontrar.

"Isso é interessante, pois seu prazer é tudo o que eu tinha planejado."

Ele tocou os lados do corpo dela, enviando ondas daquele prazer prometido por toda ela, dos ombros aos quadris e até o lugar em que seu corpete parecia apertado demais, desesperado para ser solto. Desesperado pelo toque dele. Ele atendeu ao desejo dela, passando os polegares pelas pontas dos seios, endurecidos por baixo da seda. Ela jogou a cabeça para trás com a sensação, e ele se inclinou para passar os dentes pela clavícula nua. Passeando pelo osso elevado com o calor úmido da língua.

"Pare", ela sussurrou.

Ele parou no mesmo instante, afastando-se dela. A surpresa tomou Georgiana. A disposição dele para parar foi inesperada. Duncan olhou para ela.

"Alguma coisa errada?"

Sim. Mas não foi o que ele pensou. Estava tudo errado – tudo mesmo – porque a sensação era muito boa. Porque isso a fez pensar, por um instante fugaz, em tudo que perdeu durante todos esses anos. *Quem* ela perdeu. Isso a fez se questionar demais. Tudo. Ela sacudiu a cabeça.

"Não", ela mentiu. "Beije-me de novo."

Mas ele não pôde, porque no momento em que ela falou, a carruagem desacelerou. Ele se debruçou sobre ela, colocando um beijo demorado na borda do vestido, onde ela se esforçava para respirar.

"Diga que chegamos na minha casa", ele pediu.

Ela riu do desespero em sua voz, porque era parecido com o dela. Georgiana saiu de cima dele, desejando não ter que sair. Desejando ficar ali para sempre.

"Chegamos. Imaginei que seria melhor aqui do que no clube."

Ele se inclinou para ajudá-la a arrumar as saias, e ela adorou como os dedos dele pararam na curva de seu joelho, bem na curva da sua perna.

"Imaginou bem. E não quero que nossos encontros sejam no clube."

"Por que não?", ela perguntou enquanto levantava um pé e recolocava o sapato.

"Eu não quero ser visto com você lá."

Aquilo magoou.

"Mas pode dormir comigo?"

Ele parou e seu olhar procurou o dela, quente e ameaçador.

"Primeiro, entenda que não quero você lá. Eu quero você longe daquele lugar. Longe de escândalos, pecados e vícios. Eu quero ser o único canalha ao seu lado. Segundo...", ele ergueu o outro pé dela, acariciando o arco com os dedos antes de recolocar o outro sapato. "...eu lhe garanto que ninguém vai dormir."

Aquilo fez um fio de prazer arrepiar o corpo dela, com a mesma intensidade se ela estivesse deitada, nua, e ele tivesse sussurrado em sua pele.

Ele pousou o pé dela no piso da carruagem com delicadeza.

"Leve-me para dentro", ela pediu.

Os dentes brancos dele apareceram em um sorriso.

"Com prazer."

Capítulo Treze

Realmente, existem poucas estrelas na galáxia desta temporada cujo brilho consegue chegar à metade do resplendor da nossa bela Lady G. Ela se torna cada vez mais querida nos eventos públicos e não temos dúvida de que os solteiros casadouros da Sociedade a querem para eventos que acontecem apenas em igrejas. Quanto a Lorde L, contudo, parece que a amizade vai se estreitando...

...Nos tristes cantos dos salões de festas encontramos a pobre ovelhinha perdida, Lady S, que já fez parte das Lindas Malvadas da Sociedade e agora se encontra exilada por erros que não podemos imaginar. Temos grandes esperanças para sua restauração, contudo, pois ela foi vista dançando com o Marquês de E...

As páginas de fofocas de A Semana Corrente, 1º de maio de 1833.

A casa dele era imensa, enfeitada e linda, cada espaço decorado de acordo com as tendências mais recentes da moda. Georgiana estava no saguão de mármore e se virou lentamente, olhando para o teto alto e a grande escadaria curva que levava aos andares superiores da casa.

"É linda", ela disse, virando-se para ele. "Nunca vi uma casa projetada com tanta perfeição."

Ele se encostou em uma coluna de mármore, com braços cruzados, e o olhar focado nela.

"Mantém a chuva lá fora."

Ela riu.

"Faz muito mais do que isso."

"É uma casa."

"Quero conhecer a casa."

Ele apontou para as portas na extremidade do saguão.

"Sala de visitas, sala de visitas, sala de almoço." Depois, ele indicou as portas atrás dela. "Sala de estar da Cynthia, outra sala de visitas." Ele fez uma pausa. "Eu não sei direito por que precisamos de tantas." Ele indicou um corredor comprido que levava à parte de trás da casa. "As cozinhas e a piscina são daquele lado. A sala de jantar e o salão de festas são no andar de cima." Ele voltou sua atenção para ela. "Os quartos são lindos, merecem uma inspeção pessoal."

Ela riu com a impaciência dele.

"Piscina?"

"Isso mesmo."

"Você deve saber que uma piscina não é algo muito comum em uma casa da cidade."

"Não é algo comum em Londres", ele disse, erguendo um ombro. "Mas eu gosto de ficar limpo, então ela é extremamente útil."

"Vários homens gostam de limpeza. Eles tomam banho."

Ele ergueu a sobrancelha.

"Eu também tomo banho."

"Eu gostaria de ver."

"Você gostaria de me ver tomando banho?" Ele pareceu empolgado com a ideia.

Ela riu.

"Não. Eu gostaria de ver sua piscina."

Ele pensou em recusar – ela podia ver nos olhos dele. Afinal, um passeio pela casa não fazia parte da programação que eles haviam combinado para aquela noite. Mas ela se manteve firme até ele segurar sua mão – quente, grande e áspera devido a anos de trabalho – e a conduzir pela casa, atravessando o corredor escuro e as cozinhas. Ele ficou em frente à uma porta fechada e, ao colocar a mão na maçaneta, virou para encará-la. Então Duncan abriu a porta e sinalizou para que ela entrasse na sala mal iluminada.

Ela entrou, primeiro notando que a luz quase inexistente vinha de meia dúzia de lareiras na outra extremidade do salão, e depois notou que a sala estava extremamente quente.

"Fique aqui", ele disse baixo na sua orelha, passando por ela. "Vou acender as lâmpadas."

Ela ficou parada na escuridão abrasadora, observando enquanto ele encostava o fósforo na lamparina ao lado, o que criou uma pequena esfera de luz dourada no salão imenso. A luz estava na borda da piscina parada e sombria, que parecia chamá-la. Ela se moveu sem perceber, atraída pela água misteriosa, enquanto Duncan ia rodeando a piscina, acendendo mais lâmpadas, até o salão ficar todo à vista. Era magnífico. As paredes e o chão do ambiente eram revestidos pelo mais lindo mosaico azul e branco, formando algo que lembrava a união do céu com o mar. As lâmpadas descansavam sobre lindas colunas esculpidas em mármore, cada uma delas dentro de um globo dourado de vidro. Ela ergueu os olhos para onde o teto dava lugar ao que devia ser uma centena de painéis de vidro, revelando o céu de Londres – escuridão e estrelas. Ela podia ficar olhando para aquele teto para sempre. Sem falar da piscina, que refletia estrelas e lamparinas em sua água escura como vinho, igual aos mares de Odisseu. Ela procurou o olhar de Duncan, que estava a vários metros de distância ajustando o brilho de uma das lamparinas. Não, não Odisseu. Ele era Poseidon, deus daquele lugar, forte o bastante para dobrar a água se essa fosse a vontade.

"Isto é..." Ela fez uma pausa, sem saber como descrever o salão. O modo como a atraía. "...deslumbrante."

Ele se aproximou dela.

"Este é meu vício."

"Pensei que seu vício fosse o carteado."

Ele sacudiu a cabeça, estendendo as mãos para ela e afastando uma mecha preta de seu rosto.

"Aquilo é trabalho. Isto é diversão."

Diversão. A palavra os envolveu, uma promessa na escuridão. Georgiana ficou imaginando há quanto tempo não pensava nisso. Há quanto tempo não tinha isso. Imaginou se ele lhe daria diversão.

"Parece uma diversão maravilhosa." Ela sorriu para ele.

"Diversão maravilhosa", ele repetiu, recusando-se a tirar os olhos dela. "Parece mesmo isso."

Ela pensava que o ambiente não podia ficar mais quente, mas ficou.

"São tantas lareiras."

Ele olhou por cima do ombro, na direção da parede de lareiras.

"Eu gosto de nadar o ano todo, e a água esfria, se não tiver todo esse fogo."

A sala toda, a experiência toda, devia ter lhe custado uma fortuna – o aquecimento, as lâmpadas, a extravagância. O Anjo se orgulhava de ter meia dúzia de salas grandes, absolutamente desnecessárias, criadas apenas para cuidar dos caprichos dos membros, mas não havia nada como aquilo no clube. Aliás, não havia nada como aquilo em toda Londres.

"Por quê?" Ela olhou para ele.

"Eu já lhe disse. Gosto de nadar." Ele observava a água, escura e convidativa.

Ele não tinha dito isso. Ele disse que gostava de ficar limpo.

"Há outras maneiras de nadar."

"É melhor à noite", ele disse, ignorando o questionamento. "Quando não existe nada além de água e estrelas. A maioria das vezes eu não acendo as lâmpadas."

"Você *sente* o caminho", ela disse.

Ele desceu a mão pelo braço dela e lhe pegou a mão.

"As sensações são subestimadas." Ele a puxou para perto e a abraçou pela cintura. Ele a beijou com paixão e intensidade, e ela não soube se foi o calor da sala ou a carícia que embotou seu raciocínio.

Não, ela sabia. Foi a carícia. Ele se afastou.

"Você sabe?"

Ela precisou de um momento para entender.

"Sei."

Ele a observou por um bom tempo, como se avaliasse a resposta que Georgiana daria para sua pergunta inevitável. Como se avaliasse se deveria arriscar que ela respondesse não. Como se ela pudesse dizer não.

"Gostaria de nadar, minha lady?"

O honorífico a envolveu, doce e cheio de promessas. Quanto isso a tentou? Quanto isso fez com que ela desejasse, por um instante, que naquela noite ela fosse a lady dele? *Mais do que deveria.*

"Esta noite está saindo muito diferente do que eu esperava", ela disse.

"Do que eu também." Ele a beijou, breve e firme. "Tire a droga da peruca."

As mãos dela começaram a obedecer quando ele se afastou, na direção da parede de lareiras, onde se agachou para atiçar as chamas da primeira, depois da seguinte. Depois de atender ao pedido dele, Georgiana calculou que ele demoraria vários minutos para avivar o fogo de cada uma das seis lareiras, então ela sentou e retirou os sapatos, as meias e os calções, pondo tudo cuidadosamente de lado, até que tudo que restava era o vestido. Esse vestido tinha sido modelado para Anna, não Georgiana, e não precisava de uma camareira para ser tirado. Ele era estruturado com fechos e laços ocultos, além de um espartilho interno, tudo projetado para que fosse vestido e tirado com facilidade. Ela imaginou se a costureira que havia realizado aquele feito de engenharia de moda teria imaginado aquele momento em particular, em que seu vestido terminaria ao lado de uma piscina. Se tudo corresse bem.

Ele se virou da última lareira, encarando-a através do salão imenso, e Georgiana se levantou, observando enquanto ele voltava para ela, concentrado nela, caçando-a. Ela reparou nos pés descalços dele, e percebeu que Duncan havia tirado um momento para se livrar dos sapatos enquanto atiçava o fogo. Ele retirou o paletó enquanto se aproximava, jogando-o de lado antes de se dedicar a soltar a gravata, desfazendo o nó do longo tecido estreito, que deixou cair no caminho. Ele não tirava o olhar dela, e Georgiana se sentiu como uma presa. Nenhuma presa jamais quis tanto ser pega. Ele a alcançou enquanto tirava a camisa de dentro das calças, e ela pensou na facilidade com que ele se despia.

"Você já recebeu alguém aqui?" A pergunta saiu antes que ela pudesse se segurar, e ela rogou a Deus que tivesse se segurado. Aquela noite não significava nada. Não era para sempre, era para o momento. Então ela não devia se importar se outras mulheres tinham estado ali. Naquele salão magnífico, extravagante, ridículo.

"Nunca", ele respondeu, e o prazer que veio com aquela palavra, com a certeza de que ele dizia a verdade, foi súbito.

Ele tirou a camisa, puxando-a sobre a cabeça, revelando um tronco definido, trabalhado. A sua boca ficou seca. Nenhum homem, a não ser nas esculturas clássicas, podia ter aquela aparência. Nenhum homem, a não ser nas esculturas clássicas, *tinha* aquela aparência. Posseidon apareceu de novo, e ela afastou o pensamento tolo. Mas ela não parou de olhar. Até as mãos dele alcançarem o fecho das calças, onde seus dedos começaram a trabalhar com os botões, e então ela não conseguiu mais olhar. Seu olhar procurou o rosto dele, que mostrava entendimento, como se estivesse dentro da cabeça dela. Como se ele soubesse que ela o comparava mentalmente a Posseidon. Ele era um homem difícil de aguentar.

"Você está usando roupas demais."

Georgiana não queria ter ficado constrangida. Ela havia concordado com esse momento, não? Com essa noite? E ela era Anna, não era? Experiente em tudo. De todas as maneiras que uma mulher deve ser. Não importava que isso fosse uma leve invenção. Tudo bem, uma grande invenção. Ela estava com o vestido de Anna, e é a roupa que faz o homem, certo? No caso de Duncan West, parecia que a roupa lhe fazia um desserviço, mas esse não era o ponto. Ela inspirou fundo e reuniu coragem, deixando o vestido cair, expondo tudo para ele. Mais tarde, quando não estivesse tão envergonhada, ela riria da lembrança da reação dele – chocado até a alma por ela ter conseguido se despir sem ajuda e parecendo ter levado um golpe firme e grave na cabeça. Mas a capacidade de rir naquele momento estava muito distante dela. Sua cabeça estava ocupada demais com o constrangimento e o nervosismo. E a consciência de todas aquelas partes de formatos estranhos que ela normalmente escondia debaixo de camadas de seda. E a combinação aguda, perturbadora, de desejo e terror.

Então Georgiana fez o que qualquer mulher nua que se respeite faria na mesma situação. Ela se virou e mergulhou na piscina escura. Emergiu alguns metros distante da borda, maravilhada com a temperatura da água, que parecia um banho refrescante de verão. Ela se virou para o lugar em que tinha entrado, e o encontrou lá, olhando para ela, com as mãos na cintura. Nu. Ela tentou não olhar. Tentou mesmo. Mas era muito difícil tirar os olhos dele. Georgiana nadou de costas, grata à luz tênue. Ao fato de que ele não poderia ter certeza de que ela o encarava daquele modo direto, perturbador.

"A água está boa?"

Ela engoliu em seco e lutou com o constrangimento enquanto continuava a se afastar dele.

"Muito", ela respondeu.

"Se você quiser nadar", ele disse, "nade agora."

Era algo estranho de se dizer, pois aquela era uma piscina, e ela já estava nadando.

"Por quê?"

"Porque depois que eu pegar você, nadar vai ser a última coisa em que vai pensar."

As palavras a atingiram como um relâmpago, intensificado pela sensação da água em todo seu corpo, em lugares que não deveriam estar expostos naquele lugar maravilhoso. Ela esperou um instante, olhando para ele, assimilando sua beleza e todos os seus músculos. Perfeição forjada ali, naquela água. *Onde ele a possuiria*. Esse pensamento lhe deu ousadia, e ela parou de se afastar.

"Acho que perdi a vontade de nadar."

Ele mergulhou na água antes que ela terminasse a frase, e o coração dela acelerou enquanto esperava que ele emergisse. O silêncio que se seguiu ao mergulho dele a fez tremer de expectativa. Ela observava a superfície da água, preta como tinta, imaginando onde ele iria aparecer. E então ela o sentiu, seus dedos roçando sua barriga, seguidos pelas mãos que deslizaram para os lados. Ela ficou sem fôlego com o toque enquanto ele subia, a centímetros dela. Posseidon levantando-se do mar. Para sua surpresa, ela pôs as mãos nos ombros dele, e Duncan aproveitou a oportunidade para puxá-la ao seu encontro, com seus braços firmes como aço em volta da cintura dela, enroscando suas pernas às dela. Ela sentiu seu membro duro e quente em sua barriga.

"Estou muito grato", ele sussurrou em sua orelha, as palavras eram mais respiração do que som, fazendo um arrepio de expectativa percorrer seu corpo, "a quem quer que tenha ensinado você a nadar."

Ela não precisou pensar em uma resposta adequada, porque ele já a estava beijando, levantando-a sem esforço na água, as mãos abertas envolvendo seu traseiro, para puxá-la para mais perto, para fazê-los se encontrar naquele lugar escuro e secreto onde combinavam tão bem. Ele gemeu com a sensação, e ela suspirou sua resposta enquanto ele a levava para a borda da piscina. *Estava chegando a hora*, ela pensou. Era o que ela queria, desesperadamente, e ele iria lhe dar. Fazia muitos anos desde a última vez em que ela esteve tão perto de outra pessoa, de um homem. Uma vida toda.

Na borda da piscina, ele abriu os braços de Georgiana, apoiando as mãos dela no lindo mosaico de ladrilhos, mantendo-a na superfície da água. O rosto de Duncan estava alaranjado devido às lareiras atrás dela, o fogo pareceu queimar como o sol quando ele deslizou as mãos pela extensão dos braços dela, beijando seu pescoço e a pele nua dos ombros e do peito.

"Você não me deixa olhar", ele sussurrou ali, logo acima do lugar em que a água batia nela, provocando os bicos dos seios, duros e doloridos por ele. "Você me deixou excitado e fugiu."

"Não parece que estou fugindo", ela disse. Ele soltou uma das mãos dela e segurou um seio, erguendo-o acima da água e passando o polegar pela ponta endurecida.

"Não", ele disse. "Mas aqui estamos nós outra vez, na escuridão. E, outra vez, eu não consigo ver você. Não consigo ver isto."

"Por favor", ela suspirou enquanto o polegar dele acariciava seu mamilo. Ele a estava matando.

"Por favor o quê?", ele perguntou, beijando suavemente em volta do mamilo.

"Você sabe o quê", ela respondeu, e ele riu.

"Eu sei, e confesso que estou feliz por nos encontrarmos aqui, a sós, porque finalmente vou poder sentir seu gosto e não tem ninguém para me impedir."

Ele baixou a boca e a tomou, e sua alma quase saiu de seu corpo com a sensação, o modo como ele lambia, chupava e mandava ondas de prazer através de sua pele, ondas que se acumulavam em dezenas de lugares que ela havia esquecido que existiam. Ela moveu o braço para agarrar a cabeça dele e perdeu o equilíbrio na água. Duncan a pegou sem esforço, mas ela voltou a mão para a borda da piscina, sem saber o que mais podia fazer. Sem saber o que dizer.

"Meu Deus, não pare", foi só o que ela conseguiu dizer entre gemidos.

E ele não parou, dedicando-se primeiro a um seio e depois ao outro, até ela pensar que poderia morrer ali, afogada naquele lugar maravilhoso, naquela onda de desejo que sentia por ele. Quando Duncan levantou a cabeça, depois do que pareceu ao mesmo tempo uma eternidade e um instante, Georgiana sussurrava seu nome, ansiosa por qualquer coisa que ele quisesse lhe dar. Ele tomou os lábios dela, capturando seus suspiros, e a puxou para perto outra vez, encostando todo seu corpo no dela, e não restou espaço entre eles para a água que os embalava, no ritmo das contrações dela. Quando ele terminou o beijo, ela colocou as mãos nos ombros dele e o empurrou, ansiosa por algo que a ajudasse a recuperar seu poder. A se recuperar. Duncan lhe deu um espaço infinitesimal, como se entendesse o que ela queria e soubesse, também, que ela odiaria se ele se afastasse mais. E foi o que aconteceu. Porque ela simplesmente o queria de novo.

Georgiana inspirou fundo. Mais uma vez. À procura de algo para dizer, algo que o afastasse ao mesmo tempo que o manteria perto, ela se conformou com:

"Por que uma piscina?"

Ele ficou imóvel, mas se recuperou rapidamente da surpresa.

"Você não gostaria de saber", ele respondeu, palavras roucas e sombrias excitando-a.

Ele segurou uma longa mecha de cabelo molhado no ombro dela, e brincou com os fios com o polegar e o indicador.

"Eu não era uma criança limpa."

Ela sorriu ao imaginar Duncan, um garoto loiro com olhos travessos e mais inteligente do que sua idade sugeriria.

"Poucas crianças são."

Ele não retribuiu o sorriso. Não procurou seu olhar.

"Eu não era sujo por brincar." Ele falou encostado no cabelo dela, palavras sem emoção. "Eu fazia todo tipo de trabalho. Assentava tijolos, passava piche nas ruas, limpava chaminés."

Ela congelou ao ouvir aquilo. Nenhum desses trabalhos era adequado para crianças, mas limpar chaminés... Fazer garotinhos – quanto menores, melhor – subirem em chaminés para limpá-las era um trabalho perigoso, desumano. Ele não podia ter mais do que três ou quatro anos quando era um candidato ideal a essa tortura.

"Duncan", ela sussurrou, mas ele não pareceu ouvi-la.

"Não era tão ruim. Só quando estava quente e a chaminé era muito apertada. Havia outro garoto, meu amigo..." A voz dele foi sumindo, e ele sacudiu a cabeça, como se tentando banir uma lembrança. Milhares delas, Georgiana acreditou, cada uma mais horrível que a outra. "Eu tive sorte."

Nenhuma criança vivendo desse modo poderia dizer que teve sorte.

"Você morava em Londres?" Só podia ser. Em um orfanato, sem dúvida forçado a sofrer naquela cidade grande, que não parava de crescer.

Ele não respondeu.

"De qualquer modo, não me deixavam tomar banho depois, já que eu teria que me sujar de novo no dia seguinte. Nas poucas vezes em que me permitiam um banho, eu era sempre o último. A água estava sempre fria. E nunca limpa."

As lágrimas afloraram, quentes e espontâneas, e ela se sentiu grata pelas lareiras estarem às suas costas, pois assim escondiam seu rosto dos olhos dele. Ela esticou os braços para ele, passando um ao redor do pescoço de Duncan, enfiando os dedos naquele lindo cabelo loiro, brilhante, macio e limpo.

"Nunca mais", ela sussurrou junto à orelha dele. "Nunca mais", ela repetiu, querendo envolvê-lo com seu corpo.

Querendo protegê-lo. Proteger o menino que ele foi. O homem que se tornou. *Bom Deus*. O que ela estava sentindo... *Não*. Ela se recusava a pensar nisso. E, com certeza, não iria admitir. Ele a pegou e Georgiana notou a surpresa no rosto dele, como se Duncan tivesse acabado de se lembrar que ela estava ali.

"Nunca mais", ele concordou. "Agora eu tenho cem metros quadrados de água limpa. Limpa, quente e maravilhosa."

Ela queria perguntar mais. Conseguir mais lembranças. Mas ela sabia, melhor do que ninguém, que quando Duncan West acabava de falar, ele realmente não falava mais. Então Georgiana encontrou uma alternativa, beijá-lo, e o fez deslizando seus dedos pelo ombro dele, descendo pelo braço até onde aquelas mãos fortes a mantinham encostada nele. Ela queria tocar nele, em cada centímetro dele. Ela queria tocar alguns centímetros muito específicos dele. E tinha quase reunido a coragem necessária quando Duncan a tirou da água, colocando-a sentada na borda da piscina. A água escorreu pelo corpo dela, por suas curvas e reentrâncias, e ela resistiu àquela posição, acima dele.

"Espere", ela começou a dizer, mas ele a interrompeu com um beijo ardente em um de seus joelhos.

"Mas não é na piscina que estou interessado esta noite", ele sussurrou encostado na pele dela, e deslizou uma mão entre suas coxas, abrindo-as o bastante para beijar o lado de dentro do joelho. "É em outra coisa."

Havia certa urgência nas palavras dele, como se tocá-la, beijá-la, amá-la pudesse apagar seu passado. A conversa sobre ele. E talvez pudesse. *Nessa noite*. Ele acariciou-a com os dedos outra vez, provocando-a até ela se abrir mais, até haver espaço para beijar o lado interno da coxa dela, por onde deslizou a língua, que deixou um rastro de fogo.

"Outra coisa", ele repetiu, seguindo um caminho sensual e imoral por sua perna, obrigando Georgiana a se abrir, um beijo devastador de cada vez. "Outra coisa que também é tão quente quanto a piscina."

As palavras fizeram Georgiana ficar arrepiada, e ela fechou os olhos, tentando afastar a imagem de um Duncan pecaminoso e envolvente entre suas coxas.

"Outra coisa tão maravilhosa quanto."

Ela estava perdendo o equilíbrio, e se inclinou para trás, apoiando-se nas mãos, sem saber o que fazer. Sem saber se queria aquilo. E, ao mesmo tempo, absolutamente certa de que queria. Aqueles dedos impetuosos se mexeram de novo, mas não tiveram que fazer força. Georgiana se abriu para ele, permitindo-lhe acesso, mesmo com a promessa de devastação. Ele havia lhe dito que estava no controle, o que era verdade. Georgiana se abriu toda para ele, cujos dedos brincavam nos pelos escuros que cobriam o recanto mais secreto dela. Ele ergueu os olhos.

"Você está tão molhada quanto?"

As palavras ribombaram dentro dela, mais devastadoras do que o toque que as acompanhou quando ele abriu as delicadas dobras do seu sexo com uma suavidade infinita, inserindo um único dedo nela. Os dois gemeram juntos com o movimento, com a sensação que a transfixou.

"Mais", Duncan disse, a palavra carregada de admiração enquanto ele a tocava naquele lugar escuro e maravilhoso. "Eu vou provar seu sabor aqui", ele continuou. "Eu vou saborear e tocar você até que goze e seus gritos tomem conta desta sala, com a água e o céu como as únicas testemunhas."

As palavras a enfraqueceram ao mesmo tempo que lhe deram força, e Duncan deslizou uma mão até o seio dela, empurrando-a até o chão quente, onde ela ficou deitada, com as pernas penduradas na borda da piscina.

"Você é minha", ele afirmou, sombrio e imoral. "Minha lady."

Ela ardeu com o honorífico. Com a verdade que carregava.

"Eu sou", ela sussurrou. *Bom Deus, ela era.* Ela era dele de todas as formas que Duncan a quisesse. De qualquer forma.

E então ele a abriu e colocou a boca no cerne dela. Georgiana gritou com o prazer imenso, quase insuportável, que a língua dele lhe trouxe, acariciando, lambendo, sugando e fazendo todo tipo de coisas terríveis e magníficas. As mãos dela, que minutos antes Georgiana não sabia onde pôr, entrelaçaram-se no lindo cabelo loiro de Duncan enquanto ele movia a cabeça de encontro a ela, saboreando seu calor molhado com movimentos delirantes que ameaçavam roubar seu fôlego e sua sanidade. Ela gemeu diante da imensidão de prazer que ele lhe deu, e arqueou o corpo para aumentar o contato com Duncan, ousada, pedindo por mais antes mesmo de ele parar. Ela balançou os quadris na direção dele, adorando a sensação que ele produzia, os sons que emitia, o modo como ele a mantinha aberta, esparramada, e gemia "Minha lady" – essas palavras um sopro de prazer que a devastava.

Minha lady. Minha. Ela nunca mais sentiria algo assim. Nunca mais se entregaria de modo parecido com esse. E então ele chegou lá, no lugar inchado e sensível onde ela mais o queria, circulando, lambendo e chupando, fazendo o prazer crescer por toda ela até Georgiana não aguentar mais, crispando os dedos no cabelo dele e se movimentando violentamente contra ele. Em resposta, ele agarrou os quadris dela, segurando-a com firmeza enquanto o prazer dela se avolumava, e Georgiana exclamou repetidas vezes o nome dele na escuridão, até não ser mais um nome, mas uma bênção.

E então ela gritou, como ele prometeu, com nada à vista a não ser as estrelas acima – e o teto de vidro capturou o som e o devolveu em ecos que envolveram os dois, as duas únicas pessoas em Londres. No mundo. Ele continuou com ela enquanto Georgiana retornava ao momento presente, com os lábios macios na curva da coxa dela, sua língua descrevendo círculos, lentos e lânguidos, como se pudesse acalmar o pulso agitado dela. Georgiana abriu os olhos naquela sala deslumbrante, alaranjada pela luz do fogo atrás e dentro dela, e percebeu que não havia nada de ridículo naquele lugar – combinava com ele. Um templo glorioso para aquele homem que usava o prazer como poder. E talvez fosse mesmo poder. Era, com certeza, mais perigoso do que qualquer coisa que ela tinha enfrentado até o momento. Ele era demais. Mas não era suficiente. Ela nunca poderia tê-lo, mas de algum modo, naquele momento, Georgiana sabia que nunca deixaria de querê-lo. Ele a arruinaria, do mesmo modo que ela foi arruinada da última vez em que um homem a tocou. Ela ficou rígida com esse pensamento, e Duncan sentiu a mudança, erguendo os lábios.

"E aí está", ele disse, as palavras mais frias do que ela esperava. Mais frias do que ela gostaria. "A lembrança voltou."

Ela detestava o fato de ele a compreender com tanta facilidade. Georgiana sentou, tirando os pés da água e apertando os joelhos no peito. Envolvendo-se com seus próprios braços.

"Não sei o que você quer dizer."

Ele ergueu uma sobrancelha.

"Você sabe muito bem o que eu quero dizer. Se não soubesse, teria voltado para a piscina em vez de sair."

"Você não prefere a cama?" Ela sorriu.

"Não faça isso", ele disse. "Não a traga para cá. Agora, não."

"Quem?"

"Anna. Não me ofereça o sorriso falso dela, nem suas palavras, mais falsas ainda. Eu não..."

"Você não o quê?", ela perguntou, já que ele não concluiu a frase.

Ele praguejou em voz baixa e furiosa, e nadou de costas, distanciando-se dela. Daquele momento.

"Eu não sou o Chase. Eu não quero a Anna. Quero você."

"Nós somos uma só", ela disse.

"Não me insulte. Não minta para mim. Guarde suas mentiras para o seu dono." Ele cuspiu as palavras e Georgiana notou a raiva nelas. A mágoa.

Quando inventou Chase, anos atrás, ela não imaginou que teria de disputar um jogo tão difícil e delicado como esse que se desenrolava. Ela levantou e o acompanhou ao longo da piscina, até o lugar em que os dois entraram. Quando tinham começado aquela noite. O lugar para o qual não podiam voltar. Ele saiu da água e abriu um armário próximo. Duncan lhe ofereceu uma toalha grossa de algodão egípcio. Ela se enrolou no tecido enquanto procurava as palavras certas.

"Duncan, ele não é meu dono", foi o que ela conseguiu responder.

Georgiana não podia mais enxergar o rosto dele. As chamas estavam nas costas de Duncan dessa vez, quando cada palavra que ela falava era uma mentira. As palavras dele vieram dessa sombra grande e ameaçadora, a centímetros dela, e a frustração em sua voz era clara como cristal.

"É claro que ele é. Você faz as vontades dele. Ele lhe dá um pacote, você entrega. Ele manda você casar, e é o que faz."

"Não é bem assim."

"É exatamente assim. Ele próprio poderia ter casado com você. Ele poderia ter protegido Caroline. Chase é o homem mais poderoso de Londres. Ele poderia fazer qualquer uma dessas coisas. Mas não, ele prefere impor você a Langley."

Ela deveria contar a verdade.

"Aí está." Ele a pegou pelos braços, seu toque quente e maravilhoso, e a virou para a luz. "Agora mesmo. Diga-me *isso*. Diga-me o que estava pensando."

Ela sabia que suas palavras soariam tolas. Que acabariam com os dois. Mas resolveu dizê-las assim mesmo.

"Eu estava pensando que deveria lhe contar a verdade."

Ele ficou tenso.

"Você deve. Seja o que for, eu posso te ajudar."

Parecia tão simples contar a verdade toda para ele. Que ela era Chase. Que ela havia protegido essa identidade, sem hesitação, por todos esses anos, por causa de Caroline. Porque Caroline precisaria de algo mais um dia, algo como um nome perfeito, imaculado, que a ajudaria a ter a vida que queria. A vida que merecia. Seria fácil dizer isso para ele. Ele usava o poder da mesma forma que ela, e conseguiria enxergar a ameaça que a identidade secreta constituía para a vida dela. Para a de Caroline. Para o Anjo. Para todo seu mundo. Mas Duncan era perigoso demais. Era o tipo de pessoa cuja até mesmo a respiração era uma ameaça para ela. Não porque ele ganhava a vida com segredos, mas porque uma vez que soubesse da verdade, ele teria Georgiana nas mãos – e seus segredos, seu nome, seu mundo, seu coração. Não importava que Duncan a tivesse feito querer confiar nele. Não importava que Duncan a tivesse feito querer amá-lo. Ela tinha sido traída pelo amor – por sua imperfeição fugaz, por seus danos permanentes. Ela não podia confiar no amor. E a ameaça do amor a impedia de confiar nele. Havia coisas demais na balança, e Duncan West não lhe devia o bastante para que os segredos dos dois ficassem em equilíbrio. Ele tinha muitos segredos, tantos que ela própria não conhecia. E esse era o jogo deles, segredo por segredo. *Uma coisa pela outra*. E assim ela não contou a verdade para ele. Ela escolheu se lembrar que mais do que segurança, honra e respeito, ela precisava de alguém que não fosse vasculhar seus segredos. Ela precisava de alguém em quem nunca confiaria. Alguém que nunca amaria. E se essa noite não a ensinou mais nada, ela aprendeu que podia amar Duncan West. E o amor trazia apenas ruína.

"Maldição, Georgiana, eu quero você fora do controle dele."

Ela, que construiu um império baseado em mentiras, começava a odiar as mentiras que era obrigada a contar para protegê-lo. Para se proteger. Para proteger o Anjo. Para proteger Caroline. Ela meneou a cabeça.

"Eu já lhe disse, meu arranjo com Chase está... diferente, agora."

"E quanto ao nosso arranjo? Meu e seu?"

Ela olhou para a piscina.

"Nosso arranjo também está diferente."

"Diferente como?"

Diferente na medida que ela não esperava querer tanto Duncan. Ela não esperava amá-lo.

"Mais complicado."

Ele riu sem achar graça.

"Complicado é a palavra certa." Ele se afastou dela, e Georgiana o observou, incapaz de tirar seus olhos da beleza dele, dourado à luz do fogo, a toalha enrolada ao redor dos quadris. Até que ele se virou, passando os dedos pelo cabelo lindo.

"E se eu pagar por tudo? Sua casa na cidade? Sua vida? Cristo, diga para mim qual o poder que ele tem sobre você. Eu posso dar um jeito. Eu posso tornar Caroline uma queridinha da Sociedade. Eu posso lhe dar a vida que você quer."

Aquela era a oferta mais tentadora que ela já tinha ouvido. Melhor que dezenas de milhares de libra na roleta. Melhor que cem mil libras contra Temple no ringue. Era perfeita. E ela não queria outra coisa na vida que não aceitar.

"Deixe-me ajudar você a começar uma nova vida. Uma vida sem ele."

Se ela fosse outra mulher, alguém mais simples, ela o deixaria fazer exatamente isso. Se ela fosse apenas Lady Georgiana Pearson, iria simplesmente se jogar nos braços dele e deixar que ele cuidasse dela. Deixaria que ele consertasse todo o estrago que ela provocou. Ela aceitaria a ajuda que ele prometia e começaria uma vida nova. Como uma pessoa nova. Diabos! Ela poderia até mesmo lhe implorar que se casasse com ela, na esperança de que a companhia dele lhe permitisse viver o resto de seus dias na felicidade que lhe foi prometida tanto tempo atrás. Mas todas as promessas eram fantasias. E ela não era essa mulher. Ela era Chase. E sua vida real, a vida que ela construiu para si mesma, as escolhas que fez, o caminho que trilhou...

Nada disso a conduzia até ele. E ela acabaria com as ilusões dos dois de que poderia conduzir. Ela o encarou.

"Você não pode me dar o título." Ele abriu a boca para responder, mas ela o impediu. "O título, Duncan. É o título que importa."

Por um instante ela enxergou tudo no olhar dele, toda a verdade, frustração e tristeza que ela sentia, sentimentos espelhados nos lindos olhos dele. E então eles sumiram, substituídos por um autocontrole sereno.

"Então você tem sorte, minha lady, que Chase tenha pagado o preço. Meus jornais estão à sua disposição. Você terá seu título."

Ela quis tocá-lo. Implorar-lhe que cumprisse sua parte no acordo que tinham feito. Georgiana queria aquelas duas semanas. Talvez duas semanas com ele fossem suficientes para que ela sobrevivesse a uma vida inteira sem ele. Ela não conseguiu evitar de perguntar.

"E esta noite?"

E o toque dele? E suas promessas? *E quanto ao controle dele?*

Acontece que ele continuava no controle.

"Vista-se", ele disse, terminando a noite. Ela estava dispensada. Ele já se afastava, a caminho na porta. "Vista-se e vá embora."

Capítulo Catorze

A favorita desta estação continua a conquistar seus pares com encanto sincero e beleza incontestável. A Lady foi vista esta semana no ateliê da modista Mme. H, comprando vestidos de seda clara com decotes altos, perfeitos. Ela é o recato encarnado...

...É com absoluta alegria que reportamos a presença de Lorde e Lady N na cidade para a Temporada, uma mudança inesperada para um casal que raramente sai de sua propriedade no campo. A lady foi vista em diversas lojas da Rua Bond, aparentemente comprando roupas para recém-nascidos. Talvez o inverno traga para Lorde N um filho há tanto esperado, agora que ele está cheio de filhas?

Notícias de Londres, 2 de maio de 1833.

Na manhã seguinte, Duncan entregou seu cartão para o mordomo na Casa Tremley às nove e meia, apenas para ouvir que o conde não estava. Infelizmente, o mordomo na Casa Tremley não havia sido alertado que Duncan West estava cansado de ser esnobado por aristocratas.

"O conde está", disse Duncan.

"Sinto muito, meu senhor", disse o mordomo, tentando fechar a porta. Mas Duncan colocou o pé no batente, evitando ser dispensado.

"O estranho é que você não parece estar sentindo." Ele segurou a porta com uma mão e a empurrou com firmeza. "Eu vou ficar aqui o dia todo. Sabe, eu tenho que manter minha reputação."

O mordomo decidiu que era melhor deixar Duncan entrar e não travar uma batalha na soleira, onde qualquer um que andasse em Mayfair poderia vê-los. Ele abriu a porta.

Duncan arqueou uma sobrancelha.

"Homem inteligente." O mordomo abriu a boca, sem dúvida para garantir a Duncan que o conde de fato não estava em casa. "Ele está e vai me receber." Duncan tirou o casaco e o chapéu, colocando tudo nas mãos do criado. "Você vai chamá-lo? Ou preciso encontrá-lo eu mesmo?"

O mordomo desapareceu e Duncan ficou esperando no grande saguão da Casa Tremley, sem se sentir tão satisfeito como deveria. Ele deveria estar exultante, agora que finalmente, finalmente, possuía algo que poderia livrá-lo do jugo das ameaças e chantagens de Tremley. Esse era o dia em que Duncan West mostraria suas cartas e venceria. E então, depois de dezoito anos de sofrimento, ele poderia parar de fugir. Parar de se esconder. Ele poderia viver sua vida. Possivelmente. Ele deveria estar comemorando sua vitória. Em vez disso, continuava pensando na derrota da noite anterior. Ele pensava em Georgiana, nua diante dele, coberta pelo brilho dourado de suas lareiras, na borda de sua posse mais valiosa – seu lugar mais amado, no rastro da demonstração de um prazer que ele nunca tinha visto. Ele pensava no modo como ela havia se fechado, resistido às suas promessas e ajuda, mesmo ansiando por seu toque. Ele pensava na rejeição dela. Ele nunca tinha oferecido para ninguém o que ofereceu a ela naquele salão escuro. Nunca ofereceu sua proteção. Seu dinheiro. Seu apoio. *Ele próprio.*

Ele se virou e caminhou até a outra extremidade do saguão. Cristo. Ele havia contado seus segredos para ela. Ele nunca contou para ninguém sobre sua infância. Sobre sua obsessão com limpeza. Sobre seu passado... Quando ela perguntou onde ele passou a infância, Duncan quase lhe contou. Ele quase revelou tudo... na esperança de que sua honestidade destravasse a dela. Faria bem a ela confiar nele. Contar-lhe a verdade sobre si mesma. Sobre seu passado. Sobre seus erros. *Sobre Chase.* Mas Duncan não revelou tudo para ela. Graças a Deus. Porque ela não queria as verdades dele. Ela não o queria. *Eu estava pensando que deveria lhe contar a verdade.* As palavras que ela lhe disse na noite anterior ecoaram nele como se Georgiana estivesse ao seu lado. Ela deveria ter lhe contado a verdade. Ele poderia ajudá-la. Mas ela não contou. Georgiana rejeitou sua ajuda. *Ela o rejeitou.* Ela preferiu o que ele podia fazer por ela. Os jornais. A fofoca. A reputação restaurada e o título que viria com isso. E enquanto ainda pensava naquilo, ele percebeu que ela estava certa. Porque as verdades dele não mudavam nada. Mesmo naquele momento em que se preparava para enfrentar o homem que o controlava há anos, enquanto se preparava para se libertar, Duncan continuava a não ser um bom partido. Mesmo naquele momento, em quer detinha poder e fortuna, ele não era mais do que um garoto nascido no nada, crescido no nada. Ele nunca seria suficiente para livrá-la do escândalo. Ele não tinha nada para lhe dar. Nem título. Nem nome. Nem passado. *Nem futuro.*

Ele era um instrumento para o objetivo dela. Então por que não aceitar o que ela lhe oferecia? Aquele arranjo pré-nupcial? Por que não deitá-la nua e fazer amor com ela em uma dúzia de lugares, de vinte modos diferentes? Ela não queria que ele bancasse seu salvador, ótimo. Ela não queria contar suas verdades, ótimo. Mas ela se ofereceu. Seu prazer. O prazer mútuo dos dois. Por que não aceitar o prazer e deixar todo o resto para lá? Porque ele nunca foi bom em deixar as coisas para lá.

"É muito cedo", disse Tremley no patamar da escada no primeiro andar, chamando a atenção de Duncan enquanto descia a escada, o cabelo ainda úmido de suas abluções matinais. "Espero que tenha trazido o que eu pedi."

"Não trouxe", disse Duncan, afastando Georgiana de seus pensamentos, não a querendo ali, naquele lugar, maculada por aquele homem e seus pecados. "Eu lhe trouxe algo infinitamente melhor."

"Ficarei feliz em decidir isso", Tremley parou no fim da escada, ajeitando as mangas, e uma lembrança ocorreu a Duncan.

Ele observou a cuidadosa dança dos dedos do conde em seus punhos.

"Seu pai costumava fazer isso", Duncan comentou.

Tremley parou de se mexer e Duncan ergueu os olhos para o conde.

"Antes que alguma pessoa importante pudesse vê-lo, ele endireitava os punhos da camisa."

"Você lembra das excentricidades do meu pai?", perguntou Tremley, arqueando a sobrancelha.

Ele lembrava mais do que isso.

"Eu me lembro de tudo", respondeu Duncan.

O conde ergueu um dos lados da boca.

"Nossa, eu tremo só de pensar", ele suspirou, irônico. "Vamos, West. O que você tem? Está cedo e eu ainda não comi."

"Você poderia me convidar para acompanhá-lo."

"Eu poderia", o conde disse. "Mas acho que minha família já alimentou você o bastante para uma existência. Não concorda?"

Duncan apertou os punhos e se esforçou para controlar sua raiva. Esse era o jogo dele. Era assim que ganhava. Duncan inspirou fundo e se endireitou, manifestando o tipo de tédio que vinha com o poder. Que sempre emanava do Conde de Tremley.

"Você gostaria de ouvir o que eu fiquei sabendo?"

"Já lhe disse, eu quero a identidade do Chase. Se isso não tem a ver com ele, não me interessa. Pelo menos não a esta hora." Ele se virou para o criado que esperava na extremidade do saguão e estalou os dedos. "Chá. Agora."

O criado se mexeu sem hesitar, e Duncan detestou o modo como as ordens bruscas de Tremley eram dadas e obedecidas... do mesmo modo que o pai dele costumava fazer. Sem perguntas. Com medo de represálias. Aquela crueldade era de família, e os criados jovens aprendiam logo a se mexerem com rapidez suficiente para não serem notados pelos Condes de Tremley. Ele ficou olhando o jovem criado sair correndo e então se virou para Tremley.

"Na verdade, tem algo a ver com Chase."

Tremley esperou que Duncan falasse.

"Cristo, West", exclamou o conde quando o outro não se manifestou. "Eu não tenho o dia todo."

"Seria melhor conversarmos no seu escritório."

Por um instante, Duncan pensou que ele discordaria. E, de fato, ele preferiria fazer aquilo ali mesmo, onde as paredes daquela casa imensa, comprada e paga com dinheiro sujo, tinham ouvidos. Ele queria revelar seu conhecimento – o conteúdo do arquivo altamente edificante fornecido por Chase – na frente de meia dúzia de criados que não queriam outra coisa que não a destruição de seu patrão intolerante e desagradável. Mas o objetivo não era revelar aquele segredo para o mundo. O objetivo era o mesmo de todas as discussões desde a aurora da humanidade. Uma troca. Os segredos de Duncan West pelos do Conde de Tremley. Liberdade para os dois. Exposição de nenhum deles.

Duncan esperou um instante. Dois. Cinco. Mas ele já tinha esperado muito, muito mais. O conde se virou e caminhou para o escritório, escuro e enorme, cheio de janelas sem uso, com pesadas cortinas de veludo bloqueando a luz e quaisquer olhos curiosos além delas. Duncan se lembrou da pistola em sua bota. Ele não achava que iria precisar dela, mas a companhia da arma naquela sala escura era reconfortante. Ele sentou em uma grande poltrona de couro junto à lareira, esticou as pernas no chão à sua frente, cruzou os tornozelos, apoiou os cotovelos nos braços da poltrona e juntou os dedos da mão à frente do peito.

"Eu não disse que você podia sentar", Tremley falou.

Duncan nem se mexeu. Tremley o observou durante um longo momento.

"Você parece confiante demais para alguém que está a uma palavra minha da prisão."

Duncan observava a ampla escrivaninha de ébano no outro lado da sala.

"Ela era do seu pai."

"E daí?"

"Eu me lembro dela." Duncan encolheu um ombro. "Lembro de pensar que era imensa. Que eu nunca tinha visto uma escrivaninha tão grande. Que ele devia ser mesmo muito poderoso para precisar de uma mesa enorme."

Ele lembrava de outras coisas, também. Lembrava de espiar por um buraco de fechadura, sabendo que não devia. E ver sua mãe sobre essa escrivaninha. Vendo o velho duque tomar para si o que desejava, sem dar nada em troca. Nem amor, nem dinheiro. Nem mesmo ajuda quando eles mais precisaram. Quando *ela* mais precisou.

Tremley se apoiou na escrivaninha, cruzando os braços e bloqueando as lembranças.

"E daí? Aonde você quer chegar?"

"Não parece mais tão grande." Duncan deu de ombros, sabendo que o movimento irritaria Tremley.

Você faz isso quando quer que alguém pense que não está interessado no que estão para lhe dizer. A compreensão instantânea de sua tática de entrevista por Georgiana o perturbou quando ela a manifestou. Ninguém mais tinha percebido isso. Tremley, com certeza, não percebeu. Ele estreitou o olhar.

"O que você soube dele?"

"Chase?", Duncan perguntou, fingindo tirar um pedaço de fio da perna de sua calça. "Nada."

Tremley se endireitou.

"Então você está me fazendo perder tempo. Vá embora. Volte quando tiver algo. E logo. Ou eu vou fazer uma visita à nossa Cynthia."

Duncan resistiu ao impulso de atacar o conde no momento em que ele pronunciou aquelas palavras, o pronome possessivo pairando entre eles como um insulto. Em vez disso, ele fez sua primeira jogada.

"Eu não tenho nada sobre Chase, mas tenho algo sobre você."

Tremley sorriu, arrogante e tranquilo.

"Você tem."

Duncan imitou a expressão do outro.

"Diga-me, você acha que Sua Alteza Real estaria interessada em saber que seu conselheiro mais próximo está assaltando o tesouro?"

Alguma coisa mudou nos olhos de Tremley, uma prova mínima de que Duncan estava certo quanto ao desfalque. Mas e quanto ao resto do arquivo – as acusações de Lady Tremley? As provas que ela apresentou? Seu pagamento pela associação ao Anjo era valioso?

"Você não tem provas."

O sorriso de Duncan não fraquejou.

"Ainda não. Mas eu tenho provas de que você pegou dinheiro para comprar armas na Turquia." Tremley ficou tenso, e Duncan continuou. "E tenho prova de que o Império Otomano está feliz por lhe pagar para que continue lhes enviando informações."

Tremley negou com a cabeça.

"Não existe prova disso."

"Não?"

O conde o encarou. E mentiu.

"Não existe prova porque é uma acusação falsa. E eu deveria processar você por calúnia."

"Nos jornais vai ser difamação."

"Você não ousaria me desafiar." Duncan notou um indício de nervosismo na voz do conde. Incerteza, pela primeira vez em anos. "Você não tem provas."

Duncan suspirou.

"Oh, Charles", ele disse, deixando aparecer todo o desdém que sentia no nome que não usava desde que os dois eram crianças, quando o poder entre eles era muito mais desequilibrado. Quando Charles era precedido por "Lorde" e Duncan não tinha escolha se não aceitar os golpes que o outro desferia. "Você ainda não aprendeu que eu sou muito bom no meu trabalho? É claro que existem provas. E é claro que eu as tenho."

"Mostre-me." Tremley estava nervoso.

Duncan ficava mais empolgado a cada instante. Era verdade. Era isso. Ele iria conquistar sua liberdade. Ele levantou a sobrancelha.

"Acho que está na hora de você me oferecer o café da manhã, afinal, não acha?"

Tremley estava furioso, com sombras ameaçadoras dominando seu rosto enquanto ele apoiava as mãos na borda da escrivaninha.

"Qual é sua prova?"

"Cartas de Constantinopla, Sofia, Atenas."

O conde ficou imóvel.

"Eu deveria matar você."

"E a ameaça de morte como prova cabal." Duncan riu. "Você é mesmo um príncipe. Não é de se admirar que Sua Alteza Real seja tão grata a você... Mas ele não vai continuar por muito tempo, vai? Não depois que isso for revelado." Ele fez uma pausa. "Eu me pergunto, será que você vai ser enforcado em público?"

Tremley estreitou os olhos até estes parecerem duas fendas.

"Se eu for enforcado, você vai junto, do meu lado."

"Duvido muito", Duncan falou. "Sabe, eu não cometi alta traição. Ah, trata-se de uma traição discreta, quase imperceptível, mas é alta traição assim mesmo." Duncan fez uma pausa, adorando a expressão de medo rancoroso no rosto de Tremley. "Não se preocupe, contudo. Eu vou estar lá quando o enforcarem. Você poderá olhar nos meus olhos no fim de tudo. É o mínimo que eu poderei fazer."

Tremley recuperou sua autoconfiança, com a decisão óbvia de resistir.

"Se um 'a' for dito sobre isso... eu acabo com você. Vou contar para todo mundo sobre seu passado. Covarde. Fujão. Ladrão."

"Não tenho dúvida de que você contaria", Duncan falou. "Mas não estou aqui para destruir você, ainda que eu gostaria muito de fazer isso."

"O que você quer, então?" O olhar de Tremley mostrou curiosidade.

"Oferecer uma troca."

O conde compreendeu de imediato.

"Meus segredos pelos seus."

"Isso mesmo." Duncan sentiu a emoção da vitória passando por ele.

"Uma coisa pela outra", disse Tremley.

A última vez em que Duncan ouviu essa frase, ela foi dita por Georgiana. Ele odiava ouvi-la na boca de Tremley. Ele inclinou a cabeça.

"Chame como quiser. Eu prefiro chamar de o fim do seu domínio sobre mim."

Tremley olhou para ele com ódio absoluto.

"Eu poderia matar você agora."

"Você deveria ter me matado há muitos anos", disse Duncan. "Seu problema é que você gostava de me usar."

"Ninguém duvidaria da minha inocência se eu o matasse", afirmou Tremley.

"Isso não livraria você do medo de ser descoberto. Sabe, eu não sou o único que tem as provas dos seus crimes."

Houve um longo silêncio enquanto o conde refletia sobre as possíveis identidades do parceiro de Duncan West, até que ele demonstrou seu choque ao se dar conta da verdade.

"Chase?"

Duncan não respondeu.

Tremley praguejou, depois gargalhou, estridente e sem humor, um som perturbador. Duncan fez seu melhor para permanecer imóvel, para passar uma imagem de calma absoluta.

"Você acha que ganhou", disse Tremley. "E talvez tivesse ganhado se fôssemos só você e eu no jogo." Ele fez uma pausa. "Mas você trouxe mais um jogador, e ao fazer isso, perdeu tudo para ele."

"Eu duvido disso", foi a resposta de Duncan, apesar do calafrio que as palavras de Tremley provocaram nele.

O conde riu outra vez, um som frio, sem humor.

"Você cometeu um erro terrível ao se enrolar com Chase. Ao compartilhar informações com ele. Você acha que ele vai hesitar me destruir, se precisar? Diabo, se ele tiver um vago pressentimento de que precisa? Alguma vez ele já hesitou ao acabar com alguém?" Duncan percebeu a verdade no que Tremley dizia. E soube no mesmo instante o que viria a seguir, mas não conseguiu entender como não tinha percebido isso antes. "Nossos destinos agora estão atrelados, por sua culpa", disse Tremley. "Se Chase me arruinar, eu acabo com você."

Cristo.

"Então, como pode ver, você não precisa mais se preocupar comigo", disse o conde, "mas deve se preocupar com Chase." Tremley olhou para o chão, parecendo, de repente, muito mais à vontade com os eventos daquela manhã. "E ele não é o tipo de cachorro que se consegue controlar com a guia."

Quando ele voltou seu olhar para Duncan, foi para emitir uma ordem sombria, a sangue frio.

"Agora ele é o inimigo, Jamie. É ele que precisa ser silenciado."

Como ele não tinha enxergado isso? Duncan pegou o casaco e o chapéu com o mordomo do Tremley e se dirigiu à porta, preparado para sair da casa e ir até seu escritório pesquisar a respeito de Chase. *Como ele não enxergou isso?* Como ele pôde se distrair tanto para não perceber que a informação que Chase lhe oferecia tinha um grande poder destrutivo mesmo que ele próprio nunca a usasse? Será que se deixou inebriar pelo poder? Pela promessa inebriante de liberdade? Ele gostaria de responder que sim. Ele gostaria de dizer que cada momento – cada etapa de seu plano – esteve a serviço de um deus vingativo e ofuscante, que não queria nada além de libertar Duncan e Cynthia do jugo horripilante de Tremley. Com certeza, essa teria sido a razão há um ano. Há um mês. Ou uma semana. Mas sendo um homem que vivia em meio de tantas mentiras, ele não gostava de mentir para si mesmo, e então Duncan admitiu, ali mesmo, na porta da Casa Tremley, que não havia percebido o erro lógico no seu raciocínio por causa da mulher que estava tão intricada àquela troca de informações.

Ela estava intricada a Chase, também. Chase, o homem que controlava as marionetes, que fazia todos dançarem de acordo com seus caprichos. *Eu não gosto quando você não compartilha algo.* Até as palavras naquele bilhete, que veio acompanhando informações que Chase nunca poderia ter imaginado que existissem, fez Duncan ter certeza de que estava no controle daquela parceria. E agora que Chase tinha as informações sobre Tremley, era uma questão de tempo antes que ele as usasse ou começasse a se perguntar por que Duncan não as usava. E então ele teria que explicar tudo para aquele homem envolto em sombras e mistérios, que era odiado e adorado na mesma medida. Às vezes pela mesma pessoa. Ele pensou em Georgiana outra vez, sabendo que as ações dela, desde o início, eram provocadas pelas ameaças de Chase. Pelo poder de Chase.

Duncan saiu da casa e a porta principal foi fechada atrás dele com um baque, alto o bastante para que ele entendesse seu significado – *Não volte*. Com certeza ela odiava Chase mais do que o adorava. Ou não? Duncan pensou em sua própria mãe, que nunca encontrou forças para optar pelo ódio. Bom Deus. Seria possível que Georgiana fosse igual? A cabeça dele dava cambalhotas. Agora, com os segredos de Tremley conhecidos, e os seus próprios valiosos o bastante para ameaçarem seu futuro, Duncan não tinha escolha a não ser ir atrás de Chase. E, ao fazê-lo, o resultado só podia ser um – ele tinha que vencer sem hesitação. Sem questão. E para fazer isso, ele tinha que ir atrás da única coisa a que Chase dava valor: sua identidade. Uma coisa pela outra. O nome de Chase para que Duncan pudesse proteger o seu. Proteger Cynthia. *Proteger Georgiana*. Mas e depois? Georgiana, ainda assim, não seria dele. Ela, ainda assim, não poderia ser dele. Ele não poderia se casar com ela. Ou lhe dar a vida que ela merecia. A vida que ela queria. Não importava, ele se deu conta ali, parado do lado de fora da casa de seu inimigo, com toda Mayfair à sua volta, pois ainda assim ele não seria o bastante para ela. *Você não pode me dar o título.* Ele se perguntou quantas vezes ouviria aquelas palavras antes de esquecer do som delas nos lábios de Georgiana. Ele não podia lhe dar um título, mas poderia libertá-la de Chase. E, ao fazer isso, poderia libertar a si próprio.

Ele percebeu um movimento do outro lado da rua – um homem encostado em uma árvore, com as mãos no bolso, que não deveria ser motivo de atenção, mas que mesmo assim chamou a atenção de Duncan. Com a experiência de um repórter habilidoso, Duncan não olhou, mas ainda assim viu tudo. Ele viu que o colarinho do homem estava levantado contra o frio, como se ele estivesse ali há muito tempo. Ele viu os ombros largos debaixo das belas roupas – largos o bastante para terem sido desenvolvidos em açougues ou ringues de boxe. Aquele homem não tinha um aspecto comum. Seu tamanho indicava que ele era treinado.

Duncan se dirigiu ao seu cabriolé, fingindo não notar o brutamontes. Ele podia estar ali por qualquer razão – Tremley tinha dado, sem dúvida, motivo para que os espiões ficassem de olho nele. Mas esses espiões não se deslocavam em uma carruagem com janelas escuras, parecida demais com a que ele andou na noite anterior. Primeiro ele pensou que fosse ela. Que ela o tivesse seguido. E Duncan ficou em dúvida se estava furioso ou empolgado pela presença dela. Mas quando se aproximou do veículo, o guarda se afastou da árvore, deixando claro que Duncan teria que lutar se quisesse se aproximar, o que pareceu estranho, considerando as atividades da noite anterior e a disposição óbvia dela para dar sequência a essas atividades.

Então Duncan percebeu que ela não estava lá. Que a carruagem não deveria ter sido notada. *Ele estava sendo seguido.* Como se fosse uma criança. Ele andou mais rápido e o guarda se colocou no caminho de Duncan, quando seu destino ficou claro e seu temperamento irritado. Ele encarou o guarda e falou sem hesitação, com toda a raiva e a frustração daquela manhã fervendo dentro dele.

"Tenho certeza de que lhe disseram para não encostar a mão em mim", disse Duncan.

"Não sei quem o senhor é", as palavras saíram baixas e arrastadas.

Duncan levantou o queixo.

"Então o que é necessário que eu faça para você recuperar sua memória."

O capanga sorriu e mostrou uma falha onde um de seus dentes da frente deveria estar.

"Eu gostaria de ver o cavalheiro tentar."

Duncan disparou um soco, mas no último segundo – enquanto o segurança se curvava e preparava para bloquear o golpe – ele fintou e se virou, chegando à carruagem e abrindo a porta para olhar dentro. E veio o reconhecimento. O Marquês de Bourne estava dentro da carruagem. *Ele era seguido pelo Anjo Caído.* Maldição. Ele fez menção de entrar na carruagem, mas a hesitação causada pelo reconhecimento de Bourne deu ao segurança tempo suficiente para se recuperar e pegar a manga do casaco de Duncan, puxando para trás. Ele se virou para o guarda. E dessa vez seu soco atingiu o alvo. Intencionalmente. Os seguranças do Anjo não eram amadores. O guarda devolveu o soco, rápido e forte o suficiente para arder. Antes que Duncan pudesse atacar de novo, Bourne falou.

"Chega. Estamos em Mayfair, à luz do dia." Bourne agarrou o ombro de Duncan, impedindo o próximo golpe. "Entre logo na carruagem. Você está assustando as mulheres."

Do outro lado da rua, duas jovens usando belas roupas de passeio arregalavam os olhos, boquiabertas, para a cena inusitada. Duncan pegou seu lenço e o levou ao nariz, que estava sangrando. O brutamontes tinha ótima pontaria, mas o olho do outro estava inchado, quase fechando, o que deu a Duncan um pequeno motivo de orgulho. Tirando o chapéu, Duncan deu um tapa nas costas do guarda e se virou para as mulheres.

"Bom dia, senhoritas."

Ele ficou impressionado que os olhos das moças não tivessem saltado de suas órbitas, principalmente quando o guarda fez uma reverência e se dirigiu a elas.

"Linda manhã."

"Cristo", disse Bourne dentro da carruagem e Duncan voltou sua atenção para o assunto mais urgente. Ele soltou seu oponente e entrou na carruagem, sentando de frente para o marquês, que abriu a boca para falar.

"Não", disse Duncan, a raiva se transformando em fúria. "Não dou a mínima para o motivo que o traz aqui. Não dou a mínima para o que você quer, ou pensa, ou tem a dizer. Estou cheio de todos vocês me enrolando, seguindo, negociando comigo. Tentando me manipular."

Duncan registrou a calma no olhar de Bourne, como se não estivesse surpreso pelas palavras.

"Se eu não quisesse que você soubesse que eu o estava seguindo, posso lhe garantir que você não saberia."

Duncan olhou atravessado para ele.

"É claro que você acredita nisso."

"Tremley é um monstro", disse Bourne. "Seja o que for que você planeja fazer com as informações que tem sobre ele – o que quer que tenha lhe dito, ele é um monstro. E, como amigo..."

Duncan fez um gesto de impaciência com a mão.

"Não. Não diga que é meu amigo. Você, Temple, Cross e seu maldito *dono* já me chamaram muito de amigo sem que fosse verdade."

Bourne arqueou as sobrancelhas.

"Nosso dono? Não gostei disso."

"Então talvez você devesse se libertar dos fios com que Chase o controla e fazer seu próprio nome."

Bourne soltou um assobio comprido e baixo.

"Parece que você está com raiva", ele observou.

"Só estou enojado com todos vocês."

"Todos nós?"

Bourne sabia muito bem a que Duncan se referia.

"Aristocratas que acreditam que o mundo se curva aos seus caprichos."

"Bem, quando se tem o dinheiro e o poder que nós temos, o mundo realmente se curva aos nossos caprichos", disse Bourne. "Mas isso não se trata de nós, não é mesmo?"

Duncan estreitou o olhar.

"Você não tem a mínima ideia de que isso se trata."

"Eu tenho, na verdade. Acho que se trata de uma mulher."

Uma visão apareceu diante dele, a mulher a quem Bourne se referia. Pecado e salvação. Igualmente devedora dos homens do Anjo Caído. Ao líder deles. Tão devedora dele que não tinha espaço para Duncan. Não que isso importasse.

"Você merece uma surra", ameaçou Duncan, encarando o marquês.

"E é você quem vai me dar uma?"

Ele era. Duncan era o único homem de Londres que poderia fazer isso. Ele estava cansado de ser manipulado e usado sem qualquer consideração.

"Eu acho que sou o homem que vai acabar com vocês todos", ele disse, as palavras frias e sombrias, perturbadoras naquele ambiente silencioso.

Acabar com eles e salvá-la.

"Isso parece uma ameaça." Bourne continuou imóvel.

"Eu não faço ameaças", Duncan pegou a maçaneta e abriu a porta.

"Agora eu tenho certeza de que isso é por causa dela."

Duncan se virou, resistindo ao impulso de descontar sua raiva no marquês. De fazer com ele o que queria fazer com Chase – o misterioso e desconhecido Chase.

"Não é uma ameaça", ele disse. "Diga isso para Chase."

Capítulo Quinze

Nossa Lady favorita foi vista tomando sorvete de limão na Confeitaria Merkson com a Srta. P no começo desta semana. Nenhuma das duas beldades de cabelos claros pareceu preocupada que o clima estivesse frio demais para sorvete de limão. Devemos acrescentar que uma fonte próxima a Merkson contou que certa baronesa vai estocar sorvete de limão para sua próxima festa...

...O cassino mais requintado de Londres continua a endividar cavalheiros com pouco juízo e, aparentemente, ainda menos dinheiro. Nós soubemos de fonte segura que diversos aristocratas vão oferecer terras em troca de empréstimos nesta primavera, e sentimos pena de suas pobres e maltratadas esposas...

Notícias de Londres, 4 de maio de 1833.

"Cross disse que você escolheu um marido."

Georgiana não ergueu os olhos de onde estava, em seu lugar junto à lareira na suíte dos proprietários, onde fingia estar absorta em uma pilha de documentos que exigiam sua atenção.

"Escolhi."

"E está planejando nos contar quem ele é?"

No Anjo Caído e no outro clube, de menor reputação, dos mesmos proprietários, dezessete membros deviam mais do que tinham dinheiro para pagar, o que significava que Georgiana e os sócios precisavam decidir o que estariam dispostos a aceitar no lugar de dinheiro. Isso não era algo de pouca importância. Mas não seria possível que uma mulher conseguisse trabalhar com as esposas de seus sócios à sua volta.

Ela ergueu os olhos para as três que estavam sentadas perto dela, nas cadeiras normalmente ocupadas por seus maridos. Ou, pelo menos, nas cadeiras que seus maridos ocupavam antes de amolecerem. Agora, ali se sentavam uma condessa, uma marquesa e uma duquesa com um futuro duque – de quatro meses de idade. Que Deus a protegesse das esposas.

"Georgiana?"

Ela encontrou o olhar sério da Condessa Harlow – olhos arregalados e sérios por trás dos óculos.

"Tenho certeza de que sabe a resposta para essa pergunta, minha lady."

"Não sei", respondeu Pippa. "Na verdade, eu ouvi dois nomes possíveis."

"Eu ouvi falar em Langley", sugeriu Penélope, Lady Bourne, esticando os braços para tirar o bebê do colo de sua mãe. "Dê esse garotinho lindo aqui."

Mara, Duquesa de Lamont, entregou seu filho sem objeção.

"Eu também ouvi falar em Langley, a princípio, mas Temple parece acreditar que exista outra possibilidade, mais adequada."

Não é nada adequada.

"Não existe nada disso", respondeu Georgiana.

"Isso é interessante", disse Pippa empurrando os óculos para o alto do nariz. "Não estou certa se já vi uma mulher vestindo calças ficar corada."

"É de se pensar que constrangimento não seria tão fácil para alguém com a sua experiência", acrescentou a marquesa, com o tom de voz adequado à criança em seus braços.

Georgiana teve certeza de que o som que vinha do filho de Temple podia ser entendido como uma risada. Ela pensou em colocar todo mundo para fora da sala.

"Antes de vocês aparecerem, isto aqui era chamado de suíte dos proprietários."

"Nós somos praticamente as proprietárias", observou Penélope.

"Não, vocês são *literalmente* as esposas dos proprietários", retrucou Georgiana. "Não é a mesma coisa."

Mara levantou uma sobrancelha ruiva.

"Você não está em condições de demonstrar superioridade com relação a esposas."

As mulheres de seus sócios eram as piores mulheres de Londres. Difíceis ao extremo. Bourne, Cross e Temple bem as mereciam, sem dúvida, mas o que Georgiana tinha feito para merecer a presença delas naquele momento, enquanto tentava se reconciliar com os eventos do dia anterior? Ela não queria nada além de ficar ali em silêncio para se lembrar de que sua filha e seu trabalho eram as coisas mais importantes em sua vida, e tudo mais – *todos* mais – podia explodir.

"Ouvi dizer que West é um candidato", comentou Pippa.

E as explosões podiam começar com seus sócios fofoqueiros e suas esposas intrometidas.

"*Duncan* West?", perguntou Penélope.

"Esse mesmo", respondeu Mara.

"Oh", exclamou Penélope, alegre, para o garotinho em seus braços. "Nós gostamos dele."

O menino emitiu um som de concordância.

"Ele parece ser um homem muito bom", disse Pippa.

"Sempre tive uma queda por ele", concordou Mara. "E ele parece ter uma queda por mulheres cheias de problemas."

Aquelas palavras evocaram alguma coisa desagradável, pois Georgiana percebeu que não gostava que Duncan West tivesse "uma queda" por qualquer mulher, principalmente por mulheres que pudessem decidir que desejavam a proteção perpétua dele.

"Que mulheres?", somente depois de erguer a cabeça e falar, Georgiana percebeu que devia estar fingindo que trabalhava. Ela pigarreou e voltou sua atenção para os documentos que tinha em mãos. "Não que eu esteja interessada."

O silêncio acompanhou sua declaração, e ela não resistiu a erguer os olhos. Penélope, Pippa e Mara se entreolhavam, como se estivessem em uma peça cômica. Ainda bem que o filho de Temple estava dormindo, ou sem dúvida também estaria participando daquela comédia.

"O que foi?", Georgiana perguntou, e logo se arrependeu. "Não estou interessada."

Pippa foi a primeira a quebrar o silêncio.

"Se não está interessada, por que perguntou?'

"Por educação", Georgiana se apressou a responder. "Afinal, vocês três estão tagarelando como umas fofoqueiras no meu escritório. Achei que devia bancar a anfitriã."

"Nós pensamos que você estava trabalhando", Penélope falou.

"E estou." Georgiana mostrou os papéis.

"De quem é essa ficha?", Mara perguntou, como se fosse absolutamente normal ela fazer uma pergunta dessas. E talvez fosse. Mas quem disse que Georgiana se lembrava de quem era a ficha?

"Ela está ficando vermelha de novo", disse Pippa, e quando Georgiana se virou para fuzilar a Condessa Harlow com o olhar, ela se viu sujeita a uma curiosa investigação, como se fosse um inseto sob uma lupa.

"Não há nada de que se envergonhar, sabe", disse Penélope. "Todas nós fomos atraídas por homens que pareciam errados para nós."

"Cross não era errado para mim", observou Pippa.

"Ah, não?", Penélope ergueu uma sobrancelha. "E a parte em que você estava noiva de outro homem?"

"E ele, estava noivo de outra mulher?", perguntou Mara.

"Isso só tornou a história mais interessante", Pippa sorriu.

"A questão é, Georgiana", foi a vez de Mara falar, "você não deve ter vergonha de querer West."

"Eu não quero West", ela disse, deixando a ficha sobre a mesa e se pondo de pé, sentindo a necessidade de se afastar daquelas mulheres que, com seus olhares conscientes, tentavam reconfortá-la, e se aproximar do grande vitral que oferecia uma vista do cassino.

"Você não quer West", Mara repetiu.

"Não", ela confirmou. Mas é claro que ela o queria. E muito. Mas não do modo que elas falavam. Não para sempre. Ela o queria apenas para aquele momento.

"E por que não?", perguntou Penélope, e as outras mulheres riram.

Georgiana não conseguiu confessar que Duncan parecia não querê-la. Afinal, ela havia se oferecido abertamente a ele na noite anterior, e ele a recusou – enrolando uma toalha ao redor de seus belos quadris e saindo da sala que abrigava sua piscina sem nem olhar para trás. Como se o que havia ocorrido entre eles não significasse nada.

Georgiana se apoiou no vitral, encostando os dedos e a testa no vidro claro e frio que formava uma das asas quebradas de Lúcifer. A posição lhe dava a ilusão de estar flutuando, de pairar sobre o piso obscuro do cassino, cujas mesas estavam vazias naquele momento, e continuariam intocadas até de tarde, quando as arrumadeiras baixariam os lustres para acender os imensos candelabros que tornavam o cassino brilhante e convidativo. Seu olhar vagou de uma mesa para outra – faro, vinte e um, roleta, dados – cada mesa era dela, arrumada com cuidado. Operada com maestria. Ela era a realeza do submundo de Londres. Vício, poder e pecado eram seus domínios, e ainda assim um homem, que lhe fez belas ofertas e a tentou com promessas de amor que não poderia cumprir, havia a enfraquecido, de algum modo.

"Sabe, eu nunca achei que conseguiria encontrar o amor", disse Mara após o longo silêncio.

"Eu também não, embora estivesse desesperada para encontrá-lo", acrescentou Penélope, levantando e indo na direção do carrinho de bebê no canto da sala, onde ela ajeitou o futuro duque adormecido em seu imaculado ninho de cobertas.

"Eu não achava que fosse real", continuou Pippa. "Eu não conseguia ver e, portanto, não acreditava nele."

Georgiana fechou os olhos diante daquelas confissões. Desejou que as três mulheres sumissem.

"Há dias em que eu me pego simpatizando com MacBeth", Georgiana disse, afinal.

"MacBeth", Pippa repetiu, confusa.

"Acredito que Georgiana está sugerindo que nós somos bruxas", disse secamente Penélope, virando-se do lugar em que estava.

"Criaturas da noite, secretas e sombrias?", Pippa perguntou.

"Essas mesmas."

"Ora, isso não é muito gentil."

"Vocês não têm que estar em algum lugar?", Georgiana perguntou ao se virar.

"Como somos aristocratas indolentes...", respondeu Mara, "não."

Não era verdade, claro. Mara cuidava de um lar para garotos e havia levantado trinta mil libras em menos de um ano para expandir o lar e mandar os garotos para a faculdade. Pippa era uma renomada horticultora que sempre fazia palestras para alguma sociedade de velhos sobre seu trabalho com rosas híbridas. E entre criar uma garotinha linda e se preparar para a chegada do segundo filho – que Bourne tinha certeza que seria um menino –,

Penélope era um dos membros mais ativos e destacados do lado feminino do clube. Aquelas não eram mulheres indolentes. Então por que insistiam em ficar no pé dela?

"O fato, Georgiana, é que..."

"Ah, então existe um fato?"

"Há um fato. E o fato é que você pensa que, de algum modo, é diferente de todas as mulheres que vieram antes de você."

E ela era diferente.

"Agora mesmo você está pensando isso. Você acha que, por causa da vida que leva com o cassino, sua identidade secreta e as companhias com que anda..."

"...excetuando a companhia atual", interveio Penélope.

"É óbvio", concordou Mara e se voltou para Georgiana. "Mas por causa das outras companhias que não nós, e das malditas calças que veste... você acha que é diferente. Você acha que não merece o que todas as outras mulheres merecem. O que toda outra mulher parece ter. Pior ainda, você acha que mesmo que merecesse, não tem a opção de aceitar. Ou talvez pense que não quer."

"Eu não quero." Essas palavras chocaram todas as presentes na sala, mas ninguém ficou mais chocada do que a própria Georgiana.

"Georgiana..." Mara levantou de sua cadeira e foi na direção dela, quando Georgiana ergueu a mão.

"Não." Mara parou e Georgiana se sentiu grata por isso. "Mesmo que eu pudesse ter isso. Mesmo que alguém estivesse disposto a me dar isso – alguém que estivesse disposto a me ter, apesar de eu estar absolutamente arruinada: mãe solteira, dona de um cassino com três sócios homens e um bando de prostitutas a meu serviço –, eu não iria querer."

"Você não quer amor?" Penélope parecia chocada.

Amor. Aquilo que a acompanhou nos altos e baixos da vida. A promessa de amor a arruinou dez anos antes, então a realidade desse sentimento a tornou forte e decidida quando Caroline nasceu. E então, na noite anterior, o amor a enganou.

"Não quero. Embora ele nos provoque com suas belas palavras e carícias ainda mais lindas, o amor me atingiu em cheio e me deixou em pedaços."

"Mas e se ele quisesse você? E se ele lhe oferecesse amor?", perguntou Mara depois de uma pausa.

Ele. Duncan West.

"Ele não parece o tipo de homem que arruinaria você", disse Penélope.

"Eles nunca parecem ser o tipo de homem que nos arruinariam", respondeu Georgiana, friamente.

Eles haviam mentido tanto um para o outro. Era difícil de imaginar a verdade entre eles. Ela sacudiu a cabeça antes de falar as palavras em que ela sempre pensava quando ele estava por perto, quando ela ansiava pelo toque dele, e o desejava por mais que uma noite. Mais que uma semana.

"É perigoso demais."

"Para quem?"

Uma pergunta excelente.

"Para nós dois."

A porta abriu, revelando Bourne. Ele cruzou a sala sem nem mesmo olhar para Georgiana, concentrado apenas em sua esposa, que olhava para ele do lugar em que estava junto ao carrinho de bebê. Ele sorriu e a puxou para seus braços.

"Olá, querida. Eu teria vindo mais rápido, mas só agora me contaram que você estava aqui."

Penélope sorriu.

"Eu vim ver o Stephen." Ela acenou para o carrinho. "Não é a cara do Temple?"

Bourne se inclinou sobre o bebê adormecido.

"É mesmo. Coitadinho."

Mara riu.

"Preciso contar para ele que você disse isso."

"Eu conto primeiro", Bourne sorriu, mas então ele olhou para Georgiana e seu sorriso foi sumindo. "Mas primeiro, tenho algo para lhe contar." Ele foi se sentar em uma das cadeiras e puxou Penélope para seu colo, e pôs uma mão sobre o lugar em que seu segundo filho crescia. "Duncan foi ver Tremley, hoje."

"Por quê?" Ela não escondeu a surpresa.

"Não ficou claro." Bourne meneou a cabeça. "Mas foi de manhã cedo, e ele não foi muito bem recebido." Ele fez uma pausa. "E depois ele ficou irritado porque nós o seguíamos."

Ela arregalou os olhos.

"Vocês foram vistos?"

"Era Mayfair às nove da manhã. Não é fácil se esconder."

Ela suspirou.

"O que aconteceu?"

"Ele bateu em Bruno." Bourne deu de ombros. "Bruno bateu de volta, se serve de consolo."

Não servia.

"Mas a questão é, tem alguma coisa aí. Ele não queria o Tremley só para colocar nos jornais. Ele o quer por algum outro motivo. E você deveria saber, também, que ele está furioso conosco."

"Com quem?"

"Com o Anjo. E acho que você deveria conversar com ele, para..."

Uma batida forte interrompeu a conversa, anunciando uma das poucas pessoas que sabiam que a suíte dos proprietários existia. Pippa andou até a porta, abriu uma fenda e se voltou.

"Acredito que minha fala seja *Algo de ruim está para acontecer*."

Ela abriu a porta, revelando Duncan West. Que diabo ele estava fazendo ali?

Bourne saiu de sua cadeira no mesmo instante, colocando Penélope de pé enquanto Georgiana se dirigia a Duncan, que passou pela porta e entrou na sala, assimilando tudo, do vitral atrás dela aos seus acompanhantes aristocráticos, parando com os olhos nela. Georgiana viu irritação nos olhos dele quando olhou para ela, como se não estivesse esperando encontrá-la. Como se esperasse encontrar outra pessoa. Mas por trás da irritação, em algum lugar nas profundezas de seus belos olhos castanhos, ela viu algo mais. Algo semelhante a empolgação. Ela sabia porque sentiu o mesmo. Sentiu e temeu.

Ela parou diante dele.

"Quem deixou você entrar?"

Ele a encarou.

"Eu sou membro do clube", Duncan falou.

"Os membros não têm permissão de entrar nesta sala", disse ela. "Membros não têm acesso nem a este piso."

"Talvez você devesse dizer isso ao Bourne."

"Eu estava para lhe falar", disse Bourne da entrada, ignorando o olhar com que ela o fuzilou, "que eu o convidei a subir."

A raiva a tomou, quente e indesejada. Ela se virou para o sócio.

"Você não tinha o direito."

Bourne ergueu uma sobrancelha.

"Eu sou proprietário também, não?"

Ela estreitou os olhos.

"Você está violando nossas regras."

"Você quer dizer as regras de *Chase*?", disse Bourne, e Georgiana quis bater no rosto dele pelo sarcasmo. "Não precisa ficar preocupada. Chase costuma esquecer das regras em certos casos."

Ela entendeu bem o que ele quis dizer. Em um momento ou outro, todas as três mulheres presentes naquela sala foram convidadas para O Anjo Caído por Chase, sem a permissão de seus maridos. Georgiana não se importava que Bourne encarasse o convite a Duncan como um tipo de vingança. Ela estava ocupada demais, furiosa com ele por ignorar as regras.

Por desconsiderar de propósito a sociedade entre eles. Pelo modo como ele a destituiu de seu poder ali – o único lugar onde ela tinha algum poder.

Antes que ela pudesse brigar com Bourne, Duncan West falou.

"Onde ele está?" As palavras de West foram claras e firmes na sala escura, como se ele esperasse que o ouvissem e lhe respondessem apesar do fato de seu lugar não ser ali.

Apesar do fato de que ela não o queria ali.

"Onde está quem?", ela perguntou.

"Chase."

Ele não tinha ido vê-la. É claro, ela devia saber. Ela não podia estar surpresa. Mas estava, apesar de tudo; afinal, eles passaram a maior parte da noite anterior juntos, e... ele não deveria querer vê-la? Ou isso era loucura? Ela não deveria desejar que ele desejasse vê-la? Esse pensamento passou pela cabeça dela e a enojou com sua tola denguice. E então ela ficou enojada pelo fato de não conseguir pensar em uma palavra melhor que denguice. Ela não desejava que ele a quisesse. Tudo ficava mais fácil sem isso. Mas havia algo no modo como ele olhava – completamente sério e desdenhoso, como se ela não fosse nada além do porteiro que guardava a porta na qual ele desejava entrar –, que a fez odiar o fato de que Duncan não estava ali para vê-la. Exceto que ele *estava* ali para vê-la, é claro. Ele só não sabia disso.

"Ele não está aqui." Uma mentira e, de algum modo, uma verdade.

Ele deu um passo na direção dela.

"Estou farto de você querer protegê-lo. Está na hora de ele me enfrentar. Onde está seu chefe?"

A questão furiosa ficou no ar, parecendo reverberar no vitral. Georgiana abriu a boca para enfrentá-lo, mas a Duquesa de Lamont interveio.

"Bem, eu acho que está na hora de eu e Stephen irmos atrás do Temple."

As palavras acordaram as outras pessoas na sala.

"Isso. Nós também precisamos ir para casa", disse Penélope enquanto Mara empurrava o carrinho até a porta, com mais rapidez que qualquer outra jovem mãe do mundo, pensou Georgiana.

"Precisamos?", perguntou Bourne, parecendo não ter vontade de abandonar aquele drama que se desenrolava diante deles.

"Precisamos", confirmou Penélope com firmeza. "Nós *temos* que ir. Temos coisas. Para fazer."

Bourne abriu um sorriso debochado.

"Que tipo de coisas?"

A marquesa estreitou os olhos.

"Todo tipo de coisas."

O sorriso passou de debochado a sensual.

"Posso escolher as coisas que serão feitas em primeiro lugar?"
Penélope apontou para a porta.
"Fora."
Bourne obedeceu às instruções da esposa, deixando Pippa sozinha. A Condessa Harlow nunca foi muito boa para perceber as interações sociais, então Georgiana teve esperança que ela pudesse ficar para protegê-la daquele homem, de suas perguntas e respostas, e dos sentimentos bobos que ela tinha em relação a tudo aquilo. Esperança era uma coisa fugaz e horrível.

Depois de um instante, Pippa pareceu se dar conta de que tinha ficado para trás.

"Oh", ela exclamou. "Sim. Eu também... preciso... ir. Eu tenho... ora..." Ela empurrou os óculos para o alto do nariz. "Eu tenho um filho. Também... Cross." Ela fez um sinal com a cabeça e saiu da sala.

Duncan a observou partir e manteve o olhar na porta fechada por um longo momento antes de se virar para Georgiana.

"E então ficaram dois."

O estômago dela se retorceu com as palavras dele.

"Parece que sim."

Ele continuou a encará-la, e Georgiana ficou admirada com o modo como ele parecia ver, perguntar e de algum modo *saber* tudo com um simples olhar. Então ele disse seu nome, em voz baixa e tentadora, naquela sala que ela tanto gostava.

"Georgiana." Ele fez uma pausa e ela quis ir até ele. Quis se aninhar em seus braços e lhe dizer tudo, porque se ela fosse ingênua, pensaria que seu nome tinha sido dito como manifestação de compreensão. Mas ela não era ingênua. E se ela própria não compreendia, era impossível que ele compreendesse. Ele fez a única pergunta que ela não podia responder:

"Onde ele está?"

Georgiana vestia calças. Foi o primeiro e único pensamento que ocorreu a Duncan quando ele entrou naquela sala – seu olhar passando pela Condessa Harlow e chegando na mulher que consumia seus pensamentos pelo que parecia uma eternidade. Ela estava de pé, na outra extremidade da sala, encostada em um enorme vitral que ele conhecia muito bem. Um que ele tinha visto milhares de vezes pelo outro lado. Duncan sempre imaginou que houvesse uma sala ali, do outro lado da queda de Lúcifer, mas ele nunca imaginou que seria assim que ele conheceria o local, com a linda Georgiana emoldurada pelo anjo caído. Vestindo calças. Aquilo era a coisa mais imoral e espetacular que ele já tinha visto, e quando Georgiana foi na direção dele, uma rainha vingadora, afirmando que ele estava invadindo, Duncan quis pegá-la nos braços, carregá-la até o vitral glorioso, apoiar as costas dela no vidro e mostrar para ela todas as formas de invasão que ele gostaria de executar. Mas então a frustração tomou conta dele. Ela continuava protegendo aquele lugar, apesar do fato de que estava tomado pelas mulheres dos proprietários do Anjo Caído e apesar do fato de que o Marquês de Bourne o havia acompanhado até ali. O que o fez perceber que ela não estava protegendo o lugar. Georgiana estava protegendo o homem, do mesmo modo que tinha feito na noite anterior. *Ele não é meu dono.* Ele ouviu outra vez as palavras dela. A mentira. Porque estava claro que Chase era o dono dela, assim como ele era dono de cada pedaço daquele clube e de todos homens e mulheres que o frequentavam. Não havia liberdade no Anjo Caído. Tudo e todos pertenciam a Chase.

Mesmo naquele momento, com os dois a sós naquela sala escura, sem ninguém para escutá-los, a não ser Lúcifer, Georgiana protegia o homem que tinha arruinado sua vida. Que continuava a fazê-lo. E Duncan estava farto disso. Ele queria que ela se libertasse de Chase. Ele a queria longe daquele lugar, de seus vícios e imoralidades, do seu histórico de arruinar vidas por esporte. Ele a queria em segurança, pelo amor de Deus. Ela e Caroline. Ele faria com que ela se casasse, mas não porque Chase havia pedido. E sim porque ela merecia uma chance de ser feliz – ela, mais do que qualquer pessoa que ele conhecia. Ele só desejava ser a pessoa que proporcionaria isso a Georgiana. Mas ele não podia, pois seus segredos eram muitos, e muito perigosos. E assim ele a protegeria de outro modo. Enfrentaria Chase primeiro e a libertaria. Depois protegeria a si mesmo. Porque de algum modo, naquele enredo estranho, ela havia se tornado mais importante.

A pergunta continuou pairando entre eles:

"Onde ele está?" E ele desejou que ela lhe contasse. Que abrisse a porta e apontasse a direção em que se encontrava aquele homem misterioso. Que se libertasse ao lhe dar a informação. Mas ela não fez isso.

"Ele não está aqui", afirmou Georgiana.

Duncan engoliu sua decepção.

"Bourne me disse que ele estaria aqui."

"Bourne não sabe de tudo. Eu estou sozinha aqui."

"E assim eu encontro você, de novo, protegendo aquele que não precisa de proteção."

"Ele precisa...", ela começou, mas ele percebeu que não suportava mais.

"Pare."

Ela parou, ainda bem.

Duncan se aproximou dela, diminuindo a distância com mais rapidez do que gostaria – e sua velocidade traiu as emoções que ele havia prometido a si mesmo não mais revelar para ela. Não depois da noite anterior. Não depois que ela o rejeitou por completo. *Não que ele pudesse lhe dar o que ela merecia.* Ele encarou o olhar dela, disposto a dar qualquer coisa para enxergar a verdade ali.

"Pare", ele repetiu, e dessa vez Duncan não teve certeza se falava consigo mesmo ou com ela. "Pare de defendê-lo. Pare de mentir por ele. Cristo, Georgiana, o que você tem com ele? Que poder é esse que ele tem sobre você?"

"Não é nada disso." Ela balançou a cabeça.

"É claro que é. Você acha que eu vivi uma vida toda e não aprendi a identificar uma mulher que é escrava de um homem?" Ele odiou as palavras enquanto as dizia – as verdades que revelavam sobre ele. Duncan ergueu as mãos, pegando o rosto dela, adorando a sensação da pele dela em seus dedos, macia e terrivelmente tentadora. "Diga-me. Foi ele? Foi ele quem a arruinou, todos esses anos atrás? Foi ele que lhe fez as belas promessas que você não conseguiu recusar, e que ele não cumpriu?"

"O quê?", ela franziu o cenho.

"Ele é o pai da Caroline?"

Georgiana alisou a testa e arregalou os olhos.

"Se ele é o pai da Caroline?", ela repetiu.

"Diga", ele ordenou. "Diga-me a verdade, e eu terei prazer em destruí-lo. Em vingar vocês duas."

Ela sorriu, tímida e surpresa.

"Você faria isso?"

É claro que ele faria. Ele faria qualquer coisa por aquela mulher, tão perfeita e inigualável. Como ela não via isso?

"Com prazer incomensurável."

O sorriso dela ficou triste.

"Ele não é o pai de Caroline."

Havia verdade nas palavras dela, e Duncan odiou isso. Odiou que não houvesse outra razão para odiar aquele homem cujo domínio sobre ela era claro como o dia.

"Então por quê?"

Ela deu de ombros, tristemente.

"Nós somos duas faces da mesma moeda."

Aquela declaração foi tão simples, tão honesta, que o despedaçou. *Duas faces da mesma moeda.* Por um instante, ele refletiu sobre as implicações daquela declaração. O significado dela. Ele imaginou qual a sensação de ser tão necessário para ela, tão importante para ela, de modo a ser a outra face de sua moeda. Duncan afastou o pensamento de sua cabeça, pois havia gostado demais da ideia. Ele a soltou e se afastou o suficiente para ficar fora de seu alcance. Ele acreditou que não aguentaria ser tocado por ela àquela altura.

"Estou aqui para falar com ele", afirmou Duncan. "Faz seis anos que negocio com ele e nunca pedi para conhecê-lo. Está na hora."

Ela hesitou e pareceu a ele que Georgiana pairava sobre algum tipo de precipício – como se a decisão que ela estava para tomar pudesse alterar seu mundo. E talvez pudesse mesmo. Se Chase lhe desse o que ele queria, alteraria. *A identidade de Chase pela liberdade dela. Pela sua própria.*

"Por quê?", ela perguntou. "Por que agora?" Ele não respondeu e ela insistiu. "Seis anos e você nunca se preocupou em conhecê-lo. E agora..."

Ela parou de falar e ele preencheu o silêncio.

"As coisas mudaram."

Agora sua vida estava em jogo. Sua vida e os segredos de Cynthia. Mas esses motivos não eram nada em comparação com a razão tão presente e poderosa naquele momento. Chase era a chave para a liberdade de Georgiana. E ele percebeu que faria qualquer coisa por isso.

"Leve-me até ele", disse Duncan, e suas palavras foram mais um pedido que uma exigência.

Quando ela aquiesceu e se encaminhou para a porta, ele pensou por um instante que ela o colocaria para fora. Mas então Georgiana a abriu e saiu para o corredor e se voltou, uma silhueta no corredor escuro, seu rosto colorido pelo vitral.

"Venha", ela sussurrou.

Ele a seguiu, e percebeu que a seguiria por qualquer parte... Ela o levou por um labirinto de corredores, com curvas que o fizeram sentir que tinham voltado para o ponto de partida, até que finalmente chegaram diante de um quadro imenso, uma pintura a óleo de um homem despojado de suas roupas e seus pertences, caído morto aos pés de duas mulheres magníficas enquanto seu assassino saía de quadro. Ele olhou para Georgiana.

"Encantador", disse Duncan, referindo-se à pintura assombrosa e macabra.

Ela lhe deu um sorriso contido.

"Têmis e Nêmesis."

"Justiça e Vingança", disse ele.

"Duas faces da mesma moeda", lembrou Georgiana.

As palavras ecoaram aquele momento anterior, a descrição que ela ofereceu para sua relação com Chase, e feriram Duncan. Ele observou com cuidado as figuras divinas na pintura, uma delas segurando uma vela, provavelmente para iluminar o caminho da justiça, a outra empunhando uma espada para castigar o ladrão.

"Qual das duas é você?"

Ela sorriu para a pintura – sua expressão contida e tomada por algo que ele não conseguiu entender – e colocou a mão na moldura.

"Não posso ser as duas?"

Ela pontuou a pergunta com um puxão naquela peça enorme, que se abriu presa a dobradiças, revelando uma escuridão imensa e cavernosa. Ele conteve sua surpresa. Duncan sempre imaginou que existissem passagens secretas por todo O Anjo Caído – seria a única forma de explicar a facilidade com que os fundadores apareciam e desapareciam –, mas aquela era a primeira evidência que ele via. Ela acenou para que ele entrasse, e Duncan não hesitou. Seu coração e seu raciocínio dispararam ao perceber que ele estava mais perto de Chase do que jamais tinha estado. Ao saber que ela confiava nele o bastante para levá-lo até o proprietário do cassino. Ao saber que aquela confiança não era facilmente concedida.

Ela entrou com ele e fechou o portão atrás de si, e os dois ficaram envoltos pela escuridão, a um fio de cabelo de se tocarem. Ele poderia ter se afastado, encostado em uma das paredes, dando assim espaço para ela, mas Duncan não quis fazer isso. Ele queria sentir o calor dela. O cheiro dela. A tentação que ela representava. Ele daria qualquer coisa para tocá-la. A respiração dela estava curta e rápida, como se Georgiana pudesse ler seus pensamentos. Como se ela estivesse pensando nas mesmas coisas que ele. Ela pareceu pairar ali, na escuridão, por um longo momento antes de se virar, o tecido de suas calças farfalhando, fazendo o pensamento dele voar para o lugar em que a lã atritava, em que aquelas pernas compridas e lindas se encontravam. Ele não conseguiu se controlar e esticou a mão, pegando o braço dela, deixando que seu toque deslizasse até os dedos dela, que entrelaçou aos seus.

"Você está arriscando muito ao me trazer aqui."

Os dedos dela se agitaram entre os seus, e Duncan imaginou a sensação de tê-los em sua pele. O tempo que passaram na piscina foi tão fugaz, e o toque dela foi como uma respiração; durou um instante, depois se foi. E se foi porque ele a afastou. Porque ela pertencia a outro homem. Ao homem que ele estava para conhecer. Ele a soltou.

"Continue."

Georgiana hesitou, e por um momento Duncan pensou que ela fosse falar, contar alguma coisa na escuridão para a qual não tinha palavras na luz. Mas ela era mais forte do que qualquer mulher que ele havia conhecido... e seus segredos eram bem guardados.

Ela o conduziu pelo corredor, e ele contou quatro portas antes de ela parar sob a luz fraca de uma vela a cerca de dez metros, enquanto as sombras da chama trêmula brincavam em seu rosto, escondendo suas verdades de Duncan. Ela levou a mão à corrente de prata que pendia de seu pescoço para dentro da camisa de algodão que usava enfiada naquelas calças imorais, e ele a assistiu tirar o pingente que habitava entre seus seios, aquecido por sua pele. Ela abriu o fecho do pingente e tirou dali uma chave que colocou na fechadura, revelando possuir acesso irrestrito àqueles aposentos. Ao homem dentro deles.

Ele foi tomado pelo ciúme, quente e furioso. Georgiana jurou que não pertencia a Chase, mas lá estava ela, destrancando seus aposentos. Fornecendo acesso a eles. O que mais ela havia destrancado? Ao que mais ela tinha acesso?

Com a porta destrancada, ela guardou a chave e colocou a mão na maçaneta. Duncan não conseguia suportar a ideia de que ela o levaria até ali, àquele lugar. Àquele homem. Ele estendeu o braço para impedi-la de abrir a porta, adorando a maciez de sua pele quando ela se deteve com seu toque.

"Georgiana", ele sussurrou, e ela ergueu o rosto para ele, com seus olhos cor de âmbar destruindo Duncan com sua atenção.

Ele não a queria ali. Não para aquilo. Ele a queria longe dali. Ele a queria em segurança, em algum outro lugar de Londres. Na casa dele. *Para sempre*. Droga... Ele não sabia de onde vieram essas palavras, mas elas ficaram com ele, envolvendo-o em promessas que não podiam ser cumpridas. Em sonhos que ele não podia se permitir. Mesmo que ele pudesse lhe dar tudo o que ela pedia, seu passado era sombrio demais, e seu futuro ameaçador demais para que ele pudesse dar a ela tudo que merecia. Então ele fez o que devia e lhe ofereceu a liberdade naquele momento.

"Você não precisa vir comigo."

"Não estou entendendo." Ela franziu a testa.

"Deixe que eu o enfrento sozinho. Ele não precisa saber que você me trouxe até aqui."

"Duncan..." Ela suspirou, e seu hálito saiu carregado de emoção.

"Não. Eu posso enfrentá-lo. Seja quem ele for. Seja o que ele for."

"O *que* ele for?" Ela sorriu ao ouvir isso.

"Ele é uma lenda. Eu não ficaria surpreso se descobrisse que Chase é sobre-humano." Ele fez uma pausa. "Eu não ficaria surpreso se encontrasse os próprios Oráculos além dessa porta."

"Têmis ou Nêmesis?" Ela sorriu.

"Acredito que possamos excluir essas duas." Ele retribuiu o sorriso dela.

"Oh", ela ergueu as sobrancelhas.

"Elas são mulheres", ele explicou, "e eu acho difícil de acreditar que exista outra mulher, seja na terra ou no panteão, com a mesma força que você tem."

Alguma coisa se acendeu naqueles lindos olhos âmbar, mas Duncan não tinha tempo de identificar o que era. Ele queria acabar logo com aquilo. Por um momento ele pensou em contar a verdade para ela – que ele faria aquilo por ela mesmo sabendo que Georgiana não aceitaria sua ajuda. Mas haveria muito tempo para explicações – para lutar por ela – depois que ele subjugasse Chase. Depois que Duncan identificasse Chase, ele teria a chave da liberdade de Georgiana. E se ele não conseguisse garantir a sua própria, ele faria de tudo para garantir a dela.

"Deixe-me fazer isto", ele pediu em voz baixa, sua mão ainda sobre a dela, detendo seu movimento. "Deixe-me proteger você disto, ainda que de nada mais."

Ela ergueu o rosto para ele.

"Você se preocupa em me proteger?"

Ele a observou por um longo momento antes de falar.

"Aprendi, por experiência, que existem poucas coisas que valem ser salvas. Quando um homem encontra uma, ele deve fazer seu melhor para mantê-la em segurança."

Ela abriu a boca, como se tivesse algo para dizer, mas pareceu pensar melhor e soltou a maçaneta, tirando sua mão debaixo da dele, fazendo-o desejar que eles estivessem em outro lugar – qualquer outro – a sós, com uma eternidade para ser preenchida por nada mais além do toque. O desejo que ele sentia por ela o assustava tanto quanto o ameaçava. Pois Georgiana Pearson era a mulher mais perigosa que ele já tinha conhecido. Duncan imaginou o que não faria por aquela mulher, sua inteligência incomparável e seu corpo tentador. Ele se afastou dela e abriu a porta com um movimento rápido, entrando na sala. Ele observou o espaço, registrando de imediato duas coisas.

Primeiro, a sala era enorme e quase ofuscante em sua claridade, com as pesadas cortinas brancas recolhidas e deixando entrar a luz do dia pelas janelas que iam do chão ao teto. A sala era decorada com itens brancos e elegantes – carpete, sofá. Até mesmo as obras de arte eram brancas e acolhedoras. Não havia nada escuro naquele espaço. Nada indicando que seu habitante possuía um cassino. Nada que indicasse que vícios e pecados reinavam a alguns metros dali.

A segunda coisa que ele registrou foi que Chase não estava ali.

Capítulo Dezesseis

Nossa Lady G está ganhando os corações e as mentes de toda a sociedade, mas se alguém permanecer fechado para ela, deixemos que sua elegância frente à adversidade prove seu valor! Com certeza já provou algo ao Lorde L, e este autor acredita que um enlace pode ser anunciado em breve nestas páginas!

...A respeito do Duque e da Duquesa de L! O casal – tão encantador quanto era há quase uma década quando o duque proclamou seu amor em público e a duquesa o recusou – foi visto cavalgando durante uma manhã desta semana no Hyde Park. Sem dúvida os dois pensaram que era tão cedo que um beijo apaixonado não seria visto, mas acontece que nós também somos madrugadores...

O Escândalo, 5 de maio de 1833.

Ela entrou na sala logo atrás dele, desesperada para conter seu nervosismo. Apenas meia dúzia de pessoas em todo o mundo conheciam aquela sala, onde ela desempenhava o papel de Chase, de onde administrava O Anjo Caído e controlava os cantos mais sombrios de Londres. E agora ela estava ali com um homem desesperado para conhecer seus segredos. Com um homem para quem ela poderia confessar tudo, se não tivesse cuidado. Ela o observou enquanto Duncan assimilava o espaço, os olhos castanhos se estreitando diante da claridade enquanto admiravam as poltronas grandes e confortáveis que ela havia mandado fazer sob medida e estofar com veludo branco, o carpete felpudo branco que amortecia seus pés e os vários metros de prateleiras que cobriam os mais de quatro metros de parede do chão ao teto.

Duncan deteve o olhar na escrivaninha. Ele se deslocou na direção da peça central da sala, ampla e maravilhosa, e Georgiana o observou passar os dedos pela borda da escrivaninha, admirando aquele toque. *Invejando.* Ela se assustou com o pensamento. Aquele homem a fazia sentir inveja da mobília. Ela se apressou a falar, para afastar aquele pensamento absurdo e preencher o silêncio.

"A mesa foi feita com madeira recuperada de um naufrágio."

Ele parou com os dedos sobre um nó escuro da madeira.

"É claro que sim", ele disse, a voz baixa.

"O que você quer dizer com isso?", ela não conseguiu evitar de perguntar.

Ele sorriu, mas sua expressão não tinha humor.

"Ele homenageia a destruição de todas as formas possíveis."

Não era isso que a atraía naquela escrivaninha.

"Eu acho que seja mais provável que Chase tenha escolhido essa peça porque é uma ressureição da ruína."

"Como você?" Ele a encarou.

Exatamente como eu. Mas ela não podia lhe dizer isso, então olhou para o lado.

"Você sabia que ele não estaria aqui", ele disse.

Ela pensou em mentir, mas não conseguiu.

"Sabia."

Ele olhou para o outro lado, com frustração e fúria transparecendo no rosto atraente.

"Então por que me trouxe aqui? Para me torturar? Para mostrar minha fraqueza?"

"Sua fraqueza?" Ele não tinha nada de fraco. Ele era a força personificada.

Ele se aproximou dela.

"Para me mostrar que mesmo agora, enquanto me preparo para enfrentá-lo, ele está um passo à minha frente? Para me mostrar que ele sempre..." Ele parou.

"Ele sempre o quê?", ela o incitou.

Ele se aproximou mais, fazendo-a recuar, perseguindo-a até a porta, que de repente Georgiana se arrependeu de ter fechado.

"Para me mostrar que ele sempre vai ser o primeiro para você, apesar do fato de ele a tratar tão mal."

"Ele não me trata mal."

"Ele trata mal, sim. Ele não acredita em você. Ele não enxerga seu valor. O quão valiosa você é. Como é preciosa."

Ela parou e ele viu a surpresa nos olhos dela.

"Você me acha preciosa?"

Ele encarou o olhar dela. Recusou-se a deixá-la desviar os olhos.

"Eu sei que você é."

Aquela conversa era perigosa, pois fazia com que ela pensasse em coisas que não podiam acontecer. Ela sacudiu a cabeça, e seu coração martelava quando ela se encostou na porta e as mãos dele foram se apoiar, uma de cada lado da cabeça dela, na superfície de carvalho.

"Ele conhece seus segredos, e você sabe os dele. E você irá protegê-los para sempre, mesmo se isso a destruir."

Ele estava tão perto, e suas palavras, sussurradas no ouvido de Georgiana, enviavam calafrios e promessas por todo o corpo dela.

"Isso não vai me destruir."

"É claro que vai", ele afirmou. "Suas escolhas a estão arruinando. Este lugar em vez da liberdade. Langley em vez do amor. Chase..."

Em vez de mim. Ela ouviu aquelas palavras mesmo sem que Duncan as pronunciasse.

"Não", ela sussurrou e levou as mãos até o peito dele, subindo até tocar seu pescoço, a linha forte da mandíbula. Ela podia não ter o que queria, mas sua escolha era clara. "Não."

Ele estava tão perto que Georgiana pensou que poderia morrer se ele não fizesse algo – se ele não a tocasse. Se não a beijasse.

"O que, então?", ele perguntou.

"Eu já lhe disse", ela murmurou, ansiando por ele, adorando o calor e a força nele enquanto confessava, "eu escolho você."

"Não para sempre", ele disse.

Ele a queria para sempre? Ele estava lhe oferecendo isso? *Ela queria isso?* Mas mesmo que Georgiana quisesse, Duncan não podia salvar Caroline.

Ela procurou o olhar dele, desejando poder se esconder de Duncan naquela sala clara demais. Desejando que a verdade não fosse tão clara. Desejando que ele fosse menos do que era – lindo, nobre, bom. Desejando que não o quisesse tanto. Desejando que pudesse tê-lo, apesar de tudo. Se desejar pudesse fazer acontecer. Ela sacudiu a cabeça.

"Não para sempre", Georgiana confirmou.

Ele aquiesceu. E ela pensou enxergar algo nos olhos dele, algo que apareceu e sumiu com tanta rapidez que ela não teria reconhecido se não sentisse intensamente o mesmo. Arrependimento.

Ela se apressou para falar mais, mesmo sabendo que só estava piorando as coisas.

"Se eu pudesse... se eu fosse uma mulher diferente... se esta vida fosse diferente..."

"Se eu fosse um homem diferente", ele sugeriu, as palavras ao mesmo tempo frias e provocativas.

"Não", ela disse, querendo que a verdade aparecesse. Naquele instante. Onde ela nunca tinha aparecido. "Eu nunca iria querer que você fosse um homem diferente."

Ele retorceu os lábios em um sorriso sem humor.

"Você deveria querer isso. Porque deste jeito... como eu sou... é impossível para nós."

"Se eu não precisasse do título..."

"Onde ele está?", Duncan a interrompeu.

Georgiana olhou para ele.

"Não está por perto."

"Quando ele vai voltar?"

"Não volta hoje." Ela não queria que Chase voltasse. Ela queria que aquele momento, com Duncan, durasse para sempre. Que se danasse o resto do mundo.

Ele passou os dedos pelo cabelo dela.

"Mesmo que você não precisasse do título", ele disse, "eu não me casaria com você."

As palavras foram um golpe – e ela mereceu, sem dúvida. Ele estava bravo, furioso, por ela o levar até ali, o escritório de Chase, mas não até Chase. Ela compreendia o que era orgulho, e ele era um homem mais orgulhoso que a maioria. Ainda assim, aquela promessa ecoou nela, e Georgiana a odiou. Odiou que Duncan pudesse resistir com tanta facilidade a ela. Que pudesse desanimá-la com tanta facilidade. Odiou que ele pudesse magoá-la tanto. Que eles pudessem magoar um ao outro. Ela não conseguiu resistir e o desafiou.

"Você está mentindo."

Ele arqueou uma sobrancelha e entrelaçou os dedos por seus cabelos, puxando a cabeça dela para trás, que deixou os lábios abertos para ele.

"Você mente mais."

E então ele a beijou, e sua mão deslizou pela madeira para passar a tranca. Depois a levantou, apertando-a contra a porta, deixando que as pernas dela o envolvessem pela cintura enquanto ele aceitava tudo que ela lhe oferecia e a deixava desesperada para lhe dar ainda mais. Para lhe dar tudo.

Ela arfou, os braços ao redor do pescoço dele enquanto Duncan a levantava, como se não pesasse nada, como se ela fosse uma marionete. E talvez ela fosse. As mãos dele passeavam por Georgiana, por seu traseiro, seu cabelo, entre eles, apalpando os seios enquanto pressionava o corpo contra o dela, prometendo conforto para as partes dela que doíam, ansiosas por ele. Ela nunca quis nada da mesma forma como queria aquele homem. Ela entrelaçou os dedos no cabelo dele, agarrando com força os fios loiros ao mesmo tempo em que ele soltava sua boca e deslizava os lábios por sua face, chegando à mandíbula e ao lóbulo da orelha, macio e muito sensível. Ela arfou, virando a cabeça para a carícia enquanto ele lambia e mordia aquele lugar ao qual nunca tinha dado muita atenção. Os joelhos dela fraquejaram, e Georgiana se sentiu grata pela pegada firme de Duncan, pelo modo como ele a segurava, forte e sem hesitação, como se ela fosse uma pluma. Ele colocou a mão em seu traseiro e a levantou mais, apertando-a mais, e sussurrou em sua orelha.

"Saiba de uma verdade absoluta: eu vou fazer você gritar de prazer. Você vai me implorar para parar, e então, quando eu parar, você vai implorar para eu começar de novo. Você não vai saber o que fazer quando eu acabar com você, porque não vai se lembrar como é seu corpo sem o prazer que eu pretendo lhe dar."

Suas palavras tinham a intenção de chocá-la, e conseguiram. Ela observou a promessa nos lábios dele e fechou os olhos tentando conter a torrente de ansiedade que aquilo causou no âmago dela, incapaz de impedir de se movimentar sensualmente de encontro a ele. Ela suspirou ao senti-lo ali, entre suas pernas, onde ela o queria, repetindo o movimento, adorando o modo como ele a pressionava, ousado, inflexível e temerário... e então adorando como ele gemeu ainda mais de prazer com as sensações que ela provocava nele.

Ele praguejou – uma palavra sombria e imoral.

"Você sabe o que faz comigo, mas não se importa."

Ela se inclinou para frente e mordeu o lábio inferior dele, puxando-o para outro beijo longo e inebriante. Quando se separaram, os dois ofegavam de prazer. Ela sorriu.

"Eu não me importo nem um pouco."

Duncan a ergueu e virou, carregando-a através da sala, apoiando-a na imensa escrivaninha, passando a mão pela coxa dela enquanto falava, e suas palavras enviaram calor e ansiedade por toda ela.

"Eu adoro estas calças", ele confessou enquanto sua mão grande explorava os músculos e os ossos da perna dela, curvando-se sobre a coxa dela para encontrar o lugar macio, intocado, no lado de dentro, aproximando-se pela costura do tecido até Georgiana desejar que ele arrancasse dela a maldita peça de roupa e fizesse o que seu toque prometia.

Ela apoiou as mãos no tampo da escrivaninha e se inclinou para trás, observando-o admirá-la, observando o toque dele passear pelo corpo dela.

"Mas estou com uma inveja mortífera delas", ele falou, as palavras acompanhando sua carícia.

Ela se afastou e os dois assistiram aos dedos dele subir pela costura interna da perna.

"Por quê?", ela perguntou.

"Elas estão tocando você aqui", ele disse, as palavras sensuais e apaixonantes, e seus dedos tocaram o lado externo do joelho, provocando-a ao longo das calças. "E aqui", ele acrescentou, tocando a parte interna da coxa. "E..." Ele perdeu a voz quando alcançou o lugar em que as coxas se encontram, e ela se remexeu. Ele rugiu com o movimento. "Isso mesmo", ele sussurrou. "Abra-se para mim."

Deus a perdoasse, foi o que ela fez, afastando as coxas, permitindo-lhe acesso ao lugar que mais ansiava por Duncan. Ele aceitou o que ela oferecia, cobrindo com sua mão forte a parte mais secreta dela, e Georgiana suspirou de prazer com o toque, ainda que estivesse desesperada por mais.

"Você gosta disso", ele disse, como se os dois conversassem sobre uma pintura. Uma comida. Uma caminhada no parque.

"Eu gosto", ela confirmou, sem tirar o olhar daquela mão, do lugar em que a segurava, firme e com uma promessa insuportável. "Que Deus me ajude, mas eu gosto."

"Ele não vai ajudar você", disse Duncan, e sua outra mão chegou aos botões da camisa dela, e começou a soltar um por um até Georgiana poder ver o volume de seus seios nus. "Este é o domínio de um homem, muito menos perfeito." Ele praguejou mais uma vez, a palavra reverberando pela sala enquanto ele desabotoava a camisa e a desnudava diante de si. "Você é a coisa mais linda que eu já vi."

Ela observou aquela mão, grande e bronzeada, deslizar pela pele de sua barriga, uma promessa sensual.

"Por favor", ela pediu, desesperada por ele.

"Por favor o quê?", ele perguntou.

"Não me faça implorar."

Então Duncan olhou para Georgiana com conhecimento e compreensão naqueles olhos insuportavelmente lindos.

"Eu tenho toda intenção de fazer você implorar, meu amor. Eu lhe prometi prazer do mais alto nível. Eu lhe prometi que iria controlar o tempo que passamos juntos. E eu lhe prometi que você iria se perder no prazer. E você quer tudo isso, não quer?"

Ela não teve energia para mentir, então assentiu.

"Quero."

Ele se debruçou sobre ela e recompensou sua verdade com uma chupada longa e demorada no bico de seu seio, ela gritou de prazer e enfiou as mãos no cabelo dele.

No momento em que ela o tocou, Duncan parou.

"Coloque suas mãos na mesa."

Ela fez o que ele mandou sem questionar. Ele gostou.

"Olhe para si mesma", ele ordenou, deixando um dedo descrever um círculo perverso em volta da ponta tesa que ele havia ungido. Ela parecia ter incorporado a sensualidade de Anna, em toda sua glória, e então Georgiana arqueou suas costas, oferecendo-lhe seus seios nus. Tentando-o mais uma vez.

Ela foi recompensada com outra carícia demorada, dessa vez no seio que ele antes ignorou.

"Eu quero que você aprecie isto", ele falou, levantando a cabeça.

"Não estou preocupada com a possibilidade de não gostar", ela respondeu e sorriu.

Mas Duncan estava absolutamente sério.

"Se eu fizer alguma coisa que você não gostar, quero que me diga."

"Eu digo."

"Vou saber se estiver mentindo."

Ela o encarou.

"Não vou mentir. Não nisto."

Em todas as outras coisas, mas não ali. Não com ele. Georgiana inspirou fundo.

"Vamos para a minha cama?" Estava ali ao lado, atrás de uma porta. Grande, macia e feita para ele. Ela estaria mentindo se dissesse que não passou muitas noites naquela mesma cama pensando nesse homem, nesse momento. No modo como ele poderia tocá-la um dia. Do modo como ele poderia querê-la um dia... E esse dia tinha chegado.

Ele sacudiu a cabeça, e seus dedos brincavam com o bico de um seio, fazendo-a arrepiar toda.

"Eu não quero você em nenhum lugar em que ele a teve."

Chase. Ela sacudiu a cabeça.

"Você não precisa se preocupar."

Ela viu a fúria cruzar o rosto dele ao ouvir aquelas palavras. Ela desejou que ele soubesse a verdade.

"Eu não fiz... com ninguém..."

Ele ergueu a mão, interrompendo-a.

"Não."

Ele não acreditou nela.

"Duncan...", ela começou, deixando clara sua urgência nas palavras.

Ele não a deixou terminar e a puxou para a borda da escrivaninha.

"Aqui."

Ela olhou para o tampo de carvalho.

"Aqui?! Na escrivaninha?"

"Na escrivaninha *dele*."

Ela percebeu a ligeira ênfase no pronome, quase ausente. Quase imperceptível se o ouvinte não estivesse esperando. Ela também ouviu a frustração nas palavras de Duncan, e compreendeu sua raiz no mesmo instante – ele pensava que não houvesse lugar no clube em que ela e Chase não tivessem feito aquilo. E então ele assumiu o controle daquele lugar, onde acreditava que Chase fosse o rei. Ele a queria ali. E, que Deus a ajudasse, ela o queria na mesma medida. Ou até mais.

Georgiana anuiu.

"Aqui."

Ele a observou por um longo momento e ela viu a miríade de emoções que passaram por ele: raiva, frustração, desejo. Dor. Ela estendeu a mão para ele, querendo impedir os sentimentos negativos, mas ele resistiu, afastando-se de seu toque e erguendo um dos pés dela com suas mãos enormes.

"Eu quero você aqui", ele declarou, ríspido, desamarrando o sapato dela. "E quero você nua", ele disse, pontuando o deslizar do sapato, que tirou do pé dela e colocou no braço de uma poltrona ao lado para em seguida começar a trabalhar no segundo pé. "E quero que seja minha."

Minha. A palavra se espalhou por ela como uma torrente de desejo, roubando-a de seu fôlego. Quando alguém a quis desse modo? Quando alguém desejou possuí-la com tanta sinceridade? Sim, os homens queriam seu corpo quando ela vestia as sedas e os cetins ousados e desfilava pelo cassino como Anna, mas isso era diferente. Ele queria a própria Georgiana, de um modo que nenhum outro a quis. Nem mesmo o homem a quem ela tinha se entregado anos atrás. Mas o modo como ele falou a palavra – *minha* – não era um pedido. Era, na verdade, uma promessa impaciente. Uma reivindicação. Uma posse. E ela descobriu que queria ser possuída. Queria muito. Esse pensamento foi pontuado pela saída do seu segundo sapato, retirado com um único puxão firme e jogado no chão. Duncan retornou com suas mãos aos pés cobertos com meias. Ele pegou os tornozelos dela em suas mãos e levantou as pernas de Georgiana, abrindo-as, entrando no meio delas. Georgiana, por instinto, se enrolou nele, puxando-o para mais perto até se encontrarem no lugar em que um queria que o outro estivesse. Ela jogou a cabeça para trás quando Duncan pressionou o corpo nela, duro e quente, sustentando seu peso, mantendo-a arqueada e aberta para ele.

"Diga", ele rosnou, encarando seus olhos, com a mão livre subindo para cobrir um seio dolorido de desejo. "Diga e eu lhe darei tudo que você quer."

Georgiana não precisou perguntar o que Duncan queria dizer. Ela sabia. E sabia, também, que não seria uma mentira. De algum modo, naquele mundo louco, naquela época louca, ela passou a adorar aquele homem. Ela passou a lhe pertencer. E isso era lindo. Mas não poderia durar. Pois nada que era lindo durava – não foi essa a lição que ela aprendeu anos atrás, envolta em braços quentes e feno seco? Amor era fugaz e efêmero, o sonho desesperado de uma garota inocente e ingênua. E então ela iria se entregar àquilo, para depois ir viver a vida que pretendia. Mas primeiro, ela queria a liberdade. Primeiro, ele.

"Eu sou sua", ela confessou.

Ele a recompensou com um gemido profundo e maravilhoso, e um beijo longo e devastador, que terminou com ele a puxando para a beirada da escrivaninha e levando as mãos ao fecho das calças dela, cujos botões abriu com habilidade e disposição, soltando um após o outro até que o tecido afrouxou e ele a puxou pelas pernas dela, tirando também as meias.

"Minha lady", ele disse, recuando para observá-la com intensa concentração. Ela não conseguiu encará-lo, preocupada demais com sua própria aparência – a camisa aberta, pendurada nos ombros, o último vestígio de suas roupas. Preocupada demais com seu passado, com as mentiras que construiu ao redor dela a respeito de sua experiência com a sensualidade. Com o fato de só ter feito aquilo uma outra vez em sua vida.

"Olhe para mim." A ordem veio cheia de autoridade, e ela deveria tê-la odiado, mas não. O olhar dela buscou o dele, reconhecendo o poder de Duncan. Querendo esse poder.

"Minha lady", ele sussurrou, palavras que eram ao mesmo tempo prece e promessa. "Abra-se para mim", a ordem tirou seu fôlego, e ela hesitou, sem saber se podia. Uma coisa era ela se desnudar para ele nas águas escuras daquela piscina transcendente. Mas outra, completamente diferente, era fazer isso ali, em plena luz do dia.

Antes não tinha sido assim. A única vez em que Georgiana esteve perto de uma experiência como a que estava vivendo tinha acontecido quase uma década antes, com um homem que mentiu para ela. Que a arruinou. E abandonou. Não houve nada naqueles instantes fugazes, que alteraram o curso de sua vida, no celeiro da Mansão Leighton, que lembravam seu atual momento com esse homem. Nada, naquela vez, chegava perto disso. Isso era liberdade – o último fôlego da sua vida antes que ela se comprometesse com um novo mundo, como uma esposa aristocrática, dedicada somente ao legado de sua filha. Então por que não aproveitar? Por que não desfrutar do momento e saboreá-lo? Ela ergueu o queixo e jogou os ombros para trás, atrevida.

"Obrigue-me."

Uma chama perversa ardeu nos lindos olhos castanhos dele.

"Você acha que não consigo?"

"Eu acho que você está querendo que eu faça o seu trabalho." Ela desejou que ele se aproximasse. Desejou que ele a tocasse.

Em vez disso, ele recuou um passo e sentou em uma poltrona de couro na frente da escrivaninha, recostando-se, fingindo estar relaxado. O nervosismo inflamou dentro dela, mas Georgiana resistiu. O olhar dele passeou pelo corpo dela enquanto Duncan se esticava na poltrona, seus pés calçados a poucos centímetros dos pés nus dela.

"Abra-se para mim", ele repetiu.

Ela abriu um pequeno sorriso.

"Não vai ser assim tão fácil."

Ele ergueu uma sobrancelha.

"Não. Não vai ser." Ele focou nos seios dela, e Georgiana sentiu a pele esquentar enquanto ele descia o olhar, na direção do lugar em que ela o queria desesperadamente. Duncan ficou admirando seu corpo até ela pensar que poderia morrer disso. Quando ela estava para se render a ele, Duncan falou.

"Você vai se abrir para mim, e quando o fizer vai se arrepender de não ter se aberto quando eu pedi."

"Isso é uma ameaça?" Ela arregalou os olhos.

Os lábios dele se curvaram em um sorriso lento, quase mercenário.

"Nem perto disso." Ele ergueu uma mão com a qual apoiou o queixo, então começou a estudar Georgiana com um olhar demorado e tranquilo, tocando seu próprio lábio inferior com o dedo indicador, em uma atitude que uma mulher menos atenta acreditaria ser meditativa.

Georgiana não era uma mulher pouco atenta. O movimento daquele dedo não era meditativo. Era predatório. E cada centímetro que ele percorria sobre os lábios de Duncan parecia acender uma chama dentro dela.

"Você vai se arrepender, contudo", ele continuou, "porque cada momento que você não se entrega para mim, é um momento em que não estou tocando você. Um momento em que você não sente minhas mãos, minha boca, minha língua."

Essas palavras causaram um choque nela e Georgiana imaginou todas essas coisas, uma repetição da noite na piscina. O sentimento magnífico de Duncan nela.

"Um momento em que eu não a acaricio... nem beijo... nem chupo."

Ela exalou com a última palavra, pelo modo como pareceu revelar seu significado, deixando uma trilha de fogo no corpo de Georgiana até o lugar que ele lhe pediu para abrir... o lugar em que ela o queria.

Ele percebeu.

"Você gosta quando eu a chupo, não gosta, minha lady?"

Bom Deus. Ela não era uma puritana; ela passou os últimos seis anos rodeada por jogadores e prostitutas. Ela administrava o melhor inferno de jogatina de Londres, pelo amor de Deus. Mas tudo isso parecia completamente comum e aceitável comparado àquele homem, que havia se tornado a encarnação do pecado no momento em que se tocaram.

Era dia, o sol brilhava em sua janela, e ele falava de chupar como se estivesse comentando sobre o clima.

"Georgiana", ele insistiu, o nome dela uma promessa sussurrada. "Você gosta?"

Aquele dedo que ele passava pelos lábios a estava enlouquecendo. Ela apertou ainda mais as coxas, lembrando-se da brincadeira que faziam.

"Parece que eu me lembro de ser bem agradável."

Alguma coisa acendeu nos olhos dele. Humor. Compreensão do papel que ela desempenhava.

"Apenas agradável?"

Ela sorriu, contida e doce.

"Pelo que me lembro."

"Então nossas memórias são diferentes", ele disse. "Pois eu lembro das suas mãos no meu cabelo, dos seus gritos na escuridão, de suas pernas enroladas em mim como um pecado." O olhar dele desceu para o vértice das coxas dela. "Eu lembro da torrente que veio de você quando gozou, do modo como ficou arqueada para o céu, esquecendo de tudo a não ser do prazer que eu lhe dei com minha língua, em todos os lugares em que você ansiava."

Ela esqueceu do jogo, seus músculos fraquejando enquanto ele falava.

"Eu lembro do seu gosto doce e sensual... e de você toda, como seda, macia e molhada... e minha."

Aquela palavra de novo. Dele. Ele a seduzia apenas com palavras, prometendo lhe dar tudo o que ela sempre quis se Georgiana se rendesse apenas se ela se abrisse para ele. Ela inspirou fundo e continuou no jogo.

"Você fala de antes", ela disse, incapaz de esconder a respiração entrecortada em suas palavras. "Mas de que me serve isso agora? Aqui?"

Ele ergueu as sobrancelhas, surpreso, antes de se inclinar para frente e pronunciar palavras que eram parte ameaça, parte brincadeira. E integralmente desejo.

"Abra-se para mim e vamos descobrir."

Ela riu e o som chocou os dois com sua honestidade. Ela ficou quase constrangida – teria ficado se ele não tivesse deixado a mão cair e se inclinado no instante que a risada escapou dos lábios dela.

"Você é a coisa mais linda que eu já vi." Ele estendeu os braços para ela, então, e uma mão grande e quente se curvou sobre o joelho, o toque apagando o jogo que eles jogavam.

Ela abriu as pernas.

"Tão maravilhosamente bela", Duncan disse, sem que seu olhar abandonasse o rosto dela quando ele saiu da cadeira, caindo de joelhos diante da escrivaninha, entre as coxas dela. "Tão maravilhosamente perfeita." Ele deu um beijo no lado de dentro do joelho, depois na coxa. "Tão maravilhosamente *honesta*."

Ela ficou rígida ao ouvir isso, ainda que os lábios dele se curvassem no alto da coxa dela, onde se encontrava com a parte dela que ansiava por ele. Por aquilo. *Honestidade.* Ela não tinha sido honesta com ele. Não havia nada de honesto naquilo. Nada de honesto nela. E ele merecia algo melhor.

Duncan sentiu a mudança em Georgiana e ergueu os lábios, buscando os olhos dela no alto daquele corpo longilíneo.

"Não pense nisso."

Ela sabia que ele não tinha entendido, mas respondeu mesmo assim, sacudindo a cabeça.

"Não posso evitar."

Ele deu um beijo nos pelos macios acima do lugar mais secreto dela, a carícia longa e demorada e algo doce.

"Diga para mim", ele disse.

Havia uma dúzia de coisas que ela deveria contar para ele. Uma centena de coisas que ela *queria* lhe contar. Mas somente uma conseguiu sair dela. E talvez fosse a coisa mais sincera que ela já tinha dito.

"Eu queria que pudesse ser assim. Para sempre."

As palavras dela quase o mataram. A verdade nelas, o modo como espelhavam os pensamentos dele, ali, naquele lugar que não era dele. Nem dela. Aquele lugar que sem dúvida arruinaria os dois. Ele também queria aquilo para sempre, mas era impossível. Seu passado, o futuro dela – nada os conduzia ao "para sempre". Aquelas forças externas que ameaçavam os dois eram barreiras ao "para sempre". Não, para sempre era para pessoas mais simples e tempos mais simples.

Ele se inclinou para frente, de joelhos, ciente de sua posição, do modo como a venerava, como se ela fosse uma deusa e ele seu sacrifício. Ele deu um beijo nos bonitos pelos macios que escondiam os segredos dela. A posição em que Georgiana estava – a confiança que demonstrava – o prazer que isso trazia – deixou Duncan mais duro que ele jamais esteve em sua vida. Ele queria aquela mulher. Talvez ele não pudesse tê-la para sempre, mas ele sempre teria esse momento, essa lembrança... Isso podia durar. Podia continuar com ele nas noites escuras. E isso poderia arruiná-la para qualquer homem que viesse depois dele.

"Eu nunca provei nada como você", ele sussurrou, deixando sua respiração provocar aqueles pelos enquanto ele a abria lentamente, adorando o modo como ela brilhava, quente e rosada para ele. "Doce, sensual e proibida." Ele passou um dedo gentil pela abertura molhada e ela levantou os quadris na direção dele. Ela estava tão úmida, tão pronta para ele. "Quente, molhada e perfeita."

Ele passou um dedo no centro dela, prestando atenção à respiração, o modo como ficava presa e crepitava enquanto ele a explorava.

"E você sabe, não? Você sabe do seu poder."

"Não." Ela negou com a cabeça.

Ele a encarou e se aproximou, deixando sua língua tocá-la mais uma vez, um toque demorado e suculento. Ele se deliciou com a forma como ela engasgou, o modo como fechou os olhos de prazer.

"Não", ele disse. "Não feche os olhos."

Ela os abriu, e ele lambeu de novo, adorando a maneira como o desejo a invadiu.

"Conte para mim."

"A sensação é..."

Ele repetiu o movimento, demorando-se no ápice da carícia, no lugar em que ela mais o queria, e Georgiana gritou.

"Continue." Ele falou *ali*.

"Magnífica."

"Mais."

Ele rodopiou a língua sobre o ponto pequeno, tenso, e ela suspirou.

"Não pare."

"A sensação parece... eu nunca..." Ele a chupou, e adorou o modo como ela ficou sem palavras. "Oh, *Deus*."

Duncan sorriu, deixando que sua língua brincasse nela.

"Deus, não."

"Duncan", ela suspirou seu nome, e ele pensou que iria morrer se não entrasse nela logo.

"Diga-me."

"É lindo." As mãos dela encontraram o cabelo dele, e seus dedos o puxaram para si enquanto ela movimentava os quadris na direção dele. "Você é perfeito", ela sussurrou, e Duncan ficou chocado com as palavras. E então ela disse algo completamente inesperado. "A sensação é de... amor."

E lá, naquele momento, com a palavra pairando no ar, ele percebeu que era exatamente isso que ele queria que ela sentisse. Ele a amava. Essa percepção deveria ter aterrorizado Duncan, mas não, isso o banhou em um prazer caloroso que vinha da verdade, finalmente revelada. E na outra extremidade desse prazer estava o início de algo desagradável. Devastação. Negação. Ele ignorou isso e se dedicou a fazer amor com ela com carícias lentas e molhadas. Ela se movimentava contra ele, mostrando-lhe do que gostava, onde gostava, e Duncan lhe dava tudo sem hesitar. Georgiana era seu maná, e ele se alimentava dela, querendo lhe dar prazer só para lhe proporcionar prazer. Para lhe dar a lembrança desse momento. De seu amor um amor, que não podia ser.

Círculos lentos tornaram-se rápidos, movendo-se em sincronia com a respiração e os suspiros dela, e também com a sensação dos dedos dela em seu cabelo e o subir e descer daqueles quadris maravilhosos. E então ela alcançou o alívio, e ele a segurou, tocando-a, beijando-a com delicadeza, guiando-a em meio ao momento, trazendo-a de volta. Enquanto o último suspiro de prazer dela ecoava ao redor deles, ele se pôs de pé, desesperado por ela, adorando o modo como o olhar dela o acompanhava, os olhos arregalados, os lábios entreabertos. Ele tirou o paletó e a gravata, observando-a observá-lo, querendo-a enquanto ela o queria. Ele tirou a camisa pela cabeça e baixou os braços, resistindo ao impulso de se exibir enquanto a atenção dela passeava por seu peito, por sua barriga.

Ela fechou a boca e Duncan viu a garganta dela se mover enquanto Georgiana engolia em seco. Ele quis rugir de prazer diante da aprovação óbvia dela.

"Posseidon", ela sussurrou.

Ele arqueou a sobrancelha em uma pergunta silenciosa, enquanto imaginava se conseguiria esperar pela resposta dela antes de tomá-la em seus braços e torná-la sua. *Para sempre*. Ele podia ignorar o mundo e suas vozes insidiosas nos cantos escuros da sua mente, porque ela respondeu.

"Na sua casa, na sua piscina..." Ela estendeu as mãos para ele e percorreu com os dedos o ombro másculo, descendo pela curva do braço, onde os músculos dele estavam rígidos com o esforço que ele fazia para não possuí-la. "Você era Posseidon na água, tão forte..." Os dedos alcançaram os músculos do abdome, "construído com tanta perfeição...", passaram através dos pelos ali, "tão lindo..." e deslizaram sobre a pele do peito até encontrarem o mamilo dele, o que o fez quase gemer de prazer. Ela se inclinou para frente e encostou os lábios no peito dele em uma carícia demorada e provocante.

Ela se afastou e fitou seus olhos.

"Deus do mar."

"E você é minha sereia", ele disse, tocando-a, deixando que seus dedos alisassem os cabelos macios na nuca de Georgiana, levantando o rosto dela.

"Espero que não", ela disse e ele fez uma pausa, esperando que ela se explicasse. Georgiana sorriu, a expressão contida e carregada de sensualidade. "Posseidon conseguia resistir às sereias."

Duncan não conseguiria resistir à ela. Nem pelo mundo todo. Ele tomou sua boca em um beijo profundo e demorado, e as mãos dela desceram para o fecho das calças dele, e Duncan pensou que poderia morrer enquanto esperava que ela abrisse os botões ali. Ela se atrapalhou com os fechos e ele tentou assumir.

"Não", ela disse, afastando-se e fitando-o nos olhos. "Eu quero fazer isto."

Ele inspirou fundo e se preparou.

"Faça, então."

E então veio uma sensação magnífica, quando a mão dela deslizou na abertura de suas calças, tocando-o, afinal. Ele praguejou, a palavra rude e suave ecoando na sala enquanto ela o libertava. Ele a observou, adorando o modo como ela o admirou, arregalando os olhos e entreabrindo os lábios, e ele teria dado toda sua fortuna para saber o que ela pensou sobre ele. E então ela passou a língua pelo lábio inferior e moveu as mãos, acariciando-o de forma intensa e demorada. Uma vez. Duas.

Ele colocou a mão sobre a dela, detendo o movimento.

"Pare."

Ela congelou e seu olhar procurou o dele.

"Eu estou..." Ela hesitou. Tentou de novo. "Eu fiz algo errado?"

Ele parou ao ouvir aquilo, diante da expressão dos olhos arregalados dela, preocupação, apreensão. Duncan estreitou seus olhos para ela, odiando a falsidade. Ele a amava, e ainda assim ela mentia para ele.

"Não. Não banque a inocente. Eu quero a verdadeira você. Não a fantasia." Ele pôs as mãos no rosto dela, virando-o para si. "Eu não me importo com o passado. Só quero saber do presente."

O futuro. Não. Ele não podia se importar com isso. Não era para ele. Algo faiscou naqueles lindos olhos âmbar. Algo parecido com frustração. Ela desviou o olhar, depois o baixou para onde suas mãos estavam entrelaçadas, em volta dele.

"Mostre para mim", ela sussurrou, afinal. "Mostre para mim o que você gosta."

Ele se aproximou e a beijou outra vez, querendo que os dois voltassem àquele momento. Ele deslizou os lábios até a orelha dela.

"Eu gosto de tudo, amor. Eu gosto de cada centímetro de você em cada centímetro meu. E eu gosto das suas mãos ao redor de mim, apertadas e quentes como uma promessa." A respiração dela estava acelerada junto à orelha dele, e Duncan guiou as mãos dela em seu corpo. "Eu gosto dos seus lindos olhos em mim. Eu gosto de ver você me observando. Eu gosto de você observando a si própria enquanto me toca." Ele recuou o suficiente para deixar que ela observasse os corpos dos dois, suas mãos, a extensão dura de Duncan, tão perto dela. Tão perto do lugar em que ele queria estar. "Posso dizer do que mais eu gosto?"

Ela o acariciou várias vezes antes de responder, um sussurro cheio de desejo.

"Pode."

Eu amo você. Não. Isso só traria dor aos dois.

Ele estendeu a mão para Georgiana e deslizou um dedo para dentro dela, molhada pela boca dele e por seu próprio prazer.

"Eu gosto dos seus belos lábios rosados."

Com o fôlego curto, ela riu ao ouvir aquilo. Ele deslizou o dedo mais fundo e a risada se tornou uma respiração sôfrega. Duncan olhou para ela.

"E eu gostaria muito de estar dentro de você."

Ela encarou os olhos dele.

"Eu também gostaria disso."

Ele a beijou, então encostou sua testa na dela enquanto lentamente se colocava onde ela o queria, na sua entrada, e ele segurou um palavrão com a sensação, tão quente e úmida – para ele. Duncan entrou nela, tão apertada, e Georgiana prendeu a respiração. Ele a fitou nos olhos, percebendo o desconforto neles.

"Georgiana?", ele falou, pois alguma coisa o perturbou, ainda que ele pensasse que poderia morrer de prazer.

"Está tudo bem." Ela balançou a cabeça.

Só que não estava. Ela sentia dor. Ele se afastou um pouco. Mas ela logo passou as pernas pela cintura dele.

"Não. Por favor. Agora."

Se ele não soubesse o que ela era... Georgiana o puxou para mais perto e Duncan esqueceu do que estava pensando, até a respiração dela ficar difícil de novo.

"Pare", ele disse. "Deixe-me..."

Ele se afastou, então entrou de novo em movimentos curtos, delicados, cada um mais fundo que o anterior, até ele chegar ao fundo dela, ficando completamente dentro de Georgiana.

"Sim", ela sussurrou quando ele se curvou e colou um beijo demorado no lugar em que o pescoço dela encontrava o ombro. "Sim."

Ele próprio não teria dito isso melhor. Duncan se afastou e a fitou nos olhos. "Está...?"

Ela se esticou e o beijou, fazendo sua língua escorregar por entre os lábios dele em um beijo estonteante.

"Está magnífico", ela disse quando terminou. Depois, ela colocou as mãos no peito dele, empurrando-o para trás o bastante para olhar como eles estavam conectados. "Olhe para nós."

Foi o que ele fez, acompanhando o olhar dela, e sentiu que ficava mais duro dentro dela. Georgiana inspirou, depois sorriu.

"O senhor parece estar se divertindo."

Cristo. Ele a amava. Ele a queria. Divertida. Brilhante. Linda. Sensual. *Para sempre.* O sorriso dela se espelhou em seu próprio rosto.

"Eu consigo pensar em formas de me divertir ainda mais."

Ela colocou as mãos na curva do traseiro dele e apertou. Ele gemeu.

"Mostre para mim", Georgiana disse.

E foi o que ele fez.

Ele desferiu estocadas fundas, sensuais, e ela o imitou, levantando suas pernas longas, e o nome dele se transformou em um mantra nos lábios dela, primeiro delicado e quase imperceptível, crescendo até se tornar um grito de prazer, fazendo-o desejar que aquele momento nunca terminasse. Duncan envolveu a cintura dela com seu braço, mantendo-a perto enquanto a empurrava com os quadris, e as mãos dela foram até seus ombros, envolvendo-os bem apertado enquanto ela gritava por ele. Como se ele fosse deixá-la. Como se fosse possível que ele a deixasse. *Ele nunca a deixaria.*

Georgiana recuou no último momento, enquanto ele desferia estocadas vigorosas e rápidas contra ela.

"Agora", ela disse, olhando para ele, a palavra cheia de desejo e admiração, sugerindo algo que ele teria conseguido entender se não estivesse com a cabeça tão ocupada por ela. "Agora."

E foi naquele momento. Ela explodiu de prazer, apertando-o todo, com tanta força que ele pensou que talvez não sobrevivesse. Ela chamou seu nome enquanto ele estocava uma, duas vezes, duro e rápido e maravilhoso, até ele sentir seu próprio prazer chegando, e então saiu de dentro dela, gozando com força e intensidade diferentes de tudo que já tinha sentido. Junto com ela. E ele soube, naquele instante, que ele não a tinha arruinado para outros homens. Ela é que o tinha arruinado para outras mulheres. Até o fim da vida.

Ele se afastou e ela suspirou um protesto pela saída dele, fazendo com que Duncan a quisesse mais uma vez. Ele não estava pronto para deixá-la, mas fechou as calças rapidamente e pegou um lenço. Em seguida, ele a ergueu nos braços e carregou até uma das poltronas grandes na outra ponta da sala, antes de a colocar em seu colo para limpá-la.

"Você não...", ela ficou sem palavras.

"Eu achei que você não devia correr esse risco." Não que, lá no fundo, ele não apreciasse a ideia – uma coleção de crianças loiras com os belos olhos âmbar da mãe. "Você não teve escolha da última vez. Deveria poder escolher da próxima."

Lágrimas afluíram aos olhos dela, e ele a puxou para perto, querendo protegê-la naquele momento. *Para sempre.* Essa ideia, de novo. Ela se curvou nele enquanto Duncan passava as mãos pela pele macia, linda, revivendo os momentos de amor em sua memória enquanto a respiração dos dois voltava ao normal, relembrando as palavras dela, os movimentos, os sons. Os momentos de surpresa. Admiração. Desejo. *Desconforto.*

A compreensão o atingiu. Ela ergueu a cabeça quando as mãos dele pararam sobre seu corpo.

"O que foi?"

Ele balançou a cabeça, sem querer responder. *Sem querer que fosse verdade.* Ela sorriu, dando um beijo no queixo dele.

"Pode me dizer."

Eu não fiz... com ninguém... Ela tinha dito. Mas ele simplesmente não acreditou nela. Quem era ela? Qual era o jogo dela? *Qual era o jogo de Chase?*

Ele fitou os olhos dela, notando a franqueza, a honestidade. Algo tão raro. E alguma coisa deve ter transparecido em seu olhar, porque o dela mostrou preocupação.

"Duncan?"

Ele não queria dizer aquilo, mas de algum modo, não conseguiu se segurar.

"Você não é uma prostituta."

Capítulo Dezessete

É uma surpresa constante para esta publicação que Lady G tenha sido ignorada com tanta facilidade por quase uma década. Uma pena que não demos uma espiada no passado dessa lady! Mas nós vamos ter que nos contentar em admirar seu futuro brilhante...

...Diversas votações importantes acontecerão esta semana nas Casas do Parlamento. O proprietário deste jornal tem proposto ativamente o estabelecimento de limites claros para o trabalho infantil, e observa com cuidado o que os líderes desta grande nação decidirão sobre o futuro de seus cidadãos mais novos...

Notícias de Londres, 9 de maio de 1833.

Ela congelou ao ouvir aquelas palavras. Talvez ela tivesse conseguido passar por cima daquilo, se não fosse pelo modo como ele a fazia se sentir, o modo como ele a fez baixar a guarda aos poucos, sem esforço, deixando-a no chão junto com as calças dela, a gravata dele e todas as inibições dos dois. O modo como ele lhe deu prazer, paz e a promessa de mais, mesmo ela sabendo que tudo aquilo era passageiro. Talvez ela pudesse ter mentido, mas como? De que modo ela podia fingir que conhecia os truques e o ofício da melhor prostituta de Londres quando ele a devastou por completo com seu beijo, seu toque e sua gentileza? Ela esperava o beijo. O toque. Mas a gentileza foi demais e a expôs, deixando-a sem nada que a protegesse da observação meticulosa e das perguntas inteligentes de Duncan West. Pela primeira vez em muito tempo ela ficou sem saber o que dizer. Ela se levantou, deixando o colo dele, indo nua até o lugar em que ele a despojou de suas roupas e mentiras. Georgiana pegou sua camisa onde tinha aterrissado, no braço de uma poltrona, e a ajeitava no corpo quando ele falou de novo.

"Você não pode se esconder de mim", declarou Duncan. "Não aqui. Você e Chase têm, é óbvio, algum tipo de plano. Algo do qual eu faço parte. Involuntariamente." Aquelas palavras fizeram Georgiana se arrepiar de medo, pois aquele homem brilhante tinha descoberto um de seus segredos mais bem guardados e se aproximava de descobrir todo o resto.

A ironia, é claro, era que a maioria dos homens ficaria empolgado de saber que não tinha acabado de fazer sexo com uma prostituta. Mas Duncan West não era nem de longe parecido com outros homens. E nada nele parecia estar satisfeito com essa descoberta. Ele não aparentava se importar que ela estivesse praticamente nua, abalada pela declaração dele ou com as emoções expostas. Ou que não quisesse discutir o assunto.

"Quando foi a última vez que você dormiu com alguém?", ele perguntou.

Ela tentou fugir do assunto e se abaixou para pegar as calças.

"Eu durmo com Caroline com frequência."

Duncan se inclinou para frente, sua fúria transparecendo no olhar. Ela fez o possível para ignorar o modo como os músculos dele se moveram, ondulando debaixo da pele macia.

"Vou reformular, pois às vezes me esqueço do lugar em que você escolheu fazer sua vida. Quando foi a última vez que você trepou com um homem?"

A grosseria foi uma bênção, pois a lembrou de que ela era mais do que aquele momento, que ela era a rainha do submundo de Londres, mais poderosa do que ele poderia imaginar. Mais poderosa do que qualquer um poderia imaginar. Ele inclusive. Ela deveria estar brava com Duncan. Deveria ter endireitado os ombros, dane-se a nudez, e dito para ele o que fazer com sua linguagem grosseira. Deveria ter marchado, nua e corajosa, até a parede e tocado a campainha para chamar a segurança àquele lugar, onde ele não deveria estar. Aonde ela não deveria tê-lo levado. Aonde ela nunca se esqueceria dele.

Georgiana olhou para o lado. Tudo tinha saído errado naquela tarde, mas ainda assim a raiva dele fazia com que ela quisesse lhe contar a verdade. Consertar aquele momento. Responder às perguntas dele, voltar aos seus braços e restaurar sua fé. Não fazia nem uma hora que ele havia jurado protegê-la. Há quanto tempo alguém não desejava fazer isso?

"Olhe para mim." Não foi um pedido.

Ela olhou para ele, desesperada para continuar forte.

"O que nós fizemos... não foi..." Ela não conseguiu pronunciar a palavra. "Isso."

Ele estreitou o olhar.

"Como você pode saber?"

Ele queria feri-la, e conseguiu. A pergunta foi um golpe. Merecido, mas ainda assim um golpe. Ela respondeu, expondo-se mais do que imaginava ser possível.

"Porque da última vez em que fiz isso, foi assim." Os olhos castanhos dele procuraram os dela, e Georgiana deixou que ele visse a verdade. E concluiu seu raciocínio, as palavras mais baixas do que ela esperava. "Isto não foi a mesma coisa. Foi... mais."

"Cristo." Ele se pôs de pé.

Ela o encarou.

"É algo maior."

"É mesmo?", ele perguntou, com a voz carregada de algo parecido com dúvida. Duncan passou as mãos pelo cabelo, frustrado. "Você mentiu para mim."

Era verdade, mas ela não queria mais mentir, mesmo que estivesse envolvida por mentiras. Mesmo que os dois estivessem. Mesmo que suas mentiras estivessem entrelaçadas em camadas, muitas e intricadas demais para que ela pudesse lhe contar a verdade. Conectadas a muitas outras para que pudesse encontrar o caminho até a luz da honestidade.

"Eu quero lhe contar a verdade", ela confessou.

"E por que não conta?", ele perguntou. "Por que você não confia em mim? Eu teria... se soubesse que você... que Anna... que nada disso era verdade, eu teria..." Ele parou e reorganizou as ideias. "Eu teria tomado mais cuidado."

Nunca, em toda sua vida, ela se sentiu mais cuidada do que na última hora, nos braços dele. E ela queria lhe dar algo por isso. Algo que nunca deu para outra pessoa. Seu segredo mais obscuro, guardado no fundo dos seus pensamentos.

"O pai de Caroline", ela sussurrou. "Ele foi o último."

Duncan ficou em silêncio por um bom tempo. Depois fez a pergunta.

"Quando?"

Ele ainda não tinha entendido.

"Dez anos atrás."

Ele inspirou fundo e ela se surpreendeu com o som, com o modo como ele parecia sofrer com a verdade dela.

"A única vez?"

Ele sabia a resposta para aquela pergunta, mas Georgiana respondeu mesmo assim.

"Até agora."

Duncan levou as mãos ao rosto dela, erguendo seu queixo, forçando-a a olhar para ele.

"Esse sujeito foi um idiota."

"Não foi. Ele era um garoto que queria uma garota. Mas não para sempre." Ela sorriu. "Nem mesmo para uma segunda vez."

"Quem era ele?"

Georgiana ficou corada com a pergunta, pois detestava a resposta.

"Ele trabalhava nos estábulos da propriedade de campo do meu irmão. Ele selou meu cavalo algumas vezes, cavalgou comigo uma vez." Ela olhou para o lado, envolvendo-se com os próprios braços. "Eu fiquei... enfeitiçada pelo sorriso dele. Um flerte."

Ele aquiesceu.

"Então você se arriscou."

"Só que não era um risco. Eu pensei que o amava. Eu tinha passado minha vida, jovem e privilegiada, sem qualquer preocupação. Eu não precisava de nada. E, cometendo o mesmo erro de toda criança privilegiada desde o início dos tempos, eu quis a única coisa que não tinha em vez de me contentar com aquilo que eu tinha."

"E o que era isso?"

"Amor", ela disse com simplicidade. "Eu não tinha amor. Minha mãe era fria. Meu irmão estava longe. Meu pai havia falecido. O pai de Caroline era caloroso, próximo e vivo. E eu pensei que ele me amava." Ela afastou a memória com um sorriso. "Garota tola."

Ele ficou quieto por um longo momento, com o rosto lindo crispado.

"Qual é o nome dele?"

"Jonathan."

"Não é essa parte que eu quero."

Ela balançou a cabeça.

"É a parte que eu vou lhe dar. Não importa quem ele seja. Ele foi embora e Caroline nasceu. Só isso."

"Ele deveria pagar pelo que fez."

"Como? Casando comigo? Tornando-se o pai de direito de Caroline, além de ser o de fato?"

"Não, diabos."

Ela franziu a testa. Todo mundo com quem havia discutido o nascimento de Caroline concordava que se ela dissesse o nome do homem, tudo ficaria bem. Seu irmão queria casá-la com o infeliz, assim como meia dúzia de mulheres que viviam com ela em Yorkshire – onde Georgiana foi morar depois que deu à luz Caroline e começou a criá-la.

"Você não acha que ele deveria ter sido forçado a casar comigo?"

"Eu acho que ele deveria ter sido pendurado pelos polegares na árvore mais próxima." Ela arregalou os olhos e Duncan continuou. "Eu acho que deveriam ter arrancado as roupas dele e feito com que andasse por Piccadilly. Eu acho que ele deveria se encontrar comigo no ringue que vocês têm neste lugar, para que eu pudesse despedaçá-lo pelo que fez com você."

Ela estaria mentindo se dissesse que não apreciava aquelas ameaças.

"Você faria isso por mim?"

"Faria mais", ele disse, sem brincadeiras, com honestidade. "Eu odeio que você o proteja."

"Não é proteção", ela tentou explicar. "É que não quero dar relevância para ele. Eu não quero que ele tenha o poder que os homens têm sobre as mulheres. Não quero que ele seja parte de mim. De quem eu sou. De quem Caroline é. De quem ela pode se tornar."

"Ele não é nada disso."

Georgiana o observou por um longo tempo, querendo acreditar nele. Sabendo a verdade.

"Talvez não para mim... mas para eles... para você... é claro que é. E vai continuar sendo, até que haja outro."

"Um marido. Com um título."

Ela não respondeu. Não precisava.

"Conte-me o resto", Duncan pediu.

Ela deu de ombros.

"Não tenho muita coisa para dizer."

"Você o amava."

"Eu achei que o amava", ela o corrigiu. E acreditou nisso. Mas agora...

Amor. Ela revirou essa palavra em sua cabeça, várias vezes, considerando seu significado, sua experiência com ela. Georgiana pensou que amava Jonathan. Ela teve tanta certeza disso. Mas agora... ali.. com aquele homem, ela percebeu que o que havia sentido por Jonathan era minúsculo. Cabia em um dedal. O que ela sentia por Duncan West era um oceano. Mas ela não queria pôr um nome nisso. Podia ser perigoso. Porque, ainda que Georgiana tivesse suas mentiras e seus segredos... Duncan também os tinha. Ela sacudiu a cabeça e olhou para baixo, para suas pernas pálidas, sobre as quais ele havia colocado um longo braço bronzeado. Ela apoiou sua mão naquele braço e brincou com os pelos dourados ali.

"Eu pensei que o amava", ela se repetiu.

"E?"

Ela sorriu.

"Já lhe contei; uma história tão antiga quanto o mundo."

"E depois?"

"Você sabe o que aconteceu, Sr. Jornalista."

"Eu sei o que os outros falam. Quero saber a sua própria versão."

"Eu fui para Yorkshire. Eu fugi para Yorkshire."

"Dizem que você fugiu com ele."

Ela riu, um som sem graça para seus próprios ouvidos.

"A essa altura ele já tinha desaparecido da minha vida. Sumiu antes de raiar o dia depois que nós..."

Ele engoliu sua raiva e ela parou.

"Continue", ele pediu.

"Eu peguei uma carruagem pública. A tia da minha criada sabia desse lugar em Yorkshire. Um lugar onde as garotas podiam ficar em segurança."

Ele ergueu a sobrancelha.

"A irmã de um duque, viajando em carruagem pública."

"Não havia outro modo. Eu poderia ser pega."

"Isso teria sido ruim?"

"Você não conhecia meu irmão nessa época. Quando descobriu o que aconteceu, ele ficou furioso. Foi assustador. Minha mãe transbordava ódio e desdém. Nós nunca mais nos falamos."

Ele apertou os olhos.

"Mas você era uma criança."

Georgiana meneou a cabeça.

"Não depois que eu tive minha filha."

"Então, esse lugar... acolheu você."

"Eu e Caroline", ela aquiesceu e seu pensamento voltou à Casa Minerva, a suas moradoras acolhedoras e suas terras viçosas. "Era lindo. Tranquilo e caloroso. Só aceitação. Era... nosso lar." Ela fez uma pausa. "O último lar de verdade que eu tive."

"Você teve sorte de encontrar esse lugar."

Ela ficou olhando para ele, sentindo que havia mais naquela frase do que parecia, mas antes que pudesse questioná-lo, ele continuou.

"Quanto tempo você passou lá?"

"Quatro anos", ela respondeu.

"E depois?"

"Depois minha mãe morreu." Ele inclinou a cabeça em uma pergunta muda, e ela explicou, absorta em sua história. "Eu voltei para casa, pois senti que deveria chorar por minha mãe em Londres. Eu trouxe Caroline, arranquei-a da segurança do seu lar, onde ninguém nunca a julgou, e a trouxe para este lugar horrível, que é Londres na temporada. Um dia nós estávamos passeando pela Rua Bond e eu comecei a notar os olhares."

Houve centenas deles. O bastante para o ódio começar a se instalar, ardente e inflexível, em seu peito. Ele pareceu compreender.

"Eles não aceitaram vocês."

"É claro que não. Eu estava arruinada. Solteira. Mãe de uma filha, o que não é nada. Se fosse um menino...", ela perdeu a voz.

"Se fosse um menino, poderia ter seguido adiante."

Mas não. E isso transformou o ódio em fúria. E depois em um plano de dominação da Sociedade.

"E então, Chase encontrou você."

Fácil assim, eles estavam de volta ao presente. Àquele lugar. Aos seus segredos. Às mentiras que ela contava. Georgiana olhou para o lado.

"Pelo contrário, *eu* encontrei Chase."

Ele sacudiu a cabeça.

"Eu não entendo uma coisa. Por que se disfarçar de prostituta? Poderia ter acontecido alguma coisa com você. Diabo, o Pottle quase..." Ele não concluiu a frase e fechou brevemente os olhos. "E se eu não estivesse lá?"

Ela sorriu.

"Mulheres na minha posição... nós possuímos um poder tremendo. Eu escolhi estar aqui, neste lugar. Eu escolhi este caminho. Eu escolhi este mundo." Ela fez uma pausa. "Quantas mulheres podem escolher?"

"Mas você poderia ter escolhido qualquer coisa. Poderia ter sido uma governanta."

"Quem iria me contratar para isso?"

"Uma costureira."

"Eu não consigo costurar uma linha reta."

"Você sabe do que eu estou falando."

É claro que ela sabia. Ela tinha ouvido a mesma coisa do irmão uma dúzia de vezes. Centena de vezes. E ela lhe respondeu a mesma coisa que falou para Duncan.

"Nenhuma dessas posições oferece tanto poder quanto esta."

"Consorte de um rei." A *própria rainha*.

"Eu queria ter poder sobre todos eles – cada um deles que me olhou de cima para baixo. Cada um que me julgou. Cada um que me atirou uma pedra. Eu queria provar que eles moravam em casas com teto de vidro."

"E Chase ofereceu isso a você. Chase e os outros, todos querendo a mesma coisa. Você se tornou o quinto elemento nessa turma alegre."

Conte para ele. Não havia quinto. Ela era o quarto. *Ela foi a primeira.* Ela podia lhe contar. Ela podia dizer as palavras. *Eu sou Chase.* Só que ela não podia. Ela tinha acabado de contar a história da maior traição que sofreu, que a arruinou e ameaçava Caroline, e seria sempre a razão de seus segredos. Se ela lhe contasse tudo, se ela se colocasse aos pés dele, o que aconteceria? Ele a protegeria, mesmo sabendo que ela era o homem que o usava? Que o manipulava? Ele protegeria o clube? Essa vida que ela deu duro para construir? *Talvez.* Ela poderia ter feito isso, se Duncan não tivesse continuado.

"E ainda assim, você o protege", ele disse, e Georgiana ouviu a amargura na voz dele. "Quem ele é para você? O que ele é? Se não é seu dono, seu consorte, seu benfeitor? Quem diabos ele é?"

Havia algo nessas palavras que não era para ela. Algo que não era curiosidade. Algo parecido com desejo. Desespero. Ele queria o segredo de Chase. O segredo dela. Mas se Duncan o tivesse, confiaria seus próprios segredos a Georgiana? Ela resistiu à pergunta, detestando que mesmo então, mesmo ali, depois de terem vivido um momento poderoso, ainda estivessem negociando informações.

Duncan tinha visitado Tremley no começo do dia – ele pegou a informação que ela lhe deu e fez algo inesperado. Algo indefinido.

"Diga-me quem ele é, Georgiana", disse Duncan, e ela ouviu a súplica nas palavras dele. O que ele queria com ela? Com Chase?

Ela o encarou, desconfiada.

"Por que isso é tão importante?"

Ele não hesitou.

"Porque eu tenho sido um bom soldado há anos. E está na hora."

"Na hora de quê?", ela perguntou. "De arruiná-lo?"

"De me proteger dele."

Ela sacudiu a cabeça.

"Chase nunca irá prejudicar você", ela afirmou.

"Você não tem como saber disso", Duncan retrucou. "Você está cega pelo poder dele. Não vê o que ele faz pelo poder." Ele acenou para a porta. "Você não tem testemunhado o modo como ele brinca com vidas? O modo como manipula os homens no cassino? Como ele os faz apostar até que não tenham mais nada? Até ser o dono de tudo que eles têm?"

"Não é assim." As ações dela nunca foram assim arbitrárias. Ou despreocupadas.

"É claro que é. Ele negocia informações. Segredos. Verdades. Mentiras." Duncan fez uma pausa. "Eu também negocio essas coisas. E é por isso que nós dois combinamos."

"Por que não deixamos como está?" Ela não queria que a situação mudasse. Todo o resto estava mudando à sua volta, debaixo dela. "Você foi recompensado. Tem acesso a informações por toda Londres. Você pede e recebe. Notícias. Fofocas. O arquivo de Tremley."

Ele congelou.

"O que você sabe?", Duncan perguntou.

Georgiana apertou os olhos para ele.

"O que você não está me contando?"

Ele riu da pergunta.

"São tantas coisas que você não me conta, e ainda tem a ousadia de me perguntar dos meus segredos?"

Ela abotoou a camisa, protegendo-se de mais de uma maneira.

"Qual é a sua relação com Tremley?"

Ele a encarou sem hesitação.

"Qual é a sua relação com Chase?"

Georgiana ficou quieta por um longo tempo, refletindo sobre o que fazer. Considerando as implicações da sua verdade.

"Não posso lhe dizer", ela respondeu, afinal.

"Então é isso", ele aquiesceu.

Ela ficou parada, olhando para ele. Duncan também tinha segredos. Ela já sabia, mas não tinha provas. Mas agora tinha. E embora a descoberta devesse tê-la deixado imensamente feliz – pois ela não era a única a espalhar mentiras entre eles –, a tristeza que ela sentiu foi devastadora. Talvez porque os segredos dele contribuíssem para manter os dela escondidos. Nenhum dos dois era honesto. Não havia motivo para ela definir o que sentia por Duncan, e com certeza não havia razão para definir esse sentimento como amor. *Duncan West havia lhe poupado uma boa quantidade de sofrimento*, ela pensou, ignorando o aperto em seu peito. Ela engoliu em seco, mas o caroço continuou em sua garganta.

"É isso, então?", ela perguntou.

Ele se levantou, vestiu a camisa e abotoou as calças, que, ela então percebeu, ele não chegou a tirar por completo. Georgiana pensou que ele ficou com elas para o caso de Chase entrar. Para o caso de ele ter que fugir. Duncan fez o nó da gravata com cuidado, olhando para Georgiana enquanto completava aqueles movimentos contidos de memória, sem ajuda do espelho. Enquanto ela dizia a si mesma para não pedir a ele que ficasse. Quando Duncan terminou, ele pegou o paletó no chão e o vestiu sem abotoar. *Fique.* Ela poderia ter dito. Mas e depois?

Ele olhou para o lado e puxou os punhos da camisa para mostrar dois centímetros de tecido branco por baixo da manga do paletó.

"Então você escolhe Chase", ele disse, olhando para ela, quando terminou.

"Não é assim tão fácil."

"É exatamente assim, simples." Ele fez uma pausa. "Diga-me uma coisa. Você quer isso? Você quer continuar tão interligada a ele?"

Não mais. Quem ela havia se tornado? Ele enxergou a resposta no rosto dela, a frustração, a confusão, e se transformou em pedra, escondendo toda sua emoção dela.

"Permita-me, então, deixar uma mensagem para ele. Diga-lhe que cansei de estar preso a ele. Acabou. Hoje. Ele pode encontrar outra pessoa para fazer o que pede." Ele destrancou e abriu a porta. "Adeus, Georgiana."

Duncan saiu sem olhar para ela, fechando a porta atrás de si com um clique suave. Ela ficou observando a porta por um longo momento, enquanto desejava que várias coisas acontecessem. Desejando que ele voltasse. Desejando que ele a pegasse nos braços e lhe dissesse que aquilo tudo era um erro. Desejando que ele lhe contasse a verdade. Desejando que ele a beijasse até ela não se importar mais com o mundo, essa vida, esse plano que havia se tornado tão importante. Desejando que ele a quisesse o bastante para que os segredos deles dois não importassem. Que a amasse o bastante, mesmo sabendo que isso era impossível. Georgiana inspirou profundamente e se sentou à escrivaninha, pegando um pedaço de papel. Ela estudou a folha em branco por um bom tempo, pensando em todas as coisas que poderia escrever. Todas as formas com que poderia mudar o rumo dos dois. E se ela lhe contasse tudo? E se ela colocasse a si mesma – seu coração – nas mãos dele? E se ela se entregasse para ele? *E se ela o amasse?* Loucura. O amor entre eles nunca funcionaria. Mesmo que encontrassem tempo e lugar para confiar um no outro, ele não era aristocrata. Ele não podia dar a Caroline o futuro que Georgiana planejou. Só havia um modo de ela manter seus segredos a salvo. De manter seu coração a salvo. Ela pegou uma caneta, mergulhou a ponta no tinteiro e escreveu:

Sua associação foi revogada. E fique longe da nossa Anna. Nossa Anna.

Aquelas palavras eram, no melhor caso, uma piada, o último vestígio do desejo tolo de uma garota. Ela sempre desejou em segredo o possessivo, querendo ser querida. E ela o havia desejado por mais tempo do que aceitava admitir.

Ela dobrou o papel duas vezes, formando um quadrado perfeito, depois o lacrou com cera vermelha. Em seguida, abriu o pesado pingente de prata que estava pendurado em seu pescoço e pegou o lacre com a letra C elaborada, que imprimiu na cera antes de chamar um mensageiro para encaminhar o bilhete para entrega. Era melhor assim, ela disse a si mesma, deixando a carta de lado e pegando outro arquivo, onde estava escrito "Langley". Ela tinha outros planos para sua vida. Para a de Caroline. E amar Duncan West não estava entre eles. *Nem mesmo com ela o querendo tanto.*

Georgiana voltou ao trabalho. Ao seu mundo, sem ele.

Ele saiu do clube furioso e foi para seu escritório, desesperado para provar que ainda tinha algum tipo de poder naquele mundo que parecia estar escapando ao seu controle. Tremley, Chase, Georgiana – todos queriam ser donos dele. Manejá-lo como uma arma – seus jornais, sua rede de informações, sua mente. Seu coração. Mas apenas um deles ameaçava seu coração. Ele corrigiu sua avaliação anterior da situação. Ela não queria ser dona do seu coração. Pelo contrário, ela parecia não estar comprometida com esse órgão.

Ele ajeitou o sobretudo ao seu redor e baixou o chapéu enquanto marchava pela Rua Fleet como se o vento fosse um inimigo de verdade. Ele manteve a cabeça baixa, fazendo o possível para não ver o mundo. Para não deixar o mundo vê-lo. Suas dúvidas, frustrações, aflições. E era aflição aquela sensação no alto do peito. Ele pensou que a tarde que passaram juntos mudaria a cabeça dela. Ele pensou que conquistaria o coração dela. Que idiota ele era. Ela estava com Chase há muito tempo para conseguir largar aquele homem, e havia algo poderoso no comprometimento dela para com o proprietário do Anjo Caído. Algo ainda mais notável pelo fato de que não havia ligação física. A lembrança veio, espontânea e sombria. Georgiana apoiada na escrivaninha, seu cabelo dourado caído para trás, varrendo a superfície de carvalho. Seus seios empinados para ele. Suas coxas abertas. Seu olhar fixo nele. Ela havia se entregado a ele, sim, fisicamente – aos seus beijos e toque –, e mais que isso, ela se entregou de incontáveis maneiras. Georgiana confiou a ele seu prazer, seus segredos. A *maioria dos seus segredos*. Só que não foram os segredos dela que ele pediu. A identidade de Chase não tinha nada a ver com ela. E ainda assim ela permaneceu fiel àquele homem, recusando-se a entregar a única coisa que poderia proteger Duncan. Havia uma nobreza nas ações dela – uma lealdade que ele não podia evitar de respeitar, ainda que a odiasse. Ainda que a invejasse. Ainda que ele a quisesse para si mesmo. Da mesma maneira que queria Georgiana. *Da mesma maneira que ele a amava.*

Duncan olhou para cima, a poucos metros do seu escritório, e notou um belo cavalo castanho amarrado a um poste em frente à entrada do edifício. Era um cavalo conhecido, mas talvez por causa daquele dia ou da frustração que sentia, não conseguiu identificá-lo. Ele subiu os degraus de pedra e entrou, e já estava atravessando a recepção do prédio quando percebeu que havia uma mulher sentada ali, lendo a última edição de O Escândalo. Uma mulher jovem. Uma mulher *muito* jovem.

Ele tirou o chapéu e pigarreou.

"Srta. Pearson."

No mesmo instante Caroline pôs o jornal de lado e se levantou.

"Sr. West."

Ele ergueu as sobrancelhas na direção dela, surpreso.

"Posso ajudá-la?"

Ela sorriu e ele ficou espantado como a expressão a transformou em uma versão mais jovem da mãe.

"Eu vim falar com o senhor", ela respondeu.

"Imaginei que sim." Ele pensou que deveria enviar um bilhete para Georgiana, contando-lhe a localização de sua filha, mas em vez disso falou com a menina, "acontece que estou livre pelos próximos quinze minutos. Posso lhe oferecer chá?"

"Você tem chá aqui?"

Ele retorceu os lábios.

"Você parece surpresa."

"Estou mesmo. Chá parece..." Ela fez uma pausa, então concluiu, "... civilizado."

"Nós até o servimos em xícaras."

Ela pareceu levar isso em conta.

"Tudo bem, então. Eu aceito."

Ele a levou até seu escritório, dizendo a Baker, no caminho, que precisavam de um lanche.

"E por falar em 'civilizado'", ele acrescentou enquanto fazia um sinal para a garota sentar, "onde está sua acompanhante?"

Caroline sorriu.

"Eu me perdi dela."

Ele permitiu que sua surpresa transparecesse.

"Você se perdeu dela."

Caroline aquiesceu.

"Nós saímos para cavalgar. Ela não conseguiu me acompanhar."

"É possível que ela não soubesse aonde você estava indo?"

"Tudo é possível." O sorriso voltou.

"E você simplesmente apareceu aqui?"

Caroline deu de ombros.

"Nós já estabelecemos que eu leio seus jornais; o endereço está no expediente." Ela fez uma pausa e depois acrescentou, "e não estou aqui em visita social. Estou aqui a negócios."

"Entendo." Ele tentou não rir.

Caroline franziu a testa com uma expressão que Duncan tinha visto dezenas de vezes na mãe dela.

"Você acha que estou brincando", ela disse.

"Eu peço desculpas."

Ele foi salvo de ter que falar mais pela chegada do chá, que veio acompanhado de pães, creme e uma pilha de bolos que surpreendeu até mesmo Duncan. Mas talvez a parte mais recompensadora do lanche tenha sido o modo como Caroline ficou na beira da cadeira para admirar os bolos com olhos arregalados compatíveis com sua idade. Era perturbador como aquela menina aparentava sempre ser mais velha – uma versão mais jovem e mais franca de sua mãe –, mas naquele momento, a menina de nove anos queria bolo. E isso era algo com que Duncan sabia lidar.

"Sirva-se à vontade", ele disse enquanto Baker punha uma pilha de cartas na escrivaninha. Em seguida o secretário os deixou a sós.

Caroline pegou o bolinho oval com cobertura no topo da pilha e já estava colocando a gostosura na boca quando congelou e olhou para ele.

"Eu deveria servir", ela disse.

Mas Duncan fez um sinal para ela.

"Eu não quero chá."

Ela não ligou para a resposta.

"Não. Eu deveria servir."

Com muito autocontrole, ela colocou seu bolinho sobre um prato e se levantou para erguer o bule pesado, despejando o líquido fumegante em uma das xícaras.

"Leite? Açúcar?", ela perguntou, depois que encheu o recipiente.

Ele negou com a cabeça.

"Assim está bom." Já era ruim o bastante ele ter que tomar uma xícara daquela coisa, mas a garota parecia orgulhosa quando lhe entregou a xícara, que tilintou no pires, e então ele fez o que qualquer homem decente faria e bebeu o maldito chá.

"Bolo?", ela perguntou, e ele percebeu a preocupação na voz da menina.

"Não, obrigado. Por favor, sente-se."

Foi o que ela fez. Ele não ignorou o fato de ela não servir uma xícara para si mesma.

"Você não quer chá?"

Como ela estava com a boca cheia de bolo, Caroline negou com a cabeça e engoliu antes de falar.

"Eu não gosto."

"Você pediu."

Ela deu de ombros outra vez.

"Você ofereceu. Teria sido grosseria eu recusar. E eu também esperava que tivesse bolo."

Era exatamente o tipo de coisa que Georgiana diria. Ela e a filha podiam não ter passado muito tempo juntas, mas não havia dúvida que tinham uma ligação – eram inteligentes, perspicazes e tinham um sorriso que podia conquistar um exército. Sem dúvida ela seria perigosa demais quando crescesse.

"O que posso fazer por você, Srta. Pearson?"

"Eu vim pedir para você parar de ajudar minha mãe a se casar."

Ela *já* parecia ser perigosa demais. Ele resistiu ao impulso de se inclinar para frente.

"O que faz você pensar que estou fazendo isso?"

"As colunas sociais", ela respondeu. "A de hoje foi a melhor até agora."

Claro que foi. Ele a escreveu depois da noite na piscina de sua casa, quando ele ao mesmo tempo odiou e adorou Georgiana.

"Fez com que ela parecesse mesmo respeitável", Caroline acrescentou.

Ele piscou.

"Ela é respeitável." Duncan ignorou o fato de que tinha feito amor com aquela mulher há menos de uma hora.

Ela o fitou nos olhos, com total seriedade.

"O senhor sabe que eu sou uma bastarda, não sabe?"

Bom Deus. A criança era tão atrevida quanto a mãe. Ela nem deveria conhecer essa palavra. Mas ela o lembrava tanto de outra garota, em outra época. A mesma palavra, sussurrada enquanto ele passeava com a mãe. A respeito de sua irmã.

"Nunca mais repita essa palavra", Duncan lhe pediu.

"Por que não?", ela perguntou. "É o que eu sou. Os outros falam isso."

"Não vão mais falar depois que eu e sua mãe acabarmos com eles."

"Vão falar sim", ela retorquiu. "Só não vão falar na minha frente."

Aquela menina era esperta demais. Sabia demais das coisas do mundo. E ele – que só a conhecia há uma semana – detestava que ela não tivesse escolha que não saber. Que sua vida sempre esteve envolvida em escândalo e sujeira. Tudo que podia ser feito era dar à garota uma chance de conseguir respeitabilidade. Foi por isso que Georgiana o procurou. Juntos, eles poderiam dar essa oportunidade a Caroline, da mesma forma que ele deu a Cynthia tantos anos atrás. E foi nesse momento que ele compreendeu por que Georgiana se escondeu dele. Ele não sabia como não tinha reparado nisso antes – como ele não reconheceu o modo como ela movia as peças pelo tabuleiro da Sociedade. Ele não tinha feito o mesmo? Ele não tinha pegado a irmã e fugido de noite, com medo de ser pego, mas com ainda mais medo de deixá-la naquele lugar com as pessoas que a julgavam a todo instante? Ele não tinha construído sua vida para manter Cynthia em segurança? Para manter seus segredos? E naquele momento, enquanto olhava para a filha de Georgiana, Duncan entendeu que ela estava fazendo o possível para salvar Caroline. Essa menina, com seu atrevimento, seu espírito independente e seus sorrisos irresistíveis... Georgiana faria qualquer coisa para salvá-la. Para lhe dar a vida que a própria Georgiana não teve. Para guardar seus segredos. E isso significava guardar também os segredos de Chase.

Quantas vezes ele viu Chase destruir um homem? Quantas vezes ele viu uma dívida ser cobrada e destruir uma história, uma vida, uma família? Quantas vezes West ajudou e estimulou essa destruição? Claro que sempre foram homens que faziam por merecer sua ruína, mas isso só tornava mais tentador estabelecer a parceria com Chase. Era muito fácil se envolver com Chase. Mas praticamente impossível se desvencilhar dele. Mais cedo ele viu resignação nos olhos de Georgiana – quando ele a deixou –, como se ela não tivesse escolha a não ser bancar a guardiã de Chase. Bancar a seguidora tola dele. E agora, olhando para aquela menina, ele entendeu o motivo. Chase tinha muito poder sobre ela. Chase tinha muito poder sobre todo mundo. Ninguém jamais resistiu à manipulação de Chase. Ninguém jamais foi forte o bastante para fazer isso. Até agora.

"Eu não sou boba", disse-lhe a criança do outro lado da escrivaninha.

"Eu nunca disse que você é", ele respondeu.

"Eu sei como o mundo funciona", ela continuou, "e eu vejo o que a minha mãe está fazendo. O que ela pediu para você fazer. Mas isso não está certo."

Ele poderia ter negado as acusações, mas aquela garota, que tinha passado a vida toda na escuridão, merecia luz.

"Ela quer casar", disse Duncan

"Ela *não quer* casar", rebateu Caroline. "Qualquer um pode ver isso."

Ele resolveu mudar a abordagem.

"Às vezes, as pessoas fazem coisas para proteger as pessoas que amam. Para garantir que fiquem felizes."

Ela estreitou os olhos para ele, e Duncan se sentiu desconfortável com o conhecimento que viu nela.

"Você já fez isso?", ela perguntou.

"Fiz." Ele construiu sua vida para isso.

Ela o observou durante um longo tempo, como se estivesse admirando a sinceridade dele.

"Valeu a pena?", ela perguntou, afinal.

Aquilo o deixou dependente de Tremley, um homem disposto a fazer qualquer coisa para manter o poder. Fez com que sua vida se tornasse dependente de informantes e mexeriqueiros. Mas também foi o que construiu seu império e estabeleceu seu poder. E manteve Cynthia em segurança. E também manteria Georgiana e Caroline seguras. Mesmo que isso não fizesse de Duncan merecedor das duas.

"Eu faria tudo de novo sem hesitar", ele afirmou.

Caroline refletiu sobre isso.

"E quanto à felicidade da minha mãe?"

Ele faria isso também, se ela deixasse.

"Sua mãe deixou muito claro quais são os objetivos dela." Duncan sorriu para a menina.

"Eu, vivendo em alguma casa e sendo preparada para os eventos da Sociedade."

"No momento certo", ele aquiesceu. "Até lá, acho que ela só quer que você seja feliz."

"Você tem filhos?", perguntou Caroline depois de um longo silêncio.

"Não", ele respondeu. Mas enquanto olhava para aquela menina, forte e inteligente, como a mãe, ele pensou que talvez pudesse ter um ou dois.

"Não sou só eu quem deve ser feliz", ela disse depois de uma longa pausa. "Eu quero que ela seja feliz também."

Duncan também. Desesperadamente.

Ele levantou com a intenção de dar a volta na mesa e... ele não sabia bem o quê. Mas imaginava que a coisa certa a fazer seria reconfortar aquela garota que, era óbvio, desejava ter algum controle sobre sua própria vida. Ele parou, contudo, quando viu o pequeno quadrado de papel sobre sua escrivaninha e reconheceu o lacre... Era de Chase. Ele o abriu antes que pudesse refletir a respeito e leu as palavras escritas em preto naquele pedaço de papel. Fúria se acendeu dentro dele, febril e bem-vinda, não devido ao fato de ele ter perdido sua filiação ao clube – havia uma dúzia de outros clubes que o aceitariam –, e não por causa da ordem para se manter longe de Georgiana. A fúria veio devido a apenas uma palavra, o pronome possessivo que o agitou como se fosse um veneno. *Nossa. Nossa Anna.* Ele queria rugir sua discordância daquela palavra. Ela não pertencia a Chase. Não mais. Georgiana era dele. Ela e a garota sentada à sua frente.

Duncan iria providenciar uma vida nova para elas. Ele iria mantê-las em segurança. Ele podia não saber o que aconteceria, mas sabia uma coisa: o poder de Chase estava chegando ao fim. Duncan queria enfraquecê-lo, para que nunca mais ditasse suas ações, ou as de Georgiana e Caroline. Duncan as protegeria de Chase e seu poder incomparável. E então veria as duas desabrochando. Mesmo que elas não estivessem com ele quando isso acontecesse.

"Vou levar você para casa. Sua acompanhante deve estar aterrorizada por ter perdido você." Ele deu a volta na mesa e observou que Caroline o observava com atenção."

"E quanto ao meu pedido?", ela perguntou.

"Receio que já tenha feito um acordo com sua mãe a esse respeito. Ela quer se casar e eu prometi ajudá-la."

"Essa é uma péssima ideia."

Ele sabia disso. Ela ficaria insatisfeita com o casamento. Com certeza Langley não a satisfaria. E Duncan a queria satisfeita. Ele a queria em êxtase. *Ele podia dar isso a ela.* Mas é claro que ele não podia. Na verdade, não. Não com o passado que carregava. Não com seu futuro ameaçado pelas chantagens de Tremley.

"Qual é a mensagem do bilhete?", perguntou Caroline.

"Nada que tenha importância", ele sacudiu a cabeça.

"Não acredito em você", ela respondeu, seu olhar pousando na mão dele, onde o papel estava esmagado dentro dos dedos crispados.

Ele baixou os olhos para a mensagem.

"É o próximo movimento de um jogo que estou disputando há anos."

"Você está perdendo?", ela perguntou, os olhos tornando-se curiosos.

Ele sacudiu a cabeça, já sabendo qual seria sua próxima jogada em favor da mulher que amava.

"Não mais."

Capítulo Dezoito

A opinião desta publicação é que Lady G está completamente reintegrada à Sociedade. No Baile S da noite passada, nossa lady não teve um minuto de descanso durante as festividades. Ela foi vista dançando com Lorde L em três ocasiões distintas...

...Enquanto a Temporada deste ano segue firmemente, este autor descobriu, sem dúvida, que quem manda em Londres são as mulheres...

As páginas de fofoca de *A Britannia Semanal*, 13 de maio de 1833.

Nessa noite, Lady Tremley chegou ao Outro Lado com machucados e hematomas e pediu para ver Anna. Georgiana – vestida de Anna – recebeu a condessa em uma das saletas reservadas para as mulheres do clube, onde fechou a porta atrás de si e começou, no mesmo instante, a ajudar a senhora a tirar a roupa. Era importante que avaliassem logo o estrago feito pelo conde.

"Eu chamei um médico", ela disse em voz baixa enquanto desamarrava o corpete do vestido de Lady Tremley. "E se a senhora permitir, vou mandar alguém buscar suas coisas na Casa Tremley."

"Não há nada lá que eu queira", disse a condessa, inspirando fundo quando o afrouxamento do corpete a fez sentir ferimentos que talvez estivessem melhor enquanto comprimidos.

"Eu peço que me perdoe, Imogen", disse Georgiana, com a culpa e a raiva tornando suas palavras amargas. Ela tinha mandado a mulher para casa sabendo que isso poderia acontecer.

"Por quê?", a condessa prendeu a respiração quando Georgiana passou o dedo por suas costelas, depois falou, "Não foi você que fez isto."

"Eu a convidei aqui. Eu não deveria ter permitido que você voltasse para ele." Georgiana levantou a mão da condessa. "Você está com uma costela quebrada. Talvez mais de uma."

"Você não poderia ter me impedido", disse Lady Tremley. "Ele é meu marido. É, literalmente, a cama que arrumei para mim."

"Você não pode voltar para ele." Georgiana ficaria nua em St. James se isso impedisse aquela mulher de voltar para seu marido diabólico."

"Não. Depois disto, não", disse a condessa com a voz anasalada e forçada devido aos lábios e nariz inchados. "Mas não sei para onde ir."

"Eu já lhe disse, temos aposentos, aqui. Nós podemos lhe oferecer abrigo."
Lady Tremley sorriu.

"Eu não posso morar em um cassino em Mayfair."

Georgiana podia apostar que um cassino em Mayfair era mais seguro para as garotas que moravam e trabalhavam ali do que a Casa Tremley era para a condessa. Ali era mais seguro que dezenas de casas aristocráticas o eram para as mulheres que viviam nelas. Mas ela não disse isso.

"Não vejo por que não", foi o que Georgiana escolheu dizer.

A condessa refletiu sobre isso, então se permitiu aceitar a loucura do momento que vivia. Ela riu, por certo sem saber de que outro modo deveria se comportar, e então estremeceu de dor.

"Às vezes a vida é uma loucura, não?"

Georgiana aquiesceu.

"A vida é uma loucura o tempo todo. Nosso trabalho é não ficarmos loucas enquanto vivemos."

Elas ficaram em silêncio por longos minutos enquanto Georgiana molhava um pano em uma bacia com água e limpava o sangue do rosto e do pescoço de Imogen. Tremley tinha espancado a esposa. Georgiana se sentiu culpada de novo enquanto enxaguava o pano e o levava outra vez ao rosto da mulher.

"Nós não deveríamos ter envolvido você."

Imogen sacudiu a cabeça, levantando a mão para deter Georgiana. Quando ela falou, foi majestosa como uma rainha.

"Só vou dizer isto uma vez: fiquei grata pelo convite que me deu uma oportunidade de enfrentá-lo. De puni-lo. Não me arrependo."

"Se ele fosse um membro, eu..." Georgiana se interrompeu, lembrando de quem era. E começou de novo. "Se ele fosse membro, Chase acabaria com ele."

Imogen aquiesceu.

"Como ele não é membro, você pode imaginar que ele fará o que puder para acabar com este lugar. Ele mandou me seguir. Ele sabia que eu sou membro."

Georgiana encarou os olhos azuis da mulher.

"Ele sabia que você teve que entregar informações em troca da associação."

"Como eu não tinha nada meu para informar..." A condessa desviou os olhos e sussurrou, "eu sou fraca. Ele me falou que pararia se eu confessasse."

"Não." Georgiana se ajoelhou diante dos pés de Imogen. "Você é muito forte."

"Eu pus este lugar em perigo. Meu marido é um homem poderoso. Ele sabe o que eu lhe entreguei. O que está com Chase."

O que está com Duncan. Duncan, que foi até a Casa Tremley na manhã daquele mesmo dia. Que falou com Tremley em duas festas, Georgiana havia reparado. Que tinha informações com o poder de destruir aquele homem, mas que não as utilizou.

"Você precisa avisar o Sr. Chase", disse Imogen. "Quando meu marid..." Ela parou de falar e se corrigiu. "Quando o conde chegar, ele vai fazer tudo que puder para demolir este lugar e qualquer um que esteja envolvido com ele. O conde vai fazer o que for necessário para silenciar vocês."

"Você acha que é nossa primeira associada que é casada com um desgraçado? Vai ser preciso mais do que isso para nos destruir", Georgiana falou com mais valentia do que sentia de verdade. Ela mergulhou as mãos de Imogen em água quente, detestando o modo como a mulher chiou de dor com a sensação. "Ele não é o primeiro a nos ameaçar e não vai ser o último."

"O que vocês fizeram com a informação?", a condessa perguntou. "O que vai acontecer com ela? Quando será usada contra ele?"

"Logo, eu espero", disse Georgiana. "Se ela não aparecer no *Notícias de Londres* na próxima semana, eu mesma irei divulgá-la."

Imogen congelou ao ouvir isso.

"*Notícias de Londres*. É o jornal de Duncan West."

Georgiana confirmou com a cabeça.

"Nós passamos a informação para ele, para que a publicasse." A condessa levantou e cambaleou. Georgiana se levantou com ela. "Minha lady, por favor, deve ficar sentada até o médico chegar."

"Não. O West, não!"

Aquelas palavras, cheias de espanto e algo perigosamente parecido com medo, afetaram Georgiana. Ela meneou a cabeça.

"Minha lady?"

"Faz anos que Duncan West come na mão do conde."

Georgiana gelou. E detestou o modo como aquelas palavras a atingiram. Detestando o fato de que ela percebeu, sem dúvida, sem hesitação, que a condessa falava a verdade. O relato de Bourne no começo do dia. Duncan no Baile Worthington, no Baile Beaufetheringstone, sempre nas laterais porque não sabe dançar... conversando com o conde. Ela deveria ter percebido. Ela deveria ter visto... que Tremley e West eram parceiros em algum jogo estranho e perverso. *Não podia ser verdade.* Por que não? Não seria a primeira vez que ela pensava conhecer um homem. Não seria a primeira vez que ela pensava amar um homem. Só que desta vez ela não pensava. Ela tinha certeza. E assim a traição doeu infinitamente mais. Veio uma lembrança, da noite em que ele apareceu no clube e desmascarou seu disfarce de Anna. A ameaça que ela o incitou a fazer. *Eu conto seus segredos para o mundo.* Ela não acreditou que ele faria isso, mas de repente, ela não o conhecia mais. Quem era ele?

Ela cruzou os braços sobre o peito, resistindo ao impulso de agarrar a condessa pelos ombros. Resistindo à dor que cresceu dentro dela e apertou seu peito.

"Você tem provas?"

Imogen riu, um som estridente e descontrolado.

"Não preciso. O conde tem se vangloriado disso há anos. Desde antes do nosso casamento. Ele conta para quem quiser ouvir que Duncan West é o cachorrinho dele."

Georgiana recuou ao ouvir essa palavra. *Cachorrinho*. Ela parecia não estar falando de Duncan. Georgiana não conseguia imaginá-lo abaixando a cabeça para ninguém, muito menos para um monstro como Tremley. O conluio com o conde significava que Duncan sabia de tudo – das atividades traiçoeiras de Tremley, sua disposição para bater na esposa, sua alma corrupta. Não parecia verdade. Mas ali estava a condessa, ensanguentada e machucada, com mais de um osso quebrado, Georgiana tinha certeza, contando uma história em que Tremley e Duncan eram parceiros. Seu pensamento a transportou para a noite em que o conheceu como Georgiana, no terraço, quando ele retirou uma pena de seu cabelo e a passou pelo braço dela, por seu cotovelo, fazendo-a desejar que estivesse nua para receber aquele toque. Para ele. *Você não gostaria de saber exatamente com quem está lidando?* A pergunta foi direta, e ela se entregou a ele. Dizendo para si mesma que sabia diferenciar fato de ficção, verdades de mentiras. Ela sabia diferenciar homens bons de maus. E depois ele foi até o clube dela. Seguiu-a até lá. *De propósito?* Pavor veio com esse pensamento. Seria possível que ele a tivesse seguido? Seria possível que ele soubesse, desde o começo, que ela era duas em vez de uma? Que ela era tanto Anna quanto Georgiana? Seria possível que ele sempre tivesse a intenção de usá-la para conseguir o que Chase pudesse descobrir sobre Tremley? Seria possível que ele tinha usado aquela pobre mulher? Um dano colateral nas batalhas que o conde travava? *Cristo*. Ele a beijou. E tocou. Ele chegou muito próximo de lhe prometer um futuro. *Mas ele não tinha lhe prometido nenhum tipo de futuro*.

De fato, enquanto ele a desnudava e fazia amor com ela, Duncan lhe disse que os dois não tinham futuro juntos. *Como eu sou... é impossível para nós*. Ela congelou com a lembrança. Cristo. Quem era ele? Como tinha aberto o caminho até o coração dela com provocações, tentações e mentiras? Ela, que detinha tanto controle sobre todo mundo... Como ele tinha conseguido controlá-la tão bem? *Qual é a sua relação com Tremley? Qual é a sua relação com Chase?* Os segredos dos dois eram equivalentes... Alguma coisa quebrou dentro dela. Algo que ela não se deu conta que tinha sido consertado desde quando era uma criança. Algo que era absolutamente diferente de quando ela era uma criança. Georgiana não tinha amado Jonathan. Ela percebeu isso naquele momento. Porque ela sabia, além de qualquer dúvida, que amava Duncan West. E que esse amor – mais poderoso que a lógica – acabaria por destruí-la. Ela encarou o olhar da condessa.

"A culpa é minha", Georgiana confessou. "Eu a trouxe aqui e a coloquei em risco." Ela meneou a cabeça. "Ele..."

Uma batida na porta e ela foi salva de ter que completar seu pensamento em voz alta. Mas enquanto cruzava a saleta, ela repetiu uma dúzia de vezes o que pensava.

Ele mentiu para mim. Mas por quê?

Ela se voltou para a condessa, que levantou com os punhos fechados, pensando que talvez tivesse que lutar.

"É o médico.. só o médico."

Lady Tremley aquiesceu e Georgiana abriu a porta e encontrou Bruno, sério e preocupado. Ela inclinou a cabeça, uma pergunta silenciosa, e ele olhou rapidamente por sobre o ombro, depois voltando a atenção para a condessa.

"Tremley está aqui", ele disse em voz baixa.

Georgiana o encarou, incorporando Chase.

"Como ele não é membro, isso não é problema nosso."

"Ele disse que sabe que a mulher está aqui, e que vai trazer a guarda real com ele da próxima vez, se não o deixarmos entrar agora."

"Conte isso aos outros."

"Ele quer você."

Ela olhou por sobre o ombro para ter certeza de que a condessa estava longe o bastante para não ouvir, então se inclinou na direção de seu imenso segurança.

"Bem, ele não pode falar com Chase."

Bruno balançou a cabeça.

"Você não entendeu. Ele quer Anna."

O medo, estranho e desconhecido, ondulou pelo corpo dela.

"Anna", ela repetiu.

"Ele disse que você é a única pessoa com quem irá falar."

"Bem, então ele vai falar comigo", disse ela.

"Com você, mas acompanhada de seguranças", disse Bruno, todo protetor.

Ela não discordou disso, e então se voltou para a condessa.

"Parece que fui chamada por seu marido."

Imogen arregalou os olhos.

"Você não pode se encontrar com ele. Ele irá forçá-la a revelar tudo."

Georgiana sorriu, esperando transmitir esperança à condessa.

"Não sou mulher de ser facilmente forçada."

"Ele não é homem de ser facilmente derrotado."

Ela sabia disso. Mas era um homem que conhecia o poder contido numa informação. E Georgiana não teria receio de usar o que sabia para enfrentá-lo.

"Tudo vai ficar bem", ela garantiu para a condessa, percorrendo com o olhar os cortes e hematomas que nenhuma mulher merecia e sentindo a raiva crescer dentro de si. Por Imogen. Por Duncan. *Pela verdade*.

Essas palavras a atravessaram em um fio de fé – fé em Duncan, que ele não tivesse mentido para ela. Esperança de que ele fosse o que parecia ser e nada menos que isso. Porque ele parecia ser muita coisa. Ela afastou esses pensamentos quando o médico chegou para cuidar de Lady Tremley. Acreditando que a mais nova moradora do Anjo Caído estivesse em boas mãos, Georgiana prosseguiu através da imensa rede de passagens e corredores secretos até chegar a uma saleta no lado masculino do clube, reservada aos piores delinquentes. Os funcionários do clube chamavam aquela sala de Prometeu, uma referência à enorme pintura que dominava o ambiente – Zeus na forma de uma águia punia Prometeu com uma evisceração lenta e excruciante por roubar o fogo dos deuses. A pintura tinha a intenção de intimidar e aterrorizar, e ela ficou com pouca dúvida que a obra de arte a ajudou a fazer com que o coração de Lorde Tremley errasse uma ou duas batidas quando ela entrou, acompanhada de Bruno e Asriel.

O conde estava na outra extremidade da sala sem janelas, com uma grande mesa de carvalho entre eles. Georgiana não hesitou de começar a conversa.

"Posso ajudá-lo?"

Tremley sorriu para ela, e ela pensou que, se fosse um momento diferente, e ela uma mulher diferente, poderia ter achado o conde atraente. Ele era bonito, com cabelos escuros e olhos azuis profundos, além de dentes tão alinhados e brancos que fizeram Georgiana pensar que talvez ele tivesse nascido com mais dentes que o normal. Mas os olhos dele não sorriram, e ela, que já tinha presenciado tanto mal no mundo, percebeu que a maldade se escondia dentro dele.

"Vim buscar minha esposa."

Ela inclinou a cabeça para um lado, um gesto inocente muito praticado.

"Não há mulheres no clube, meu lorde. É restrito para homens. De fato, fico surpresa por querer falar comigo."

Ele apertou os olhos.

"Ouvi dizer que você pode falar por Chase."

"O senhor me lisonjeia." Mais uma vez, inocência. "Ninguém pode falar por Chase."

Ele se inclinou para frente, as mãos fechadas em cima da mesa.

"Então talvez você possa buscá-lo para mim."

Ela o encarou.

"Sinto muito, meu lorde. Chase não está no momento."

Alguma coisa cintilou nos olhos dele.

"Estou ficando cansado desta conversa."

"Sinto muito que tenhamos desperdiçado seu tempo." Ela alisou as saias e fez menção de se virar. "Um destes gentis cavalheiros ficará feliz em acompanhá-lo até a saída."

"Eu preferia que esses..." Ele foi parando de falar e seu olhar desdenhoso foi de Asriel para Bruno. "Bem, não vou chamar um par de mouros de cavalheiros." Ela ficou rígida ao ouvir o tom de voz revoltante dele. "Mas por que eles não vão embora, para que possamos discutir a sós minhas preocupações com este estabelecimento?"

"Os cavalheiros ficam." A voz dela não admitia recusa. "Mas se você faltar com respeito a eles outra vez, eu vou embora."

"Vamos deixar de bobagem, Anna", ele disse, como se já tivessem se encontrado milhares de vezes. "Não me importa o que aconteça com esses homens. Ou com você. Ou com a minha mulher, que não tenho dúvida de que está em algum lugar deste prédio imenso. Salve a vida dela, não salve. Isso não tem importância para mim. Só me arrependo de que ela tenha conseguido fugir antes que eu pudesse matá-la."

"Se estamos deixando de bobagem, meu lorde, eu teria muito cuidado antes de ameaçar a condessa. Preciso lembrá-lo do que o Anjo sabe a seu respeito?" Georgiana imaginou se Londres iria sentir falta daquele homem nojento caso ele desaparecesse. "Não preciso lhe dizer que estamos mais do que dispostos a divulgar essa informação."

"Estou bastante ciente do que vocês sabem a meu respeito."

"Para que fique claro, nós estamos falando das provas de sua traição?", ela perguntou, querendo ver Tremley estremecer. E gostando muito quando viu isso. Com seus dentes perfeitos crispados, ele sorriu. "Isso é do amplo conhecimento da equipe do Anjo. Um arquivo encantador, recheado com numerosas evidências. O senhor é um traidor da coroa."

Ele se recostou na poltrona.

"Você descobriu meu segredo mais obscuro."

"Tenho certeza de que existem outros", afirmou Georgiana.

O sorriso voltou ao rosto dele, gelado e grotesco.

"Sem dúvida."

Ela soltou um suspiro.

"Lorde Tremley, agora é você que está desperdiçando nosso tempo. O que é que você quer?"

Ele ergueu as sobrancelhas.

"Eu quero a identidade de Chase."

Ela riu.

"Eu acho divertido você pensar que eu sonharia em lhe dar isso."

Ele sorriu, irônico.

"Oh, acho que você vai me dar exatamente o que eu quero, porque estou preparado para tirar de você algo que lhe é muito precioso."

"Não consigo imaginar o que você pensa que isso seja."

Ele se aproximou de novo.

"Fiquei sabendo que você e Duncan West têm um acordo." Ela não fez nada para validar aquelas palavras, embora seu coração martelasse dentro do peito com a menção de Tremley a Duncan. Eles eram amigos ou inimigos?

"A princípio eu pensei que isso se devia a como as coisas são aqui no Anjo Caído. Ele tem boa aparência, é rico e poderoso – um ótimo partido, para quem gosta de um homem comum."

Ela apertou os olhos para ele.

"Atualmente eu prefiro os comuns aos aristocratas."

Tremley riu, um som frio e perturbador.

"Garota inteligente. Atrevida."

Ela retorceu os lábios em um sorriso.

"Meu tempo, meu lorde. Você o está desperdiçando."

"Mas você vai gostar de ouvir a próxima parte", ele disse, despreocupado, afastando a poltrona e se recostando, desfrutando o momento em que tinha a atenção de todos. "Seja como for, eu pensei que você era apenas um brinquedo para ele. Mas então eu falei com Duncan. E ele pareceu bastante... comprometido com você. Foi muito cavalheiresco."

Ela queria acreditar nisso. Mas havia uma ligação entre esses dois homens uma ligação que ela não compreendia. Uma ligação na qual não confiava.

Tremley continuou.

"Como não sou membro deste clube, como eu ia saber que você não se prostitui para quem pagar mais?"

Bruno e Asriel ficaram rígidos atrás dela, mas Georgiana não olhou para eles.

"O que você está querendo dizer?"

O conde abanou a mão.

"Ouvi dizer que você e West têm alguma coisa. Vocês foram vistos aqui... parece que foram surpreendidos em um ato escandaloso pelo Duque de Lamont. Vocês foram vistos em uma carruagem sem marcas no escritório dele, e depois na casa dele. Contaram para mim que você parecia bem mais... usada, podemos dizer? Ao sair do que ao entrar."

O coração dela queria sair pela boca.

"E ele ficou bastante contrariado quando me referi a você por sua profissão em vez de seu nome." Ele fez uma pausa. "Embora, para ser honesto, eu não tenho certeza de que já ouvi seu nome completo. Normalmente as pessoas se referem a você como a prostituta do Chase. Mas agora você é a prostituta do West. Então... é isso."

Ela ouviu essa palavra centenas de vezes ao longo dos anos, enquanto brincava e reinava no cassino. Milhares de vezes, mas ali, naquela noite, a palavra a feriu de um modo que ela não imaginaria. De alguma maneira, com tudo isso, Georgiana havia se transformado no disfarce. Ela havia se tornado Anna. Ela se entregaria a Langley pelo motivo mais óbvio. Pelo título. E resistia a se entregar para Duncan, porque ele não podia pagar o preço. Mas isso não a fazia gostar menos dele.

"Vou lhe perguntar mais uma vez. O que você está tentando dizer?"

"Esta é a parte em que seria melhor nós conversarmos sem os seguranças", ele disse. "Porque é a parte em que eu a convenço a trair seu empregador."

"Como isso nunca vai acontecer, não é necessário que eles saiam."

Tremley ergueu as sobrancelhas, surpreso com o tom de insolência na voz dela.

"Se você me revelar o nome de Chase, eu vou embora e nunca mais volto. Vamos chamar isso de garantia contra qualquer... ataque futuro."

"Nós guardamos seus segredos, você guarda os nossos", ela resumiu.

Ele sorriu.

"É verdade o que dizem; você não é só um rostinho bonito."

Ela não retribuiu o sorriso.

"Você, infelizmente, parece ter apenas o rosto bonito, Lorde Tremley. Sabe, o acordo que está sugerindo só funciona se as duas partes tiverem informações que a outra deseja proteger." Ela se inclinou para frente e falou com ele como se o conde fosse uma criança. "Nós temos seus segredos. Você não tem os nossos."

"Não, mas eu tenho os segredos do West."

Ela ficou imóvel.

"O Sr. West não é mais membro deste clube. Nós não precisamos dos segredos dele."

"Bobagem", ele disse. "Eu não sou membro e você pegou informações sobre mim. Além disso, mesmo que Chase não queira esses segredos, você vai querer. São muitos."

Ela o encarou.

"Não acredito em você."

Se os segredos de Duncan West eram tão grandes a ponto de valerem a identidade de Chase, ela já os saberia. Ele teria contado para ela, não teria? *Do mesmo modo que ela lhe contou seus próprios segredos?*

Ela fitou Tremley nos olhos e viu que ele se divertia, como se estivesse lendo os pensamentos dela.

"Aí está a *minha* prova", ele exultou. "Você gosta dele. Você gosta dele e ele não lhe contou, contou?" A voz dele assumiu um tom de falsa compaixão. "Pobre garota."

Ela fingiu desinteresse, ignorando as palavras dele.

"Se ele tivesse segredos valiosos, o clube saberia."

Ele a encarou.

"Devo contar para você? Você gostaria de saber quem é seu amor? De verdade?"

Ela ignorou as perguntas, o modo como a atormentavam. O modo como a faziam querer gritar *Sim!*

Ele se inclinou para frente e sussurrou.

"Eu vou lhe dar uma dica. Ele é um criminoso."

Georgiana levantou o queixo.

"Todos somos criminosos, de um jeito ou de outro."

"É verdade", ele sorriu, "mas você não tem ilusões a meu respeito." Ele se levantou. "Eu acho que você mesma deve perguntar a ele. Pergunte-lhe de Suffolk. Do cavalo cinzento. Pergunte sobre a garota que ele sequestrou." Tremley fez uma pausa. "Pergunte-lhe qual seu verdadeiro nome. Pergunte sobre o garoto cujo nome ele roubou."

O coração dela pareceu bater fora do peito enquanto ela ouvia aquilo, enquanto lutava para não acreditar em nada daquilo. Enquanto lutava com as emoções conflitantes que eram achar que estava traindo Duncan só de ouvir o conde, e sentir que Duncan a tivesse traído amargamente ao não lhe contar suas verdades antes de a atrair para seus braços, sua vida e sua maldita piscina... Antes de fazer amor com ela... *Quem era ele?*

"Saia", ela disse para o conde, em voz baixa e ameaçadora.

"Você acha que eu não o prejudicaria? Você acha que eu não acabaria com ele? West não significa nada para mim... mas ele parece significar muito para você. Tem certeza de que quer que eu vá embora sem me dar o que estou pedindo?"

"A única coisa que tenho certeza é que nunca mais quero respirar o mesmo ar que você."

Tremley sorriu, debochado.

"Você não deveria terminar sua frase com 'meu lorde'? Você se sente à vontade demais com seus superiores, não é?"

Ela olhou para Asriel.

"Tirem-no daqui. Ele não é mais bem-vindo."

"Eu vou lhe dar três dias", disse o conde. "Três dias para confirmar que tudo que eu disse é verdade."

Ela sacudiu a cabeça e deu as costas para o conde. Georgiana não precisava de três dias. Ela sabia que era verdade. *Ela não sabia nem o nome real de Duncan West.* Ela entendia segredos, tinha construído uma vida baseada neles. Mas quem era aquele homem? Por que ele não lhe contou tudo? Por que não confiou nela? *Qual é a sua relação com Tremley? Qual é a sua relação com Chase?*

Georgiana não deixou de notar a ironia em suas perguntas. Os dois tinham segredos demais entre eles. Era melhor assim, talvez. A honestidade a faria sonhar.

"Anna", o conde chamou e ela se virou para trás, vendo-o através da porta aberta. Ele repetiu, "Três dias para você decidir onde está sua lealdade... com Chase ou com West."

Capítulo Dezenove

Lady G estava tão encantadora vestida de branco no Baile R que faz com que as pessoas se perguntem: se ela se apresenta tão linda em um evento tão prosaico, como estaria em um evento inteiramente dedicado a ela? Terá muita sorte o homem que chegar mais perto dela.

...Conhecido, talvez, como o mais extraordinário velhaco dentre os libertinos da Sociedade, Lorde B parece estar correndo o risco de perder seu título de mestre da patifaria. Ele foi visto subindo os degraus da casa, que agora divide com sua Lady e os três filhos do casal, com os braços cheios de pacotes e uma coisa que parecia muito com um bolo de Natal... em abril!

Pérolas & Pelicas, Revista das Ladies, maio de 1833.

Duncan estava nos jardins escuros da Casa Ralston, cujo baile anual corria lindo e barulhento atrás dele, esperando que Georgiana aparecesse. Ele queria vê-la. Desesperadamente. Ele tentava encontrá-la desde o dia anterior, depois que resolveu tirá-la das garras de Chase, mas não era fácil encontrar uma mulher que interpretava dois papéis tão diferentes e secretos na sociedade. Lady Georgiana não estava na Casa Leighton quando Duncan levou Caroline para casa, e ele não tinha mais acesso ao Anjo para procurar por Anna, pois sua associação havia sido rescindida. Assim ele passou a noite tomando providências para seu contra-ataque em sua guerra contra Chase, uma guerra que decidiria o futuro de muitos:

Georgiana, Caroline, sua irmã e o seu próprio. Mas ele não era tolo, e se tudo corresse bem, seu plano, elaborado com todo cuidado, colocaria ele e Cynthia em segurança, e conseguiria para Georgiana e Caroline tudo que as duas desejavam. Georgiana manteria seus segredos e conseguiria um marido. Ela teria a vida que desejava.

Ela tinha dançado todas as danças dessa noite, tendo como parceiros os melhores e mais importantes homens da Grã-Bretanha. Heróis de guerra, condes, um duque conhecido por seu trabalho impressionante na Câmara dos Lordes. Cada um deles um ótimo partido. Os jornais de Duncan – e ele próprio – haviam garantido um futuro para ela. Garantido um futuro para a filha dela. Georgiana teria um bom casamento, casaria com alguém com uma história limpa, um título imaculado. Talvez até alguém que ela conseguisse amar. Ele detestou a amargura que cresceu em sua alma ao pensar nisso, no desejo desesperado de impedi-la que ficasse com outro homem. Que amasse qualquer outro que não ele próprio. Mas ele não podia lhe dar o que ela desejava – mesmo que tivesse um título... ele não podia lhe prometer um futuro. Não um futuro sem medo. E Duncan não desejaria isso para aquela mulher que ele tanto amava.

Se tudo corresse bem, ela retornaria à Sociedade sem qualquer preocupação no mundo, sem a ameaça das sombras de seu passado, sem a ameaça de um futuro sem segurança. Se o plano dele funcionasse, ela estaria casada dentro de duas semanas. *Duas semanas.* Esse pensamento fez ecoar dentro dele o acordo que os dois tinham feito ao que parecia ser uma eternidade. Os dois eram inteligentes. Eles deveriam saber que a vida deles era complicada demais até mesmo para duas semanas de simplicidade. Não que ele sonhasse de chamar de simples o tempo que passavam juntos. Ela era a mulher mais complexa que ele tinha conhecido. E Duncan a adorava por isso. E nessa noite ele lhe mostraria isso pela última vez, roubando um derradeiro momento com ela para ajudá-la a encontrar a felicidade – o que quer que isso pudesse ser. *Mas primeiro, ele iria contar para Georgiana suas verdades.*

Ele a ouviu antes de a ver – o farfalhar de suas saias como fogo de artilharia na escuridão enquanto ela se aproximava. Ele se virou para ela e adorou o modo como sua silhueta era recortada pelo salão de festas logo atrás. A luz projetava um brilho dourado pálido ao redor do vestido branco, com decote baixo, decadente e perigoso, revelando o volume de seus seios, e fazendo com que Duncan tivesse vontade de roubá-la dali para sempre.

Ela parou a vários passos dele, e Duncan odiou aquela distância. Ele andou na direção dela, na esperança de diminuir o espaço, mas Georgiana recuou. Ela ergueu a mão enluvada mostrando um pedaço de papel.

"Você me deixou ontem", Georgiana disse, e a mágoa em sua voz fez com que Duncan a quisesse ainda mais. "Você não pode simplesmente decidir me chamar de um salão de festas para um jardim escuro."

Ele a observava com cuidado.

"Parece que funcionou."

"Não deveria ter funcionado." Ela fez uma careta. "Eu não deveria estar aqui. Nosso acordo deveria melhorar minha reputação. Isto ameaça fazer o contrário."

"Eu nunca permitiria isso."

"Eu gostaria de poder acreditar..." Ela o encarou.

Ele congelou, não gostando daquelas palavras.

"O que isso significa?"

Ela suspirou, olhou para o lado, depois para ele de novo.

"Você me deixou", ela disse, as palavras suaves e devastadoras. "Você foi embora."

Ele meneou a cabeça.

"Eu não entendi por que você não queria me contar a verdade." Ele pensou que ela riu disso, mas não teve certeza – os jardins estavam escuros demais e ele não conseguia ver os olhos dela. "Mas então eu percebi que você não pode confiar cegamente em mim. Que você já foi enganada antes. Você guarda seus segredos para proteger Caroline. Você guarda os segredos dele para mantê-la em segurança." Ele fez uma pausa. "Não vou mais lhe pedir nenhum segredo."

Ela se aproximou dele então, dando um passo à frente, e Duncan foi subjugado pela presença dela... pelo aroma dela... baunilha e creme. Ele quis puxá-la para si e possuí-la ali mesmo, na escuridão. Pela última vez. Ele queria suas duas semanas. Ele a queria até o fim da vida. Mas ele não podia ter isso, então Duncan se contentaria com essa noite.

"Por que você não sabe dançar?", ela perguntou.

A pergunta veio do nada e o deixou chocado. Ele estava esperando uma pergunta sobre seus segredos. Seu passado. Algo sobre Tremley, ou Cynthia. Mas não esperava uma questão tão simples. Tão abrangente. Mas deveria esperar, é claro. Ele deveria esperar que ela fizesse primeiro a pergunta mais importante. É claro que ele a respondeu, e seu desconforto com aquele assunto – com todas as partes e os detalhes da sua vida que estavam ligados a isso – o tornou mais hesitante que de hábito. Ele começou com simplicidade.

"Ninguém nunca me ensinou."

Ela meneou a cabeça.

"Todo mundo aprende a dançar. Mesmo se você nunca aprender quadrilha, valsa ou qualquer uma dessas danças", ela gesticulou na direção da casa, "alguém vai dançar com você."

Ele refletiu e tentou outra vez.

"Minha mãe dançava com o meu pai."

Ela não falou, deixando-o contar sua história. Deixando-o encontrar suas palavras. Era uma lembrança há muito adormecida, desencavada de algum canto sombrio em que ele a havia enterrado.

"Meu pai morreu quando eu tinha quatro anos, então é uma surpresa que eu me lembre disso." Ele fez uma pausa. "Talvez eu não me lembre. Talvez seja um sonho, não uma lembrança."

"Conte para mim", ela disse.

"Nós morávamos em uma casinha dentro de uma grande fazenda. Nós éramos arrendatários. Meu pai era grande e tinha as bochechas vermelhas. Ele costumava me levantar como se eu não pesasse nada." Ele fez uma pausa. "Imagino que, para ele, não pesasse nada, mesmo." Duncan meneou a cabeça. "Eu lembro dele em frente à lareira, na casinha, rodopiando com a minha mãe." Ele olhou para Georgiana. "Aquilo não era dançar."

"Eles eram felizes?", ela perguntou, observando-o atentamente.

Ele se esforçou para lembrar do rosto dos pais, mas conseguiu se lembrar dos sorrisos. Dos risos.

"Naquele momento acho que sim."

Georgiana aquiesceu, estendendo os braços para ele, deslizando sua mão para ele.

"Então era uma dança."

Ele prendeu os dedos dela.

"Não do jeito que você dança."

"Não é como nós dançamos. Nossa dança é para exibição. Para a ocasião. Um modo de mostrar as plumas, na esperança de conseguir algo." Ela se aproximou, chegando tão perto que, se Duncan baixasse o queixo, a beijaria na testa. Ele resistiu ao impulso. "A dança dos seus pais era por diversão."

"Eu gostaria de saber dançar", ele sussurrou, e Georgiana olhou para ele. "Eu dançaria com você."

"Onde?"

"Onde você quisesse."

"Perto da lareira da sua casa?", perguntou Georgiana, e o sussurro quase o derrubou com as lembranças e o desejo.

"Em outro lugar. Outro momento. Se fôssemos outras pessoas."

Ela sorriu, a tristeza estampada em seu rosto, e deslizou a mão esquerda até o ombro dele, colocando a mão direita na dele.

"Que tal aqui? Agora?", ela sugeriu. Duncan desejou que nenhum dos dois estivesse de luvas. Ele desejou poder sentir o toque dela e também seu calor. Ele desejou muitas coisas enquanto eles se moviam, lentamente, rodopiando ao ritmo da música que chegava à escuridão.

Depois de um longo momento, ele encostou os lábios no cabelo dela e falou.

"Assisti você dançar dezenas de vezes... e tive ciúme de cada um dos seus parceiros."

"Desculpe-me", ela disse.

"Eu tenho ficado nas margens dos salões de festas, observando você. Posseidon observando Anfitrite."

Ela se afastou para olhar para ele, inclinando a cabeça em uma pergunta muda. Ele sorriu.

"Eu também sei algumas coisas sobre Posseidon."

"Mais do que eu, aparentemente."

Duncan voltou sua atenção para os movimentos da dança.

"Anfitrite era uma ninfa do mar, uma de cinquenta – o oposto das sereias... as salvadoras do mar." Eles rodopiaram e a luz dela recebeu o brilho do salão de festas. Ela o observava. "Certa noite, no fim do verão, as ninfas se reuniram na ilha de Naxos e dançaram na arrebentação enquanto Posseidon assistia."

O olhar dela ficou bem-humorado.

"Posso imaginar que sim."

"Você o culpa?", Duncan sorriu.

"Continue", pediu Georgiana.

"Ele ignorou todas as nereidas, exceto uma."

"Anfitrite", concluiu Georgiana.

"A história é minha ou sua?", ele brincou.

"Oh, desculpe-me, meu senhor", ela respondeu.

"Posseidon a desejou desesperadamente. Ela saiu do mar, nua, e ele a tomou para si. Ele jurou amá-la com a paixão da arrebentação, com a profundidade do oceano, com o troar das ondas."

Georgiana não estava mais rindo, e ele também não. De repente, a história parecia incrivelmente séria.

"O que aconteceu?", perguntou ela.

"Anfitrite fugiu dele", respondeu Duncan, as palavras suaves e sérias, pontuadas por um beijo na testa dela. "Ela fugiu para o lugar mais longínquo do mar."

"Ela ficou aterrorizada com o poder dele", Georgiana concluiu depois de uma longa pausa.

"Ele queria dividir seu poder com ela. Ele a seguiu, desesperado, ansiando por ela, recusando-se a descansar até encontrá-la. Ela era tudo que ele queria. Ele estava desesperado para adorá-la, para casar com ela. Para torná-la a deusa do mar."

Ela respirava com dificuldade, assim como ele, absorvida pela história.

"Quando percebeu que não a encontraria, ele ficou perdido e se recusou a governar o mar sem Anfitrite ao seu lado. Ele ignorou seus deveres. Os mares se revoltaram e tempestades devastaram as ilhas do Mar Egeu, mas Possêidon não conseguiu se importar com isso.

"Quando Anfitrite percebeu o que Possêidon tinha lhe oferecido", Duncan continuou, "o que ela tinha recusado e como ele a procurou, ela chorou por ele. Pelo amor que ele lhe tinha. Pela paixão e pelo desejo dele. Por tudo que ela tinha perdido." Havia lágrimas nos olhos de Georgiana. A história tinha ganhado um novo significado. Uma nova força. "As lágrimas dela foram tantas que ela se esvaiu no oceano. E se tornou o próprio mar."

"Perdida nele, para sempre", disse Georgiana com a voz suave.

Duncan meneou a cabeça.

"Não. Com ele, para sempre. Uma companheira forte, tempestuosa. Igual a ele sob todos os aspectos. Sem ela, ele não existe."

A música no salão de festas parou e ele se afastou de Georgiana.

"Você foge de mim."

"Eu não...", ela protestou, mas os dois sabiam que isso era mentira. Ela recuou diversos passos, colocando espaço entre eles e tentou outra vez. "Sim. Eu fujo."

"Por quê?"

Ela inspirou fundo. Soltou o ar.

"Eu fujo de você", respondeu ela, a voz triste, "porque se eu não fugir, vou correr para você. E isso nunca poderá acontecer."

Ele então se aproximou e a beijou, porque não sabia o que mais fazer, e saboreou seu gosto, sua beleza e sua vida, seu escândalo e sua tristeza. Foi a tristeza que o deteve. Que o fez se afastar, esperando que ela falasse.

"Quem é Tremley para você?"

Ela o surpreendeu com sua franqueza. Mas é claro que ele não deveria se surpreender com ela. Georgiana não era de fugir de conversas difíceis.

"Ele me procurou ontem à noite."

Duncan congelou ao ouvir isso.

"Por quê?", perguntou, gelado e furioso.

"Ele quase matou a esposa. Ela fugiu para o clube em busca de abrigo."

"Cristo", ele disse, recuando alguns passos. "Eu sou o responsável por isso."

Ela fitou os olhos dele, que mostravam raiva e culpa.

"*Nós*", disse ela. "*Nós* somos os responsáveis."

"Ela..."

"Ela vai ficar bem", disse Georgiana. "Ela vai ficar bem e desabrochar. Nós vamos encontrar um lugar onde ela possa viver longe das garras dele."

Aquelas palavras o fizeram se sentir fraco – mais fraco do que jamais havia se sentido na vida. Mais fraco do que quando fazia o que Tremley mandava.

"Nós quer dizer você e Chase."

"Entre outros."

"Eu quero Tremley morto", disse Duncan, e sua voz saiu esfarrapada de frustração e culpa pelo que tinha feito com a esposa inocente do conde. E para quê? "Eu o quero arruinado para sempre."

"E por que não faz isso?", ela perguntou, as palavras estridentes pela confusão que sentia. "Você tem os meios para destruí-lo. Eu lhe entreguei as provas. O que ele é para você? Que poder ele tem sobre você?" Ela fez uma pausa e se recompôs. "Conte para mim. Nós podemos resolver isso."

Ela falava sério. Mas ele não conseguiu segurar a risada que veio com aquela afirmação ridícula, como se ela tivesse algum controle sobre Tremley. Ou Chase.

"Só tem um jeito de resolver isso", ele disse. "Não existe segredo quando mais de uma pessoa o sabe."

"E Tremley sabe o seu", ela observou.

Se fosse assim tão simples.

"Essa história não é tão boa quanto a de Posseidon e Anfítrite."

"Pode deixar que eu avalio isso", disse Georgiana.

Ele não conseguia ficar imóvel enquanto conversavam, não sobre isso. Não enquanto ele revelava seus pecados do passado pela primeira vez. Então ele se virou e começou a andar, e Georgiana o seguiu, acompanhando seu ritmo, mas parecendo saber – pois parecia sempre que ela o compreendia – que ele não aguentaria o toque dela. Não naquele momento. Ele não queria a lembrança do que poderia ter tido, se não fosse pelo que ele estava para revelar.

"Tremley sempre soube dos meus segredos", Duncan confessou, afinal.

Georgiana sabia que havia uma ligação entre eles, claro, mas não sabia qual era. Ela não fazia ideia, contudo, que Duncan e o conde estavam envolvidos há tanto tempo. Ela o observou com cuidado, esforçando-se para não demonstrar o espanto em seu rosto. Esforçando-se para evitar de fazer as centenas de perguntas que queimavam na ponta de sua língua.

"Quando meu pai morreu, eu não tinha mais que quatro anos." Ele desviou o olhar, para a escuridão, e enquanto Duncan falava ela ficou observando seu perfil, adorando a força em seu rosto. A emoção ali. "E minha mãe, com uma criança e sem nenhum conhecimento de como trabalhar a terra, recebeu a oferta de um trabalho na casa do lorde."

"A casa dos Tremley", disse Georgiana.

Ele aquiesceu.

"Ela passou de mulher de fazendeiro a lavadeira. De dormir em sua própria casa a dormir em um quarto com outras seis mulheres, com o filho em sua cama." Ele olhou para as árvores que farfalhavam sob a brisa de primavera. "E nunca reclamou da vida."

"É claro que não." Georgiana não conseguiu se segurar. "Ela fez tudo por você. Por você e sua irmã."

Ele ignorou o comentário e continuou.

"Aquela propriedade era um horror. O antigo conde, se você pode imaginar, era pior que o atual. Os criados eram espancados. As mulheres eram violentadas. As crianças colocadas em serviços pesados demais para a idade." Ele olhou para a escuridão. "Eu e minha mãe tivemos sorte."

Georgiana ainda não tinha ouvido a história inteira, mas sabia que não haveria sorte nenhuma nela. Ela quis tocá-lo, oferecer-lhe conforto, mas sabia que não devia. Ela o deixou falar.

"O conde ficou interessado nela", disse Duncan.

Ela sabia que isso faria parte da história, mas odiou a informação mesmo assim.

"O conde propôs a ela uma troca – seu corpo pela minha segurança." Georgiana franziu a testa ao ouvir essa parte, e ele notou. "Ou, melhor, não minha segurança. Minha presença. Se ela não lhe desse o que ele queria, ele me mandaria embora para um orfanato."

Georgiana pensou na própria filha, no seu passado. Nas ameaças que tinha enfrentado – que nunca foram tão cruéis. Nunca tão ameaçadoras. Mesmo arruinada, ela ainda tinha a sorte da aristocracia. Mas não aquela mulher. Esse menino.

"Por quê?", ela perguntou. "Por que torturá-la?"

"Poder," ele disse e a encarou. Duncan fez uma pausa para reorganizar seus pensamentos e continuou. "Permitiram que eu ficasse, mas me puseram para trabalhar... já lhe contei essa parte." Ela estendeu as mãos para ele, incapaz de se segurar. Incapaz de não consolar o garoto que ele foi. Mas Duncan se afastou do toque dela. "Não. Não vou conseguir contar tudo se você..." Ele hesitou, depois continuou. "Uma vez, eu recusei um trabalho e ele a castigou."

"Duncan", Georgiana sussurrou.

"Eu não consegui impedi-lo."

"É claro que não", ela balançou a cabeça. "Você era um garoto."

"Eu não sou mais um garoto. E não pude impedir que Tremley machucasse sua esposa."

"Você não pode comparar os dois."

"É claro que posso. Charles – o conde jovem – era tão mau quanto o pai. Pior. Ele era desesperado pela aprovação do pai, e tinha prazer no poder que viria quando se tornasse o novo conde. Ele aprendeu a dar socos incríveis." Duncan levou a mão ao queixo, como se aquelas palavras trouxessem de volta os golpes. "Ele fez coisas terríveis com os filhos dos criados. Eu o detive mais vezes do que consigo contar. E então..." Ele foi parando de falar, perdido nos pensamentos por um longo tempo antes de voltar a olhar para ela. "A condessa não vai voltar para ele", Duncan prometeu. "Eu pago as despesas para que ela vá a qualquer lugar da cristandade. Qualquer lugar que ela escolher."

"Tudo bem", Georgiana aquiesceu.

"Estou falando sério", ele disse, e ela percebeu a fúria em seu olhar.

"Eu sei."

Ele inspirou fundo, depois soltou a respiração com um xingamento.

"Quando eu tinha 10 anos, minha mãe ficou grávida."

Ela já tinha feito as contas e sabia que Cynthia não era totalmente irmã dele. Mas então ela concluiu os cálculos e arregalou os olhos. Foi a vez de Duncan aquiescer.

"Você percebe como tudo se encaixa."

"Tremley", exclamou Georgiana.

"Cynthia é meia-irmã do conde."

"Cristo", ela sussurrou. "Ela sabe?"

Ele ignorou a pergunta.

"O conde quis obrigar minha mãe a se livrar dela. Primeiro quando sua barriga começou a crescer e depois quando Cynthia nasceu. Ele ameaçou tirar a criança dela. Disse que a daria para uma família boa na nossa propriedade. Minha mãe se recusou."

"Isso não me surpreende", disse Georgiana. "Nenhuma mãe deixaria que lhe tirassem a filha."

"Imagino que você teria feito o mesmo." Ele olhou para ela.

"Até meu último suspiro", ela ergueu o queixo.

Ele levou as mãos ao rosto de Georgiana, envolvendo as faces dela com seu calor.

"Caroline tem sorte por você ser a mãe dela."

"Eu é que tenho sorte de ser a mãe dela", replicou Georgiana. "Assim como sua mãe teve sorte por ter vocês dois."

"Nós deveríamos ser três", ele disse. "O terceiro nasceu morto. Um irmão."

"Duncan", ela disse, levantando sua mão até o rosto dele enquanto seus olhos se enchiam de lágrimas por ele. Por tudo que ele tinha visto.

"Eu tinha 15 anos e Cynthia, cinco." Ele fez uma pausa. "E minha mãe... morreu também."

Ela sabia que ele diria isso, mas a confirmação a despedaçou.

"Ele matou minha mãe", ele disse.

Ela aquiesceu, derramando lágrimas que rolavam pelas faces devido à perda da mulher que nunca conheceria. Pela perda do garoto que ela nunca conheceria. Por Duncan. Ela completou o resto.

"Você fugiu", concluiu Georgiana.

"Eu roubei um cavalo." *Um cavalo cinzento.* "Ele valia cinco vezes o meu valor. Mais, até."

O animal não valia nada comparado a ele.

"E você levou Cynthia."

"Eu a raptei. Se o conde a quisesse... se ele nos encontrasse... eu seria enforcado." Ele olhou para o salão de festas. "Mas o que eu podia fazer? Como eu podia deixar Cynthia para trás?"

"Não podia", concordou ela. "Você fez o que era certo. Para onde vocês foram?"

"Nós tivemos sorte... Encontramos um estalajadeiro e sua mulher. Eles nos acolheram, alimentaram. E nos ajudaram. Nunca me perguntou do cavalo. Ele tinha um irmão em Londres que era dono de um pub. Nós o procuramos. Eu vendi o cavalo com a intenção de pagar ao dono do pub para cuidar de Cynthia enquanto servia o exército." Ele fez uma pausa. "Eu nunca mais a teria visto."

O medo apareceu em suas palavras enquanto ele ser perdia nas lembranças.

"Mas você a vê", disse ela. "Todos os dias."

Duncan voltou ao presente.

"Na noite em que eu voltei, com dinheiro no bolso, pronto para mudar nossas vidas, havia um homem no pub. Ele era proprietário de um jornal e me ofereceu um trabalho para colocar papel e tinta na impressora."

"E então você se tornou Duncan West, jornalista."

Ele sorriu.

"Aconteceram algumas coisas antes disso. Um investimento em uma impressora nova, a aposentadoria de um homem que viu algo em mim que eu mesmo não enxergava, mas sim, eu comecei o jornal *O Escândalo*..."

"Minha publicação favorita."

Ele fez a gentileza de parecer mortificado.

"Eu já me desculpei pelo cartum."

"Fiquei feliz por você achar que me devia algo."

O bom humor desapareceu dos olhos dele com a lembrança do acordo de sua promessa de ajudá-la a casar. Ela se odiou por tocar no assunto.

"Depois que eu me tornei Duncan West...", ele olhou para a festa, "acho que deveria esperar que Tremley me encontrasse, depois que herdasse o título e assumisse seu lugar no Parlamento. Mas depois que me encontrou, eu fiquei a serviço dele."

Ela compreendeu de imediato.

"Ele sabe os seus segredos. E eles são mais valiosos para ele enquanto permanecerem assim, secretos, pois pode usar você e seus jornais. Se os segredos se tornarem públicos, você acaba na prisão e não tem mais utilidade para ele."

"O roubo de cavalo é um crime punido com enforcamento", ele a lembrou, macabro. "Assim como fraude."

"Fraude", ela repetiu, franzindo a testa.

"Duncan West não existe." Ele baixou os olhos para os próprios pés, e ela viu de relance o garoto maltratado que um dia ele foi. "Havia um garoto que nos viu fugir", ele disse, a voz baixa e carregada de lembranças. "Ele tentou nos acompanhar. Mas era mais novo e não era forte. Eu já estava com a Cynthia e fiz com que ele pegasse seu próprio cavalo." Georgiana sentiu pavor se juntando no estômago. "Estava escuro e o cavalo dele refugou na hora de saltar. O garoto foi jogado e morreu." Ele meneou a cabeça. "Eu o deixei. Fiz com que ele morresse e o abandonei."

"Você não teve escolha." Ela colocou a mão no rosto dele.

"O nome dele era Duncan", ele disse sem olhar para ela.

Georgiana fechou os olhos ao ouvir isso. Diante da confiança que ele precisava ter nela para lhe confessar isso. *Uma confiança que ela mesma não tinha demonstrado.*

"E qual era seu nome?", ela perguntou.

"James", ele respondeu. "Jamie. Croft."

Ela puxou o rosto dele para baixo, deixando que as testas se tocassem.

"Jamie", ela sussurrou, mas ele sacudiu a cabeça.

"Jamie acabou. Para sempre." *Para sempre...* Promessa e ameaça ao mesmo tempo.

"E Cynthia?", ela perguntou.

Um nuvem passou diante do rosto dele.

"Cynthia não lembra de nada antes do tempo que ficamos com o estalajadeiro e sua esposa. Ela não lembra da nossa mãe. E acha que temos o mesmo pai e o nome dele era West." Ele meneou a cabeça. "Eu não queria que ela soubesse a verdade."

"Que o pai dela era um monstro? É claro que não."

"Eu a tirei daquela vida. Não tive escolha." Ele a encarou.

"Você fez o que era certo", afirmou Georgiana.

"Ela é metade aristocrata."

"E West por inteira." Ela se recusava a deixá-lo ter vergonha disso. "Você mesmo escolheu o nome?"

"Escolhi por ela", ele disse, e ela o compreendeu além do que ele podia imaginar. "Quando nós saímos da Casa Tremley, estava anoitecendo. E cavalgamos em direção ao pôr do sol."

"Para o oeste...", ela concluiu. *West*.

Georgiana ficou na ponta dos pés e o beijou, um beijo longo, lento e profundo, como se eles tivessem todo o tempo do mundo. Como se os segredos dos dois não estivessem correndo na direção deles a uma velocidade espantosa.

As mãos de Duncan estavam no rosto dela, segurando-o com tanto cuidado que ela pensou que iria chorar – se não o quisesse tanto. Ela suspirou dentro da boca dele enquanto Duncan a beijava sem parar, apertando-a contra si, juntando seus corpos de um modo que a fez querer que estivessem em outro lugar. Dentro de algum lugar. Com uma cama. Ele a afastou, afinal, e falou:

"Então, como você vê, eu guardo os segredos de Tremley por Cynthia. Mas agora que eles estão com Chase..."

Claro, agora que Chase conhecia os segredos de Tremley, Duncan e Cynthia estavam ameaçados. E ali estava a razão pela qual ele tinha insistido em conhecer a identidade de Chase. A razão pela qual ele a ameaçou. E agora que Georgiana conhecia os segredos de Duncan, ela faria qualquer coisa para protegê-los. Pra protegê-lo. Tremley tinha lhe dito que escolhesse – Chase ou West. E ela não tinha mais dúvida. Ela talvez não pudesse tê-lo para sempre, mas poderia garantir que o "para sempre" dele fosse feliz, longo e sem medo. Ele era tão nobre. Havia tanta coisa naquele homem que ela adorava. Ele era inegável e profundamente merecedor do que tinha construído. De uma vida. De amor. Ela subiu de novo na ponta dos pés e encostou sua testa na dele.

"E se nos casássemos?"

Aquilo não foi dito a sério. Era um sonho estranho em um momento sossegado. Ainda assim, ele sentiu que devia responder com honestidade. Ele sacudiu a cabeça.

"Eu não posso casar com você."

Aquelas palavras a chocaram.

"Como?"

Ele viu no mesmo instante o que tinha feito.

"Eu não posso... Eu nunca jogaria meus problemas sobre seus ombros. Se meu passado for revelado, minha mulher será destruída. Minha família. Eu iria para a prisão. E provavelmente seria enforcado. E você sofreria comigo. E Caroline também."

"Se nós mantivermos Tremley em silêncio..."

Ele sacudiu a cabeça.

"Enquanto Tremley viver, meus segredos viverão com ele." Ele fez uma pausa. "Além disso, eu não posso lhe dar um título."

"Dane-se o título."

"Você não está falando sério." Ele sorriu, mas havia tristeza em sua expressão.

Ela não estava. Toda a vida dela – tudo que Georgiana tinha feito na última década – era dedicada a Caroline.

"Eu queria..."

Ela parou de falar quando os braços dele a envolveram.

"Pode falar."

"Eu queria que nós fôssemos pessoas diferentes", ela disse, a voz baixa. "Eu queria que nós fôssemos pessoas simples, e que tudo que nos importasse fosse a comida na mesa e um teto sobre a cabeça."

"E amor", ele acrescentou.

Ela não hesitou.

"E amor", Georgiana concordou.

"Se nós fôssemos pessoas diferentes", ele perguntou, "você se casaria comigo?"

Foi a vez de Georgiana olhar para o céu e imaginar que em vez de estar ali – em Mayfair, sob a luz de um salão de festas resplandecente, usando um vestido que custava mais do que a maioria das pessoas ganhavam em um ano –, ela estava no interior, com crianças puxando seu avental enquanto ela apontava as constelações. E como isso seria magnífico.

"Eu casaria", ela disse, afinal.

"Se nós fôssemos pessoas diferentes", ele continuou, com prazer na voz enquanto tocava o rosto dela com os dedos, "eu pediria você em casamento."

Ela aquiesceu.

"Mas nós não somos."

"Shiiiii...", ele pediu silêncio. "Não estrague isso. Ainda não." Ele a virou na escuridão, até o rosto dela estar iluminado. "Fale."

Ela balançou a cabeça e a tristeza veio depressa, em uma onda de lágrimas.

"Eu não devia", ela disse. "Não é uma boa ideia."

"Eu construí minha vida em cima de ideias ruins", ele disse. "Fale."

Ele tomou seus lábios, um beijo rápido e encantador. "Fale que você me ama."

As lágrimas transbordaram, mas ela não conseguiu desviar o olhar dele. Ela não podia dizer que o amava, porque não conseguiria se afastar dele depois. E se ela não conseguisse se afastar dele, tudo isso – toda essa confusão para a qual ela o havia arrastado – teria sido em vão.

"Fale, Georgiana", ele sussurrou, beijando as lágrimas de suas faces. "Você me ama?"

Georgiana sabia sem dúvida nenhuma que, se dissesse a Duncan que o amava, ele nunca deixaria que ela fizesse o que precisava ser feito. E então, em vez de responder à pergunta dele, ela respondeu a de Tremley, feita na noite anterior. Ela estendeu as mãos para cima, enfiou os dedos no cabelo de seu amor e o puxou para si, roçando seus lábios nos dele uma, duas vezes, antes de falar.

"Eu quero você. Para sempre."

Ela escolheu Duncan. Naquele lugar. Naquele momento. Ele a beijou demorada e maravilhosamente, recompensando as palavras dela, ainda que não fossem aquelas que ele desejava ouvir.

"Eu também quero você, minha lady", ele disse quando se afastou. "Para sempre."

Ela adorava aquele homem, com todos os recantos sombrios de seu coração, que ela pensava ter trancado para sempre. *Para sempre*. Isso era bastante tempo... e pertencia a ele. Ela lhe daria isso.

"Eu posso consertar isso", ela disse.

Ele ficou curioso.

"Consertar o quê?"

Ele recomeçou a andar, levando-a através do portão do jardim até as cavalariças na lateral da imensa casa, onde as carruagens esperavam até que seus donos as chamassem.

"Tudo isso", ela respondeu, seus dedos passando pela grande roda preta de uma carruagem, depois pelo flanco sedoso de um cavalo. "Eu posso convencer Tremley a nunca trair seu segredo."

"Como?"

"Com Chase." Pela primeira vez desde que se conheceram como Georgiana e Duncan, ela não se sentiu culpada por se referir a Chase como outra pessoa. Não naquele momento, não quando se dispunha a sacrificar sua identidade falsa para salvar Duncan. Mas ele parou e se virou para ela.

"Eu não quero você envolvida nisto, Georgiana. Já não está na hora de você o deixar? Não está na hora de começar sua vida sem ele?"

Ela meneou a cabeça.

"Duncan, você não entende..."

Ele a pegou pelos braços.

"Não, é você que não entende. Eu já cuidei de tudo."

Tudo dentro dela parou.

"O que você quer dizer?" Ele estava planejando confessar? "Duncan, você não deve..."

"Eu já cuidei de tudo", ele repetiu. "Mas escute bem; Chase é perigoso. Ele tem poder para acabar com todos nós, se quiser. Nós estamos nessa confusão porque Tremley não acredita que Chase não vai utilizar a informação a respeito da traição dele."

Ele suspirou antes de continuar.

"Eu não sei o que é que mantém você tão presa a Chase... Eu juro que nunca mais vou lhe perguntar isso. Mas eu sei que está na hora de você cortar quaisquer relações que possa ter com esse homem poderoso, mítico." As palavras dele ficaram mais inflamadas e a raiva começou a transparecer. "Está na hora de você o abandonar. De abandonar aquele lugar. De acabar com essa parte da sua vida."

"Eu sei."

As mãos dele seguraram o rosto dela mais uma vez, inclinando-o para encontrar o dele.

"Cristo, se você não fizer isso por si mesma, nem por Caroline... faça por mim."

Ela faria isso por ele.

"Eu vou fazer", ela afirmou.

"Faça só isso por mim", ele implorou. "Termine com ele... Seja o que for. Fique longe do clube."

"Eu faço." Mais dois dias e ela nunca mais iria olhar para trás.

"Faça isso e eu nunca mais vou lhe pedir outra coisa."

Ela queria que ele pedisse. Ela queria ser a companheira dele em tudo aquilo. Sua Anfitrite.

"Duncan..." Ela perdeu a voz, sem saber o que dizer. Detestando o destino e a sorte, e desejando que fosse outra pessoa, qualquer pessoa. Desejando ser uma mulher que pudesse cair nos braços de Duncan West e passar o resto da vida lá.

"Prometa", ele sussurrou, com os lábios nos dela, nenhum dos dois se importando que estavam à vista de metade dos cocheiros de Londres. "Prometa que não vai deixar Chase ganhar."

Ela retribuiu o beijo.

"Eu prometo." Aquilo era o mais perto que ela poderia chegar de dizer para Duncan que o amava. "Eu prometo", ela repetiu, e era verdade. Chase não ganharia.

Eles caminharam até a próxima carruagem da fila e Duncan abriu a porta. Ela olhou para dentro. Havia vários jornais espalhados pelo chão. O coração dela começou a martelar dentro do peito. Era a carruagem dele. Ele queria levá-la para a casa dele? Raptá-la desse lugar? De todas as coisas que os mantinham acorrentados a esse mundo?

"E me prometa mais uma coisa...", ele disse, ajudando-a a subir na carruagem.

"Qualquer coisa." *Eu lhe prometo o mundo.*

A mão dele deslizou pela perna dela e entrou por baixo das saias do vestido, e seus dedos acariciaram a pele do tornozelo dela.

"Fique longe do clube amanhã."

Ele fechou a porta e bateu na lateral da carruagem, sinalizando para o condutor.

"Leve a lady para a Casa Leighton", ela o ouviu dizer um momento antes da carruagem entrar em movimento. Ela logo entendeu o que tinha acontecido – ele não queria que ela dormisse no clube, então resolveu enviá-la para a casa do irmão em sua própria carruagem.

Ela poderia ter ficado aborrecida, mas não conseguiu reunir energia para tanto. Ela estava usando toda sua energia para amá-lo. Ela se recostou no assento macio do veículo e refletiu sobre todas as coisas que tinha que fazer antes do prazo imposto por Tremley – sendo que a mais importante delas era contar aos outros sócios que Chase seria revelado. Quantas vezes ela tinha balançado a cabeça diante das ações de homens apaixonados? As ações deles não eram nada em comparação às ações de uma mulher apaixonada.

A luz de um poste brilhou na janela, iluminando o jornal ao seu lado no assento. Ela congelou, certa de que tinha entendido mal o que tinha lido. Ela pegou o jornal, primeiro sem acreditar, virando a página para a rua, à espera de uma luz para confirmar as palavras. E então a data. O jornal que ela tinha em mãos seria lançado no dia seguinte, por ironia no mesmo dia em que vencia a proposta de Tremley. Ali estava, ocupando toda a largura da página, uma única manchete:

Recompensa pela identidade do proprietário de O Anjo Caído

E embaixo:

£ 5.000 *por uma prova da identidade do esquivo Chase.*

Capítulo Vinte

Os editores deste prestigioso jornal estão fartos do monopólio de poder que existe nos recantos mais sombrios de Londres. Encorajamos nossos leitores a fazer todo o possível para garantir que o país tenha apenas um monarca, e que ele reine em público...

Notícias de Londres, 17 de maio de 1833.

O Anjo Caído estava sitiado. Como ainda eram onze e meia da manhã, o cassino estava às escuras, mas o lugar não tinha nada de sossegado... Ecoavam gritos através das portas de aço, que também recebiam batidas, e a algazarra dos homens do lado de fora, que enchiam a Rua St. James na esperança de conseguir uma chance de ganhar cinco mil libras. Lá dentro, Temple e Cross estavam reunidos em uma mesa de roleta, esperando que um membro da equipe de segurança chegasse com as notícias. Bourne foi o primeiro a chegar.

"O que diabos está acontecendo?", ele exclamou, empurrando a porta interna do cassino, vindo do hall de entrada, que estava trancada e era guardada por um homem com o dobro do tamanho de uma pessoa normal.

Cross olhou para Bourne.

"Você está com a aparência de quem está chegando da guerra."

"Você já viu quanta gente tem lá fora? Estão desesperados para entrar. Será que estão pensando que nós vamos anunciar a identidade do Chase? Só porque Duncan West perdeu a cabeça?" Ele olhou para a manga de seu paletó e soltou um palavrão. "Vejam o que esses vagabundos fizeram! Rasgaram o punho do meu paletó!"

"Você parece uma mulher quando se trata de roupa", Temple debochou dele. "Se eu fosse você, estaria mais preocupado com a possibilidade de lhe rasgarem um braço."

Bourne fez uma careta para Temple.

"Eu estava preocupado com isso. Agora que a ameaça passou, estou irritado por causa do punho do meu paletó. Vou perguntar outra vez: o que diabos está acontecendo?"

Temple e Cross se entreolharam, depois se viraram para Bourne.

"Chase está apaixonada", declarou Cross.

"Sério?", Bourne piscou os olhos, cético.

"Perdidamente", respondeu Temple. A palavra foi pontuada por um estrondo no alto, onde uma pedra jogada pela multidão quebrou uma pequena janela e fez vidro chover no cassino.

Eles observaram a chuva de vidro por um longo momento, antes de Bourne se voltar para seus sócios.

"Pelo West?"

"Ele mesmo", Cross aquiesceu.

Bourne refletiu por um momento.

"Sou só eu ou parece mesmo que a história de amor de Chase será a que praticamente vai acabar com o cassino?"

"Vai fazer mais do que *praticamente* destruir nosso cassino, se West não segurar seus cachorros."

Bourne aquiesceu.

"Eu suponho que vocês..."

"É claro", disse Temple. "A primeira coisa. Assim que vimos o jornal."

"E ela não sabe."

"Claro que não", disse Cross. "Alguma vez ela teve a cortesia de nos avisar que iria se intrometer nas nossas vidas?"

"Nunca", respondeu Bourne com um suspiro enquanto sentava. "Então nós estamos esperando?"

Temple acenou para uma cadeira ao lado.

"Estamos esperando."

Bourne aquiesceu. Eles ficaram em silêncio por um longo momento, todos observando Cross girar a roleta uma vez após a outra.

"É menos divertido quando não tem bola", disse Bourne, afinal.

"Não é assim tão divertido quando tem uma bola."

"Eu me pergunto por que Chase gosta tanto deste jogo", comentou Temple.

"Porque roleta é o único jogo de azar que é totalmente aleatório", respondeu Cross. "Não se pode forçar uma vitória. Sendo assim, é mais equilibrado."

"Pura sorte", disse Bourne.

"Não há risco calculado", concordou Cross.

Batidas pesadas foram ouvidas da porta, e logo se tornaram altas e insistentes, deixando claro que alguém não desistiria de entrar. Quando cessaram, e a porta foi aberta, a equipe de segurança teve que usar toda sua força para manter a multidão do lado de fora.

Bourne riu e os outros olharam para ele, confusos.

"Estou só imaginando todos aqueles nobres engomadinhos do White's e do Brooks's virando na St. James, sem desconfiar de nada."

Cross também riu.

"Ah, eles vão ficar furiosos conosco. Como se já não nos odiassem antes."

"Que se danem", disse Temple, curvando os lábios em um sorriso. "Ninguém poderá dizer que O Anjo Caído não proporciona diversão à vizinhança."

Aquela declaração fez todos caírem na risada, um mais alto que o outro. Eles quase não notaram que Bruno apareceu na entrada do salão.

"Ele está aqui", anunciou o enorme guarda.

"Eu sei o caminho", disse Duncan, empurrando o segurança imenso e entrando no cassino escuro.

Os sócios se levantaram e ajeitaram suas mangas – exceto Bourne, que apenas xingou de novo o estado de seu paletó –, cada um intimidador a seu modo, mas juntos, um trio tão poderoso que a maioria dos homens não gostaria de encarar. Duncan se aproximou sem hesitar. Bruno olhou para as costas dele.

"Eu acho que nós deveríamos atirá-lo à multidão", disse o segurança.

"Pode ser que façamos isso", disse Temple.

"Daqui a pouco", acrescentou Cross.

"Que diabo é isso?", Duncan perguntou, brandindo um pedaço quadrado de papel. "Você acham que vão me convencer a cancelar a recompensa com insultos?"

Bourne tirou o bilhete da mão dele e o abriu, lendo a mensagem.

"'Você é um idiota'", ele leu em voz alta. "'Um cego vagando na floresta'." Ele aquiesceu e olhou para Temple. "Tem certa poesia."

Temple pareceu se orgulhar de si mesmo.

"Obrigado. Eu também achei."

Exasperado, Duncan arrancou o papel das mãos de Bourne.

"A ideia de me insultar e depois me convocar aqui não me faz ter vontade de ser generoso. O que diabos vocês querem?"

"Sabe", Bourne disse para Duncan, "Já ouvi chamarem você de gênio." Ele olhou para Cross. "Só que, para um gênio, é meio retardado."

"Bem, para ser justo, ele está em uma situação em que a inteligência vai pelo ralo", disse Cross. "Eu tenho uma teoria segundo a qual as mulheres sugam nossa inteligência enquanto as cortejamos e a guardam para si. E é por isso que elas veem a jogada final antes de nós."

Temple aquiesceu devagar, como se Cross tivesse dito algo extremamente sábio.

"Essa é uma teoria muito boa", concordou Bourne.

"Você são todos malucos", disse Duncan, brandindo o bilhete. "Eu não vim para ouvir suas maluquices. Eu vim porque vocês me prometeram Chase. E, olhando para os três, vejo que mentiram."

"Como é?", disse Temple, ofendido.

"Nós não mentimos", retrucou Cross.

"E então?", insistiu Duncan.

"A recompensa foi uma boa jogada", disse Temple. "Com certeza chamou nossa atenção."

"E a de Chase?"

"Imagino que chamou, sim", observou Bourne.

"Então por que estou falando com vocês três, em vez de com ele?"

Cross recuou, apoiando-se na mesa de roleta, e cruzou seus braços longos sobre o peito. Então apontou o queixo na direção da porta na outra extremidade do salão, debaixo do enorme vitral colorido. Duncan olhou para a porta e então percebeu que, durante todos os anos em que foi associado ao Anjo Caído, nunca viu aquela porta sem um guarda.

Ele voltou a olhar para os proprietários.

"Vá em frente", disse Cross. "Vá falar com Chase."

"Isso é uma armadilha?", ele enrugou a testa.

"Não do jeito que você está pensando", disse Temple, ameaçador.

"Vocês estão desperdiçando meu tempo", Duncan reclamou.

"Não é uma armadilha", disse Cross. "Você vai sobreviver."

Ele olhou para cada um dos fundadores.

"Como eu posso confiar em vocês?"

"Ela ama você", Bourne deu de ombros. "Nós não poderíamos machucá-lo, mesmo que quiséssemos."

Aquelas palavras foram pontuadas por uma cacofonia de gritos lá fora, na rua – os sons acompanhando o ritmo do coração de Duncan. *Ela ama você.*

"Vocês todos fizeram mal a ela. De um modo inacreditável", Duncan os acusou. "Deixando que vivesse esta vida."

Temple riu disso.

"Você pensar que *nós a deixamos* fazer qualquer coisa é um atestado da sua estupidez." Ele apontou o queixo para a porta. "O escritório de Chase fica depois daquela porta."

O olhar de Duncan ficou preso à porta em questão. Se fosse uma armadilha, tudo bem. Ele fez com que os fatos convergissem para aquele momento, forçando os proprietários do Anjo a agir. Ele ofereceu a recompensa, o que fez com que metade de Londres aparecesse à porta do cassino na tentativa de descobrir a identidade do quarto proprietário... Que ele iria encarar em breve.

Duncan atravessou o salão e abriu a porta, revelando uma escadaria comprida que subia em direção à nada além da escuridão. Olhando para trás ele viu os três homens que eram a face pública do cassino, parados lado a lado, observando-o. Quando fechou a porta atrás de si, bloqueando a visão dos três, Duncan percebeu que o quarto elemento estava faltando, a mulher que reinava no cassino. A parceira deles naquele lugar impressionante. Esse pensamento ecoou dentro dele. Ela era o quarto sócio. *Ela era o quarto sócio.*

Ele subiu a escadaria, movendo-se cada vez mais rápido enquanto sua cabeça relembrava os eventos dos últimos seis anos... todas as referências a Chase, todas as cartas trazidas em nome dele pela linda e brilhante Anna, uma aristocrata banida da Sociedade que se escondia à vista de todos. Ela sabia tanto a respeito daquele lugar, de seus membros. *Ela era o quarto sócio.*

A porta no alto da escada abriu para um corredor conhecido, com a parede à sua frente ostentando a enorme pintura a óleo que ele já tinha visto. Têmis e Nêmesis. Justiça e Vingança. *Qual das duas é você?*, ele perguntou quando esteve ali antes com Georgiana. *Não posso ser as duas? Ela era as duas.* Ele quase arrancou a pintura da parede ao abrir a entrada para a passagem secreta. Para o escritório de Chase.

Duncan contou as portas, parando na quarta. Segurando a maçaneta. Sabendo que o que – ou quem – estivesse atrás daquela porta mudaria sua vida. Para sempre. Ele inspirou fundo, para estabilizar a respiração, e abriu a porta. Ele tinha razão. Ela estava sentada à escrivaninha, a cabeça baixa, escrevendo, com uma pilha de cartas perto dela sobre a grande superfície de carvalho. A lembrança veio – alguns dias antes. Ela, na borda daquela escrivaninha, naquela sala branca. Duncan com as mãos, a boca e o corpo sobre ela. Ele se apressou, pensando que estavam no escritório de Chase. Pensando que poderiam ser pegos. Pensando que ela pertencia a outro. *Querendo que ela fosse sua.* Ele sentiu que era consumido por raiva e fascinação, descrença e respeito. Ela não levantou os olhos do que escrevia quando ouviu a porta abrir, apenas acenando na direção da pilha de cartas junto ao seu cotovelo.

"Estas estão prontas para ser despachadas", Georgiana disse. "Bourne já chegou?"

Ele fechou a porta e a trancou com um único movimento. Ela ergueu os olhos ao ouvir o som da chave na fechadura, e seu olhar encontrou o dele, o espanto aparecendo em seu rosto quando ela levantou da cadeira.

Georgiana estava vestindo calças de novo.

"Duncan", ela disse.

"Bourne chegou", ele respondeu.

Ela franziu a testa, precisando de um instante para entender o que ele queria dizer com aquilo.

"Eu..." Ela parou. "Oh."

"Fale, Georgiana", Duncan disse, e lhe ocorreu que na noite anterior ele tinha dito a mesma coisa para ela, esperando que ela finalmente dissesse que o amava. Mas naquele instante ele se contentaria com a verdade. Como ela não respondeu, ele se repetiu. "Fale." A palavra saiu dura, quase entrecortada. Quando ela balançou a cabeça, ele se repetiu mais uma vez, quase gritando com ela. "Fale!"

Havia lágrimas nos olhos dela, naqueles lindos olhos âmbar que ele admirou tantas vezes. Ele se perguntou o motivo daquelas lágrimas – se estavam lá porque ele descobriu os segredos dela, ou se elas vinham porque Georgiana percebeu que uma traição daquele tamanho seria impossível de perdoar. Que um segredo dessa magnitude mudava tudo. Ela abriu a boca. E a fechou.

"Duncan", ela sussurrou, afinal. "Eu não estava pronta para que você soubesse."

"Soubesse o quê?", ele perguntou. E ele ordenou uma última vez: "Fale. Diga. Pelo menos uma vez nas nossas vidas, diga-me a verdade."

Ela aquiesceu e ele viu a garganta dela trabalhar enquanto Georgiana procurava as palavras. Que não eram muitas. Apenas três. Muito simples, mas ao mesmo tempo incrivelmente complicadas. Afinal, ela o encarou, decidida. E falou.

"Eu sou Chase."

Ele ficou quieto por tanto tempo que Georgiana chegou a pensar que Duncan não falaria mais. Dezenas de possibilidades se agitaram dentro delas, todas terminando em perguntas. Mas quando ele falou, não fez uma pergunta, mas uma declaração, cheia de descrença, espanto e algo mais que ela hesitou para identificar.

"Eu tive tanto ciúme dele."

Ela não soube o que dizer quando Duncan passou a mão pelo cabelo antes de continuar.

"Eu pensei que ele era seu dono. Eu não conseguia entender por que você era tão comprometida com ele. Por que você o protegia tão bem. Eu não podia entender por que você caía nos meus braços embora o escolhesse, uma vez após a outra."

"Eu não o escolhi", ela disse. E ele a encarou.

"Você escolheu este lugar."

"Não", ela disse, querendo que ele entendesse. Querendo que ele enxergasse. "Eu escolhi segurança."

"Eu poderia ter dado isso a você", ele disse, as palavras saindo como um trovão demorado. "Cristo, Georgiana, eu queria dar isso para você. Tudo que você precisava fazer era confiar em mim."

"Por que eu faria isso?", ela perguntou, de repente desesperada para que ele a entendesse. Ela saiu de trás da escrivaninha. "Eu passei minha vida rodeada de homens perigosos... e você poderia ser o mais perigoso de todos."

"Eu?", ele perguntou, a incredulidade na voz. "Desde o momento que nos conhecemos, eu lhe ofereci ajuda."

"Não", ela disse. "Você ofereceu ajuda para a Georgiana, mas depois que descobriu a ligação dela com o Anjo, depois que descobriu que eu era a Anna, você me ofereceu uma troca."

Ele ficou imóvel. Ela sabia que não deveria puni-lo por isso – sabia que ela mesma tinha feito pior –, mas não conseguiu se segurar.

"Uma coisa pela outra, Duncan", ela o lembrou, sentindo-se defensiva. "E a ameaça de revelar meus segredos." Ela meneou a cabeça. "Eu concordei com isso, sem dúvida. Mas não pense, nem por um momento, que eu não aprendi, em todos os meus anos como Chase, que um negócio não é uma amizade. E que confiança não faz parte do negócio."

"Faz muito tempo que isto não é mais um negócio", ele disse.

Ela sabia disso, é claro. Sabia, também, que esse talvez fosse o único momento em que ela conseguiria dizer a verdade. E ela queria que ele a ouvisse.

Georgiana se debruçou sobre a escrivaninha, apoiando as mãos espalmadas no tampo.

"Eu queria ser algo maior do que aquilo em que eles me transformaram." Ela fez uma pausa, tentando encontrar as palavras certas para se explicar. "Você lembra da casa em Yorkshire?" Ele aquiesceu. "Havia tantas de nós lá... tantas de nós que tinham fugido. Que tiveram força para desafiar as expectativas." Ela sacudiu a cabeça. "Eu era a mais fraca de todas, porque podia ser. Quando eu fui embora – quando voltei para casa –, eu vi como o mundo olhava para mim. Para nós. E odiei todos por isso. Eu queria fazer algo que me desse um poder tremendo... algo que deixasse todos eles nas minhas mãos, essas pessoas que falavam de correção moral e viviam no vício e no pecado à portas fechadas.

"Primeiro", ela continuou, "foi para me vingar. Eu queria punir todo mundo que me maltratasse. Que tivesse a ousadia de insultar Caroline. Eu queria destruir as fofocas e matar a Sociedade. Um cassino seria o lugar ideal para isso. Decadência, vício, pecados... são excelentes parceiros na vingança."

Ele sorriu.

"E então você percebeu que não era Deus."

"Não", ela ergueu as sobrancelhas. "Então eu percebi que não queria ser Deus. Eu queria ser algo muito diferente. Eu queria reinar acima deles. Eu queria que eles ficassem me devendo – dinheiro, segredos e qualquer coisa que pusessem na mesa."

"E assim Chase nasceu."

"Meu irmão me deu o dinheiro para abrir o clube e me ajudou a escolher os sócios." Ela sorriu. "Bourne e Temple vieram primeiro, e nunca vou me esquecer da expressão deles quando meus seguranças jogaram os dois dentro da minha carruagem e eu me apresentei." Ela fez uma pausa. "Bourne me xingou de vários nomes antes de se acalmar e perceber que o que eu estava oferecendo era muito bom."

"Sociedade em um clube de cavalheiros."

Ela sacudiu a cabeça.

"Ressurreição da sarjeta. Ele tinha perdido tudo. Temple também. Eu lhes dei a chance de se reerguerem. Eu não precisava de dinheiro... eu precisava dos títulos. Dos rostos. Das habilidades que eles tinham."

Ele aquiesceu.

"De onde veio o nome Chase (Perseguição)?"

"Foi Bourne que me deu esse nome", ela sorriu. "Ele costumava dizer que eu estava perseguindo a Sociedade londrina. Acabou pegando."

Ela fez uma pausa antes de continuar.

"Nós abrimos o cassino com a ajuda do meu irmão e seus contatos. Em poucos meses as pessoas imploravam para serem aceitas. E durante os primeiros anos eu nem me importava com o que elas pensavam de Georgiana. *Eu* mesma mal pensava em Georgiana. Eu era Chase, e era Anna, e era livre... e isso era maravilhoso." Ela desviou o olhar. "Até que não era mais."

"Até Caroline ficar crescida o bastante para notar a censura no olhar dos outros", ele disse.

"Até Caroline ficar crescida o bastante para ser o alvo da censura dos outros."

"Então ela passou a ser o motivo de tudo", Duncan concluiu.

Ela o encarou e viu a compreensão em seu olhar. Ele havia enfrentado uma batalha semelhante, sabendo que precisava proteger sua irmã do mundo.

"Eu não roubei um cavalo, Duncan. Eu roubei um mundo."

"E nós acreditamos em você", ele disse.

"Não foi tão difícil como pode parecer", Georgiana explicou. "As pessoas, basicamente, acreditam naquilo que contam para elas. Depois que nós decidimos que Chase nunca seria visto, foi fácil convencer o mundo de que ele era mais poderoso do que qualquer um. Seu mistério se tornou seu poder. Meu poder."

"Você está enganada." Ele estava perto dela, perto o bastante para tocá-lo, mas ela resistiu ao impulso e ele continuou. "Eu conheci você como Georgiana e como Anna. E senti a força do seu poder. Eu me envolvi nele e me aqueci no seu calor. E não existe nada nesse poder que seja do Chase." Ele levantou a mão e segurou a nuca de Georgiana, e ela prendeu a respiração com o toque. "O poder é todo seu." Ela olhou para ele, que acrescentou, "E ela vai saber disso."

Aquelas palavras fizeram fluir as lágrimas dela, espontâneas e indesejadas. Como ele sabia que era essa a preocupação dela? Na calada da noite? Como ele sabia que ela tinha pavor que Caroline um dia olhasse para ela e a odiasse pelas escolhas que havia feito?

Ela desviou o olhar, tentando se esconder dele.

"Não", ele disse, obrigando-a a olhar para ele. "Não se esconda de mim. Você me afasta sempre. Você usou Chase como escudo."

"Não...", ela começou, mas ele a interrompeu, com raiva e mágoa no olhar.

"Sim. Você tinha medo de mim. Mas por quê? Você tinha medo do que eu poderia fazer? Do que eu poderia contar para o mundo? Você pensou mesmo que eu poderia trair você?"

Ela franziu a testa.

"Eu não sabia... o único outro homem a quem me entreguei..."

Duncan continuou.

"Você não estava com medo de mim. E não estava com medo das repercussões relativas a Chase... nós sabemos disso agora", ele pronunciou as palavras com um humor seco. "Você estava com medo do que eu a faço sentir."

Verdade.

"É claro que eu estava", ela o encarou, e sua sinceridade surpreendeu a ambos, mas já era hora de ser sincera, certo? "Eu estava sozinha. Tinha que lutar por mim mesma. Por Caroline." Ela fez uma pausa. "*Estou* sozinha. *Tenho* que lutar por ela. Eu preciso usar todas as armas no meu arsenal para garantir o futuro dela. Isso significava usar Chase... o que foi fácil. E você..." Ela hesitou. "Mas essa é a parte que se tornou difícil."

"Você me desligou do clube", ele disse.

"Eu peço desculpas. Você é bem-vindo como membro outra vez." *E vai continuar sendo enquanto o clube existir.*

"Eu não ligo para o maldito clube. Eu ligo para o fato de você ter me mandado embora."

"Eu não podia ficar com você por perto", ela disse, soltando a verdade. "Eu não podia ficar perto de você sem o desejar por perto para sempre."

Essa expressão de novo, insidiosa e tentadora. Ele praguejou e a puxou para perto, envolvendo-a com braços que pareciam de ferro, fazendo com que ela desejasse que aquilo bastasse. Que não existissem Chase, nem Anna, nem Tremley batendo na sua porta com ultimatos e segredos. Nem Anjo

Caído. Porque ela não queria ter que usá-lo. Não mais. Ela não queria que ele ficasse perto da falsidade que seria seu futuro. Não queria que ele tivesse mais motivos para pensar mal dela. Mas ele a entendeu mal.

"Cristo... Georgiana", ele falou no alto da cabeça dela, os braços fortes e acolhedores a envolvendo. "O jornal. A recompensa."

Ela virou o rosto para o peito dele, deleitando-se no aroma que ele emanava.

"É o fim de Chase."

Era o fim de Chase no momento em que Tremley fez sua proposta – os segredos dela pelos de Duncan. Era uma oferta que ela nunca recusaria. Uma transação que ela faria com gosto. Chase e Anna desapareceriam deste mundo, e seriam substituídos pela segurança de Duncan. *Se isso fosse o bastante.*

"Eu fiz uma besteira", Duncan praguejou. "Acabei com ele." Ele fez uma pausa. "Você. Eu arruinei tudo pelo que você batalhou."

Ela teria se arruinado sozinha – e ainda planejava fazer isso –, mas esse era o segredo final que ela não podia revelar para Duncan. Ela sorriu.

"Ele tinha que acabar, uma hora. Eu não poderia continuar aqui e querer falar de padrões morais para Caroline. Eu pensei que poderia... mas agora eu vejo como essa ideia era ridícula."

"Eu vou encontrar um modo de manter você a salvo. De manter Chase a salvo. Vou cancelar a recompensa."

Ela pôs as mãos nos lábios dele, silenciando-o, passando os dedos pelas maçãs do rosto de Duncan, descendo pela extensão do maxilar.

"Esse tempo todo... desde o começo, você me pediu para confiar em você."

"Eu pedi", ele disse. "E agora, você tem que acreditar que eu vou encontrar um modo de..."

Ela o interrompeu.

"Agora é sua vez, Duncan. É sua vez de confiar em mim."

"O que isso significa?" Ele apertou os olhos.

"Exatamente o que eu disse." Ela se aproximou para beijá-lo.

"Eu confio em você." Ele aceitou o beijo e o retribuiu. "O que você está planejando fazer?"

"Isso não é confiar em mim."

Ele abriu a boca para replicar. Parou.

"Eu não quero mais fazer isto. Não quero mais falar." Duncan a ergueu nos braços, e Georgiana envolveu a cintura dele com as pernas. "Eu só quero amar você. Toda você. Uma vez, antes que acabe."

Antes que acabe. Aquelas palavras explodiram ao redor dela enquanto Georgiana tomava o rosto dele em suas mãos e aprofundava o beijo que ele colocava em seus lábios, com paixão e saudade. Ela não gostou da sentença de fim que as palavras carregavam, da sensação de que tudo que era importante terminaria nessa noite. Sensação, não. Fato. Essa noite encerraria o mito de Chase. Encerraria a vida inventada de Anna. E deixaria Georgiana sozinha mais uma vez para enfrentar a Sociedade e seus lobos. Para criar um futuro novo. Mas ela não queria o futuro. Ela queria o presente. Esse momento. Esse homem.

"Eu queria...", as palavras dele, suaves e sombrias sussurradas no ouvido dela, fez com que Georgiana procurasse o olhar de Duncan.

"O quê?", ela movimentou o corpo contra o dele, enviando ondas de prazer por seu corpo e, ela esperava, pelo corpo dele também.

Funcionou. Ele sorriu e fechou os olhos.

"Pode parecer loucura, mas eu queria que nós tivéssemos feito isto em uma cama. Como pessoas normais."

"Eu tenho uma cama."

Ele inclinou a cabeça, parecendo feliz da vida.

"Tem?"

"Claro", ela aquiesceu.

Ele a colocou no chão e Georgiana o levou até seu apartamento, depois de várias portas, para o quarto onde dormia na maior parte das noites. Ela abriu a porta e ele parou, olhando para a cama com dossel e cortinas brancas. Duncan balançou a cabeça.

"Durante todo esse tempo", ele disse, "Londres apostou, pecou e se banhou em vícios... enquanto você reinava nesta cama branca... Perfeita para uma princesa imaculada."

"Não sou mais imaculada", ela sorriu.

Ele virou seu olhar ávido para ela.

"Não mais."

E então ela estava nos braços dele, que a tirou do chão e carregou, despertando uma dor intensa nela. Georgiana – que passou os últimos seis anos fornecendo para os homens e mulheres de Londres tudo que desejavam, que se considerava uma especialista no desejo – nunca quis algo mais do que queria aquele homem. Do que esse momento.

Ele a colocou em pé ao lado da cama e lentamente despiu Georgiana e a si próprio. Sapatos, calças e camisas, tirando a sua e depois a dela, beijando a pele nua que foi explorando com beijos longos e arrastados até ela pensar que poderia morrer do prazer que ele lhe proporcionava. Até ela pensar que poderia morrer pelo desejo que sentia por ele. Ele a deitou, nua, as costas no lençol frio, e se colocou sobre ela, encostando o rosto na pele macia da barriga dela, inalando profundamente, colando a boca aberta nas marcas desbotadas que contavam uma história que só ele conhecia.

"Eu te amo", ele sussurrou, suave e discreto, para a pele dela, tão baixo que Georgiana pensou que talvez ele não tivesse dito nada.

Ela prendeu a respiração quando Duncan moveu a boca, encontrando o bico de um seio, depois o outro, e as mãos dele a envolveram, ergueram, acariciaram, garantindo que ela nunca se esquecesse desse momento, do modo como ele a tocava. Do modo como ele a amava. Ela o segurou, agarrando seus cabelos dourados e macios enquanto Duncan sussurrava no meio dos seus seios.

"Eu te amo."

Ele repetiu as palavras como uma bênção enquanto lambia, chupava e a adorava, até que a respiração dela se tornou ofegante, curta, quase insuportável, e então ele se ergueu sobre ela, cobrindo-a com seu corpo duro, quente e perfeito de todas as formas. Ele a olhou nos olhos e falou:

"Eu te amo."

E ela correspondeu ao amor dele, desesperada, erguendo as mãos, puxando-o para mais um beijo, no qual ela despejou tudo que sentia por aquele homem brilhante e magnífico.

Ele entrou nela devagar e firme, como se já tivessem feito isso milhares de vezes, como se pertencessem um ao outro, como se ele a possuísse e ela o possuísse. E Georgiana se deu conta que ele a possuía mesmo. E sempre seria assim. Os movimentos dele foram profundos e completos, demorados, estocadas vigorosas que a faziam ansiar por ele. Por mais de seu toque. Por mais de seu amor. E Duncan parecia saber isso, pois se inclinou, repetindo suas juras uma vez após outra junto à orelha dela.

Georgiana não sabia se foram as palavras ou o movimento, mas logo ela estava implorando pelo êxtase que só ele poderia lhe dar. Duncan ficou imóvel, levantando-se sobre ela, os olhos fechados de prazer e dor, e ela soube que ele se preparava para deixá-la, recusando-se a liberar seu prazer dentro dela. Recusando-se a colocá-la em risco.

"Duncan." Ele abriu os olhos, tirando o fôlego dela com a emoção transmitida por seu olhar. "Não me deixe", ela sussurrou. "Não desta vez."

Ele a observou por um longo momento, como se procurasse a verdade nas palavras dela. Georgiana sacudiu a cabeça.

"Não desta vez", ela pediu, as lágrimas aflorando quando ela se deu conta que essa era a última vez que eles fariam isso.

Duncan tomou a boca de Georgiana em um beijo escaldante, mais profundo e apaixonado do que qualquer coisa que eles fizeram antes, e ele então colocou a mão entre os dois, pondo seu polegar no centro dela, massageando sem parar até ela gritar seu êxtase. Somente então ele voltou a se mover, com estocadas fundas, e se derramou dentro dela, e Georgiana se perdeu em si mesma, no mundo. Ele deitou sobre ela, e Georgiana se enrolou nele, aninhando-o enquanto as lágrimas se derramavam, e chorou. Ela chorou pela beleza do momento, os dois contra o mundo. Ela chorou por si mesma, pelo sacrifício que a tinha colocado naquele caminho... o que ela havia jurado trilhar, de algum modo infinitamente devastador agora que ela compreendia do que estava desistindo.

Amor.

Quando ele acordou, ela tinha sumido. Ele deveria estar esperando por isso, mas ainda assim sentiu certa mágoa por ser deixado por ela assim, no coração do cassino, enquanto ela saía para lutar sozinha Deus sabe que batalha. *Eu estava sozinha. Tive que lutar por mim mesma. Por Caroline.* Não mais. Georgiana não entendia que ele era o protetor dela? Que ele lutaria as batalhas dela? Que ele faria tudo que pudesse para salvá-la, e também esse lugar que ela amava? Talvez ele não pudesse tê-la para sempre, mas isso Duncan lhe daria. E seria o bastante. Cristo. Ele tinha que cancelar a recompensa. A caixa de Pandora que tinha aberto acabaria com ela e o clube se Duncan não a fechasse. Ele levantou e vestiu rapidamente suas roupas, sem perder tempo para voltar ao escritório dela.

O lugar estava vazio, e ele se aproximou da escrivaninha com espanto e admiração. Ele pensou na primeira vez em que ela ocupou aquele escritório, uma garota de, o que, 20 anos? Expulsa da Sociedade por causa de um momento em que se arriscou. Por um único erro. E ela construiu seu império a partir dali. Daquela escrivaninha. E Duncan pensou que ele era a pessoa que mais trabalhava duro em Londres. Os dedos dele roçaram o mata-borrão, a caneta de prata que jazia ali, jogada como se ela a tivesse deixado cair com a pressa de terminar algum outro trabalho. Ele sorriu ao pensar nisso – sua amada trabalhadora. Eles formavam um par perfeito. Ele ignorou o fio de tristeza que correu por ele ao pensar nisso. No modo como ansiava para que fosse verdade. Para que fosse o futuro dos dois. Mas ele tinha muitos segredos, e nunca os jogaria sobre ela. Com a ameaça de ser exposto. De ser punido. De mais um escândalo.

Ele olhou para o lado e encontrou uma pequena pilha de cartas na borda da escrivaninha – devia haver cerca de dez mensagens, uma última pilha esquecida do que eram dezenas de quadrados de papéis idênticos cobrindo a superfície da mesa quando ele entrou na sala. Duncan pegou as mensagens, sabendo que não devia. Sabendo que não era da conta dele, mas de algum modo não conseguiu se segurar. Cada uma delas sobrescrita com a letra forte e firme que ele identificava como sendo de Chase... Mas não eram de Chase. Eram de Georgiana. As cartas eram endereçadas aos membros do clube – homens que ele tinha visto no cassino dezenas de vezes. Não havia nada naqueles nomes que os interligasse – alguns eram velhos, outros jovens, alguns ricos, outros nem tanto. Um duque, dois barões e três profissionais. Ele pegou a mensagem endereçada ao Barão Pottle, passou um dedo por baixo do lacre e abriu o bilhete – com o medo se formando em seu âmago –, revelando uma linha.

Esta noite o Anjo cai.

Capítulo Vinte e Um

Ele nunca tinha visto o Anjo Caído tão cheio de gente. Mas é claro que ele nunca tinha visto o cassino em um dia como aquele. Toda Londres resolveu aparecer para o que diziam ser a última noite do Anjo Caído. Os boatos e as fofocas ferviam enquanto centenas de membros chegavam exibindo o mesmo bilhete quadrado escrito por Georgiana.

"O que isso significa?", perguntou um jovem para seus acompanhantes, reunidos ao redor de uma mesa de carteado.

"Não sei", foi a resposta. "Mas o que eu sei é que uma noite destas no Anjo é melhor do que vinte nos salões de festa de toda a Grã-Bretanha."

Isso era verdade. O salão fervia de associados, uma multidão ondulante de paletós pretos e vozes graves, salpicada por algumas dezenas de mulheres com vestidos coloridos de seda – as mulheres do Anjo Caído receberam permissão para circular no cassino nessa noite, usando máscaras. *O que ela estava planejando?* Duncan procurava por Georgiana desde o momento em que chegou. Mais cedo, naquele mesmo dia, ele havia se desencontrado dela e dos outros donos do clube. Quando ele saiu dos aposentos dela e foi para o andar do cassino, o lugar estava em silêncio – se não fossem levados em conta o tumulto na rua, com gritos e batidas nas portas. Ele pensou que iria destruir Chase e libertar Georgiana. Em vez disso, destruiu tudo pelo que ela havia trabalhado.

"Boa jogada, essa de oferecer uma recompensa, West." Um homem que Duncan não conhecia se aproximou, vindo de uma mesa ao lado, e deu um tapinha em seu ombro. "Já está na hora de afugentarmos esse vagabundo do buraco em que se enfiou. Afinal, ele está nos tosando há anos! Estou surpreso que tenham deixado você entrar!"

Outro homem se aproximou.

"Mas você está disposto a pagar cinco mil libras por isso? Vão aparecer centenas de pessoas com nomes falsos para você."

Já tinham começado a aparecer – especulações começaram a chegar ao seu escritório, com teorias sugerindo todo tipo de pessoa como sendo Chase, desde Sua Alteza Real até o filho de um peixeiro de Temple Bar.

"Eu vou reconhecer a verdade quando a vir", ele disse, abandonando a conversa.

É claro que ele não reconheceu a verdade quando a viu. Nas horas que se seguiram à revelação de Georgiana, Duncan se deu conta de dezenas de sinais que deveria ter notado para perceber que ela era mais do que parecia ser. Que ela era mais forte, mais inteligente e mais poderosa do que os homens que todas as noites jogavam naquelas mesas. Mas ele a julgou mal, assim como o resto de Londres.

Na outra extremidade do salão, ele viu o Visconde Langley em uma mesa de dados, jogando os cubos de marfim com gosto. Se os vivas que espocavam ao seu redor fossem sinal de alguma coisa, Langley estava em uma sequência vitoriosa. Ele agia por reflexo, uma jogada após a outra. Abrindo caminho em meio à multidão para chegar até o visconde, Duncan lembrou daquela primeira noite, no terraço com Georgiana, quando ela indicou Langley como seu pretendente escolhido. Ele continuava sendo uma boa escolha. Imaculado. Nobre. Ele tomaria conta dela. Ou Duncan faria com que sofresse abominavelmente.

Langley atirou os dados. E ganhou de novo. A frustração pesou no peito de Duncan. Por que aquele homem ganhava enquanto ele sem dúvida perderia? Ele observou o visconde por longos minutos, até que Langley perdeu e os dados foram devolvidos para o crupiê. Duncan procurou afastar a alegria que veio com os gemidos de contrariedade do outro.

"Langley", ele disse, e o visconde se virou para ele, ainda mais curioso pelo fato de nunca terem se falado. Ele puxou o visconde de lado. "Meu lorde, eu sou Duncan West."

"Eu o reconheci", Langley aquiesceu. "E confesso que gosto das suas posições. Você influenciou minha posição em várias leis que votamos este ano."

Duncan ficou surpreso com o cumprimento.

"Obrigado." Duncan agradeceu. Ele apoiaria o casamento, mas precisava também gostar do futuro marido de Georgiana?

Ele inspirou fundo, soltou o ar, e o visconde inclinou a cabeça, aproximando-se.

"O senhor está se sentindo bem?", Langley perguntou.

Estou. Ele ficaria mal para sempre depois que ela se tornasse a Viscondessa Langley, mas ele havia lhe prometido isso. Essa vitória. *Uma coisa pela outra.*

"Você está cortejando Lady Georgiana", ele disse.

Surpreso, Langley olhou para o lado e de novo para ele, e Duncan viu a culpa nos olhos dele. Duncan não gostou daquela pausa – do que significava, como se Langley não estivesse, de fato, cortejando Georgiana. Só que ele gostou disso. *E gostou muito.*

"Não está?"

Langley hesitou.

"Isto vai ser publicado? Eu tenho reparado como seus jornais têm trabalhado pelo retorno de Lady Georgiana à Sociedade."

"Não vai ser publicado, mas espero que meus jornais tenham causado uma impressão positiva."

"Com certeza minha mãe está torcendo pela lady." O visconde sorriu.

Sucesso, Duncan imaginou.

"Eu acredito que algumas pessoas chamariam de corte minhas interações com Lady Georgiana", respondeu Langley, afinal, e Duncan percebeu certa dúvida na voz do outro.

Duncan quis rugir de frustração. Aquele homem não conseguia enxergar o que lhe estava sendo oferecido?

"Você está louco? Ela será uma noiva fabulosa. Além de qualquer medida. Qualquer homem ficaria orgulhoso de chamá-la de esposa. Ela poderia ter um rei se quisesse."

O que começou como surpresa no rosto de Langley logo se transformou em curiosidade, fazendo Duncan se sentir um verdadeiro idiota quando terminou de falar. O visconde não hesitou em responder, com o entendimento da situação aparecendo na voz.

"Parece, para mim, que não é bem um rei que a quer. Bem longe disso."

Duncan apertou os olhos com a sugestão do visconde. Com a verdade que continha.

"O senhor está se excedendo."

"É provável, mas eu sei bem o que é querer algo que não se pode ter. E entendo por que você tem demonstrado tanto interesse pela lady." Langley fez uma pausa, depois continuou, "Se eu pudesse trocar meu título pela liberdade de que você dispõe, eu trocaria."

De repente Duncan sentiu um constrangimento profundo com a conversa.

"É aí que você se engana. Não existe liberdade no fato de não se ter um título. Na verdade, há menos liberdade nisso."

O título trazia segurança. Ele, por outro lado, vivia sob o medo constante de ser descoberto. E esse medo sempre ameaçaria seu futuro. Ele encarou o olhar do visconde.

"Você é a escolha dela."

Langley sorriu.

"Se isso for verdade – e não tenho certeza de que seja –, ficarei honrado em ter Lady Georgiana como esposa."

"E cuidará dela", afirmou Duncan.

O visconde ergueu uma das sobrancelhas.

"Claro, se você não o fizer."

A insolência do aristocrata fez Duncan querer virar a mesa de dados de onde o outro tinha vindo. Duncan não podia cuidar dela. Ele não podia sobrecarregá-la com sua vida. Com seus segredos. E ela não os queria. *E se nos casássemos?* Enquanto vivesse, Duncan lembraria dessa pergunta, feita em voz suave nos seus braços – uma possibilidade diminuta que só aparecia nos sonhos tolos. Quando ele inspirasse pela última vez, na prisão ou na ponta de uma corda, essa pergunta seria seu último pensamento. Não importava que ela não tivesse falado a sério. Não do jeito que ele desejava. Ela queria um título. Ela queria segurança, conforto e honra para sua filha. E ele sabia melhor do que todo mundo como tudo isso era importante. E sabia de tudo que ela estava disposta a desistir para conseguir isso. Duncan lhe daria essas coisas.

O visconde pontuou seu pensamento.

"Deveria ser você a cuidar dela."

"Estou cuidando", Duncan replicou. "Dessa forma."

Langley o estudou por um longo tempo antes de aquiescer.

"Então, se ela me quiser, eu ficarei com ela."

Duncan detestou o modo como aquelas palavras o agitaram, provocando nele uma fúria visceral. O modo como ele quis gritar contra Deus e o mundo por aquele ser seu destino – amar uma mulher que não podia ter. Mas em vez disso, ele procurou mostrar serenidade.

"Se houver algo que eu puder fazer por você, meu lorde, meus jornais estão à sua disposição."

Langley se endireitou.

"É possível que eu o procure mais cedo do que imagina", disse o visconde e se afastou.

Duncan ficou sozinho na extremidade do cassino, observando a multidão, esperando por ela.

"Vejo que sua associação foi restaurada", disse o Marquês de Bourne ao lado dele. "Então veio ver os frutos da sua iniciativa estúpida?"

Duncan fez uma careta ao ouvir aquilo, mas não se defendeu. Ele tinha oferecido um prêmio pela cabeça de Chase e, por extensão, pela cabeça de todos os proprietários daquele lugar.

"O que ela está planejando?", ele perguntou.

"Tudo que eu sei", respondeu Bourne, "é que ela vai cometer algum erro. Mas ninguém diz a Chase como deve viver."

"Que erro?", Duncan perguntou, sem tirar os olhos da multidão. Desesperado para encontrá-la. Para impedi-la que fizesse o que pretendia fazer. Ele tinha feito a bobagem de oferecer uma recompensa pela identidade de Chase, então seria ele que consertaria aquilo.

"Ela não quis nos falar nada. Apenas que a decisão era só dela – o que é discutível, no mínimo –, e uma bobagem sobre todos nós termos uma família, agora, e bastante dinheiro, e que o clube tinha chegado ao fim do seu caminho."

Apreensão se acumulou no íntimo de Duncan.

"Ela vai desistir do clube?" *Mas por quê?*

"À moda de Chase, ela acha que já pensou em tudo", Bourne disse, a exasperação presente na voz, como se aquilo fosse o capricho de uma garota tola e não a destruição de anos de trabalho e sonhos.

Duncan praguejou. Ele não podia permitir isso. Ele poderia salvá-la de outro modo. Ele passou os olhos pelo salão à procura dela.

"Onde ela está?", Duncan perguntou.

"Se eu conheço Chase, ela vai fazer uma grande entrada." Bourne fez uma pausa. "Não preciso dizer que se ela ficar magoada de alguma maneira... Se Caroline ficar marcada de algum modo por esta noite..."

Duncan encarou o olhar do marquês.

"Imagino que tenhamos repercussões."

"Repercussões", Bourne debochou. "Nós vamos sumir com você, e nunca mais irão encontrá-lo."

"Imagino que você veio para me transmitir exatamente essa mensagem?", disse Duncan.

"Essa, e outra", disse Bourne. "Você não pode deixar que ela escape."

Ele ficou gelado com aquelas palavras, depois quente.

"Não entendi."

Bourne sorriu, irônico, mas não tirou os olhos da multidão.

"Você é o homem mais inteligente que eu conheço, West. Você entendeu muito bem."

Você não pode deixar que ela escape. Como se ele tivesse escolha.

A multidão foi ficando cada vez mais barulhenta – as bebidas fluíam livremente pelo cassino, e cada mesa estava lotada de jogadores que sonhavam com a esperança de um pouco de sorte. O lugar estava agitado com os avisos dos crupiês, os apupos dos espectadores do jogo de dados, os gemidos dos apostadores na roleta. Ele acreditou que podia ouvir as cartas de vinte e um deslizando sobre o feltro verde, cada raspada na mesa soando mais atraente e provocadora que a anterior – porque ele sabia que isso tinha sido feito por Georgiana... Era criação dela.

"Mas vou dar um crédito a ela", observou Bourne enquanto olhava para a multidão e calculava o número de jogadores diante deles. "Se fecharmos nossas portas esta noite, vai ser com o melhor faturamento que já tivemos."

"Eu tenho que impedi-la."

Bourne ergueu uma sobrancelha.

"Confesso que eu estava esperando que você fizesse isso. Eu tenho uma família para sustentar."

O Marquês de Bourne tinha dinheiro e propriedades suficientes para alimentar todas as famílias na Grã-Bretanha, mas Duncan tinha outras coisas para fazer além de discutir o mérito dessa questão com Bourne.

"Onde ela pode estar?"

Bourne olhou para cima, para o vitral em que Lúcifer caía no cassino.

"Se eu tivesse que adivinhar..."

Duncan abriu caminho em meio à multidão, rodeando as mesas, dirigindo-se para a porta fortemente guardada na extremidade do salão. Ele estava quase lá quando ouviu seu nome, atrás dele, falado por uma voz que, no Anjo Caído, era ao mesmo tempo conhecida e estrangeira. Afinal, o Conde de Tremley não era membro. Duncan disse isso e Tremley sorriu, aproximando-se.

"Eu fui convidado para esta noite. Pela sua Anna. Tinham me dito que ela era bonita, mas depois que eu a vi... ela é... magnífica."

Aquelas palavras enfureceram Duncan, que não suportava a ideia de Georgiana e Tremley respirando o mesmo ar, e muito menos de estarem no mesmo ambiente.

"O que você fez?", Duncan perguntou.

"Nada que você mesmo não tenha feito", vociferou Lorde Tremley. "Na verdade, você abusou das tintas... Cinco mil libras pela identidade de Chase? Você acha que ele vai simplesmente relaxar enquanto espera que as hordas o encontrem? Eu resolvi a situação."

Duncan congelou.

"Resolveu como?"

"Sua garota. Nós fizemos um acordo. Foi um ótimo acordo."

Não. Duncan sabia o que o conde diria antes mesmo de ele falar.

"Ela fez isso por você, pobre criatura. Pensou que se revelasse o segredo de Chase, salvaria você." Ele olhou para Duncan. "Nós dois sabemos que isso não é verdade."

Ela estava fazendo isso para salvá-lo. Ela tinha dito isso, não? Tremley não havia lhe deixado escolha: o clube ou ele. *Eu escolho você.* Ela escolheu sem hesitar. *É sua vez de confiar em mim.* Ele não podia deixar que ela arruinasse a própria vida. Não podia deixar que desistisse daquele mundo que ela tinha trabalhado tanto para construir. Alguma coisa incomodava seus pensamentos – algo que não fazia muito sentido. O plano dela – caso fosse mesmo uma revelação pública – não ajudaria Tremley. Se o mundo todo soubesse a identidade de Chase, Tremley continuaria submisso ao Anjo, que sabia seus segredos. Mas então o conde saberia como manipular Georgiana. E ele faria isso, para sempre. Ele manteria Georgiana e o clube em suas garras com a mesma ameaça simples com que dominou Duncan a vida toda. E Duncan estava farto. Ele passou anos esperando que Tremley revelasse seus crimes e o mandasse para a prisão, que o enforcasse. Ele passou anos juntando uma fortuna e amizades para que, se fosse o caso, alguém pudesse tomar conta de Cynthia. Ele se curvou, rastejou e fez o que Tremley lhe pedia. Mas Duncan estava farto.

Ele abriu a boca para dizer exatamente isso ao conde quando uma cacofonia de gritos se elevou no salão, onde Georgiana estava, vestida da cabeça aos pés de escarlate, sobre uma mesa de dados. Atrás dela, Lúcifer caía. Ela iria fazer o que tinha prometido.

"Cavalheiros! Cavalheiros!", ela gritou, sinalizando com os braços para que todos se acalmassem. "E senhoras." Ela olhou para um pequeno grupo de mulheres mascaradas na borda do salão.

Um homem perto da mesa onde ela estava tentou tocar em seu pé. Duncan já estava em movimento, pronto para destruir o verme, quando ela pisou no pulso do canalha, fazendo-o soltar um grito agudo.

"Oh", ela disse, toda sorridente. "Perdoe-me, Lorde Densmore. Eu não sabia que sua mão estava tão perto do meu pé."

Ele recuou, envolto por uma risada masculina coletiva que se elevou no salão. Ela continuou.

"Estamos todos muito felizes que vocês se juntaram a nós no que vai ser uma noite incrivelmente edificante."

Merda. Ela iria se revelar. Duncan tentava se aproximar dela, mas a multidão estava concentrada e não abria espaço. Aquele era, afinal, o evento estranho que esperavam.

"Como vocês sabem, nosso querido amigo Duncan West ofereceu uma recompensa pela identidade de Chase..."

Duncan congelou onde estava quando as palavras dela foram recebidas com um coro de vaias e apupos. Vários homens perto dele lhe deram tapinhas nas costas.

"Ela está atrás de você, West", sussurrou um homem.

Georgiana prosseguiu.

"E nós não temos dúvida que, muito em breve, um dos nossos laboriosos associados irá descobrir a verdade sobre o fundador do Anjo." Ela fez uma pausa. "Cinco mil libras são, afinal, um monte de dinheiro para uma turma que perde tanto."

Mais risadas, mas Duncan ignorou isso, desesperado para chegar até ela. Para impedi-la da forma que pudesse.

"Mas nós acreditamos em justiça, aqui!", ela exclamou. "Ou, pelo menos, nós acreditamos que o dinheiro deve entrar nos nossos bolsos, não sair deles! Então está na hora da confissão..." Ela fez uma pausa dramática e Duncan percebeu que não a alcançaria a tempo. Ela abriu os braços. "Eu sou Chase!"

Não tinha ocorrido a Duncan que não acreditariam nela. Mas quando a risada que aquela declaração produziu fez o cassino tremer, ele percebeu como poderia salvá-la, e o clube, e como poderia libertar todos eles. Quantas vezes ela tinha lhe dito? *As pessoas acreditam naquilo que querem acreditar.* E nenhum homem presente queria acreditar que Chase era uma mulher.

Ele foi até a mesa de carteado mais próxima, subiu nela e ficou de frente para Georgiana.

"Eu não vou pagar até que você forneça alguma prova, Anna", ele disse injetando um tom de provocação divertida na voz. Ele passou os olhos pelo salão. "Alguém mais gostaria de fazer um anúncio? Eu vou me repetir aqui, neste lugar glorioso que Chase construiu. Cinco mil libras pela identidade dele. Pago esta noite mesmo."

Ele parou de falar e rezou para que um dos sócios dela fosse esperto o suficiente para ver o que ele estava tentando fazer. Cross foi o primeiro a se manifestar, subindo em uma mesa de roleta.

"Acho que você não acreditaria que eu sou Chase, acreditaria, West?"

"Não", Duncan meneou a cabeça.

"E eu?", Temple subiu em uma mesa de vinte e um na outra ponta do salão. Ele se abaixou e puxou a esposa para subir na mesa com ele. "Talvez a duquesa?"

"Eu sou Chase!", Alteza gritou. E o cassino riu.

Um a um, por todo salão, homens e mulheres ligados a Georgiana se autoproclamaram Chase. Os seguranças do clube, o chefe de apostas, Bourne, crupiês, as mulheres que trabalhavam no cassino. Dois criados. A cozinheira francesa do clube ouviu de algum modo a comoção, veio da cozinha e subiu em uma mesa de roleta.

"*La Chasse*", ela exclamou.

E então outros entraram na brincadeira – homens que nunca a tinham encontrado, que nunca chegaram perto dela. Eles simplesmente queriam as risadas que estouravam quando alguém proclamava "Eu sou Chase." Toda vez que a frase era pronunciada – um firme e decidido "Eu sou Chase" – os membros do clube presentes riam, e Chase se tornava um mito maior. Uma lenda. Pois com certeza não havia um único Chase, não se todas essas pessoas admitiam ser o homem que ficava atrás do vitral, observando o mundo de sua posição no alto.

Duncan olhou para Georgiana, que observava, incrédula, em pé sobre uma mesa, seu mundo se levantando por ela. Sem hesitação. Ela procurou o olhar dele, e Duncan viu as lágrimas cintilando naqueles olhos. Ele quis pular de mesa em mesa para chegar até ela e lhe dizer o quanto era amada. Dizer-lhe o quanto era extraordinária.

"Não!", o Conde de Tremley uivou de onde estava, em um canto do cassino, e Duncan se virou para encontrar o homem tentando chegar até ele. "Isso não é verdade!" Tremley gritou, estridente e anasalado, enquanto subia em outra mesa e encarava Duncan. "Você só está jogando este joguinho com sua vagabunda para manter sua própria história em segredo!"

A raiva na voz do conde silenciou o cassino. O coração de Duncan começou a martelar dentro do peito quando Tremley se virou para o público.

"Vocês já pararam para se perguntar quem é esse homem que faz os jornais que vocês leem? De onde ele veio? O que fez para subir na vida?"

Duncan se virou para Georgiana e a viu com os olhos arregalados, assustados, sabendo que aquele era o fim – que Tremley revelaria tudo, e com isso Duncan perderia tudo. E por estranho que pudesse parecer, enquanto ele esperava pelo desfecho, a única coisa que lhe importava era Georgiana estar em segurança.

"Qual é o verdadeiro nome dele?", Tremley fez a pergunta final.

O silêncio se impôs enquanto as palavras de Tremley ecoavam pelo salão. Duncan sustentava o olhar de Georgiana, pronto para o que viesse a seguir, e assim ele viu quando ela respondeu, curvando os lábios vermelhos em um sorriso que não alcançou os olhos. Os olhos dela estavam cheios de medo.

"Não me diga que o nome dele é Chase, meu lorde."

E com essa única e bem colocada frase, ela, seu amor, linda e brilhante, colocou o cassino todo para rir. Ela o salvou, assim como ele a tinha salvado, na frente de todo o mundo, de um modo que só os dois podiam enxergar.

Tremley enlouqueceu com os risos e enfiou a mão dentro do paletó, de onde tirou uma pistola, que apontou para Duncan West.

"Estou farto de você."

As risadas no cassino morreram no momento em que Tremley exibiu sua pistola, sendo substituídas pelo espanto.

Georgiana só conseguia pensar em Duncan. Ela não tinha acabado de salvá-lo de um jeito para perdê-lo de outro. Ela olhou para Bourne e Temple, que se encaminhavam para o lugar onde Tremley brandia sua pistola, mas os dois estavam muito longe e o cassino lotado dificultava seus movimentos. Eles nunca chegariam a Tremley a tempo de impedi-lo.

Duncan levantou as mãos para o ar.

"Meu lorde", ele disse. "Você não quer fazer isso."

Tremley riu.

"Existem poucas coisas no mundo que eu quero mais do que fazer isto. Como você ousa pensar que pode usar meus erros contra mim? Você sabe com quem está lidando?"

"Eu sei quem você é", disse Duncan. "Muitas pessoas sabem. Todo mundo. E se me matar aqui, todos vão saber."

"Mas não vão ligar."

"Eu acho que vão", Georgiana anunciou, impressionada por conseguir não deixar seu medo aparecer na voz. Aterrorizada com a possibilidade de ele atirar. Aterrorizada com a possibilidade de perder Duncan antes de poder lhe dizer o quanto o amava. Aterrorizada de vislumbrar uma vida sem ele.

Tremley virou a arma em direção à ela, e ela nunca se sentiu tão grata na vida quando percebeu que a vida de Duncan não corria mais risco.

"Mas com certeza ninguém vai ligar se eu matar *você*."

"Não!" O grito de Duncan ecoou alto, claro e furioso, e com o canto do olho Georgiana viu que ele correu na direção do conde, pulando de mesa em mesa.

Georgiana se concentrou na pistola, imaginando se Tremley teria coragem de puxar o gatilho. Imaginado quem cuidaria de Caroline se ela fosse morta. Imaginando quem amaria Duncan se ela fosse morta. Desejando que já tivesse tido coragem para dizer a ele que o amava. Uma vez só.

"Diga-me, meu lorde", uma voz forte e clara troou perto de Georgiana, e ela se virou para ver uma mulher mascarada, em pé sobre uma mesa atrás de onde Duncan tinha estado. "Quem vai ligar se *eu* matar *você*, seu bastardo traidor?" Era Lady Tremley.

Georgiana identificou a voz uma fração de segundo antes de Duncan pular em cima de Tremley, no mesmo instante em que um disparo de arma de fogo foi ouvido naquele salão imenso. Tremley e Duncan caíram das mesas, e Georgiana colocou-se imediatamente em movimento, na direção deles, com o coração na boca, antes mesmo que eles caíssem. A multidão enlouqueceu, gritando e correndo, quase pisando uns nos outros em seu desespero para se afastar das armas e da cena do crime. Georgiana não conseguia encontrar Duncan – entre a fumaça do disparo e as pessoas em tumulto, ela não conseguia vê-lo. Ela passou por cima das mesas, permanecendo no alto, pulando da roleta para o carteado para o vinte e um para os dados, cruzando o cassino até onde ele estava momentos antes. Rezando para que ele estivesse bem. Quando o encontrou, deitado de costas no chão, olhos fechados, ela pulou ao lado dele e gritou seu nome.

"Não...", ela sussurrou, pondo suas mãos no peito dele e desabotoando o paletó. "Não, não, não, não." A palavra virou um cântico enquanto ela enfiava a mão dentro do paletó dele, afastando as lapelas, procurando por sangue ou um ferimento. Qualquer coisa.

"Pare", ele disse, segurando a mão dela.

"Você está vivo", ela disse, ofegante e rindo.

"Estou", ele abriu os olhos.

Ela irrompeu em lágrimas.

"Oh, amor", ele disse, sentando e puxando-a para seus braços. "Não. Não chore." Ele deu um beijo na têmpora dela. "Deus", ele sussurrou encostado no cabelo dela. "Você está magnífica. Você me salvou, garota linda e perfeita."

"Eu pensei que você tinha morrido", ela disse.

"Não morri", ele sacudiu a cabeça. Olhando para além dela, Duncan encontrou o corpo de Tremley imóvel estendido no chão. "Lady Tremley tem excelente pontaria."

Tremley estava morto.

Duncan ajeitou o paletó e levou as mãos aos bolsos brevemente antes de se virar para procurar algo no chão.

"O que foi?", ela perguntou.

Ele se inclinou e pegou alguma coisa ao lado, no carpete.

"Em seu desespero para me tocar, você quase me fez perder meu bem mais precioso." Ele se endireitou e mostrou uma pena.

A pena dela. Tirada do seu penteado na primeira noite em que se conheceram como Georgiana e Duncan, no Baile Worthington.

As lágrimas reapareceram quando Georgiana o viu guardar a pena no bolso interno do paletó, junto ao coração. Ele esticou a mão para ela e limpou as lágrimas do rosto dela.

"Não chore, querida. Eu estou bem. Em segurança. Aqui." Mas por quanto tempo?

"Eu pensei que ele fosse matar você", ela disse, detestando o modo como as palavras a abalaram, o modo como seu corpo ficou frio e trêmulo após quase perdê-lo. "Eu pensei que ia perder você."

"Ele não me matou", Duncan reafirmou. "E você nunca irá me perder. Você me arruinou para todas as outras mulheres. Para sempre."

Ela o amava. E agora podia lhe dizer isso. Mas Duncan apontava o dedo para Lady Tremley.

"Mas *ela* matou o conde. Talvez nós possamos fazer alguma coisa para não deixar que ela termine na ponta de uma corda?"

Sim. Isso era algo que ela podia fazer. Anna levantou e o salão inteiro ficou em silêncio, com cada pessoa presente se sentindo estarrecida pelos eventos daquela noite. Embora ninguém estivesse mais aturdida que Lady Tremley, que parecia chocada pelo fato de ter assassinado seu marido. E foi assassinato; o corpo de Lorde Tremley esfriava enquanto os proprietários do Anjo Caído se entreolhavam. Algo tinha que ser feito, pois se já existiu um homem que fez por merecer a morte, era aquele.

Georgiana passou os olhos pelo salão silencioso, e então resolveu assumir o controle, voltando para cima da mesa de roleta.

"Eu não preciso lembrar nenhum de vocês que todos aqui têm um segredo guardado conosco."

Temple compreendeu de imediato o que ela iria dizer e voltou a subir em uma mesa.

"Se escapar um 'ai' do que aconteceu aqui esta noite..."

Bourne também se manifestou.

"Não que tenha acontecido algo aqui esta noite..."

"Nada além de óbvia legítima defesa", disse Georgiana.

"Legítima defesa de duas pessoas absolutamente inocentes que estavam ameaçadas de morte", falou Duncan, aproximando-se dela.

Cross falou de onde estava, no chão.

"Mas se algo tivesse acontecido, e qualquer informação saísse deste local, todos os seus segredos..."

"Guardados por um homem...", continuou Georgiana.

Duncan subiu na mesa e ficou ao lado dela.

"...serão impressos nos meus jornais."

Demorou um instante para as palavras serem absorvidas pelo público, um instante de silêncio em que os membros do Anjo Caído refletiram sobre o motivo de frequentarem aquele lugar, em que sua associação era paga com segredos. *Para as mesas.* E então a jogatina recomeçou quase imediatamente.

Georgiana e Duncan desceram da mesa, escapando para a lateral do salão, onde ele parou e sorriu para ela, que retribuiu o sorriso. Tremley estava morto. E Duncan, vivo. Vivo e livre. Sem medo do seu futuro. As ameaças haviam perecido junto com o homem que as fazia. Ele se abaixou para sussurrar na orelha dela.

"Nós somos uma dupla e tanto, meu amor."

Era verdade. Eles combinavam com perfeição. Ela inspirou fundo, ainda abalada pelos momentos de terror que vivenciou.

"Eu pensei que ele iria matar você", ela repetiu. "E eu não teria tido chance de lhe dizer que..."

Alguma coisa passou pelos olhos dele. Algo como prazer, que foi logo afugentado pelo arrependimento. Pela perda.

"Não", ele sussurrou, encostando os lábios na têmpora dela. "Não me diga que você me ama. Pois não tenho certeza se vou aguentar quando você se for."

Quando ela se for. Ela iria se casar com um nobre, e o que aconteceu hoje com Anna e Chase... não poderia afetar Georgiana. Amanhã ela ainda precisaria de honra. Amanhã ela ainda precisaria pensar em Caroline. No título. Em respeitabilidade. Chase, Anna e West foram salvos... mas Georgiana continuava sendo um escândalo. Ela ignorou a dor em seu peito que veio com a consciência de que ele estava certo. Que nada disso importava. Nessa noite, tudo mudou. E, de algum modo, nada mudou.

Capítulo Vinte e Dois

Duas manhãs depois, Georgiana acordou, em sua cama na casa do irmão, com o aroma de flores e o rosto da sua filha. E com uma tristeza profunda, resistente, que se instalou no momento em que Duncan West saiu do Anjo Caído duas noites atrás. Uma tristeza que não dava sinais de ir embora.

"Aconteceu uma coisa", disse Caroline ao lado da cama. "E eu acho que você tem que saber."

Mil coisas tinham acontecido. Seu clube foi salvo. Sua identidade e seus segredos foram protegidos. Um traidor foi morto e sua mulher salva, e ela já estava a caminho de Yorkshire para construir uma nova vida. E Georgiana tinha aprendido a amar, pouco antes de não ter escolha se não dar as costas ao amor. Mas ela avaliou que Caroline não se referia a nenhuma dessas coisas.

Georgiana sentou e abriu espaço para Caroline, que não quis subir na cama, o que era raro.

"O que aconteceu?" Ela esticou a mão para tocar a rosa que a filha tinha colocado no próprio cabelo. "De onde veio isso?"

Os olhos verdes de Caroline estavam arregalados de empolgação quando ela também tocou o botão de rosa.

"Você recebeu flores. Muitas flores." Ela pegou a mão de Georgiana. "Venha. Você precisa ver."

Georgiana se vestiu rapidamente, sem se importar com a aparência. Ela colocou suas calças mais confortáveis, um meio espartilho e uma camisa de algodão antes que Caroline a arrastasse até a sala de jantar no térreo, onde uma dúzia de buquês de flores a aguardavam. Talvez duas dúzias. Ou mais. Rosas, peônias, tulipas e jacintos – arranjos com uma tremenda variedade de tamanhos, formatos e cores. Ela prendeu a respiração e, por um momento, pensou que pudessem ser de Duncan. Mas então ela pousou o olhar em um arranjo de rosas brancas com o formato de um cavalo. Ela ergueu uma sobrancelha.

"Aconteceu mais alguma coisa?", Georgiana perguntou.

Caroline sorriu, parecendo até o gato que pegou o rato.

"Saiu outro cartum." Ela mostrou o jornal que estava ao lado do lugar de Georgiana na mesa do café da manhã. "Um cartum bom, desta vez."

Georgiana sentiu um fio de medo passar por ela. Ela duvidava muito que algum cartum pudesse ser "bom". Mas estava errada. Ali, na primeira página do *Notícias de Londres*, estava um cartum que era ao mesmo tempo familiar e completamente estranho. Uma mulher sentada em um cavalo, usando um vestido lindo, digno de uma rainha, com o cabelo comprido flutuando atrás dela. Cavalgando logo atrás, uma garota igualmente bem vestida conduzia seu próprio corcel. Mas enquanto o último cartum mostrava Georgiana e Caroline sofrendo com o desdém da família e da aristocracia, este era diferente. Nessa ilustração, elas estavam rodeadas por homens e mulheres de joelhos que lhes homenageavam, como se fossem verdadeiras rainhas.

A legenda dizia:

"AS ENCANTADORAS LADIES EM SEUS CAVALOS BRANCOS: CONQUISTANDO OS CORAÇÕES DE LONDRES".

A maioria dos personagens representados como súditos eram homens, alguns de uniforme, outros de roupa formal. A atenção de Georgiana foi chamada por um dos homens em primeiro plano. Se ela não o reconhecesse pelo nariz reto e pelo cabelo loiro, ela o teria reconhecido pela pena que se projetava do bolso do paletó. A pena que ele tirou de seu cabelo. A pena que ele recuperou depois de quase ser morto no Anjo Caído. Era, enfim, um cartum muito bom.

"Acho que somos nós", disse Caroline, com orgulho e prazer em sua voz jovem.

"Acho que você está certa."

"Eu só não sei por que estou segurando um gato."

Lágrimas ameaçaram aflorar quando Georgiana pensou no dia em que passearam no Hyde Park. No dia em que ela contou a Duncan seu desejo de que Caroline tivesse uma vida normal.

"Porque garotas costumam ter gatos", ela disse para a filha. E Caroline piscou.

"Está certo. Bem, acho que é por isso que chegou o cavalo de rosas brancas. Embora me pareça um pouco exagerado."

Georgiana riu ainda que as lágrimas se acumulassem.

"Acho que você tem razão." Não parecia que ela iria conseguir impedir as lágrimas de transbordar.

"É um belo cartum, não acha?", Caroline olhou para ela. E notou a emoção. "Mãe?"

Georgiana limpou as lágrimas do rosto, tentando espantá-las com o riso.

"É bobo", ela disse, inspirando fundo. "Mas é muita gentileza do Sr. West."

Caroline apertou os olhos, pensativa.

"Você acha que isso veio do Sr. West?"

Ela sabia que sim.

"O jornal é dele", respondeu Georgiana.

Ela olhou para Caroline, cuja rosa estava caindo do cabelo. Ela se inclinou e deu um beijo no alto da cabeça da menina, lembrando-se que era para a filha que ela vivia. Essa garota. E seu futuro.

"Vamos ver quem enviou as flores?"

Caroline reuniu todos os cartões que vieram acompanhando os buquês, enquanto Georgiana passava os dedos pelo cartum mais uma vez, acompanhando a linha do ombro de Duncan, da manga do seu paletó. Ele tinha se colocado no desenho. Mesmo ao desistir dela, após dar a Georgiana tudo que ela pensava querer desde o início, Duncan a homenageava com seu amor. Só que, naquele momento, ela não queria nada daquilo.

Caroline voltou com as mensagens e as duas começaram a examinar os cartões. Cada remetente era um partido melhor que o anterior. Heróis de guerra. Aristocratas. Cavalheiros. Nenhum deles era jornalista. Ela foi ficando cada vez mais agitada conforme se aproximava do fim da pilha, esperando que um dos buquês fosse dele. Esperando que ele não tivesse desistido dela. Sabendo que era o que tinha acontecido. *Não me diga que você me ama. Pois não tenho certeza de que vou aguentar quando você se for.* Ela poderia ter lhe dito. Desde o começo. Desde o primeiro momento em que o amou. Ela poderia ter lhe dito a verdade. Que o amava. Que se ela pudesse escolher sua vida, seu futuro, seu mundo... seria com ele em tudo.

Houve uma batida na porta da sala e o mordomo do seu irmão entrou.

"Minha lady?", as palavras foram ditas com ligeira censura, como sempre. O mordomo engomadinho não gostava da preferência que Georgiana tinha por calças no lugar de saias quando estava em casa. Mas, para falar a verdade, ninguém nunca aparecia para visitá-la.

Ela se virou para o homem com um início de esperança. Talvez fosse uma mensagem dele?

"Pois não?"

"A senhora tem visita."

Ele tinha vindo. Ela levantou e saiu da sala, desesperada para vê-lo, voando para o hall de entrada onde encontrou o homem que a esperava ali, segurando o chapéu na mão. Ela parou. Não era Duncan. O Visconde Langley se virou para ela, a surpresa estampada nos olhos.

"Oh", ela exclamou.

"De fato", ele disse, todo afável.

O mordomo pigarreou.

"Segundo a tradição, deve-se esperar que o visitante seja levado a uma sala de estar."

Ela olhou para o criado.

"Eu vou receber o visconde aqui."

O mordomo ficou descontente, mas saiu em silêncio. Ela voltou a atenção para Langley.

"Meu lorde", ela disse, fazendo uma mesura.

Ele a admirava, fascinado.

"Sabe", ele disse, "eu nunca vi uma mulher fazer mesura de calça. Fica um pouco ridículo."

Ela passou as mãos pelas coxas e lhe ofereceu um sorriso tímido.

"Elas são mais confortáveis. Eu não estava esperando..."

"Se eu posso lhe dar uma sugestão", ele mostrou o jornal que trazia na mão, "deveria estar esperando. Você é o assunto da Sociedade. Eu imagino que sou o primeiro de muitos visitantes."

Ela o encarou.

"Não tenho certeza de que desejo ser alguma coisa da Sociedade."

"Tarde demais. Nós a tomamos para nós mesmos depois de duas semanas de adoração na imprensa."

Ela fez uma pausa antes de soltar uma exclamação.

"Oba! É isso?"

"Oba, mesmo." Ele riu. "Nós nunca fomos de cerimônia."

"Não, meu lorde", ela disse, maneando a cabeça.

Ele sorriu e se aproximou.

"Então, já que isso é verdade e você está vestindo calças, acho que podemos deixar as formalidades de lado."

"Eu gostaria disso", ela sorriu.

"Eu vim para pedi-la em casamento."

O rosto dela murchou. Ela não pretendia demonstrar seu desânimo, mas não conseguiu evitar. Aquilo era, claro, o que Georgiana queria desde o início. Ele foi cuidadosamente selecionado devido ao seu perfeito equilíbrio de necessidade e honradez. Mas de repente ela queria mais, muito mais do que essas coisas em seu casamento. Ela queria parceria, confiança e compromisso. Amor. E desejo. Ela queria Duncan.

"Percebo que você não ficou empolgada", constatou o visconde.

"Não é isso", ela disse, enquanto as lágrimas se acumulavam de novo, sem que Georgiana pudesse impedi-las. Georgiana as enxugou com a mão. Que diabo tinha acontecido com ela nas últimas quarenta e oito horas?

Langley sorriu.

"Ah, bem, ouvi dizer que algumas mulheres choram no momento do pedido. Mas normalmente isso é devido à felicidade, não é mesmo? Como eu não sou mulher nem especialista em pedidos de casamento..." Ele foi parando de falar. Ela riu disso e conteve as lágrimas.

"Eu posso lhe garantir, meu lorde, que também não sou especialista em pedidos de casamento."

Eles ficaram em silêncio por um longo momento antes de ele abrir os braços e apontar para o chão de mármore.

"Será que eu devo me ajoelhar, então?"

Ela sacudiu a cabeça.

"Ah, eu prefiro que não faça isso." Ela fez uma pausa. "Desculpe-me, por favor. Estou estragando o momento."

"Sabe, eu não acho que esteja", ele disse com a voz suave, aproximando-se dela. "Eu apenas acho que o meu pedido de casamento não era o que você queria ouvir hoje."

"Não é verdade", ela mentiu, imaginando Langley mais alto, mais louro, mais perfeito.

"Eu acho que é sim. Na verdade, acredito que você desejava que eu fosse outro homem. Completamente diferente. Sem título. Brilhante." O olhar dela voou para o dele. *Como Langley podia saber?* Ele se endireitou. "O que eu não consigo entender é por que você se conformaria comigo quando pode tê-lo."

Ela sabia como responder a isso. Ela *estava* estragando o momento. E muito.

"Casar com você não seria 'me conformar', meu lorde."

"É claro que seria. Eu não sou Duncan West." Ele sorriu.

Mentir ou fingir ignorância não adiantaria. Não para aquele homem que merecia seu respeito.

"Como você sabe?", ela perguntou, então.

"Nós somos membros do mesmo clube. Ele me procurou. Disse para eu me casar com você." Ela desviou o olhar, mas não podia parar de escutar mesmo que quisesse. "Discursou sobre suas qualidades. Garantiu que eu teria muita sorte de casar com você. E eu me convenci. Afinal, nós dois sabemos que nosso casamento seria por conveniência. Casamentos melhores já foram construídos sobre bases menos sólidas." Ela voltou a olhar para ele. "E então a coisa mais estranha aconteceu."

"O que foi?", ela perguntou, esperando ansiosa a resposta, querendo desesperadamente ouvi-la.

"Eu vi o quanto você o ama", Langley respondeu.

"Não entendi." Ela ficou alerta.

"Não se preocupe", ele sorriu. "Todos nós temos segredos. E considerando quem você é quando não está usando calças, também sabe dos meus."

Houve um tempo em que ela os teria usado. Ela teria ameaçado Langley para manipulá-lo até conseguir o que desejava. Mas Chase não era mais tão impiedoso. De fato, naquele momento Georgiana apenas ansiou por Duncan quando Langley acrescentou:

"E eu conheço a tristeza que é saber, no fundo do coração, que nunca se poderá ter o que mais se deseja."

Lágrimas de novo.

"O que você deseja, minha lady?", ele perguntou.

"Não é importante", ela respondeu, as palavras quase um sussurro.

"Essa é a parte que eu não entendo", ele disse. "Por que você se nega sua própria felicidade?"

"Não é bem assim", ela disse, tentando explicar. "Eu não me nego a felicidade. Eu apenas faço o que precisa ser feito para garantir que a felicidade nunca seja negada para minha filha. Para que ela tenha a oportunidade de ter tudo que quiser."

O rosto perfeito de Langley demonstrou compreensão, mas antes que ele pudesse responder, outra pessoa o fez.

"Então por que você não me pergunta o que eu quero?"

Georgiana se virou para Caroline, parada à porta da sala de jantar, toda séria.

"Vamos", a menina falou, "pergunte para mim."

"Caroline...", Georgiana começou. A garota entrou no hall, andando na direção dela.

"A minha vida toda, você tomou as decisões por mim."

"Sua vida toda", observou Georgiana, "tem nove anos."

Caroline franziu a testa.

"Nove anos e um quarto", ela corrigiu a mãe antes de continuar.

"Você me levou para morar em Yorkshire, depois me trouxe para viver aqui, em Londres. Você contratou as melhores governantas e me encheu de acompanhantes." Ela fez uma pausa. "Você me compra as melhores roupas e livros ainda melhores. Mas você nunca, nem uma vez, perguntou o que eu queria."

Georgiana aquiesceu, lembrando de sua própria infância, sempre superprotegida, ganhando tudo que queria, mas nunca tendo escolha. E assim, quando finalmente pôde escolher algo, escolheu sem pensar.

"E o que você quer, então?", Georgiana perguntou para a filha.

"Bem", a garota disse, aproximando-se. "Como eu gostaria de casar por amor quando tiver idade para isso, eu gostaria que você fizesse o mesmo." A menina se virou para Langley. "Sem ofensa, meu lorde. Tenho certeza de que o senhor é muito legal."

Ele inclinou a cabeça e sorriu.

"Não me ofendi."

Caroline voltou sua atenção para Georgiana.

"Durante toda minha vida você me mostrou que não podemos deixar a Sociedade ditar nossas vidas. Que não podemos deixar que os outros digam o que devemos fazer. Você escolheu um caminho diferente para nós. Você nos trouxe para cá, apesar de saber que seria um desafio. Que ririam de nós. Que iriam nos rejeitar."

Caroline sacudiu a cabeça antes de continuar.

"O que eu vou pensar, então, se você casar com alguém que não ama? Por um título e uma honradez que eu talvez não queira? Eu vivo rodeada por mulheres que abriram seu próprio caminho, e você acha que é uma boa ideia me colocar nesse?"

"Eu acho que esse é o caminho mais fácil, meu amor", Georgiana respondeu. "Eu quero que seja mais fácil para você."

Caroline revirou os olhos.

"Perdoe-me, mãe, mas isso não parece terrivelmente chato?"

Langley riu disso, e se desculpou quando as duas olharam para ele.

"Perdão", ele pediu, "mas ela está certa. Parece mesmo muito chato."

E como!

"Mas se você se apaixonar", contrapôs Georgiana, "se quiser um aristocrata, você vai querer a respeitabilidade que vem com um título."

"E se eu me apaixonar por um aristocrata, ele não vai me dar o título de que preciso?" Era um argumento excelente, feito com a simplicidade perfeita de uma menina de 9 anos.

Georgiana encarou os olhos verdes e sérios da filha.

"De onde você saiu?"

"De você!", Caroline sorriu e respondeu. Ela mostrou a pilha de cartões que vieram com as flores pela manhã. "Você quer se casar com algum desses homens?"

"Não quero", Georgiana sacudiu a cabeça.

Caroline apontou o queixo para Langley.

"Você quer se casar com ele? Perdão, meu lorde."

Ele fez um gesto de pouco caso.

"Eu estou me divertindo." Ele se virou para Georgiana. "Você *quer* se casar comigo?"

"Não quero. Perdão, meu lorde." Georgiana riu.

"Eu não levo para o lado pessoal", ele deu de ombros. "Eu também não quero, de verdade, casar com você."

"Mãe", Caroline perguntou em voz baixa, "tem alguém com quem você quer casar?"

Claro que sim. Havia um homem em uma casa, do outro lado de Londres, com quem ela queria se casar. Que ela amava além de qualquer medida.

Georgiana pensou no desenho, em Duncan ajoelhado com a pena no bolso. Sua respiração ficou presa na garganta.

"Sim", ela admitiu, a voz baixa. "Eu gostaria muito de me casar com outro homem."

"E ele vai fazer você feliz?"

"Eu acredito que sim. Demais." Georgiana assentiu com veemência.

"Você não acha que deveria dar um exemplo para sua filha? E ir atrás da sua felicidade?" Caroline sorriu.

Georgiana pensou que essa era uma ótima ideia. Parecia mesmo que crianças de nove anos eram muito espertas.

Ele tinha nadado um oceano em sua piscina, desde que a deixou. Toda vez que ele pensava em ir até ela, em tirá-la de sua cama e carregá-la através da noite, em mantê-la trancada até Georgiana perceber que aquele plano de se casar com um título era uma idiotice, e então fazer amor com ela até que percebesse que Duncan era o homem com quem devia se casar – dane-se a honra, o escândalo e a maldita sociedade –, ele ia nadar. Mas se aquele lugar lhe oferecia conforto e tremendo prazer antes de ele conhecer Georgiana, agora não havia nada disso. Cada centímetro daquela piscina agora lembrava ela, parada, linda e maravilhosa naquele salão. Quando andava na direção da água, ele a via parada junto à lareira; quando tocava a borda da piscina para marcar suas voltas, ele via as pernas dela, balançando na água; quando se envolvia em uma toalha e voltava para o quarto, ele sentia a pele dela, macia, quente e acolhedora; quando olhava para o céu pelo teto de painéis de vidro, ele a via sorrir.

Em toda parte ele sentia a perda dela... Ele tocou a borda, virou e nadou outra piscina. Fazia dois dias que ele nadava, esperando que a exaustão pudesse tirá-la da sua cabeça, parando apenas para comer e dormir, o que mal conseguia fazer, pois quando fechava os olhos, ele a via. Somente ela. Sempre ela... Ele se segurou para não a procurar uma dúzia de vezes, sem saber o que lhe diria. Ele criou um pequeno discurso centenas de vezes, elaborado com palavras bonitas para convencê-la de que estava errada. Que ele era a escolha certa, e que se danasse o resto do mundo. E ele se arrependeu milhares de vezes da decisão de não deixar que Georgiana confessasse seu amor por ele. Duncan deveria ter deixado que ela falasse. Isso talvez pudesse reconfortá-lo. Talvez. Mas era mais provável que ele tivesse revivido o momento em sua cabeça sem parar, até que odiasse aquela noite. Então, talvez assim fosse melhor.

Ele atravessou a água, os ombros doloridos pelo movimento. Deslizando de olhos fechados, com a lembrança da extensão da piscina, ele estendeu a mão para tocar a parede, chegando no fim da sua volta e do seu exercício. Era o bastante por enquanto, ele esperava, e jogou a cabeça para trás, deixando a água escorrer pelo seu rosto e cabelo uma última vez antes de sair da piscina.

Ele abriu os olhos e viu um par de sapatos marrons a um passo de distância. Ele ergueu os olhos, sentindo o coração martelar dentro do peito. *Georgiana.* Ela estava com o olhar fixo nele. Séria.

"Posso falar agora?", ela perguntou.

"Como você chegou até aqui?"

"Langley me trouxe", ela respondeu, antes de repetir, "Posso falar agora?"

"Falar o quê?"

Ela se ajoelhou, depois se apoiou nas mãos, para ficar mais perto dele.

"Posso falar para você que eu te amo?"

Ele esticou a mão na direção dela e a segurou pela nuca, puxando-a para mais perto.

"Não pode", ele disse, o coração ameaçando pular para fora do peito. "A não ser que você pretenda repetir isso todo dia. Para sempre."

"Isso vai depender de você." Ela sorriu.

Ele fitou os olhos dela, tentando ler as intenções dela. Tentando não alimentar esperanças de que ela tivesse dito o que ele pensou que ela disse.

"Georgiana...", ele sussurrou, adorando o modo como o nome dela se curvava em seus lábios e sua língua.

"Não posso repetir isso todo dia se estivermos separados, entende?"

A voz dela falhou, e ele sentiu um desespero de vontade de abraçá-la.
"Então, se você me aceitar..."
"Não."
Ele se apoiou na borda e se levantou da piscina, interrompendo o que ela estava falando. Georgiana engasgou enquanto a água escorria dele e inundava o mosaico na beira da piscina, molhando as calças dela e, sem dúvida, arruinando seus sapatos.
Ele ficou de joelhos ao lado dela, virando-a para que o encarasse.
"Você está roubando a minha fala." Ele colocou as mãos dela na sua. "Fale de novo."
Ela sustentou o olhar dele, e Duncan ficou sem fôlego ao enxergar a verdade naqueles lindos olhos âmbar.
"Eu te amo", ela declarou.
"O canalha sem título que eu sou?"
"Devasso. Libertino. O que você quiser."
"Eu gosto de você", Duncan disse.
"Espero que não seja só isso." Ela sorriu.
"Você sabe que não é", ele sussurrou, puxando-a para perto. "Você sabe que eu te amo desde o primeiro instante que pus os olhos em você, quando naquele terraço escuro você defendeu a si mesma e as pessoas que ama. Eu adoro você desde então. Meu desejo é fazer parte desse grupo de pessoas que você defende."
As mãos dela estavam no rosto dele, emoldurando-o.
"Eu te amo."
"Fale de novo", ele disse, e a tomou com um beijo profundo, demorado e lento, até os dois perderem a respiração.
"Não posso falar se você não parar de me beijar", ela reclamou.
"Então espere", ele disse, os lábios mais uma vez se aproximando dos dela. "E fale quando eu terminar." Ele a beijou de novo e de novo, carícias profundas e inebriantes, e cada vez que ele tirava os lábios dela, Georgiana sussurrava, "Eu te amo."
De novo e de novo as palavras ecoaram ao redor dele, aquecendo-o, até que, afinal, ele se afastou.
"Sempre foi você", Duncan disse e encostou sua testa na dela. "Case comigo. Que eu seja sua escolha."
"Eu caso", ela concordou. "Eu escolho você."
"Quando?"
"Agora. Amanhã. Semana que vem. Para sempre", Georgiana prometeu.
Ele se levantou, então, erguendo-a em seus braços.
"Para sempre", ele disse. "Eu escolho para sempre."
E para sempre foi.

Epílogo

Um ano depois
O Anjo Caído

Georgiana estava na suíte dos proprietários do Anjo Caído, observando o cassino lá embaixo. O clube fervilhava de jogadores, e o olhar dela parou na roleta no centro do salão, girando em um borrão de vermelho e preto. Meia dúzia de homens se inclinaram para frente enquanto a roleta girava.

"Vermelho", ela suspirou.

E vermelho foi o resultado. Melhor ainda, um homem nessa mesa jogou as mãos para cima em uma explosão de alegria. Ele ganhou. E ganhar na roleta era um triunfo. Sorte era uma coisa notável. Ela tinha construído seu império baseado nisso – sorte e destino. Ela aprendeu lições memoráveis sobre verdades e mentiras, e vingança. Sobre escândalo. Mas ainda prendia a respiração quando a roleta girava.

A porta da suíte abriu, e ela soube, sem olhar, quem tinha entrado, pelo modo com que o ar vibrou e sua respiração acelerou. Ela foi envolvida pelos braços de Duncan, quentes e fortes, e ele acompanhou o olhar dela até o cassino.

"Uma dúzia de jogos diferentes no seu antro de jogatina", ele suspirou junto à orelha dela. "E você sempre escolhe roleta. Por quê?"

"É o único jogo que depende mesmo da sorte", ela disse. "É o único jogo que não pode ser calculado. O risco faz parte da recompensa." Ela se virou nos braços de Duncan e entrelaçou as mãos atrás da nuca dele. "É igual à vida... Nós giramos a roda e..."

Ele a beijou, demorada e apaixonadamente, as mãos indo parar na cintura dela, apertando-a contra si. Quando ele a soltou, Georgiana suspirou.

"E às vezes nós somos bem recompensados."

Ele deslizou as mãos para a pesada protuberância na barriga dela, onde seu filho crescia.

"Às vezes nós somos", ele concordou. "Mas eu preciso lhe dizer que às vezes fico preocupado que minha sorte tem sido tão boa... que uma hora possa acabar."

"Você já teve má sorte suficiente para uma vida toda. Não pretendo deixar sua boa sorte acabar."

"E você tem poder para mandar no destino?" Ele ergueu uma sobrancelha.

"Nos dias em que não se tem sorte, é preciso contar com outra coisa." Ela sorriu.

Ele a beijou de novo, então a virou novamente para o vitral. Eles ficaram observando o movimento por um longo momento, enquanto cartas eram viradas, dados eram arremessados e homens jogavam seus jogos. Então ela se esticou, tentando aliviar a dor nas costas.

"Você me prometeu que iria dormir mais", ele disse, levando as mãos à base da coluna dela, apertando, procurando suavizar a dor que parecia morar ali, agora que a gravidez se aproximava do fim. "Você não deveria estar aqui."

Ela olhou para ele, surpresa.

"Você não acreditava que eu iria perder o jogo", ela disse. "Pode ser meu último. O bebê logo vai estar conosco."

"Mas não logo o suficiente", ele disse. "Eu nunca me permiti querer ter filhos; eu poderia arruinar a vida deles de muitas maneiras."

"Depois que ele chegar, você vai desejar que ele suma", ela provocou, virando-se para o cassino. "Ele vai grasnar e gritar."

"Depois que ela chegar, eu vou querer estar perto dela o tempo todo", ele prometeu. "Junto com a mãe e a irmã."

"Seu conjunto de admiradoras", ela sorriu.

"Eu consigo pensar em coisas piores", ele disse, passando os braços à volta dela e fazendo com que ela se encostasse nele. Então Duncan deslizou a mão da barriga dela até a coxa, e segurou a saia, que ergueu até desnudar seu joelho.

"Eu sempre adorei você de calça, amor", ele sussurrou, "mas as saias devem ser a melhor coisa na sua gravidez." Os dedos dele tocaram a pele da coxa dela, e Georgiana se abriu para ele, deixando que seu toque subisse até alcançar o lugar em que ela, de repente, estava pronta para ele.

"Não podemos." Ela suspirou, aproximando-se mais dele, deixando que ele a segurasse. "Eles logo vão estar aqui."

Ele suspirou de decepção.

"Você podia logo chegar lá, sabia?"

Ela riu e a porta da suíte foi aberta outra vez, e ele soltou a saia dela, enquanto dava um beijo quente no pescoço da esposa. Pegando o lóbulo da orelha dela entre os dentes, Duncan prometeu:

"Esta noite."

Com as faces coradas, ela se virou para os sócios que entravam.

Bourne sentou sua esposa à mesa de carteado, antes de levantar uma sobrancelha na direção de Georgiana. Dirigindo-se ao aparador para se servir de uma dose de scotch, ele a cumprimentou.

"Boa noite, Sra. West."

Ser chamada por aquele nome a aqueceu, como sempre acontecia. Ela poderia ter mantido o "Lady" com o qual nasceu. Era seu direito como filha de um duque, mas Georgiana não quis. Toda vez que alguém a chamava de Sra. West, ela era lembrada do homem com quem casou. Da vida que construíam juntos – em três, que logo se tornariam quatro.

Georgiana e Duncan West dominavam os salões de festa de Londres com seu poder combinado – o magnata da imprensa e sua esposa brilhante, inteligentíssima. Ainda um escândalo, mas um que valia a pena convidar para o jantar – o que a aristocracia apreciava. E quando não estavam jantando em mesas por toda a Grã-Bretanha, ela continuava a comandar o clube como Chase. Anna, por outro lado, saiu de cena logo depois que Duncan e Georgiana se casaram, depois de uma noite especialmente perigosa, em que um médico precisou ser chamado ao clube depois que Duncan atacou um membro que resolveu se engraçar com Anna. Foi melhor assim, porque os dois não conseguiam ficar com as mãos longe um do outro, e teria sido uma questão de tempo antes que alguém ligasse os pontos entre os dois amores de Duncan West.

Pippa e Cross ocuparam seus lugares à mesa. Cross pegou o baralho de cartas e as colocou na sua frente, enquanto Pippa esticava o pescoço para espiar Georgiana. Ela piscou.

"Você está maior a cada minuto", ela disse.

"Pippa!", ralhou Lady Bourne. "Você está linda, Georgiana."

"Eu não disse que ela não estava linda", Pippa respondeu para sua irmã antes de se voltar novamente para Georgiana. "Eu só disse que você estava crescendo. Acho que podem ser gêmeos."

"O que você entende de gêmeos?", a Duquesa de Lamont perguntou enquanto entrava, seguida por Temple, que discutia uma ficha com Asriel.

"Eu já ajudei em vários casos de múltiplos", afirmou Pippa.

"Sério?", Duncan perguntou, puxando uma cadeira e ajudando Georgiana a se sentar. "É bom saber, para o caso de precisarmos da sua ajuda."

"Você não perguntou se eram múltiplos humanos", disse Cross.

"Eu já ajudei cachorros muitas vezes", Pippa se defendeu. "E tive duas crianças humanas, como você deve se lembrar, marido."

"É, mas não gêmeos. E graças a Deus por isso."

"Concordo", disse Bourne, até então pai de três. "Ter gêmeos é falta de sorte."

Duncan estava ficando pálido.

"Nós podemos parar de falar de gêmeos?"

"Não vão ser gêmeos", disse Temple, rodeando a mesa para entregar a ficha que estava analisando para Georgiana.

"Mas pode ser", Georgiana provocou o marido. "Pippa disse que estou enorme."

"Eu não disse enorme!"

Georgiana abriu a ficha e analisou seu conteúdo. Ela olhou para Temple.

"Pobre garota", ela disse. "Vamos tirá-la do castigo."

"Quem?", perguntou Duncan.

"Lady Mary Ashehollow."

Houve um som coletivo de entendimento em toda mesa, mas Duncan foi o único a comentar.

"Você decidiu terminar sua vingança?"

"Ela tinha me irritado", respondeu Georgiana.

Ele ergueu uma sobrancelha.

"Ela é uma criança."

"Lady Mary está em sua terceira temporada, não tem nada de criança. Mas sim, a vingança chegou ao fim", disse Georgiana. "E se servir de consolo, ela vai entrar no livro de apostas como uma das principais ladies da temporada. Assim está bom, marido?"

"Muito bom", ele respondeu e se inclinou para lhe dar um beijo longo e carinhoso.

Cross interrompeu o casal.

"Já que estamos falando de livro de apostas", disse ele, "acredito que você me deve cem libras, Chase."

"Por quê?", perguntou Duncan, curioso.

"Por fazer uma aposta tola há um ano", disse Cross.

"Cross achou que você e Chase iriam se casar", explicou Temple. "Chase..."

"Achou que não", concluiu Bourne.

"Michael!", Penélope ralhou com ele. "Isso não é nada gentil."

"É a verdade."

"Você gostaria de contar para eles a verdade sobre como você me cortejou?", perguntou Penélope.

Lembrando, sem dúvida, que ele casou com a Marquesa de Bourne depois de um rapto tarde da noite no campo, Bourne fez a gentileza de parar de falar.

Duncan olhou para Georgiana com um sorriso no rosto atraente.

"Parece que você perdeu uma aposta, minha lady."

Como acontecia há um ano, ouvir o honorífico enviou uma onda de calor pelo corpo dela.

"Mas a sensação não é de que eu tenha perdido."

Ele sorriu.

"Não mesmo."

"Bem, já que estamos falando dos maridos em potencial de Chase, esta é uma boa hora para discutirmos Langley, que pediu para que o ajudemos a fazer um investimento", acrescentou Temple.

A mesa gemeu em uníssono.

"Esse homem... Chase, você tem que parar de dar nosso dinheiro para ele", disse Bourne.

"Ele é horrível com investimentos, e nós continuamos a ajudá-lo", observou Cross.

"Perdão... eu não sabia que vocês dois estavam tão perto da miséria", disse Georgiana.

"Ele é um bom homem", Duncan interveio. "Ele praticamente me entregou minha linda esposa."

"Só porque ele não a queria para si", Temple provocou, e todos os canalhas riram.

"Eu me recuso a ser insultada", ela disse. "E Duncan gostou dessa proposta."

O marido aquiesceu.

"É uma coisa chamada 'negativo fotográfico'", Duncan explicou.

"Parece algo tirado de um romance", Bourne falou. "Como máquinas voadoras e carruagens sem cavalos."

"Eu não acho nenhuma dessas coisas me parece implausível", observou Pippa.

"Isso é porque você considera um desafio tudo que é implausível", disse Bourne.

"Eu acredito que sim." Ela olhou para Cross com um sorriso.

"É uma grande parte do seu charme", Cross disse, inclinando-se e beijando a esposa.

"Vamos jogar?", perguntou Georgiana, inclinando-se e pegando o baralho.

O que começou como um jogo só para os proprietários se transformou em um jogo de faro semanal para os oito. Temple sentou e suspirou.

"Eu não sei por que ainda jogo. Eu nunca consigo ganhar. A coisa degringolou quando nós deixamos as esposas participarem." Ele olhou para Duncan. "Perdão, amigo."

Duncan sorriu.

"Fico feliz em ser a esposa se você não se importar que eu o tosquie toda semana."

Mara pôs a mão no rosto do marido.

"Pobre Temple", ela disse. "Você quer jogar outra coisa?"

Ele a encarou, sério.

"Quero, mas você não vai querer jogar isso na frente de todo mundo."

Outra rodada de gemidos se fez ouvir enquanto a duquesa se inclinava para beijar seu duque.

"Talvez nós não devêssemos jogar", disse Georgiana, se recostando.

Bourne levantou os olhos de onde estava, servindo seu scotch.

"Só porque Temple quer levar a mulher para a cama?"

"Não..." Georgiana olhou para o marido e sorriu. "Porque eu acredito que estamos para descobrir se vão ser gêmeos, afinal."

Lá embaixo, do outro lado do vitral, a roleta girou, os dados rolaram e as cartas voaram, e aquela noite se tornou legendária – a noite em que a sorte sorriu para os membros do Anjo Caído.

Assim como sorriu para sua fundadora e seu amor.

Agradecimentos

No momento em que esta série chega ao fim, eu me dou conta que uma multidão muito poderosa me ajudou a criar meus Canalhas. E, no rastro dessa percepção, vem outra, muito mais perturbadora – a certeza de que nunca vou conseguir agradecer a vocês o bastante.

Como acontece com todos os meus livros, este não poderia ter sido escrito sem a paciência e a fé da minha Sherpa literária, Carrie Feron, o trabalho árduo de Nicole Fischer e Chelsey Emmelhainz, e o apoio tremendo de Liate Stehlik, Pam Spengler-Jaffee, Jessie Edwards, Caroline Perny, Shawn Nicholls, Tom Egner, Gail Dubov, Carla Parker, Brian Grogan, Tobly McSmith, Eleanor Mikucki, e o resto da equipe incomparável da Avon Books.

Meu muito obrigada a Carrie Ryan, Lily Everett, Sophie Jordan, Morgan Baden, Sara Lyle, Melissa Walker, e Linda Frances Lee por suas observações, apoio e brilho enquanto eu escrevia a história de Chase, e também ao Rex e à equipe da Krupa Grocery pela torcida e pela cafeína.

Meu pai me contou a história sobre beber em um crânio em Castel Teodorico quando eu era muito mais nova que Caroline, e fiquei empolgada por finalmente poder colocá-la em um livro. Estou muito grata por ele nunca ter pensado, *Talvez ela seja nova demais para ouvir isto.*

Obrigada a David e Valerie Mortensen pelo passeio ao Hearst Castle que inspirou Duncan West e sua piscina magnífica, e por criar um filho que tem tudo de cavalheiro e nada de canalha.

Para minhas leitoras maravilhosas, obrigada por fazerem esta jornada com Bourne, Cross, Temple e Chase, por amá-los tanto quanto eu, e pelo encorajamento pelas redes sociais e por e-mail. Para cada leitora que ficou incrédula quando descobriu que Chase era uma mulher, e ainda assim se arriscou a ler a história, você nunca entenderá o quanto sua fé significa para mim.

E, finalmente, para a mulher que me abordou em um banheiro no Texas, no começo de 2012, e anunciou, "Eu acho que Chase é uma mulher!", sinto muito por ter mentido para você.

LEIA TAMBÉM

Entre o amor e a vingança
Sarah MacLean
Tradução de Cássia Zanon

Uma década atrás, o marquês de Bourne perdeu tudo o que possuía em uma mesa de jogo e foi expulso do lugar onde vivia com nada além de seu título. Agora, sócio da mais exclusiva casa de jogos de Londres, o frio e cruel Bourne quer vingança e vai fazer o que for preciso para recuperar sua herança, mesmo que para isso tenha que se casar com a perfeita e respeitável Lady Penélope Marbury.

Após um noivado rompido e vários pretendentes decepcionantes, Penélope ficou pouco interessada em um casamento tranquilo e confortável, e passou a desejar algo *mais* em sua vida. Sua sorte é que seu novo marido, o marquês de Bourne, pode proporcionar a ela o acesso a um mundo inexplorado de prazeres.

Apesar de Bourne ser um príncipe do submundo de Londres, sua intenção é manter Penélope intocada por sua sede de vingança – o que parece ser um desafio cada vez maior, pois a esposa começa a mostrar seus próprios desejos e está disposta a apostar qualquer coisa por eles... Até mesmo seu coração.

Entre a culpa e o desejo
Sarah MacLean
Tradução de A C Reis

Seu próximo experimento científico? Entregar-se a um canalha!
Lady Philippa Marbury não é como as jovens de sua época. A brilhante filha do marquês de Needham e Dolby se preocupa mais com seus livros e experimentos do que com vestidos e bailes. Para ela, um laboratório é muito mais atraente que uma proposta de casamento, e é por isso que, ao ser prometida a um noivo com quem não tem nada em comum, Pippa tem apenas duas semanas para empreender seu último experimento: descobrir todos os prazeres e todas as delícias da vida antes de passar o resto de seus dias ao lado de alguém que mal conhece.
Como boa cientista que é, Pippa investiga a vida do homem que parece ser a cobaia ideal para realizar suas experiências: Sr. Cross, o atraente sócio do cassino mais famoso e cobiçado de Londres, um libertino cuja má-fama foi cuidadosamente construída sobre o vício e a devassidão. Um canalha perfeito para explorar suas fantasias e satisfazer sua curiosidade sem manchar sua reputação de moça de família.
Mas o que Pippa não sabe é que, por baixo das aparências, Cross esconde segredos obscuros e que, ao receber a proposta da garota, ele está diante de uma oferta que pode destruir tudo aquilo que durante anos ele se esforçou para proteger.
Terrivelmente tentado a se envolver nessa aventura que promete o mais puro prazer sem qualquer outra emoção, tudo o que Cross deseja é dar a Pippa exatamente o que ela quer, mas ele sabe que ninguém sai ileso do caminho da satisfação e, assim, Cross terá de usar cada miligrama de sua força de vontade para não perder o controle e resistir à tentação de entregar à jovem muito mais do que ela ousa imaginar.

Entre a ruína e a paixão
Sarah MacLean
Tradução de A C Reis

Uma noiva desaparecida na véspera de seu casamento. Um poderoso duque acusado de assassinato. Uma noite que mudou duas vidas para sempre. Temple viu seu mundo desmoronar quando acordou completamente nu e desmemoriado em uma cama repleta de sangue. Destituído de seu título e acusado de assassinato, o jovem duque foi banido da sociedade. Doze anos depois, recuperado em sua fortuna e seu poder como um dos sócios do cassino mais famoso de Londres, sua redenção surge quando a única pessoa que poderia provar sua inocência ressurge do mundo dos mortos. Após doze anos desaparecida, Mara Lowe se vê obrigada a reaparecer quando seu irmão perde toda a fortuna da família nas mesas do cassino do homem cuja vida ela arruinou. Temple quer provar a todos que é inocente e, sobretudo, se vingar e destruir a vida daquela mulher, enquanto Mara precisa enfrentar o passado para recuperar seu dinheiro. Assim, os dois firmam um acordo obsceno que os une em um jogo de poder e sedução. Mas ambos descobrem que a realidade esconde muito mais do que as aparências revelam e eles se veem em uma encruzilhada na qual precisam escolher entre lavar a honra do passado e garantir o futuro ou ceder ao desejo de se entregarem de vez à irresistível atração que sentem um pelo outro, mas que pode arruiná-los para sempre.

Este livro foi composto com tipografia Electra Std e impresso
em papel Off-White 70 g/m² na Gráfica Rede.